W0350728

BASTEI
LÜBBE

Catherine Cookson

Die schwarze Kerze

Aus dem Englischen von Eva Malsch

BASTEI LÜBBE

BASTEI-LÜBBE-TASCHENBUCH
Band 11 669

1. Auflage 1991
2. Auflage 1992

Deutsche Erstveröffentlichung
Titel der Originalausgabe:
BLACK CANDLE
Copyright by Catherine Cookson 1990
Copyright © 1991 für die deutsche Übersetzung
by Gustav Lübbe Verlag GmbH, Bergisch Gladbach
Printed in Germany
Einbandgestaltung: Adolf Bachmann
Titelfoto: Tyne Tees Television Ltd.
Satz: hanseatenSatz-bremen, Bremen
Druck und Bindung: Ebner Ulm
ISBN 3-404-11669-0

Der Preis dieses Bandes versteht sich
einschließlich der gesetzlichen Mehrwertsteuer

ERSTER TEIL

Wie alles begann

1883

1.

Es war ein Sonntag Ende September. Heiß schien die Sonne vom Himmel herab, und die beiden jungen Männer, die Brombeeren pflückten, hatten die oberen Knöpfe ihrer Jacketts geöffnet und die schmalen Krawatten gelockert. Die Krägen der blaugestreiften Hemden standen offen, aber die Mützen saßen immer noch auf den Köpfen.
Der eine sah etwas älter aus. Er war untersetzt, das Haar, das unter dem Mützenrand hervorlugte, braun. Der andere schlanker und blond, warf eine Handvoll Beeren in den bis zur Hälfte gefüllten Bastkorb und erklärte: »Jetzt habe ich keine Lust mehr. Ich bin völlig verschwitzt. Außerdem müssen wir schon etwa sechs Pfund gesammelt haben.«
»Ma hat gesagt, der Korb muß voll werden«, erwiderte sein Gefährte.
»Es ist Sonntag, Mann, und ich verschwinde jetzt.«
»Nein, du bleibst hier . . .« Der stämmige junge Mann unterbrach sich und schaute zu einer Stelle, wo sich die Brombeersträucher in den Zweigen von Ahornbäumen verfingen. Dahinter tauchte ein Reiter auf, dessen Galopp er gehört hatte. Nun ging das Pferd im Trab.
Auch sein Bruder spähte durch das Gestrüpp. Eine andere Bewegung hatte seine Aufmerksamkeit erregt, und er wandte sich in die entgegengesetzte Richtung, wo eine weibliche Gestalt um ein Feld herumging. Er stieß den älteren in die Rippen, der nun ebenfalls zu dem Mädchen schaute. Seine Augen wurden schmal, und er zog den anderen neben sich zu Boden, denn nun war das Pferd jen-

seits der Sträucher gezügelt worden, nur wenige Meter entfernt. Sie sahen die Gamaschen des Reiters, der das Tier nun wieder in Bewegung setzte und dem Mädchen entgegenlenkte. »Wer hat diese Nachricht geschrieben?« rief er.

Es dauerte eine Weile, bis sie antwortete. »Ich.«

»Oh, ich wußte gar nicht, daß du so gebildet bist.«

»Ich kann ein bißchen lesen und schreiben.«

»Du darfst mir keine Briefe mehr schicken, verstanden? Du wirst nie mehr Verbindung mit mir aufnehmen, du albernes Mädchen . . .« Mit veränderter Stimme fuhr er fort: »Nein, das bist du nicht. Du bist schön, so schön – bis auf deine Hände. Die sind pummelig und voller Flecken.«

»Rühren Sie mich nicht an – nie wieder! Was soll ich tun? Mein Dad wird mich rauswerfen. Aber ich will nicht ins Arbeitshaus.«

»Das wird auch nicht nötig sein. Aber es ist deine eigene Schuld. Du dürftest eben nicht so sein, wie du bist. Du hast ja geradezu darum gebeten.«

»O nein! Ich wollte es nicht. Aber der Tanz in der Scheune, das Bier . . . Ich wußte nicht, was ich tat.«

»Vielleicht warst du auch mit jemand anderem zusammen.«

»Das ist nicht wahr, und Sie wissen es auch.«

»Nun, ich kann nichts für dich tun. Außerdem hast du mich in letzter Zeit zurückgewiesen.«

»Ich – möchte es wegmachen lassen. Aber ich habe kein Geld. Eins sage ich Ihnen jedenfalls – bevor ich ins Arbeitshaus gehe, springe ich in den Fluß.«

»Sei nicht so dumm! Du willst also Geld? Wieviel brauchst du?«

»Keine Ahnung. Von der alten Nell will ich nichts wissen. Die läßt zwar die Babys verschwinden, aber sie macht die Frauen krank.«

In der Stille, die nun folgte, wechselten die beiden jungen Männer einen Blick, fragend und auch wissend. Dann

klang die Männerstimme wieder auf. »Hier, das müßte genügen. Und ich sehe dich nie wieder?«
»Nein, nie mehr.«
»Schade, Lily, sehr schade. Also – leb wohl!«
Die Männer hinter dem Gebüsch hörten den Reiter davongaloppieren. Die junge Frau sahen sie nicht, nur ihren Schatten im Gras. Erschrocken zuckten sie zusammen, als sie eine Hand über das Erdreich an den Wurzeln des Ahornbaums tasten sahen. Finger mit braunen Flecken bohrten sich in den Boden, hoben eine kleine Grube aus. Fasziniert und fast atemlos beobachteten die beiden Brüder, wie ein kleiner Lederbeutel in dem Loch versenkt und dann mit Erde bedeckt wurde. Schließlich suchten die Hände noch zwei Zweige, um das Versteck zu markieren. Ein leiser, langgezogener Seufzer ertönte.
Eine volle Minute verstrich, ehe sie sich aufzurichten wagten und die Gestalt wieder um das Feld herumgehen sahen.
»Lily Whitmore. Hast du ihn gesehen?«
»Aye.«
»Und sie hat den Bauch voll. Großer Gott, wenn sich das herumspricht . . .«
Blitzschnell legten sich zwei Hände um den Hals des Jüngeren. Er verlor das Gleichgewicht und wäre gestürzt, hätte der andere ihn nicht festgehalten, um ihn mit aller Kraft zu schütteln. »Du sagst kein Wort, verstanden?«
»Laß mich los!«
»Erst wenn ich fertig bin. Du erinnerst dich doch an Andy Davison? Der hat in Durham sechs Monate für dich abgesessen, weil du das Zeug in seinem Hof versteckt hast. Bei Gott, hätte ich damals so viel gewußt wie jetzt, wärst du eingelocht worden. Nun, er will immer noch rausfinden, wer ihm das angetan hat. Und wenn er's erfährt und du dann noch lebst, wirst du dir wünschen, er hätte ganze Arbeit geleistet. Das wäre die eine Sache. Wir müssen auch noch über das Versicherungsgeld reden. Wenn Ma das hört, fliegst du mit zertrümmertem Schädel durch die Tür.

Und Farmer Atkinsons Schuppen dürfen wir auch nicht vergessen.«
»Das – das hab' ich nicht getan, nun, ich meine . . .«
»Aber du hast den verrückten Davey dazu angestiftet, was? Und wo ist er jetzt? Im Irrenhaus. Nur Gott weiß, warum ich dich nicht schon längst deinem Schicksal überlassen habe. Aber eins sage ich dir – wenn du in der Fabrik oder sonstwo nur ein Sterbenswörtchen verlauten läßt, bist du dran. Das wärst du schon längst, hätte ich nicht an Ma gedacht.«
»Du warst immer schon verknallt in Lily, was?«
»Mag sein. Und jetzt werde ich sie heiraten.«
»Heiraten? Das wird Ma nie erlauben.«
»Das kümmert mich nicht. Bald werde ich nicht mehr da sein. Dann mußt du für Ma sorgen.«
»Nur deshalb?« Fred Skinner zeigte auf den versteckten Beutel, aber sein Bruder Joe antwortete nicht direkt.
»Ich weiß nicht, was drin ist.« Er grub den kleinen Beutel aus und verstaute ihn in seiner Tasche, ohne ihn zu öffnen.
Fred musterte ihn ungläubig. »Du willst nicht reinschauen?«
»Nein, weil mir das Geld nicht gehört. Bring Ma den Korb mit den Brombeeren, und wenn du unbedingt dein großes Maul aufreißen willst, erzähl ihr, ich sei zu einer Frau gegangen, um ihr einen Heiratsantrag zu machen.«
»Alle Welt wird dich auslachen.«
»Aye, wenn's rauskommt, daß das Kind nicht von mir ist. Aber das wird niemand erfahren, verstanden, Fred? Du weißt, was ich gesagt habe – und daß ich immer Wort halte.«
Fred Skinner griff nach dem Korb. »Seit du in der Fabrik befördert worden bist, hältst du dich wohl für den Allergrößten, was?«
»Geh jetzt nach Hause«, erwiderte Joe in ruhigem Ton.
»Sicher haben die Leute recht, wenn sie behaupten, daß du Manager werden willst. Aber das schaffst du nicht, trotz deiner Abendkurse.«

Als Joe tief Atem holte, machte sich Fred hastig auf den Weg. Der ältere Bruder blickte ihm nach, bis er in den Büschen verschwunden war, dann lief er zum Feld. Was sollte er sagen, wenn er das Haus erreichte? Daß er Lily sehen wollte? Und wie würde sie reagieren? Überrascht? Wenn er sie doch bloß einholen könnte, bevor sie daheim ankam ...

Fünf Minuten später sah er sie an der Fabrikmauer stehen, hinter der Mordaunts Schuhwichse erzeugt wurde. Dort arbeiteten sie beide. Das Gebäude grenzte an Gateshead Fell, das sich dahinter erstreckte. Davor lag der schäbige Distrikt Honeybee Place, vier lange Häuserreihen, jede nach Vögeln benannt – Rotkehlchen, Habicht, Fink und Lerche, obwohl man in diesem Viertel außer den kontaktfreudigen Spatzen kein Federvieh antraf, höchstens Hänflinge, Goldfinken oder Gimpel in Käfigen. An Wochentagen wimmelte es hier von Gestalten in dunklen Mänteln und Schals und Pferdewagen, die Fabrikerzeugnisse abtransportierten. Jetzt lehnte nur die junge Frau an der Wand. Sie hob den Kopf, als sie die Schritte hörte.

»Hallo, Lily.«

»Hallo«, antwortete sie. Nervös rückte sie ihren Hut zurecht.

Joe zog den Beutel hervor. »Das gehört dir, nicht wahr?«

Als sie den Kopf schüttelte, sprach er mit leiser Stimme weiter. »Zufällig habe ich auf der anderen Seite der Büsche für meine Ma Brombeeren gepflückt. Ich konnte nicht weggehen, sonst hätte er mich bemerkt. Ich werde dich jetzt was fragen. Da drin ...« Er deutete mit dem Kinn auf die Fabrik. »Da drin muß ich manchmal grob werden, damit die Leute spuren. Aber ich bin dir doch nicht zuwider?«

Lilys Finger krampften sich in den Kragen ihres Mantels. »Nein, nein ...«

»Magst du mich ein bißchen?«

Eine kleine Pause entstand. Sie riß die Augen auf, ihre

Lippen bewegten sich lautlos, dann flüsterte sie: »Ja, ich mag dich.«
»Aye, das ist gut. Und jetzt eine andere Frage, die für uns beiden wichtig ist . . . Willst du mich heiraten?«
Sie preßte die Hand auf den Mund, die Backen blähten sich auf, bis sie wie formlose rosa Luftballons aussahen.
»Nun?«
»Das würdest du tun?« Die Hand glitt nach unten. »Du würdest mich heiraten?«
»Das habe ich doch gesagt.«
Sie starrte auf den kleinen Beutel in seiner Hand. »Aber – ich weiß gar nicht, wieviel da drin ist.«
»Großer Gott!« Er schrie beinahe, schaute sich nach allen Seiten um und fügte in sanftem Ton hinzu: »Ich weiß es auch nicht. Glaubst du, ich mache dir nur deshalb einen Antrag?« Er warf ihr den Beutel zu, aber sie fing ihn nicht auf, und so fiel er zu Boden. Ärgerlich hob Joe ihn auf und drückte ihn in ihre Hand. »So was traust du mir zu?«
»Nun ja – ich meinte nur . . .«, stammelte sie. »Ach, ich weiß nicht . . .« Ihr Kopf sank auf die Brust, Tränen rollten ihr übers Gesicht, die sie mit dem Zeigefinger wegwischte.
»Das mußt du mir glauben – was in diesem Beutel ist, hat nichts damit zu tun. Du hast mir schon immer gefallen – das heißt, seit du sechzehn warst. Auch andere Jungs mochten dich. Trotzdem warst du sehr zurückhaltend – aber offensichtlich nicht immer.« Ihr Kopf senkte sich noch tiefer, und Joe fuhr hastig fort: »Ich mache dir keine Vorwürfe. Diese Bastarde kriegen immer, was sie wollen – weil sie Geld haben.« Seine Lippen verzogen sich zu einem zögernden Lächeln. »Wie auch immer – so schlimm wie das Arbeitshaus kann ich nicht sein, oder?«
»O Joe!«
Als sie den Kopf hob, sah er in ihre schönen, tränennassen Augen. Er wußte nicht, ob sie grau oder grün waren – nur daß sie sich je nach Stimmungslage veränderten. Manch-

mal funkelte Gelächter über die Possen der anderen Mädchen darin, oder sie spiegelten Mitleid wider, so wie letzte Woche, als die alte Fanny Culbert an ihrer Werkbank zusammengebrochen und gestorben war.

»Das werde ich dir nie vergessen, Joe«, beteuerte sie, »bis an mein Lebensende nicht. Und ich werde dir immer treu bleiben.«

»Aye, das genügt mir. Geh jetzt nach Hause und erzähl die große Neuigkeit. Ich begleite dich, aber ich komme nicht mit rein. Erst mal warte ich zehn Minuten, dann schaue ich nach, was sie davon halten, ja?«

»Ja, Joe.«

»Also, dann reiß dich von dieser Mauer los. Bisher konnte sie auch ohne deine Hilfe stehen.«

Lily reichte ihm den Beutel. »Behalt das. Wenn ich es mit nach Hause nehme, wird's mir nicht lange gehören.«

»Da hast du recht.« Er griff nach dem Beutel und ließ ihn an der Schnur baumeln. »Willst du nicht mal reinschauen?«

»Nein, das solltest du tun.«

Er zog die Schnur auseinander und öffnete den Sämischlederbeutel. Fünf goldene Sovereigns steckten darin. »Später wirst du das Geld brauchen, um dir verschiedene Sachen zu kaufen. Aber vorerst ist es wohl besser, wenn ich's für dich verwahre. Komm jetzt! Auf in den Kampf!« Er führte sie an der Fabrikmauer entlang, vorbei an den Ställen, wo die Pferde ihre Sonntagsruhe genossen, und zur ersten Häuserreihe von Honeybee Place. Die Hitze verstärkte den unangenehmen Gestank der Kehrichthaufen. Daran waren sie gewöhnt, und so hielten sie sich die Nasen nicht zu, preßten auch nicht die Hände auf die Lippen. Die Asche der Kohlenfeuer sollte den flüssigen Abfall aufsaugen. Aber dafür schien es nie genug Asche zu geben. Und die Luken, deren Deckel man hochheben konnte, um die Müllgruben zu reinigen, drohten ständig überzuquellen. Die Häuser – eng aneinandergeschmiegt, als müßten sie sich gegenseitig stützen – enthielten je zwei Räume. Davor befanden sich Waschräume und Toiletten ohne Fließwasser. Ein gräßliches Viertel, meinte die Bevölkerung. Aber Honeybee Place hatte, wie sein Gegenstück Bog's End in Fellburn, schon existiert, ehe die Stadt entstanden war. Jeder neue Bürgermeister bemühte sich, den Schandfleck zu beseitigen. Doch dann erhob sich stets die Frage, wo er die Leute unterbringen sollte, bis neue Quartiere gebaut wurden. Natürlich mußten sie in der Nähe ihrer Arbeitsplätze bleiben.

Joe haßte das Viertel und dankte Gott dafür, daß er nicht hier aufgewachsen war. Nur ein einminütiger Fußweg trennte es von Honeybee Hollow. Dort standen nur fünf Häuser, ebenfalls miteinander verbunden, aber welch ein Unterschied! Jedes hatte eine Mansarde über den beiden Räumen aufzuweisen, ein eigenes Waschhaus im Hinterhof und eine Privattoilette mit fließendem Wasser. Die Bewohner dieser fünf Gebäude hielten sich demzufolge für etwas Besseres als die Leute von Honeybee Place.

Lily Whitmore wohnte in der Habichtsreihe, Nummer 29. In der Rotkehlchenreihe blieb Joe stehen. »Ich warte hier. In zehn Minuten komme ich dir nach. Was wirst du ihnen sagen?«

Sie senkte den Blick. »Daß du mich heiraten willst.«

»Sag lieber: ›Ich will ihn heiraten‹«, schlug er lächelnd vor. »Oder: ›Ich werde ihn heiraten.‹«

Lily bemühte sich, das Lächeln zu erwidern, und nickte.

»Ist er oft grob zu dir?«

Ein Schauer rann durch ihren Körper. »Das war er früher. Aber neuerdings wehre ich mich.«

»Gut. Auch heute mußt du dich gegen ihn behaupten. Und vergiß nicht – ich warte hier draußen.«

Er schaute ihr nach, wie sie im Zickzack zwischen spielenden Kindern davonging, hoch aufgerichtet, ein schönes Mädchen. In den letzten Monaten war sein Verlangen nach ihr gewachsen. Auch andere interessierten sich für sie – Jungen in ihrem Alter. Aber er war erst dreiundzwanzig.

Ein Unterschied von fünf Jahren spielte keine große Rolle. Und er konnte besser für sie sorgen als irgendeiner von diesen Burschen. Bei Gott, diesem Kerl, der vorhin durch den Wald geritten war, hätte er am liebsten den Hals umgedreht . . .
Während er wartete, beobachtete er die spielenden Kinder. Völlig verschmutzt, aber sichtlich vergnügt, wälzten sie sich am Boden. Er besaß keine Uhr und pflegte sich an der Fabriksirene zu orientieren. Um sechs Uhr Arbeitsbeginn, dann die Acht-Uhr-Pause, die Zwölf-Uhr-Pause, Arbeitsschluß um fünf Uhr nachmittags. Als er glaubte, daß zehn Minuten verstrichen sein mochten, schlenderte er die Straße hinab, vorbei an Frauen, die auf ihren Türschwellen saßen. Die meisten beachteten ihn nicht, aber eine rief: »He, Joe, haben Sie sich verirrt?« Statt einer Antwort warf er ihr nur einen kurzen Blick zu.
Noch ehe er die Nummer 29 erreichte, erkannte er Lilys Zuhause an einer durchdringenden, heiseren Männerstimme: »Ich habe dich großgezogen und für dich gearbeitet – und jetzt willst du einfach weglaufen? Laß dir was sagen, Miß, du gehst erst dann, wenn ich's dir erlaube. Heiraten wirst du?«
»Bill, hör doch auf!« flehte eine Frau. »Vielleicht ist es am besten so!«
»Am besten? Wieso?«
Eine Pause entstand, Joe nahm an, daß sich die Whitmores hinter der halboffenen Tür wütend anstarrten. Dann sagte der Mann etwas leiser, aber mit drohendem Unterton: »Bei Gott, wenn ich glauben müßte, was deine Ma andeutet – ich würde dich sofort zur Kirche schleifen, und Vater McShea . . . Ist es wahr? Antworte, oder ich erwürge dich!«
»Wenn du mich anrührst, dann – dann . . .«
Joe stieß die Tür auf und blickte in Bill Whitmores verzerrtes Gesicht. »Aye. Wagen Sie es bloß nicht, sie anzufassen.«

»Was, zum Teufel, wollen Sie hier? O nein, nicht Sie! Ein verdammter Protestant!«
»Aye, ich. Ein verdammter Protestant wird eine verdammte Katholikin heiraten.«
»Ich schlage Ihnen den Schädel ein . . .«
»Sie haben immer nur mit ihrem großen Maul gekämpft, Bill. Hören Sie mir jetzt zu . . .« Joe wandte sich zu Annie Whitmore. »Oder vielleicht sollte lieber ihre Mutter zuhören. Wahrscheinlich sind Sie vernünftiger, Missis. Ich werde Lily heiraten, und wenn sie auf einer katholischen Trauung besteht, soll's mir recht sein. Wenn sie eine Baptistin oder Methodistin wäre, würde mich das genausowenig interessieren. Ich lasse viele Anschauungen gelten, und ich bin nicht so engstirnig wie manche Pfarrer, die behaupten, sie wüßten ganz genau, was der Allmächtige will. Nun, falls uns keiner von diesen frommen Herren trauen möchte – es gibt immer noch das Standesamt. In zwei Wochen müßte es soweit sein. Bis dahin wohnt Lily bei meiner Mutter.«
Annie Whitmore fand keine Worte. Sie klappte nur den Mund auf und zu, die Augen voller Sorge auf ihren Mann gerichtet. Die Stimme gehorchte ihr erst wieder, als eins der vier Kinder im Zimmer zu quengeln begann. »Raus mit euch!« schrie sie, worauf alle in den Nebenraum flohen. Dann wandte sie sich zu ihrer ältesten Tochter. »Du bist also entschlossen?«
»Aye, Ma.«
Sie musterte das Mädchen, dessen Anwesenheit im Haus stets ein Ärgernis gewesen war, seit sie zum zweitenmal geheiratet hatte. »Nun, dann pack dein Zeug zusammen . . .«
Bill fiel ihr erbost ins Wort. »Du läßt sie gehen?«
Entschlossen erwiderte sie seinen Blick. »Aye, weil ihr Bauch voll ist. Und was für ein Leben hätte sie denn hier? Sie ist *meine* Tochter, also habe ich in dieser Sache das letzte Wort.«
»Bei Gott, das wirst du mir büßen!«
»Und das wäre nichts Neues, was, Bill? Aber vielleicht

werde ich auch sagen, genauso wie sie: ›Wenn du mich anrührst – dann . . .‹« Sie drehte sich zu Lily um, die aus der Schlafkammer kam – ein Kleiderbündel in einer Hand, einen langen schwarzen Umhang über dem anderen Arm, ein Paar Holzschuhe zwischen den Fingern.
»Auf Wiedersehen, Ma. Ich besuche dich bald.« Um Joe zu erreichen, der in der offenen Tür wartete, mußte sie an ihrem Stiefvater vorbeigehen. Er stand am Ende des Tisches, die Fäuste halb erhoben. Als Joe ihr Zögern bemerkte, trat er vor und ergriff ihren Ellbogen und zog sie auf die Straße hinaus.
»So leicht kommst du mir nicht davon!« schrie Bill, und Joe sah ihn über die Schulter an.
»Sie arbeiten in der anderen Mordaunt-Fabrik, nicht wahr? In der Kerzenfabrik. Nun, ich habe in beiden Freunde, in der schwarzen und in der weißen – bei der Schuhwichse und beim Wachs. Falls Sie irgendwas vorhaben – ich warne Sie. Und vergessen Sie nicht, es gibt sehr viele Leute, die einen Job suchen, und Lily bringt von nun an kein Geld mehr nach Hause. Also sollten sie sich's gründlich überlegen, ehe Sie was tun, was nicht mehr gutzumachen wäre.« Als er mit Lily die Straße hinabging, flüsterte er: »Kopf hoch! Laß dich von niemandem bemitleiden. Und schau nicht zurück!«
Fünf Minuten später öffnete er die Tür seines Hauses und führte Lily ins Wohnzimmer, das – verglichen mit ihrem einstigen Heim – wie ein kleiner Palast wirkte, hell, sauber und komfortabel. Doch diese angenehme Atmosphäre wurde von der Miene einer Frau beeinträchtigt, die sich aus ihrem Schaukelstuhl erhob. Offensichtlich hatte sie schon von Fred erfahren, was ihr älterer Sohn plante. Trotzdem starrte sie das Mädchen ungläubig an. Joe nahm seiner Begleiterin die Sachen ab, warf das Kleiderbündel auf einen Küchenstuhl, hängte den Umhang über die Lehne und stellte die Schuhe davor. »Das ist Lily Whitmore, Ma. Sicher hat Fred dir schon alles erzählt.«

Die dünnen Lippen verkniffen sich. »Oh, die kenne ich! Eine von den Whitmores, diesem katholischen Abschaum!«
»Halt den Mund!«
»Wage bloß nicht, so mit mir zu reden! Ich bin deine Mutter!«
»Oh, das weiß ich nur zu gut. Und jetzt laß dir mal was sagen, Ma. Ich bin dein älterer Sohn, und seit Dads Tod – seit meinem siebenten Lebensjahr arbeite ich für dieses Haus und für dich und für ihn.« Verächtlich zeigte er auf seinen Bruder. »Nun, damit ist's jetzt vorbei. Lily und ich werden heiraten und unseren eigenen Hausstand gründen.«
»Was?«
»Du hast es doch gehört, Ma. Du wirst dich nicht mehr in mein Leben einmischen. Es stört dich, daß sie katholisch ist, was? Gerade hat ihr Stiefvater erklärt, sie dürfe keinen verdammten Protestanten heiraten. Also scheint sich ein Religionskrieg anzubahnen. Aber das kümmert uns nicht. Wir heiraten sobald wie möglich, und bis dahin bleibt Lily hier. Es wird ihr nichts ausmachen, auf dem Sattel drüben zu schlafen.« Joe deutete auf ein hölzernes, sofaähnliches Gebilde, auf dem eine dünne Roßhaardecke lag. »Aber falls du uns das Leben schwermachen willst, suchen wir uns eben ein anderes Quartier und leben in Sünde zusammen. Versuch's doch mal so zu sehen, Ma – je länger wir hierbleiben, desto öfter liegt am Freitag unser Lohn auf diesem Tisch. Aber es wird höchstens zwei Wochen dauern. Danach muß dein lieber Fred für dich und das Haus sorgen. Und du wirst auch nicht mehr auf der faulen Haut liegen können. Du bist erst einundvierzig, und in den letzten zwölf Jahren hast du keinen Finger gerührt. Ja, ich weiß, dein Rheuma – aber das hat dich nie daran gehindert, heimlich in die Bierschenke zu schleichen. Und wenn angeblich kein Penny mehr im Haus war, hattest du immer noch genug Geld für deine Pferdewetten.«

Die Augen der kleinen Frau verengten sich. »Gut, du hast mir die Meinung gesagt. Nun wirst du *mir* zuhören. Ich glaube, an der ganzen Sache ist was faul. Das geht mir viel zu schnell. Vor ein paar Tagen war noch keine Rede von dieser Hochzeit. Irgendwie habe ich das Gefühl, du sollst reingelegt werden.«

Bevor er antworten konnte, packte Lily ihre Habseligkeiten und fauchte seine Mutter an: »Ich wollte nie ins Arbeitshaus. Aber da geh ich lieber hin, ehe ich auch nur eine Minute unter einem Dach mit Ihnen verbringe, Missis.«

Zu Joe gewandt, fuhr sie fort: »Ich kann bei einer Freundin wohnen.« Als er protestieren wollte, ließ sie ihn nicht zu Wort kommen. »Nein. Hier bleibe ich nicht – nicht einmal, wenn du mir was dafür zahlen würdest.«

»Der wird für was ganz anderes zahlen müssen!« kreischte Mrs. Skinner. »Da hat er sich auf was Schönes eingelassen, das sehe ich, und ich weiß genau, wie eine Ratte riecht!«

Bereits an der Tür, warf Lily ihr einen kurzen Blick zu. »Klar, Missis, wo Sie doch mit diesen Tieren verwandt sind . . .«

Joe folgte ihr auf die Straße hinaus, und als er einen halb erstickten Laut ausstieß, schaute sie ihn verwundert an. »Ich weiß nicht, was es da zu lachen gibt.«

»O Lily, das war großartig. Ich wußte gar nicht, wie schlagfertig du bist, und ich bin froh, daß Ma endlich ihre Meisterin gefunden hat.« Erfreut sah er sie lächeln, dann fragte er: »Wer ist diese Freundin?«

»Alice Quigley. Natürlich wird sie sehr überrascht sein, wenn ich ihr erzähle, daß du mich heiraten willst.«

»Ich finde das gar nicht so seltsam. Viele Burschen würden Sie gern heiraten.«

Sie überquerten ein fast ausgetrocknetes Flußbett, das als Grenze zwischen dem Fabrikviertel und der Wohngegend einer besseren Arbeiterklasse fungierte. Auf der Holzbrükke blieb Lily stehen und schaute auf die schlammigen Ufer hinab. »Warum tust du das für mich?«

Joe legte die Hände auf ihre Schultern, unfähig, seine Gedanken auszudrücken. Konnte er antworten: ›Weil ich dich haben will‹? Das stimmte, er begehrte sie schon seit langer Zeit und hatte sich immer vorgestellt, sie wäre unberührt. Doch nun war sie berührt worden – ob nur einmal oder öfter, wußte er nicht. Wäre sie als Jungfrau zu ihm gekommen, hätte er sein Glück vielleicht gar nicht ertragen können. Nun wurden seine Emotionen durch ein Gefühl der Fürsorge gemäßigt.
Es war Lily, die das Schweigen brach. »Du wirst es mir doch nicht heimzahlen, wenn wir verheiratet sind?«
»Traust du mir das zu?« herrschte er sie an.
»Viele Männer sind so . . .«
Seine Hände umschlossen ihre Schultern noch fester, und nun brachen die Worte aus ihm hervor, die sein Herz ausfüllten. »Ich liebe dich, Lily. Deshalb tu' ich's. Und wenn das Kind auf der Welt ist, wird es genauso meines sein wie deines. Das gelobe ich dir.« Er beugte sich vor und küßte sie. Dann nahm er ihre Hand und führte sie von der Brükke. Es würde ihm schwerfallen, sein Versprechen zu halten. Denn das Kind würde das Erbe jenes Bastards in sich tragen.

2.

Als Bridget Mordaunt vor der Laderampe von ihrem Hengst Hamlet stieg, eilte einer der beiden Rollkutscher zu ihr. »Guten Tag, Miß. Welch schönes Wetter für einen Ausritt! Komm, Larry, kümmere dich um Miß Mordaunts Pferd! Und gib ihm was zu trinken! Das arme Tier ist ganz verschwitzt.«
Vergnügt lachte sie den grauhaarigen Mann in der dicken Moleskinhose und der braunen Lederweste über dem

blauen Köperhemd an. »Er schaut genauso düster drein wie sein Namensvetter.«

Er nickte, als würde er den Namensvetter kennen. Auf dem Weg durch den Hof wies er sie auf mehrere geringfügige Neuerungen hin, die ihr bereits vertraut waren. Sie lächelte über seine Verzögerungstaktik, denn sie wußte, daß Danny Green bei ihrem Anblick in die Fabrik geeilt war, um den alten George zu warnen. Die Leute redeten sie mit »Miß Mordaunt« an, nannten sie aber immer noch »Miß Bridget«, wenn sie unter sich waren, so wie damals, als sie ihren Vater so oft hierher begleitet hatte. Um vier Uhr nachmittags pflegte der alte George Fields bei einem Krug Bier in seinem Büro zu sitzen. Dabei mußte ihn ihre Ankunft gestört haben. Aber diese Gewohnheit würde keineswegs bewirken, daß die Arbeiter ihre Pflichten vernachlässigten. Joe würde das schon verhindern.

An der Tür kam ihr Joe entgegen. »Guten Tag, Miß Mordaunt. Freut mich, Sie wiederzusehen. Ein herrlicher Tag, nicht wahr?«

»O ja, Joe. Aber da drin ist Ihnen sicher sehr heiß.« Ehe er antworten konnte, wandte sie sich zu Mike Gregor, der den Hof durchquerte und sich an die Mütze tippte. »Wie geht's Ihrer Tochter, Mike?«

»Großartig, Miß«, erwiderte er strahlend. »Das Wetter tut ihr richtig gut. Nur der feuchtkalte Winter schlägt ihr auf die Brust. Hoffentlich bleibt's noch recht lange so schön.«

»Das hoffe ich auch, Mike. Bestellen Sie ihr herzliche Grüße von mir.«

»Danke, Miß, das werde ich tun.«

Als Joe mit ihr durch einen schmalen Korridor ging, meinte er leise: »Der nächste feuchtkalte Winter wird ihr kaum mehr zu schaffen machen.«

»Steht es so schlimm um sie?«

»Ja, Miß. Sie ist siebenundzwanzig, und in diesem Alter sterben die meisten Schwindsüchtigen.«

Darauf gab Bridget keine Antwort. Sie betraten die Fabrik, und sie fragte sich wieder einmal, wie die Leute diese Atmosphäre ertrugen: den Gestank, den Staub und überall die Schwärze, von Kindesbeinen an bis ins hohe Alter. An den meisten Werktischen saßen Frauen und füllten Schuhwichse in Behälter. Diese Abteilung war verhältnismäßig sauber. Die Arbeiter in den Hallen, wo die Erzeugnisse vermischt und gekocht wurden, mußten viel Schlimmeres erdulden. Nur wenige erreichten das Pensionsalter, so wie der alte George.

Schon als kleines Mädchen hatte sie all die Zutaten gekannt, die man zur Herstellung der verschiedenen Schuhwichsen brauchte: Marseiller Seife, Pottasche, Bienenwachs und Wasser. Das alles vermischte man zu einer Paste, dann fügte man nach und nach pulverisierten Kandiszucker hinzu, pulverisiertes Gummiarabikum und Elfenbeinschwarz oder Graphit. Man mußte alles miteinander verrühren und dann die noch heiße Masse in Büchsen gießen. Erst seit Bridget nach dem Tod ihres Vaters die Geschäftsleitung übernommen hatte, wußte Sie, wieviel Mühe und Schweiß in den Erzeugnissen steckte.

George Fields eilte ihr entgegen. »Guten Tag, Miß Mordaunt! Was für eine Freude, Sie wiederzusehen! Hat Joe sich um Sie gekümmert? Wollen Sie sich umschauen? Alles ist in Ordnung, das kann ich Ihnen versichern. Wie lange ist es denn seit Ihrem letzten Besuch her?«

»Oh . . .« Sie legte den Kopf schief. »Vielleicht einen Monat. Und ich bezweifle nicht, daß alles in Ordnung ist. Aber ich kam zufällig auf dem Weg von der Halden Street vorbei, und da wollte ich nur mal ›hallo‹ sagen.«

»Ach ja, die Kerzen in der Halden Street. Stimmt da was nicht?« fügte er hoffnungsvoll hinzu.

»Alles bestens. Ich nahm nur an einer Besprechung teil, bei der es um einen neuen Anbau ging.« Sie verschwieg, wie wunderbar die Kerzenfabrik unter der Leitung Bertram Kings florierte, der das Gegenteil von dem alten

Mann darstellte. Einer aus der neuen Managerriege, ein Mann, der stets seinen Willen durchsetzte und nicht sonderlich beliebt war. Aber obwohl der Profit des Unternehmens in den letzten zwei Jahren um dreißig Prozent gestiegen war, zog sie die Schuhcremefabrik vor – nein, eher die Menschen, die hier arbeiten, die Mädchen, die so gern lachten und scherzten.

Und Joe war hier.

»Möchten Sie für ein paar Minuten in mein Büro kommen? Vielleicht wollen Sie die Bücher durchsehen. Letzte Woche sind zwei neue Bestellungen eingetroffen. Die flüssige schwarze Schuhwichse geht sehr gut. Und die Dosen wurden rechtzeitig geliefert. Eine gute Firma ist das.«

»Ja, ich komme gern mit ins Büro, aber nicht unbedingt, um die Bücher zu inspizieren.«

George führte sie zu seinem Sessel hinter dem langen Tisch, wo mehrere Blechbüchsen standen. In einigen Holzgestellen steckten Spieße. Wenn man eine Liste schnell zur Hand haben wollte, spießte man sie einfach auf – eine praktische Methode. Daneben lagen zwei dicke, in rotes Leder gebundene Bücher.

»Setzen Sie sich, George.« Bridget zeigte auf einen Stuhl.

Aber er schüttelte heftig den Kopf. »Machen Sie sich keine Sorgen um mein Laufgestell, Miß, ich bin dran gewöhnt zu stehen.«

»Sie strapazieren dieses Laufgestell, wie Sie's nennen, schon viel länger, als ich es erlauben dürfte. Letztes Jahr war Ihre liebe Frau so krank, und da wollten Sie zu arbeiten aufhören. Aber dann haben Sie sich doch wieder anders besonnen. Wie geht es ihr?«

»Danke, Miß, viel besser.«

Bridget beugte sich vor, die Ellbogen auf die Lederbände gestützt. »Sie müssen endlich in den Ruhestand treten, George. Das hätten Sie schon vor fünf Jahren tun sollen. Aber Sie waren immer ein so wertvoller Mitarbeiter, daß ich Sie nicht dazu gedrängt habe. Jetzt bestehe ich darauf.

Wenn Sie wollen, können Sie in ein Haus in Birtley oder Gateshead ziehen, so wie ich's Ihnen versprochen habe.«

»Sie sind so freundlich, Miß, genau wie Ihr Dad.«

Sie wußte, daß sie nun sehr diplomatisch vorgehen mußte. »Natürlich werden wir keinen Geschäftsführer finden, der Ihnen das Wasser reichen könnte, George. In dieser Hinsicht möchte ich Sie um Rat bitten. Wie Sie wissen, gibt es jetzt eine neue Generation von Managern. Nicht, daß ich alle ihre Ideen gutheißen würde, aber die Zeiten ändern sich nun mal. Einige dieser Leute sind richtige Besserwisser. Das haben Sie selbst gesagt, und ich pflichte Ihnen bei. Aber wie soll ich einen geeigneten Nachfolger für Sie finden?«

»Da wäre Johnnie McInnis, der Lager- und Transportverwalter. Der ist schon länger hier als Joe Skinner und außerdem älter. Aber Joe dürfte ein echter Spitzenmann sein, wenn Sie verstehen, was ich damit meine, Miß. Und er lernt so fleißig in seinen Abendkursen. Sicher, er ist noch jung, aber ungemein tüchtig. Natürlich liegt die Entscheidung ganz bei Ihnen.«

Sie hob die Brauen, als wäre sie erstaunt. »Joe ist in der Tat noch sehr jung.«

»Nur den Jahren nach, Miß. Aber zwischen seinen Schultern sitzt ein alter Kopf, und er kennt dieses Geschäft von A bis Z. Lieber würde ich hierbleiben, bis ich tot auf diesen Tisch falle, als einen Emporkömmling wie Mr. King an meinem Platz zu sehen. Verzeihen Sie, wenn ich das so offen sage, Miß, aber ich werde nie begreifen, warum Sie ihn mit diesem Posten betraut haben.«

»Tut mir leid, George, ich hatte keine Wahl. Die anderen Bewerber waren zu unerfahren. Und vorher war er . . .«

»Ich weiß, ich weiß«, unterbrach er sie, »in Hull, bei Rekkitts. Das weiß ich alles, und ich kenne auch seine grandiosen Ideen. Nun, je weniger wir über ihn reden, desto besser. Entscheiden Sie sich für Johnnie oder Joe, Miß. Wenn ich zu bestimmen hätte, ich würde Joe nehmen.«

»Nachdem Sie sich so für ihn einsetzen, werde ich Ihren Rat befolgen, George.«
»Das wird für ihn ein gewaltiger Sprung nach oben sein. Immerhin ist er erst neun Jahre bei uns.«
Das wußte Bridget. Sie erinnerte sich noch gut an den Tag, wo sie Joe zum erstenmal gesehen hätte. Bei einem Rundgang mit ihrem Vater durch die Fabrik war ihr der Junge aufgefallen – sein Diensteifer, sein Lächeln, seine wundervollen Augen ...
»Gibt's Joes wegen irgendwelche Probleme, Miß?«
Sie zuckte leicht zusammen. »Nein, George. Ich mußte nur gerade an Dad denken. Sicher hätte er mir Joe ebenfalls empfohlen.«
»Ja, Ihr Vater merkte sofort, wenn jemand seinen Lohn wert war. Soll ich Joe hereinschicken? Dann könnten Sie ihm die erfreuliche Neuigkeit selber mitteilen.«
»Ja, sehr gern. Eine wundervolle Idee!«
Allein in dem kleinen Büro, blickte sie auf ihre Hände hinab, die immer noch in den Reithandschuhen steckten. Nun werde ich Joe also zum Manager einer kleinen Schuhcremefabrik ernennen, dachte sie. Wäre es doch statt dessen die Palmer-Werft – oder Redhead oder Armstrong ...
Die Tür öffnete sich. Unsicher blieb Joe auf der Schwelle stehen.
»Treten Sie doch ein, Joe!«
»Sie wollten mich sprechen, Miß?«
»Ja. Und ich komme am besten sofort zur Sache. Mr. Field wird endlich seinen wohlverdienten Ruhestand genießen. Ich hätte ihn schon vor fünf Jahren pensionieren sollen, aber ich bin froh, daß ich's nicht getan habe, denn damals wären Sie noch nicht imstande gewesen, seine Position einzunehmen.«
Als Joe nichts sagte und sie nur anstarrte, fuhr sie fort: »Sie zögern? Warum? Natürlich kommt dadurch eine tiefgreifende Veränderung auf Sie zu. Sie müssen Ihren Nachfolger einarbeiten und sich an die neue Tätigkeit im Büro gewöhnen. Sie können doch lesen und schreiben?«

»O ja, Miß.«
»Besuchen Sie immer noch die Abendkurse?«
»Zweimal in der Woche, Miß.«
»Sehr gut. Also, wie lautet Ihre Antwort?«
»Ich bin ziemlich überrascht, Miß. Eigentlich dachte ich, der alte ... Mr. Fields würde bis zu seinem letzten Atemzug arbeiten. Und da ist auch noch Johnnie McInnes.«
»Darüber habe ich mit Mr. Fields gesprochen. Er ist wirklich müde, und er weiß es auch. Er hat Sie als seinen Nachfolger empfohlen. Dazu habe ich ihn mehr oder weniger veranlaßt, als ich fragte, was er von einem Manager wie Mr. King von der Kerzenfabrik halten würde.«
»Oh, da haben Sie einen wunden Punkt getroffen, Miß. Lieber würde er Danny Green von den Rollwagen ins Büro holen als einen Mann wie Mr. King.«
»Vermutlich. Jedenfalls hat er sich für Sie eingesetzt. Hätte er's nicht getan, wäre ich selbst darauf gekommen.«
»Oh, vielen Dank, Miß. Sie werden's nicht bereuen. Ich habe da einige Ideen. Wir könnten den Profit steigern ... Nicht, daß ich Mr. Fields kritisieren möchte, aber wir könnten zum Beispiel mehr Werbung machen. Und vielleicht sollten Sie einen Handelsvertreter einstellen.«
»Ja, das wäre nicht übel. Wir werden ein andermal darüber sprechen, Joe.«
»Nochmals vielen Dank, Miß. Und – es ist seltsam, aber ich wollte auch mit Ihnen reden – über ein Haus. Ich werde nämlich bald heiraten.«
»Heiraten?« Das Wort traf Bridget wie ein Schlag in die Magengrube.
»Ja. Ich weiß, es kommt ziemlich plötzlich – für mich auch. Um die Wahrheit zu gestehen, die Entscheidung ist erst gestern gefallen. Lily Whitmore wird meine Frau.«
»Lily? Ein sehr hübsches Mädchen.«
»O ja, und auch nett ...« Joes Zeigefinger zeichnete kleine Kreise auf die Tischplatte. »Ihnen will ich's sagen, Miß, denn mit Ihnen konnte ich in all den Jahren immer reden.

Also, es ist so – seit sie sechzehn war, gefällt sie mir. Jetzt ist sie achtzehn, aber ich dachte, ich hätte keine Chancen bei ihr, weil ihr auch andere Burschen hinterhersehen. Aber gestern erfuhr ich, daß sie in einer schwierigen Lage ist, und so ... Sie wissen doch, was ich meine? Sie erwartet ein Baby.«

»Oh ... Das tut mir leid.«

»Mir auch. Aber ich nehm's auf meine Kappe, weil ich sie mag, und auf andere Weise würde ich sie wohl nicht bekommen.«

Bridget schob eine Haarsträhne, die sich gelöst hatte, unter ihren Reithut. »Und der Vater des Babys?«

»Der wird sie genausowenig heiraten ...« Er wollte sagen: ›Wie Sie mich.‹ Doch das verkniff er sich gerade noch rechtzeitig. »Nein, da müßte der Himmel einstürzen. Dieser Ausdruck kommt in einem Vers vor, den ich mal in der Sonntagsschule gehört habe.«

»Sie wissen, wer der Mann ist?«

»Aye, Miß.«

»Ein Mann in gehobener Position?«

»Das könnte man sagen, Miß. Er hat ihr Geld gegeben.«

»Werden Sie etwas gegen ihn unternehmen?«

»O nein, Miß. Das würde Lilys Situation nur erschweren. Die meisten Leute werden glauben, daß das Kind von mir ist.« Er strich sich übers Kinn, der Schmutz seiner Finger mischte sich mit Schweiß. Sekundenlang glaubte sie ihn in einem schönen Anzug vor sich zu sehen, mit grauer Seidenkrawatte, Zylinder und blankpolierten Schuhen. Ein Bild von einem Mann könnte er sein, wenn – »der Himmel einstürzen würde«. Sonderbar, daß er sich an jenen Vers und seinen einzigen Besuch in der Sonntagsschule erinnerte ...

»Und deshalb wollte ich Sie um ein Haus bitten, Miß«, fuhr er fort. »Vielleicht ist irgendeins zu vermieten. Lily soll ihr Eheleben nicht in einer dieser schäbigen Hütten beginnen. Es wäre mir egal, wo das Haus ist – auf der an-

deren Seite von Gateshead oder in Low Fell oder irgendwo.«
»Da kann ich Ihnen sicher helfen.«
»Oh, das wäre großartig, Miß.«
»Morgen spreche ich mit meinen Verwalter, dann gebe ich Ihnen Bescheid.«
»Sie sind so freundlich, Miß, und ich habe Ihnen viel zu verdanken, vor allem meinen Job als Vorarbeiter. Und jetzt machen Sie mich auch noch zum Geschäftsführer. Ich werde immer tief in Ihrer Schuld stehen. Wenn ich mal irgendwas für Sie tun kann . . . Ich weiß, das klingt wie eine hohle Phrase, aber ich mein's ernst.« Wie ein Gentleman verneigte er sich, dann verließ er das Büro.
Was könnte er alles für sie tun – unter anderen Umständen. Seufzend stand sie auf und ging hinaus. George Fields wartete im Korridor auf sie. »Er sieht aus wie ein kleiner Junge, der ein neues Spielzeug bekommen hat, Miß. Aber er weiß, daß es kein Spielzeug ist. Er wird Sie bestimmt nicht enttäuschen. Nur keine Bange! Bevor ich gehe, werde ich ihm noch einiges beibringen.«
Er begleitete sie in den Hof hinaus, wo er ihr Pferd holen ließ. Ohne seine Hilfe schwang sie sich in den Sattel. Der Ritt führte sie durch den Wald und an den Feldern vorbei, die an Low Fell und Birtley grenzten. Dann folgte sie dem langen Weg, an dem die beiden Anwesen Grove House und Filmore lagen. Nach einer weiteren halben Meile bog das Pferd aus eigenem Antrieb in eine Zufahrt zwischen zwei Steinsäulen ein, die einen schmiedeeisernen Torbogen mit der darin verflochtenen Inschrift »Milton Place« trugen.
Die relativ kurze Auffahrt wurde nicht wie üblich von hohen Bäumen gesäumt, sondern von sorgsam gestutzten Buchenhecken. Auf dem weiten Rasen vor dem elfenbeinweißen Haus hielten zwei riesige Blautannen Wache, zu beiden Seiten einer breiten Treppe, die zu einer Terrasse mit farbenfrohen Rosenstöcken hinaufführte. Bridget ritt

in den Stallhof, wo Danny Croft das Pferd übernahm. »Sie müssen ja ganz erhitzt sein, Miß. Und das Pferd ist schweißnaß.«
»Geben Sie ihm was zu trinken, und dann reiben Sie ihn gut ab, Danny.«
»Klar, Miß, wird sofort erledigt.«
Sie ging zur Küchentür und öffnete die Knöpfe ihrer Reitjacke, dann nahm sie den Hut ab und fächelte sich damit Kühlung zu.
»O Peg!« rief sie, als sie die Küche betrat. »Hier drin müssen Sie ja geradezu schmoren!«
»Beinahe, Miß, aber mein Fett schmilzt trotzdem nicht.« Die Köchin lachte, dann fügte sie hinzu: »Sie sehen auch ziemlich mitgenommen aus. Wie wär's mit einer Tasse Tee?«
»Lieber was Kaltes aus dem Keller.«
»Ein Bier?«
»Das wäre wunderbar.«
Die Köchin wandte sich zu einem jungen Mädchen: »Hol zwei Flaschen rauf, Mary.«
»Peg, ich trinke das Bier oben«, erklärte Bridget. »Ich möchte mich umziehen.«
»Gut, Miß, in einer Minute lasse ich's raufbringen.«
Bridget eilte durch einen kurzen Korridor zur Eingangshalle. Auf dem Weg zur Treppe traf sie Jessie Croft, die aus dem Speisezimmer kam. »Ah, da sind Sie ja, Miß! Sie müssen bei lebendigem Leib gegrillt worden sein. Welch ein Tag!«
»Ja, es ist ziemlich heiß, Jessie. Mary holt mir ein Bier. Ist Miß Victoria da?«
Die Haushälterin, die ihre Position ebenso wichtig nahm wie ihr Ehemann Danny seine Stellung im Stall, nickte. »Sie ist in ihrem Zimmer, Miß.« Etwas leiser fügte sie hinzu: »Übrigens hatte sie wieder Besuch.«
»Oh«, lautete Bridgets knappe Antwort. Sie stieg die Stufen hinauf, ging einen breiten Korridor entlang und wollte

gerade ihr Zimmer betreten, als sich eine gegenüberliegende Tür öffnete.
»Du bist ja knallrot im Gesicht, Bridget!« rief Victoria Mordaunt. »Wie kann man bei diesem Wetter ausreiten! Warte, ich hole dir was zu trinken.«
»Nicht nötig, man wird mir was bringen. Ich höre, du hattest Besuch.«
Victoria folgte ihrer Kusine in deren Zimmer. Wie schnell sich so was in diesem Haus herumsprach!
»Muß ich zweimal raten, wer dein Besucher war?«
»Nein, liebste Bridget, nur einmal.« Victoria sank auf das Bett und breitete ihre weiten Röcke aus. »Ich bin ja so glücklich! Wie ein Vogel könnte ich in die Lüfte schweben! Er ist einfach himmlisch! Und weißt du was? Wir sind zu einem Ball im Grove House eingeladen.«
»Du kannst ja hingehen, aber ich werde nicht mitkommen.«
»Sei doch nicht so langweilig, Darling! Warte – ich ziehe dir die Stiefel aus.« Victoria sprang vom Bett auf, lief zu dem Stuhl, wo Bridget saß, und kniete vor ihr nieder. Mit ganzer Kraft begann sie an einem Stiefel zu zerren.
Ihre Kusine lachte. »Ich habe dir schon tausendmal gesagt, daß man das anders macht. Ohne deine Hilfe kann ich's besser.«
»Niemals werde ich mich umdrehen und dir gestatten, deinen Fuß gegen meinen Hintern zu stemmen!«
»Wenn du nicht dazu bereit bist, steh auf und laß mich's allein machen.«
Beide lachten schallend, als Victoria eigensinnig den Stiefel bearbeitete und nach hinten fiel, nachdem sie ihn endlich von Bridgets Fuß gezogen hatte.
Es klopfte an der Tür, und das Hausmädchen Florrie McClean trat mit einem Tablett ein, auf dem zwei Flaschen Bier und zwei hohe Gläser standen. »Stellen Sie's hin, Florrie, und helfen Sie mir, den zweiten Stiefel loszuwerden, bevor mir Miß Victoria noch ein Bein ausreißt!«

Neues Gelächter klang auf, als das Mädchen den anderen Fuß mit einer einzigen Handbewegung befreit hatte.
»Soll ich das Bier einschenken, Miß?«
»Nein, danke, Florrie, das machen wir schon.«
Als die Kusinen wieder allein waren, füllte Victoria die beiden Gläser.
Inzwischen legte Bridget ihre Reithose, die Jacke und das Seidenhemd ab. Nur mit der Unterwäsche bekleidet, griff sie nach ihrem Glas und trank es halb leer. Sie schloß die Augen und seufzte tief auf. »Besser als Nektar . . .«
»Wo warst du den ganzen Nachmittag?«
»Das habe ich dir doch vorher gesagt. In den Fabriken.«
»Dazu brauchst du normalerweise nicht so lange.«
»Ich habe mit dem alten George Fields gesprochen. Er tritt endlich in den Ruhestand, und Joe Skinner wird sein Nachfolger.«
»Joe? Ist er nicht zu jung dafür?«
»Er ist genauso alt wie ich, nämlich dreiundzwanzig, und im Augenblick fühle ich mich wie eine Greisin.«
»Natürlich, weil du dich nicht ordentlich anziehst. Warum mußt du so herumlaufen? Die neue Mode würde dir phantastisch stehen.«
»Sei nicht albern! Und fang nicht schon wieder damit an!«
»Ich werde immer wieder damit anfangen, wenn du wie ein Lumpenbündel aussiehst. Dabei könntest du so hübsch sein. Wenn du mir nur erlauben würdest . . .«
»Hör mal!« Bridgets Stimme klang todmüde. »Ich hab' dieses Thema satt. Wie oft muß ich dir noch erklären, daß mich das nicht interessiert? Wenn du mir was von deinem Busen und deinen Hüften und deiner sonstigen Schönheit abgeben könntest – vielleicht wäre es dann anders. Aber ich bin, um mit Jessie zu sprechen, nur eine Wasserröhre ohne eine einzige Rundung.«
»Unsinn! Schau doch Sarah Tweedle an. Die ist viel dünner als du.«
»Aber sie sieht nicht so aus, und wir wissen beide, warum.

Aber mich würden keine zehn Pferde dazu kriegen, eine Turnüre und falsche Brüste zu tragen. Wenn das Zeug verrutschte – wenn es aus dem Mieder fiele und ein Gentleman müßte es aufheben ...«
Sie saßen nun beide auf dem Bett und schüttelten sich vor Lachen. Als sie sich beruhigt hatten, strich Victoria sanft mit einem Finger über Bridgets Wange. »Du könntest so schön aussehen mit deinen hohen Backenknochen und diesen zauberhaften Augen ...«
»Ja, ich weiß, und mit meinem großen Mund und den mausbraunen Haaren. Außerdem bin ich berühmt für meine brillante Konversation bei gesellschaftlichen Anlässen.«
»Ach du!« Victoria stieß ihre Kusine in die Kissen. »Ja, du hast recht, in Gesellschaft benimmst du dich gräßlich. Man könnte meinen, du wärst nie zuvor in einem Salon gewesen. Und was du alles sagst! Die Männer mögen es nun mal nicht, wenn man ihnen widerspricht. Und Kitty Porter ... Weißt du noch, wie furchtbar unhöflich du zu ihr warst?«
»Nicht so wie sie zu Mrs. Forrester – und das nur, weil deren fünf Töchter alle noch unverheiratet sind.« Bridget äffte Mrs. Porter gekonnt nach. »›Nun sind sie samt und sonders alte Jungfern, aber wieviel Trost werden sie Ihnen an Ihrem Lebensabend spenden ...‹ Dieser Typ lächelt sein Opfer sogar noch an, wenn er ihm die Kehle durchschneidet.«
»Dein Lächeln war auch nicht übel, und sie fiel beinahe in Ohnmacht, als du sie fragtest, warum man nur wilde Tiere ›Bestien‹ nennt. Das wird sie dir nie verzeihen.«
»Wie mich das bekümmert! Aber das ist ein guter Grund für mich, nie mehr auf Bälle zu gehen.«
»Sei nicht albern!«
»Und du sei nicht so frech!«
Wie Kinder balgten sie sich, nicht anders als zu jener Zeit, wo Bridget zehn gewesen und Onkel Joe mit einer hübschen, mutterlosen achtjährigen Tochter auf der Türschwelle erschienen war. Sie selbst, ein Einzelkind, hatte

die Mutter schon mit sechs verloren. Danach war sie die liebste Gefährtin ihres Vaters geworden und fest überzeugt, niemand anderen zu brauchen – bis zu ihrer ersten Begegnung mit Victoria. Seit jenem Tag liebten die beiden Kusinen einander wie Schwestern.

Bridget stand vom Bett auf, ging zum Schrank und nahm einen weißen Leinenrock und eine blaugemusterte Bluse aus dem Schrank. In einem Schubfach ihrer Kommode fand sie weiße Seidenstrümpfe. Während sie sich anzog, sagte sie: »Seien wir mal ernst, Victoria. Magst du ihn wirklich? Ich meine – ist es nicht nur eine flüchtige Schwärmerei? Er ist charmant und attraktiv, aber womit beschäftigt er sich? Wie ich höre, geht er auf die Jagd, spielt Karten und mimt den eifrigen Farmer – obwohl die Farm winzig ist.«

»Er arbeitet wirklich, Bridget. In Newcastle geht er in ein Büro. Ich glaube, früher hatte die Familie mit der Schifffahrt zu tun. Aber sein Vater erlitt einige Verluste auf hoher See.«

»Oh ...« Bridget zog sich ein Strumpfband übers Knie und zerrte es herum, so daß die kleine seidene Rosenknospe in der Mitte saß. »Wenn du ihn nie wiedersehen könntest, wie wäre dir dann zumute? Wenn er dir zum Beispiel erklärte, er würde eine andere heiraten?«

»Dann würde ich sterben«, flüsterte Victoria.

»Hattest du dieses Gefühl schon mal?«

»Niemals! Es war wohl nur Einbildung, als ich glaubte, ich wäre in Captain Turner verliebt. Er hat Onkel Harry oft besucht. Als ich hörte, er sei ertrunken, brach ich in Tränen aus.«

Auch Bridget hatte um den Captain geweint. Er war nicht ins Haus gekommen, um ihren Vater zu sehen, sondern ihretwegen. Vielleicht hätte sie ihn geheiratet, weil ihr Vater ihm so zugetan gewesen war. Vierzehn Tage vor seinem Tod hatte er gesagt: »Robert ist ein anständiger Junge. In seiner Obhut würde ich dich gern zurücklassen, sollte mir mal etwas zustoßen.« Und dann war er ganz plötzlich gestorben. Von einer Besprechung zurückgekehrt, hatte er ein spätes Abendessen eingenommen und war dann ins Bett gegangen. Sie hatte seinen Schrei gehört, und der Arzt war zu spät eingetroffen.

Mit neunzehn war sie über Nacht eine steinreiche Frau geworden, die Erbin zweier Fabriken, die seit vierzig Jahren stattliche Gewinne erzielten. Außerdem gehörten ihr mehrere Grundstücke in den umliegenden Städten und Anteile an verschiedenen Industrien zu beiden Seiten des Flusses. Statt wie die meisten Damen in ähnlichen Situationen nach einer angemessenen Trauerzeit mit einer passenden Begleiterin zu verreisen und dann einen ebenfalls passenden Ehemann zu suchen, verhielt sich Bridget Mordaunt so, wie es keinen der ihr nahestehenden Menschen überraschte. Es überraschte weder Andrew Kemp, den Anwalt ihres Vaters, noch den Buchhalter William Bennett oder den Grundstücksverwalter Arthur Fathers und am allerwenigsten das alte Dienerpaar Danny und Jessie Croft. Sie trat in die Fußstapfen ihres Vaters und übernahm die Geschäfte, so wie sie es von ihm gelernt hatte, bei Besuchen in den Fabriken oder in seinem Büro in Newcastle.

Victoria hatte die beiden selten begleitet. Ein Glück, wie ihr Onkel lachend bemerkt hatte, denn weil sie ständig fürchtete, ihr Kleid zu beschmutzen, sei sie eher ein Hindernis als eine Bereicherung. Sie war lieber daheim geblieben, um sich mit dem Haushalt zu befassen, und diese Bemühungen führten zu erfreulichen Resultaten. Was Möbel und Dekorationen betraf, bewies sie einen untadeligen Geschmack, ebenso in ihrer Garderobe.

»Ist das Haus nicht himmlisch?« fragte sie nun.

»Welches Haus?«

»Grove House natürlich, Lionels Heim.«

»Sicher, aber man müßte es von Grund auf renovieren. Jahrelang wurde es vernachlässigt. Es instand zu setzen würde Unsummen verschlingen.«

»Die Halle und den Salon könnte man in einen einzigen großen Raum umwandeln. Lionel hat mir das Haus gezeigt.«

»Wann?«

»Letzte Woche, als er mich abholte und auch dich einlud. Aber du erklärtest in deiner berühmt charmanten Art, du hättest keine Zeit zu verschwenden.«

»Das hab' ich zu dir gesagt, nicht zu ihm.«

»Ja, aber wärst du in der richtigen Stimmung gewesen, hättest du auch mit ihm so geredet.«

»Das will ich nicht abstreiten. Gieß mir bitte noch ein Bier ein, und dann ... Ich weiß nicht, was du vor dem Dinner vorhast, aber ich werde noch ein bißchen im Büro arbeiten.«

»Oh, dieses Büro! Irgendwann werde ich es in Brand stekken. Was willst du denn jetzt noch dort? Den ganzen Tag habe ich dich nicht gesehen.«

»Ich muß noch einen Brief schreiben. Joe Skinner will heiraten und braucht ein Haus.«

»Schon wieder Joe Skinner, dein besonderer Protegé! Was schenkst du ihm denn zur Hochzeit? Die Fabrik?«

»Vielleicht. Ich muß noch drüber nachdenken.«

Als Bridget auf die Tür zusteuerte, lief Victoria ihr nach und ergriff ihren Ellbogen. »Du nimmst doch die Einladung zum Ball an? Ohne dich kann ich nicht hingehen.«

Bridget schaute in das Gesicht des Mädchens, das sie so liebte, und seufzte tief. »Also gut.«

»Und du kaufst dir ein neues Kleid?«

»Nein.« Bridget öffnete die Tür, aber ihre Kusine hielt sie am Arm fest.

»O doch! Wenn du nicht in die Stadt fährst, lasse ich ein Dutzend Kleider hierherschicken, und du suchst dir eins aus.«

»Untersteh dich!«

»Natürlich tu' ich's, weil ich mich deinetwegen schäme!«

Die Ringellöckchen vor Victorias Ohren tanzten hin und

her, als sie heftig den Kopf schüttelte. »Du bist unmöglich! Bei allen Partys im letzten Jahr hast du stets dasselbe alte graue Ding getragen. Ich werde es zerreißen! Darin siehst du aus wie – wie . . .«
»Wie ein Wasserrohr, ich weiß«, fiel Bridget ihr lächelnd ins Wort.
»Ein guter Vergleich – zumindest, wenn du diesen grauen Fetzen trägst.«
»Es ist ein kostbarer Stoff – italienischer Brokat.«
»Das ist mir piepegal – und wenn es ein chinesischer Gobelin aus der Ming-, Bing- oder Bangperiode wäre!«
Lachend stiegen sie die Treppe hinab. In der Halle angekommen, bat Bridget: »Schau mal in der Küche nach, was Peg treibt. Heute abend will ich nichts Warmes essen, am besten nur eine kalte Suppe.«
»Sie wird einen Anfall kriegen.«
»Zweifellos, aber sag's ihr trotzdem. Und stör mich in der nächsten halben Stunde nicht.«
»Sehr wohl, Ma'am.« Victoria knickste und eilte zur Küche, während ihre Kusine einem Korridor folgte, an dessen Ende ein Raum mit hohen Büchergestellen lag. Sie nannte ihn »Büro«, obwohl die Regale nicht nur Aktenordner enthielten, sondern auch Werke von Brontë, Wilkie Collins, Mrs. Gaskell, Tennyson und Plato, bunt durcheinandergewürfelt, was einen breitgefächerten literarischen Geschmack verriet.
Wäre Bridget auf den chaotischen Inhalt der Regale hingewiesen worden, hätte sie geantwortet: »Oh, Sie müssen mal unser richtiges Heim in Shiels sehen. Dort finden Sie eine wohlgeordnete Bibliothek. Alle Bücher sind in rotes Saffianleder gebunden und mit goldenen Titeln geschmückt, ein paar tausend Exemplare. Zu Lebzeiten meines Großvaters besaß ein respektabler Mann nicht nur eine umfangreiche Bibliothek, er mußte die Bücher auch zur Schau stellen, und deshalb bekamen alle die gleichen Einbände. Aber ich glaube, er hat nie ein einziges Buch auf-

geschlagen. Sein ganzes Interesse galt der Schiffahrt, und er studierte immer nur Seekarten.«

Bridget setzte sich in den großen Ledersessel hinter dem Schreibtisch und nahm einen Briefbogen aus dem Messinggestell zu ihrer Rechten. »Henry Dene Mordaunt«, stand in der rechten oberen Ecke des Blatts, und darunter: »Herstellung von Schuhpolitur und Kerzen.« Andrew Kemp hatte ihr vorgeschlagen, ihren eigenen Namen als Briefkopf zu verwenden, aber sie war dagegen gewesen.

Nun schrieb sie ihrem Immobilienverwalter in Newcastle, mit dem Vermerk »Dringend«: Lieber Mr. Fathers, bitte informieren Sie mich über leerstehende Häuser in den Städten der Umgebung, vorzugsweise in Fabriknähe.« Sie unterzeichnete den Brief, steckte ihn in einen Umschlag und versiegelte, dann läutete sie nach Jessie, um ihn zur Post bringen zu lassen.

»Ist es wichtig?« fragte die Haushälterin.

»Sehr wichtig.«

Jessie blieb noch eine Weile stehen, den Brief in der Hand, verließ aber das Büro, als ihre Herrin nichts mehr sagte. Liebevoll schaute Bridget ihr nach. Jessie alterte zusehends, ebenso wie ihr Mann Danny. Beide hatten schon in Diensten von Großvater Mordaunt gestanden und der Familie seither unverbrüchlich die Treue gehalten. Aufopfernd hatte Jessie die kranke Mutter der kleinen Bridget gepflegt und ersetzte sie seither, so gut sie es vermochte. Auch die kleine Victoria hatte sie mit mütterlicher Wärme umgeben, wenn sie auch den »Putzfimmel« des Mädchens anprangerte. Allerdings stand sie voll und ganz auf Victorias Seite, was Bridgets Kleidung betraf. Entsetzt hatte sie die Hände zusammengeschlagen, als Bridget zum erstenmal in Hosen ausgeritten war. »Oh, die Leute werden sich das Maul zerreißen!«

Diese Prophezeiung sollte in Erfüllung gehen. »Grauenhaft, schamlos, wie ein Mann, so unbescheiden«, tuschelten die Leute. »Die wird nie einen Mann kriegen. Und wie sie redet! Eigentlich stammt sie ja aus Shields. Vulgär, aber stinkreich. Aber ihre Schwester – oder ihre Kusine? –, die ist ganz anders. Eine richtige junge Dame.«

Es blieb Bridget nicht verborgen, was der Gesellschaftskreis, in dem Lionel Filmore verkehrte, von ihr hielt. Der Mann gab ihr zu denken, seit er sich so um ihre Kusine bemühte. Angeblich hatte er früher Elizabeth, Kitty Porters Tochter, den Hof gemacht. Aber nun verfolgte er Victoria mit seiner Aufmerksamkeit, und man konnte im wahrsten Sinne des Wortes von einer Verfolgung sprechen, denn an diesem Nachmittag war er zum viertenmal innerhalb von drei Wochen nach Milton Place gekommen. Bridget registrierte das mit gemischten Gefühlen. Sie war sich unschlüssig, ob sie ihn mochte oder nicht. Aber da ihre Kusine ihn liebte, mußte sie sich wohl oder übel auf seine guten Eigenschaften konzentrieren und eine gewisse Sympathie für ihn entwickeln.

Sie griff nach einem Aktenordner, schlug ihn aber nicht auf. Die Hand auf das zerkratzte Leder gelegt, fragte sie sich, wodurch tiefere Gefühle für einen Mann hervorgerufen wurden. Nur von körperlichen Bedürfnissen? Sie schüttelte den Kopf. Nicht nur – es mußte auch noch irgend etwas sein, was der Mann ausstrahlte. Wenn so eine Empfindung entstand, hieß man sie nicht willkommen, weil sie hoffnungslos war. Trotzdem konnte man nicht verhindern, daß sie wuchs, und man verachtete sich selbst für diese Schwäche. Bridget hatte sogar versucht, ihre Emotionen ins Lächerliche zu ziehen und sich mit einer Missionarin verglichen, die in heißer Liebe zu einem Zulu entbrannte, obwohl es zwischen den beiden kein anderes Verständigungsmittel als die Zeichensprache gab. Doch das hatte ihr nicht geholfen.

Sie öffnete den Aktenordner, um sich der immer wieder tröstlichen Therapie von Zahlenkolonnen zu widmen.

3.

William Filmore stand mit dem Rücken zum kalten Kamin. Diese Position nahm er immer ein, wenn ein Feuer knisterte – in den Herbst-, Winter- und Frühlingsmonaten. Und er hatte sich so sehr daran gewöhnt, daß er sie auch an warmen Tagen beibehielt, vor allem wenn er nach dem Dinner seine Zigarre genoß.
Ihm gegenüber, in einem tiefen Ledersessel, saß sein älterer Sohn. Lionel kannte seine eigenen Vorzüge nur zu gut – er war hochgewachsen und kräftig, hatte dichtes blondes Haar und ein hübsches Gesicht, während sein ein Jahr jüngerer Bruder Douglas, nur einsfünfundsiebzig groß, über eine Figur verfügte, die man bestenfalls als drahtig bezeichnen konnte. Im Gegensatz zu Lionel hatte er dunkles Haar und tiefbraune, fast schwarze Augen. Sein Gesicht war länglich, mit kantigem Kinn und schmalen Lippen. Auch im Wesen unterschied er sich von seinem Bruder, war ruhig und zurückhaltend. Nach der Ansicht seiner Familie frönte er höchst seltsamen Neigungen. Er betätigte sich als Bildhauer und Schnitzer, und er liebte Schweine. Wenn er nicht in einem großen Nebengebäude der Firma arbeitete, das er »Werkstatt« nannte, beobachtete er die Tiere in ihrem Gehege und redete sogar mit ihnen.
Beide Männer schauten nun ihren Vater an, als er erklärte: »Wir müssen uns gut in Szene setzen, davon hängt sehr viel ab. Das müßtest du wissen.«
Er nickte Lionel zu, der seufzend erwiderte: »Das brauchst du nicht zu betonen. Ich weiß, wie wichtig das ist. Nicht nur für mich.«
»Wie meinst du das?« Der vorgewölbte Bauch schien sich noch zu vergrößern, das alte Doppelkinn bebte. William Filmore schnippte die Asche von seiner Zigarre, dann zeigte er mit der glühenden Spitze auf seinen Sohn. »Bald wird die Farm dir gehören. Was hast du damit vor? Willst

du sie verkaufen? Mit dem Erlös könntest du nicht einmal die Hälfte der Schulden bezahlen. Außerdem dein Lebensstil ... Auf die Jagd möchtest du wohl kaum verzichten, was? Und leere Ställe würdest du geradezu unerträglich finden. Dazu kommen noch deine Schneiderrechnungen, deine Getränke, nicht zu vergessen deine Spielschulden, weil du der größte Pechvogel auf Gottes Erde bist, sobald du ein paar Karten in der Hand hältst. Also – ich hoffe, du wirst auf diesem Ball deine Zukunft regeln. Wenn du's nicht schaffst, rate ich dir, nach Amerika zu gehen und zu sehen, wie weit du dort mit deinem Charme kommst.«

»Ihr werdet mehr Personal benötigen.«

Der Vater und der Bruder schauten Douglas an, als hätten sie ihn nie zuvor sprechen gehört. Dann nickte William Filmore. »Ja, Doug, da muß ich dir beipflichten. Hast du irgendwelche Ideen?«

»Eigentlich nicht. Ich war erst neunzehn, als wir unseren letzten Ball gaben. Das ist sechs Jahre her. Damals hatten wir noch elf Hausangestellte und engagierten acht zusätzliche Hilfskräfte. Aber die Verhältnisse haben sich geändert.«

»Offensichtlich.« Lionel warf seinem Bruder einen vernichtenden Blick zu. »Und du hast nicht allzuviel unternommen, um das zu verhindern.«

Douglas hob das Kinn, aber seine Stimme klang so ruhig wie zuvor. »Damals habe ich sozusagen meine Lehrlingszeit abgeleistet. Letzte Woche konnte ich zwei Werke verkaufen.«

»Was?« Der zweistimmige Ausruf kam wie aus einem Mund, und William Filmore legte vor Verblüffung seine Zigarre in den Aschenbecher, der auf dem Kaminsims stand.

»Du hast deine Steinklötze verkauft?« fragte Lionel entgeistert. »An wen? Vielleicht an den Marmorhändler in Gateshead? Was waren das für Stücke?«

»Der kleine Fischer und der Engel«, erklärte Douglas.

»Wieviel hast du dafür bekommen?«
»Hundertzwanzig Guineen für den Engel, fünfundachtzig für den Jungen.«
»Großer Gott!« William Filmore lächelte. »Was für ein gerissener Kerl du doch bist! Kein Sterbenswörtchen hast du verlauten lassen. Darauf hätten wir trinken können. Was hast du mit dem Geld gemacht? Wurdest du bar bezahlt?«
»Ja, und ich hab's ausgegeben«, erwiderte Douglas.
Das Lächeln seiner beiden Zuhörer erlosch, und Lionel fragte mißmutig: »Wofür?«
»Für guten Stein. Ich habe drei neue Aufträge erhalten.«
Die Miene des Vaters hellte sich wieder auf, er warf den ergrauten Kopf in den Nacken und schien mit der Stukkatur an der Zimmerdecke zu sprechen. »Verdammt will ich sein! Wenn man auf diesen Felsbrocken herumklopft, kann man also tatsächlich Geld verdienen.« Mit seinem jüngeren Sohn hatte er nie viel anfangen können. Erstens sah Douglas wie ein Schwächling aus, zweitens verfolgte er keine anderen Interessen als an Holz- oder Felsklumpen herumzuhämmern oder zu -schnitzen. Das Schulgeld war anscheinend reine Verschwendung gewesen. In den Zeugnissen stand immer nur, er würde nicht richtig arbeiten und sei ein geistesabwesender Träumer. Nun offenbar waren seine Träume zu Stein geworden und brachten jetzt sogar etwas ein. Damit konnte man natürlich kein Vermögen anhäufen, aber immerhin ...
Forschend starrte Filmore seinen Sohn an. Offenbar steckte in diesem schmächtigen Jungen mehr, als man es auf den ersten Blick vermutete. »Wo werden die Stücke landen?«
»Ich glaube, in London. Jedenfalls macht der Mann dort Geschäfte. Früher war er selber Friedhofssteinmetz.«
»Friedhofssteinmetz!« stieß Lionel verächtlich hervor. »Grabsteine und Kreuze!«
»Ja, das nehme ich an. Jetzt verkauft er die Werke anderer Künstler – zum Beispiel meine.«

»Mit ein paar hundert Pfund wirst du dieses Haus nicht retten.«
»Nein, aber ich werde mich selbst ernähren können, wenn es zusammenfällt.« Douglas stand auf und schlenderte durch die Tür, die hinter ihm ins Schloß fiel.
Sein Vater warf die halb gerauchte Zigarre in den Kamin. »Er hat recht. Und wovon willst du leben, wenn deine Pläne scheitern, Lionel? Von deinem geistreichen Witz? Kitty Porter wird dich nicht mehr in ihrem warmen Nest aufnehmen und ihr kleines Hühnchen von dir rupfen lassen. Also Amerika – oder du eskortierst reiche Damen von einem Kurort zum anderen.«
»Du magst mich nicht«, konstatierte Lionel bitter. »Und weißt du was? Alles, was du an mir nicht leiden kannst, sticht an dir noch viel stärker hervor. Was für ein Beispiel hast du mir denn gegeben? Als erstes fiel mir deinc Hurerei auf, direkt vor Mamas Nase. Dann kam das Saufen, gefolgt vom Spielen. In dieser letzten Lustbarkeit warst du keineswegs ein Meister, sonst hättest du unser Londoner Haus nicht verkaufen und in diese entlegene ländliche Gegend ziehen müssen, die du verabscheust.«
»Geh mir aus den Augen!«
»Ja, das will ich gerne tun, Vater. Aber vorher wäre da noch eine Frage zu klären. Wenn ich sie heirate – und ich zweifle nicht daran, denn sie ist reif genug, um gepflückt zu werden –, wenn ich sie also heirate und sie sich weigert, hier zu leben und deinen Ruin zu verhindern? Vielleicht beschließt sie, auf Milton Place zu bleiben. Ein hübsches Haus, gut in Schuß, kein halbverfallenes Mausoleum wie das hier . . . Nun, was wäre dann?«
»Egal, wo ihr lebt – du kommst an ihr Geld heran. Und du bist wohl gerade noch rechtzeitig dran, denn man will ein neues Gesetz erlassen, das den Frauen ein Recht auf ihr Eigentum zugesteht. Ich erwarte von dir, daß du ihr Vermögen auf die richtige Weise benutzt.«
Lässig stand Lionel auf, ging zur Tür und zupfte an den

Enden seines kleinen Schnurrbarts. »Wir werden sehen, Vater.«
William Filmore blieb allein zurück. Er tastete sich beinahe bis zu dem Ledersessel, der soeben frei geworden war, und sank hinein. Eine Hand über die Stirn gelegt, fragte er sich, warum man sein eigen Fleisch und Blut so sehr hassen konnte. Nun, vielleicht hatte Lionel recht. Er glich seinem Erzeuger in mancherlei Hinsicht. Doch jetzt war es zu spät für Selbstvorwürfe. Sein Leben schien sich dem Ende zuzuneigen – so, wie er sich fühlte. Und Doug, dieser kümmerliche Individualist... Alle Filmores waren große, kräftige Männer gewesen. Das bewies die Ahnengalerie, die Generationen aus zwei Jahrhunderten zeigte. Da gab es keine Schwächlinge. Aber sein Zweitgeborener sah mit seinen fünfundzwanzig Jahren immer noch wie ein Junge aus. Und was war soeben geschehen? Er hatte dem großen, kräftigen älteren Bruder gezeigt, daß er sich zumindest seinen Lebensunterhalt verdienen konnte.
Seufzend blickte William ins Leere. Er hatte sich nie Gedanken um Douglas gemacht. Nun überkam ihn das Gefühl eines schmerzlichen Verlusts, die Ahnung, daß ihm gerade dieser Filmore, der so eklatant aus der Art schlug, im Alter Trost und Freundschaft hätte schenken können. Doch auch dafür war es jetzt zu spät.
Er schloß die Augen, und in seiner Erinnerung wurde die Szene gegenwärtig, wo er am Sterbebett seines Vaters gestanden und dessen letzte Worte gehört hatte. »Denk dran, Will, für alles im Leben muß man bezahlen.« Und der Vater hatte tatsächlich bezahlt, mit einer langwierigen, zerstörerischen Krankheit, einem sehr hohen Preis für seine sogenannte Sünde der Untreue.

4.

»Hast du noch nicht herausgefunden, wie die Dinge liegen?«
»Vater ...« Gequält schloß Lionel die Augen. »Was willst du von mir? Soll ich zu der anderen gehen und fragen, wie hoch der Anteil ist?«
»Warum nicht, wenn du's diplomatisch anpackst? Die Ältere hat offenbar das Heft in der Hand. Sie verdient das Geld. Und deine liebe Victoria gibt es aus, soweit man nach ihrer Kleidung urteilen kann. Also muß sie einen höheren Anteil haben. Sogar unsere Dienstmädchen sind besser angezogen als die andere. Sie ist flach wie ein Pfannkuchen und völlig farblos. Da ist deine Victoria von anderem Kaliber – bildhübsch und aufgeputzt wie eine Herzogin. Hast du eigentlich schon mal mit ihr über finanzielle Angelegenheiten gesprochen?«
»Einmal. Da lachte sie nur und sagte: ›Ich bin ein bettelarmes Mädchen.‹«
»Armes Mädchen! Die zwei Väter waren doch Brüder – oder?«
»Ja. Aber Victorias Vater starb anscheinend, als sie noch sehr jung war. Seither lebt sie bei ihrer Kusine.«
»Nun, ich kann nur sagen, daß du noch vor der Hochzeit etwas unternehmen solltest. Du hast zwei Wochen Zeit.«
»Was erwartest du denn, Vater? Soll ich sie fragen, ob sie eine Mitgift bekommt? Das würde sie vielleicht veranlassen, die Hochzeit abzublasen.«
William Filmore wandte sich vom Bibliothekstisch ab, trat ans Fenster und blickte in die Abenddämmerung des feuchtkalten Apriltages. Gegenüber erhoben sich mehrere große Steingebäude. »Ist Doug fertig?«
»Das weiß ich nicht. Wahrscheinlich hackt er immer noch da drüben an seinen Felsblöcken herum. Die Arbeit macht ihm richtig Spaß.«

Überrascht starrte Lionel seinen Vater an, der sich abrupt zu ihm umdrehte und hervorstieß: »Es würde dir nur zur Ehre gereichen, wenn auch du einer Beschäftigung nachgingst. Wenigstens ernährt er sich selbst und steuert auch ein bißchen was zum Haushaltsgeld bei. Und er befaßt sich mit Kunst – nicht mit Schuhwichse und Kerzen. Diese Fabriken solltest du so schnell wie möglich loswerden und den Verkaufserlös in Grundbesitz stecken.«
»Das brauchst du mir nicht zu sagen. Ich bin kein Narr.«
»In gewisser Weise schon. Magst du das Mädchen überhaupt?«
Lionel antwortete nicht sofort und strich über sein pomadisiertes Haar. »Sie ist sehr nett – und begehrenswert.«
»Das genügt nicht. Aber ich hoffe, du machst Schluß mit Lizzie Porter.«
Wütend schlug Lionel mit der Faust auf den Tisch. »Ich habe bereits mit ihr gesprochen.«
»Das freut mich«, entgegnete William mit ruhiger Stimme. »Wie spät ist es?« Er wandte sich zum Kamin, auf dessen Sims eine vergoldete französische Uhr stand. »In einer Stunde werden Alan und Minnie mit ihren fünf Töchtern als erste eintreffen – wie üblich. Und dann wird gefeiert ...« O Gott, dachte er, wir sind wirklich auf dem absoluten Tiefpunkt angelangt, wenn dieses Haus von Schuhwichse und Kerzen gerettet werden soll.

Zu den engeren Freunden, die den Ball besuchten, zählten Pat Maybrook, seine Frau Ann und die drei Söhne David, Norman und Albert – jeder von einer jungen Dame begleitet, David von seiner Verlobten. Den Maybrooks gehörte eine lukrative Bierbrauerei. Auch Arthur Porter, seine Frau Kitty, der Sohn Peter und die berüchtigte Tochter Elizabeth waren erschienen. Porter besaß ein respektables Schiffahrtsunternehmen.
Die Familie Wright bestand aus Stephen, seiner Frau Rosie und drei Söhnen – John, Amos und James, lauter ein-

gefleischten Junggesellen ohne Damenbegleitung. Die fünf Töchter von Alan und Minnie Forrester waren alle über zwanzig. Jane, die älteste, hatte bereits ihren neunundzwanzigsten Geburtstag gefeiert, Sarah, die jüngste, ihren zweiundzwanzigsten. Zwischen den beiden waren Mary, Alice und Freda auf die Welt gekommen. Alle fünf tauchten ohne männliche Eskorte auf, trugen aber eine fröhliche Miene zur Schau. Wie sie wußten, konnten sie stets auf die gleichfalls ungebundenen Forrester-Söhne bauen, wenn Not am Mann war.

Die übrige Gästeschar setzte sich aus Bekannten von Freunden, Jagdgefährten und sogenannten Gentleman-Farmern zusammen. Der künftige Bräutigam hatte etwa fünf Leute eingeladen, die Braut neun: Andrew Kemp, Bridgets Anwalt, seine Frau Jane und seinen Sohn Richard, ebenfalls Anwalt; William Bennett, Bridgets Buchhalter, mit Ehefrau Nell, Tochter Nancy und Sohn Jeff; und schließlich Bridgets Immobilienverwalter, Arthur Fathers, mit seinem Sohn Philip. Mrs. Fathers fühlte sich nicht wohl.

Die große Tafel im Speiseraum bot nur für zweiundzwanzig Personen Platz. Die übrigen saßen an kleineren Tischen. Fachkundige, eigens für den Abend engagierte Kellner eilten hin und her.

Nach dem Dinner wurde in der Eingangshalle und im großen Salon getanzt, wo man die Teppiche entfernt hatte. Zwischendurch servierte man Getränke und Süßigkeiten. Als der Dirigent des kleinen Orchesters einen Walzer von dem berühmten Wiener Komponisten Johann Strauß ankündigte, führte Lionel seine Braut aufs Parkett. Douglas kam zu Bridget, die in einem Alkoven auf einem Korbstuhl saß. Lächelnd verbeugte er sich: »Würden Sie mir wieder einmal das Vergnügen machen, auf Ihre Zehen treten zu dürfen?«

Sie lachte auf. »Bedaure, Sir, diese Freude muß ich Ihnen mißgönnen, weil ich meine Füße noch brauche. Aber ich

wäre entzückt, wenn Sie für eine Weile bei mir Platz nähmen. Dann könnten wir das Gespräch fortsetzen, das von der letzten Musikpause so plötzlich unterbrochen wurde.«
Auch er lachte und zog sich einen Stuhl heran, der aber nicht in den schmalen Alkoven paßte. »Kommen Sie!« Er nahm ihre Hand, zog sie hoch und führte sie um kichernde Tanzpaare herum zum Wintergarten.
Der rechteckige Raum mit dem Glasdach wurde nicht wie der Rest des Hauses von Gaslüstern, sondern von Öllampen erhellt, die zwischen Farnkräutern und anderen Grünpflanzen flackerten. Am anderen Ende des Wintergartens lachten und schwatzten ältere Damen, die sich heftig Kühlung zufächelten. Douglas flüsterte seiner Begleiterin zu: »Auf diese Gesellschaft wollen wir verzichten. Da hinüber ...« Er zeigte auf eine Holzbank hinter einer riesigen Topfpalme, und als sie Platz genommen hatten, brach Bridget wieder in Gelächter aus.
Es war ein erstaunlicher Abend. Sie hatte diesen Ball gefürchtet – einerseits, weil er die bevorstehende Trennung von ihrer geliebten Kusine einleitete, andererseits aus einer vagen Sorge heraus. Sicher, Victoria liebte Lionel. Aber erwiderte er ihre Gefühle im selben Maße?
Widerwillig hatte sie sich von Victoria zu einem neuen Ballkleid überreden lassen, aber energisch gegen Rosa, Blau und Grün protestiert und schließlich ein helles Grau gewählt. Der Ausschnitt erschien ihr viel zu freizügig, denn er entblößte beinahe die ganzen Schultern, und der Rock war ihr zu weit. Ihr verändertes Aussehen hatte den Hausherrn überrascht, aber keineswegs zu einer überschwenglichen Begrüßung animiert. Victorias Hand war geküßt, ihre eigene geschüttelt und nur an den Fingerspitzen umfaßt worden.
Aber seit sie beim Dinner neben seinem jüngeren Sohn gesessen hatte, amüsierte sie sich seltsamerweise. Douglas besaß einen trockenen Humor, der sarkastische Züge annahm, wenn er auf gewisse Extravaganzen anderer Gäste

abzielte. Nach dem Essen hatte sie ein paarmal getanzt – dreimal mit dem jungen Mann, einmal mit seinem Bruder. Lionel war ein besserer Tänzer, aber nicht so unterhaltsam wie Douglas. Nur zögernd hatte sich ein Gespräch entwikkelt.

»Gefällt Ihnen der Ball, Miß Mordaunt?«

»O ja.«

»Werden Sie Victoria sehr vermissen?«

»Natürlich.«

»Wollen Sie weiterhin in Meadow House wohnen?«

»Zeitweise – wenn es die Geschäfte nicht erfordern, daß ich in Milton Place bleibe.«

»Bevorzugen Sie das Haus in South Shields?«

»Allerdings.«

»Ist es nötig, beide Häuser zu behalten?«

Sie vollendete eine Reihe von Tanzschritten, ehe sie Lionel ins Gesicht schaute, und entgegnete: »Ja, das ist nötig.«

»Warum?«

»Weil mein Vater es für nötig hielt«, hatte die schlichte Antwort gelautet.

»Worüber lachen Sie?« fragte Douglas nun. »Verraten Sie's mir!«

Sie nahm ein spitzenbesetztes Taschentuch aus ihrem Pompadour und betupfte sich die Augen. »Weil ich zum erstenmal von einem jungen Mann hinter eine Palme gezerrt wurde.«

Da stimmte er in ihr Gelächter ein. »Sie sind so erfrischend wie Quellwasser.«

»Und Sie sind ganz anders als ihr Bruder und ihr Vater.«

»Das weiß ich sehr gut. Ich sehe nicht wie Lionel aus, ich verhalte mich nicht wie Lionel, ich besitze keine seiner Tugenden. Verglichen mit ihm, bin ich nur ein halber Mann. Doch das stört mich nicht, denn ich wollte nie so wie Lionel oder wie mein Vater sein. Und wenn ich meinen Stammbaum betrachte, finde ich keinen Ahnherrn, an dem ich mir ein Beispiel nehmen möchte. Finden Sie, daß das arrogant klingt?«

Bridget schüttelte den Kopf. »Es ist immer gut, wenn man weiß, was man ist – was man sein will.«
»Sie kennen sich selbst schon sehr lange, nicht wahr?«
»Nun ...« Sie schaute in die schwachen Lichtstreifen, die zwischen den Palmwedeln hindurchdrangen. »Ich habe zwar keine Selbstanalysen vorgenommen, aber ich wußte stets, was ich wollte. Noch klarer war mir, was ich nicht wollte – nämlich, meine Zeit in Salons bei albernem Geschwätz zu verbringen und mich darüber zu unterhalten, ob man die neueste Mode mitmachen, die Taille unter den Busen oder auf die Hüften verlegen und wie fest man das Korsett schnüren soll ... Oh, was rede ich denn da?« Kichernd preßte sie eine Hand auf den Mund, während Douglas schallend lachte.
Dann nahm er ihre Hand und neigte sich zu ihr. »Ich habe diesen Abend sehr genossen – einzig und allein Ihrer Gesellschaft wegen.«
»Dieses Kompliment kann ich erwidern. Wie ich ihnen gestehen muß, hatte ich Angst vor diesem Ball. Aber weil Sie da sind, fühle ich mich ausnehmend wohl.«
»Hat es Ihnen auch Spaß gemacht, mit mir zu tanzen?«
Mit gespielter Strenge schüttelte sie den Kopf. »Nein, Sir. Sie erwarten doch nicht von mir, daß ich lüge? Sie tanzen gräßlich. Falls mir meine Augen nicht verraten hätten, daß sie nur zwei Füße besitzen, müßte ich glauben, Sie hätten noch einen dritten, über den sie andauernd stolpern.«
Sie lachten wieder, und Bridget überlegte, daß sie sich seit dem Verlust ihres Vaters mit niemandem so gut unterhalten hatte wie mit diesem freundlichen Mann, der zwei Jahre älter war als sie, aber viel jünger aussah. Sie konnte ganz offen mit ihm reden, das spürte sie. Und so stellte sie die Frage, die ihr auf der Seele brannte: »Glauben Sie, Ihr Bruder liebt Victoria wirklich?«
Es dauerte eine kleine Weile, bis Douglas antwortete: »O ja. Wer könnte ihr widerstehen? Sie ist sehr schön.«
»Sie meinen also, nur schöne Mädchen sind liebenswert?«

»Keineswegs. Aber in seinem Fall... Nun, es ist leicht, Victoria zu lieben. Schönheit ist natürlich vergänglich – im Gegensatz zum Charakter, der mit den Jahren aufblüht.«
»Ich habe Victoria sehr gern, wir sind wie Schwestern...«
»Oh, hallo!«
Beim Klang der grölenden Stimme verstummte Bridget. Ebenso wie Douglas spähte sie zwischen den Palmwedeln hindurch, sah aber nur die Umrisse zweier Gestalten.
»Wissen Sie«, fuhr dieselbe Stimme fort, »Sie hätten sie nicht mit meinem Vater tanzen lassen sollen. Er kann sich kaum noch auf den Beinen halten.«
»Er hätte nicht so viel trinken dürfen.«
»Unsinn, es liegt nur an seinem Rheumatismus.«
»Dann sollte er nicht tanzen.«
»Er wollte eben seine Pflicht tun und der Braut die Ehre erweisen. Ein bildschönes Mädchen – Sie sind wirklich ein Glückspilz.«
»Freut mich, daß Sie so denken.«
»O ja, und außerdem sind Sie ein hochanständiger Kerl. Wie ich vorhin zu meinem alten Dad sagte – es ist doch allgemein bekannt, daß sie nicht gerade in Geld schwimmen. Trotzdem heiraten Sie ein Mädchen, das keinen Penny besitzt.«
Eine Zeitlang war nur die Tanzmusik zu hören. Douglas wechselte einen Blick mit Bridget, dann brach sein Bruder das Schweigen. »Was reden Sie da?«
»Nun ja, hätten Sie sich für Miß Bridget entschieden, lägen die Dinge natürlich anders. Mein Dad kümmert sich um ihre Geschäfte, also ist er genau im Bilde. Als ihr Onkel Septimus damals mit seiner kleinen Tochter Victoria ins Haus kam, war er völlig mittellos. Seinen Anteil am Familienunternehmen hatte er teils verspielt, teils auf einer erfolglosen Goldsuche in Amerika ausgegeben... He, nehmen Sie die Hände weg! Das hätten Sie doch wissen müssen. Es ist allgemein bekannt. Hören Sie auf...«
Die Palme begann heftig zu schwanken in Richtung der

verborgenen Bank. Douglas zog Bridget gerade noch rechtzeitig beiseite, ehe die hohe Topfpflanze umstürzte. Dann sprang er auf und rannte um das Durcheinander aus grünen Wedeln herum zu Lionel, der seinen betrunkenen Informanten zu Boden geworfen hatte.

Mit einer Kraft, die man seinem dünnen Arm nicht zugetraut hätte, packte Douglas das Handgelenk seines Bruders, zerrte ihn von der hingestreckten keuchenden Gestalt weg und half ihr auf die Beine. »Alles in Ordnung, Mr. Kemp?«

»Gar nichts ist in Ordnung! Der Kerl muß wahnsinnig sein! Ich sagte doch nur, daß sie kein Geld hat ... Eine schöne Party ist das, wo man vom Gastgeber tätlich angegriffen wird. Wo ist mein Vater? Ich gehe!«

Während der Mann aus dem Wintergarten taumelte, wandte sich Douglas an seinen Bruder. »Reiß dich zusammen!«

»Ich soll mich zusammenreißen?« zischte Lionel. »Weißt du, was ...«

»Ja, ich weiß es, ich habe hinter der Palme gesessen – mit Miß Bridget.«

»O Gott«, flüsterte Lionel.

»Dieser Tanz ist fast vorbei. Sag den Musikern, sie sollen zu spielen aufhören. Dann werden alle gehen, und wir können reden.«

»Was gibt's da zu reden? Sie hat keinen Penny...« Er preßte beide Hände gegen die Schläfen, als wollte er die qualvollen Gedanken ersticken.

»Jetzt ist es zu spät für einen Rückzieher. Tu, was ich sage.« Wortlos verließ Lionel den Wintergarten, und Douglas kehrte zu Bridget zurück, die am Ende der Holzbank stand, an die Wand gelehnt. Die großen Augen, die vorhin so fröhlich gefunkelt hatten, schauten ihn plötzlich hart und kalt an. »Ist das wahr? Er dachte, sie wäre reich?«

Er wich ihrem Blick aus. »Ja, leider ...«

»Aber sie versicherte mir, sie hätte ihm ihre Situation erklärt.«

»Dann verstehe ich nicht. Ich erinnere mich nur, daß sie einmal lachend bemerkte, sie sei bettelarm. Das hielt er wohl für einen Scherz.«
»Was wird er tun?«
»Keine Ahnung. Ich weiß nur, daß er keinen Penny hat und von unserem Vater abhängig ist – so wie ich es war, bevor ich mit meinen Skulpturen Geld verdiente. Ich brauche wohl nicht zu betonen, wie schlecht es um Vaters Finanzen steht.«
»Und Victoria sollte die Farm retten, nicht wahr?«
»Ja«, gab Douglas zu. »Aber ich habe vorhin nicht gelogen . . . abgesehen vom Geld – mag Lionel Victoria wirklich sehr gern.«
Sie starrte durch die offene Tür zu den Tanzpaaren hinüber, die sich immer noch auf dem Parkett drehten. »Von Anfang an spürte ich, daß da was faul ist. Es ging alles viel zu schnell. Die arme Victoria – das wird sie umbringen.«
»Heutzutage stirbt man nicht mehr an unerwiderter Liebe.«
»Was wissen Sie schon davon!« stieß Bridget hervor. »Man kann sehr wohl daran sterben – nicht sofort, aber man welkt dahin, bis nichts mehr von einem übrig ist. Und genau das wird mit Victoria geschehen. Sie liebt diesen Mann über alles, sie betet ihn an – und sie hat so viel Hochachtung vor ihm, weil sie glaubt, er würde aus reiner Liebe ein mittelloses Mädchen heiraten.«
Während des Schweigens, das nun folgte, dröhnten ihnen das Gekreisch und Gelächter aus den Ballräumen in den Ohren. Erst als die Musik verstummt war und die Gäste allmählich den Heimweg antraten, meldete sich Bridget wieder zu Wort. »Sagen Sie ihm, er soll vorerst nichts unternehmen. Morgen früh, um halb zehn, komme ich wieder hierher, dann möchte ich mit ihrem Bruder und ihrem Vater reden.«
»Bridget – es tut mir so leid . . .«
Sie sagte nichts mehr und ging davon, zu ihrer glückstrahlenden Kusine, die ihren Fächer schwenkte und dem An-

walt zuhörte, der sich für seine mangelnden Tanzkünste entschuldigte. Bridget unterbrach ihn: »Andrew, ich möchte Sie morgen nachmittag besuchen. Um drei?«
»O Bridget, Sie sind unmöglich! Gerade bitte ich die Braut, meinen tolpatschigen Füßen zu verzeihen, da kommen Sie an und wollen einen geschäftlichen Termin mit mir vereinbaren . . .«
»Andrew, ich bin sehr müde, und Victoria möchte sicher auch nach Hause. Komm, meine Liebe, verabschiede dich von – Lionel.« Nur mühsam brachte sie den Namen über die Lippen.
»Aber . . .«
»Bitte, Victoria! Ich sagte, daß ich müde bin.«
»Ja, natürlich.« Ohne ein weiteres Wort wandte sich Bridget ab und eilte zur Garderobe. Bedrückt senkte ihre Kusine den Kopf.
Es war so ein himmlischer Abend gewesen. Warum mußte Bridget ihr die Freude verderben?

5.

Hell schien die Morgensonne herab und ließ das junge, von einem kurzen Aprilregen noch feuchte Laub der Bäume glitzern und die frisch erblühten Blumen auf den Wiesen leuchten. Auch Hamlet schien die belebende Kraft des Frühlings zu spüren, denn es drängte ihn zu galoppieren, statt seiner Herrin zu gehorchen, die auf einem gesitteten Trab bestand.
Bridget näherte sich dem Tor von Grove House, das sie erst wenige Stunden zuvor mit einer verwirrten Victoria verlassen hatte. Es war ihr schwergefallen, die drängenden Fragen zu beantworten. Was war denn los mit ihr? Hatte jemand etwas zu ihr gesagt? Ärgerte sie sich vielleicht über

Douglas, mit dem sie so lange zusammengewesen war? Lionel hatte erklärt, sein Bruder sei ein sonderbarer Kerl, der am liebsten auf Holz oder Steinklumpen einschlage oder über die Berge wandere.

Nein, alles in Ordnung, hatte Bridget erwidert, sie sei nur müde und fühle sich nicht ganz wohl.

An diesem Morgen konnte sie mit gutem Grund behaupten, müde zu sein. Nachdem sie erst gegen drei Uhr nachts ins Bett gekommen war, hatte sie angestrengt Pläne geschmiedet, um Victorias Glück zu retten.

Niemand eilte ihr entgegen, um das Pferd zu übernehmen, und so band sie es an einem Pfosten fest. Sie brauchte nicht zu läuten, denn die beiden Flügel der Haustür standen weit offen. In der Halle herrschte rege Betriebsamkeit. Zwei Männer trugen durch einen holzgetäfelten Korridor eine chinesische Kommode herbei. Inzwischen lagen wieder Teppiche auf dem Boden, ein Dienstmädchen rückte Stühle zurecht, ein anderes verteilte Dekorationsgegenstände. Niemand schien Bridget zu bemerken, bis ein Diener an ihr vorbeiging, eine große Topfpflanze im Arm.

»Oh, guten Morgen, Miß!« begrüßte er sie, dann wandte er sich ab und rief: »Mr. Bright! Da ist eine junge Dame!«

Der Butler erschien in der Salontür. Er sah völlig anders aus als am Vorabend, als er wie die anderen Diener eine leuchtend blaue Livree getragen hatte. Heute schien sich das dumpfe Grau seiner schäbigen Uniform in seinem Gesicht widerzuspiegeln, und er wirkte völlig erschöpft. Das fiel Bridget sofort auf, aber sie erwähnte es nicht. »Ich werde erwartet«, erklärte sie.

Falls ihn ihr Besuch zu so früher Stunde, noch dazu nach der langen Ballnacht, in Erstaunen setzte, so zeigte er es nicht. »Sehr wohl, Miß. Wenn Sie bitte im kleinen Salon warten würden . . .« Ein schwaches Lächeln umspielte seine Lippen. »Das ist derzeit der einzige präsentable Raum in diesem Haus.« Als er sie am Fuß der Treppe vorbeigeleitete, hielt er inne. »Ah, da ist Master Douglas.«

Bridget hob den Kopf und sah Douglas die breiten Stufen herabsteigen. Er trug einen schlichten dunklen Anzug, dessen Jackett er gerade hastig zuknöpfte. »Guten Morgen.«
»Guten Morgen«, erwiderte sie
Ehe er sie in einen Korridor führte, trug er dem Butler auf: »Bringen Sie Kaffee für vier Personen.«
Sie gingen an riesigen Ölgemälden vorbei, die letzte Nacht vom sanften Schein der Öllampen beleuchtet worden waren und nun mit der dunklen Täfelung zu verschmelzen schienen. Nur die vergoldeten Rahmen fielen ins Auge. Nachdem sie nach rechts in einen weiteren Korridor gebogen waren, wo keine Bilder hingen, öffnete Douglas eine Tür, und sie betraten einen sonnenerfüllten Raum mit chintzbezogenen Sesseln und Sofas. Das chinesische Muster der Tapete erschien Bridget so realistisch, daß sie beinahe glaubte, die winzigen Figuren würden sich bewegen. Ein elegantes Zimmer, fand sie, und trotzdem gemütlich – was vor allem daran lag, daß die Bezüge der Sitzmöbel deutlich Spuren langjähriger Abnutzung zeigten.
»Nehmen Sie doch Platz«, bat Douglas.
»Nein, danke, ich stehe lieber.« Angelegentlich schaute sie auf ihre Uhr. »Es ist bereits nach halb zehn.«
»Wir sind erst um vier ins Bett gekommen. Mein Vater hatte ziemlich viel getrunken, aber die Neuigkeit, die Lionel ihm nicht gerade schonend beibrachte, ernüchterte ihn sofort. Sicher konnten die beiden ebensowenig schlafen wie ich. Als ich noch ein Kind war, fanden in diesem Haus häufig solche Partys statt. Und obwohl mein Vater damals noch bei bester Gesundheit war, stand er am nächsten Tag erst gegen Abend auf. Und Sie haben ihm aufgetragen, er solle sich heute morgen um halb zehn bereithalten. Sind Sie nicht ein bißchen zu streng?«
Sie starrte ihn an und antwortete erst nach einer kleinen Pause. »Und Sie? Haben Sie sich überlegt, warum ich die beiden sehen will? Ihr Verstand müßte Ihnen sagen, daß

ich nicht nur gekommen bin, um Anklage zu erheben — obwohl ich auch das vorhabe. Doch das hätte ich brieflich erledigen oder meinem Anwalt überlassen können. Nein, ich bin vor allem hier, weil ich das Problem lösen möchte, und inzwischen habe ich eine Möglichkeit gefunden. Es geht mir nicht darum, ihrem Bruder zu helfen oder die Finanzen dieses Haushalts zu regeln, sondern ich möchte es Victoria ersparen, aus Scham und Verzweiflung sterben zu müssen. Und bitte . . .« Abwehrend hob sie eine Hand. »Spotten Sie nicht darüber, so wie gestern abend!«

»Ich spotte nicht, Miß Bridget — ich stelle nur fest, daß Victoria sich glücklich schätzen darf, weil jemand wie Sie hinter ihr steht. Noch nie habe ich jemanden gekannt, der so um das Wohlergehen und das Glück eines anderen Menschen besorgt gewesen wäre.«

Schweigend wandte sie sich zu einem der Fenster, und wenig später öffnete sich die Tür. Lionel und sein Vater traten ein.

Bridget drehte sich langsam um und begegnete dem Blick der beiden. In Lionels Augen lag helle Wut, aber es war William Filmore, der als erster das Wort ergriff. »In eine schöne Lage haben Sie uns da gebracht, Miß.«

»Dafür bin nicht ich verantwortlich, Sir. Suchen Sie die Schuld lieber bei Ihrem hinterhältigen Sohn. Zweifellos hat er mit ihrer Unterstützung gehandelt, denn Sie dürften sich für diese vermeintliche kleinen Goldmine genauso interessiert haben wie er. Dieses Haus wird schon seit Jahren vernachlässigt. Weder Ihre Ahnen noch Sie selbst haben auch nur das geringste unternommen, um den Verfall aufzuhalten und durch anständige Arbeit, womöglich in der schnöden Handelsbranche, Geld zu verdienen. Aber in Ihrer jetzigen verzweifelten Situation zögern Sie nicht, nach einem Vermögen zu greifen, das durch die degradierende Produktion von Schuhwichse und Kerzen entstanden ist. Nun, diese beiden Industrien,

zusammen mit Immobilien, haben meinen Urgroßvater, meinen Großvater, meinen Vater und schließlich mich selbst ganz schön bereichert. Aber selbst wenn Victoria an meiner Stelle die Erbin wäre – es würde diesem Haus nichts nützen. Denn hätte ihr Ehemann die Kontrolle über den Besitz, würde er ihn verschleudern. Grove House würde nur für kurze Zeit im alten Glanz wiedererstehen und die Position in Ihrem Gesellschaftskreis einnehmen, die Sie für rechtmäßig halten. Bald würde es erneut in seine morschen Grundfesten versinken – gemeinsam mit dem Geld, das aus dem Schweiß einer von Ihnen verachteten Klasse erwachsen ist.«
Tiefe Stille erfüllte den Raum. Sie konnte nur mit jenem dumpfen Gefühl verglichen werden, das sich in einem Gehirn ausbreitet, wenn es einen schweren Schlag erhalten hat. Und als hätte er einen solchen Schlag bekommen, sank William auf eine Couch, ohne Bridget aus den Augen zu lassen. Noch keine Frau, nicht einmal ein Mann hatte es je gewagt, so mit ihm zu sprechen.
Nichts rührte sich im Zimmer, bis Douglas einen Stuhl an Bridgets Seite rückte. Doch die freundliche Geste wurde mit einem eisigen Blick quittiert. »Danke. Was ich Ihnen mitzuteilen habe, sage ich besser im Stehen.«
»Nun, wenn das so ist, dann erlauben Sie bitte, daß ich mich setze.« Er beförderte den Stuhl wieder an die frühere Stelle und nahm Platz.
Bridget wandte sich zu Lionel, der ebensowenig wie sein Vater fassen konnte, was ihm widerfuhr. Dieses kleine dünne Biest, das in den unkleidsamen Reithosen wie ein Junge aussah, getraute sich, ihn herauszufordern. Am liebsten hätte er sie geohrfeigt, aber dann würde sie ihm womöglich die Augen auskratzen. Um Himmels willen, wie konnte die sanftmütige Victoria mit einer solchen Furie verwandt sein?
Oh, Victoria, diese falsche Schlange! Nur zu gut erinnerte er sich an die Szene, als sie erklärt hatte: »Lionel, glaub

mir, ich bin ein bettelarmes Mädchen. Lach nicht, es stimmt wirklich.« Und er hatte sie in die Arme genommen und erwidert: »Dann laß mich deine Armut teilen. Wir verkaufen erst mal deine Garderobe und deine Juwelen, einverstanden?« Da war sie in Gelächter ausgebrochen und hatte ihn mit so heftiger Leidenschaft geküßt, daß er völlig verblüfft gewesen war, mit einer Glut, die ihre zierliche, zarte Erscheinung Lügen strafte.

»Ich werde Ihnen nun eine Frage stellen.« Bridgets Stimme holte ihn in die rauhe Gegenwart zurück. »Die Situation hat sich für Sie grundlegend geändert. Wollen Sie trotzdem zu Ihrem Wort stehen und Victoria heiraten?«

Lionel schaute seinen Vater an, um ihm die Antwort zu überlassen, und William erklärte: »Mein Sohn ist nicht in der Lage, eine Frau zu ernähren. Und ich kann ihn nicht unterstützen.«

»Und wenn sie ihn wegen Wortbruchs verklagt?«

»Das würde Victoria niemals tun«, entgegnete Lionel. »Sie ist nicht der Typ, der als verlassene Braut ans Licht der Öffentlichkeit tritt.«

»Wieso wissen Sie, was für ein Typ sie ist? Sie kennen nur das süße, verliebte Mädchen. Aber ich versichere Ihnen, wenn sie sich ins Unrecht gesetzt fühlt, kann sie zur Megäre werden. Das mußte einer unserer Nachbarn in South Shields, der sie gekränkt hatte, auf höchst unangenehme Weise erfahren. Der Mann kann von Glück reden, daß sie ihm nicht bei lebendigem Leib die Haut abgezogen hat.«

Diese Ausdrucksweise, aus dem Mund einer jungen Frau, raubte den drei Männern die Sprache. Sie starrten Bridget an, die unbeirrt fortfuhr, immer noch an Lionel gewandt: »Ich mache Ihnen einen Vorschlag. Aber vorher möchte ich noch etwas sagen. Nie konnte ich mir vorstellen, daß Sie jemals auch nur einen Penny verdienen und sich selbst ernähren würden, geschweige denn eine Ehefrau. Ich dachte, Victoria würde in der Obhut Ihres Vaters leben, in

einer vornehmen, wenn auch ärmlichen Umgebung. Und ich erhob Einwände, weil ich glaubte, sie würde trotzdem glücklich sein. Nur Gott weiß, warum.«
»Hören Sie . . .«
»Sei still, Lionel«, fiel Douglas seinem Bruder ins Wort. »Warte doch erst mal ihren Vorschlag ab.«
»Wenn Sie Victoria heiraten, erhalten Sie zweitausend Pfund pro Jahr«, fuhr Bridget fort. »Die Hälfte müßte Ihnen genügen, um mit ihr in einem bescheidenen Häuschen zu leben. Aber anscheinend freut sie sich auf Grove House. Das zusätzliche Geld wird Ihnen helfen, es instand zu setzen.« Sie wandte sich zu William Filmore, der sie verwirrt anstarrte. »Mit dieser jährlichen Zahlung sind allerdings gewisse Bedingungen verknüpft. Sie werden schriftlich festgelegt. Ich erwarte Sie am Montagnachmittag um drei im Büro meines Anwalts, wo Sie das Papier unterzeichnen müßten.«
Zweitausend Pfund pro Jahr – mehr, als Lionel vom Umsatz der Fabriken und den Einkünften aus dem übrigen Besitz erwartet hatte . . . Er schaute seinen Vater an, der nun entgegnete: »Das ist ein sehr großzügiges Angebot, Miß Bridget. Hoffentlich ist es nicht allzu schwierig, die Bedingungen zu erfüllen.«
»Das liegt ganz bei Ihrem Sohn. Zunächst muß er in den ersten sechs Monaten seiner Ehe eine Stellung antreten. Wenn nicht, wird sich die Summe um ein paar hundert Pfund verringern. Sollte er nach einem Jahr noch immer keine Arbeit gefunden haben, wird sie halbiert.«
»Verdammt, ich . . .«
Die Worte blieben in Lionels Hals stecken, als sein Vater ihn anherrschte: »Halt den Mund! Bei Gott, sie hat recht – sosehr es mich auch schmerzt, das zu sagen. Stellen Sie noch weitere Bedingungen, Miß Bridget?«
»Ja, eine. Er muß ihr treu bleiben. Sollte sich das Gegenteil herausstellen, werde ich nicht mehr zahlen und Victoria veranlassen, nach Hause zurückzukehren.« Lionel

stützte sich kraftlos auf die Lehne der Couch, als Bridget hinzufügte: »Wenn Sie meine Bedingungen akzeptieren, kommen Sie am Montag um drei zu Andrew Kemp & Sons in der Grey Street. Guten Tag.« Abrupt ging sie zur Tür, und Douglas sprang auf, um ihr zu folgen.

Er begleitete sie bis vor das Haus, zu dem Pfosten, wo ihr Pferd Hamlet festgebunden war. »Sie sind eine erstaunliche Frau – fast könnte man sagen, eine furchtbare Frau, furchtbar in Ihrer Ehrlichkeit und ungewöhnlichen Denkungsart. Sie vollbringen eine gute Tat, aber ich frage mich, ob es nicht besser wäre, Victoria eine Zeitlang leiden zu lassen, als sie all dem Kummer auszuliefern, der ihr bevorsteht. Eine so verrückte Liebe, die einem hübschen Gesicht gilt, muß sich eines Tages in Unglück verwandeln, beim bitteren Erwachen in der rauhen Wirklichkeit.«

Bridget wollte schon einen Fuß in den Steigbügel schieben, doch dann zögerte sie. »Wieso gehören Sie eigentlich zu dieser Familie?«

Er lächelte. »Das will ich Ihnen verraten. Rosie Jackson, unsere Köchin, erzählte mir, ich sei in Irland geboren, auf einer süß duftenden Wiese. Ein Elfenbote sollte mich zu einem Flickschuster mitten in Newcastle bringen. Zufällig kam er hier an der Senkgrube vorbei, und sie stank so gräßlich, daß er mich fallen ließ und davonrannte. Glücklicherweise landete ich am Ufer. Dort fand mich Rosie. Sie brachte mich zu ihrer Herrin. Die hatte sich schon so lange ein dünnes kleines Baby gewünscht, weil ihres sehr groß und schwer zu stillen war. Und so gelangte ich in dieses Haus.«

Bridget lehnte den Kopf an die Flanke des Pferdes. Sie wollte sich ausschütten vor Lachen, doch die Angelegenheit, die sie hierhergeführt hatte, war zu ernst. »Warum hat Victoria nicht Sie gewählt?«

»Aus zwei Gründen: In einen Mann, der so aussieht wie ich, könnte sie sich niemals verlieben; und ich würde mich

nie zu einer Frau hingezogen fühlen, die so aussieht wie sie. Darf ich Ihnen in den Sattel helfen?«
Dazu hatte sie noch nie den Beistand anderer Leute benötigt, doch sie erlaubte ihm, eine Hand unter ihren Fuß zu legen, und ließ sich auf Hamlets Rücken hieven.

6.

Joe öffnete die Tür und sah seine Mutter vor einem Brotlaib am ungedeckten Küchentisch sitzen. Dazu gab es kein Fett, weder Schweineschmalz noch Butter, aber eine braune Teekanne und eine Tasse. Lachend meinte er: »Die beste Demonstration von bitterer Armut, die mir seit langem untergekommen ist, Ma! Hast du auch wirklich Tee in der Kanne und nicht bloß Wasser?«
»Da ist Tee drin!« fauchte sie. »Aber er zieht schon den ganzen Tag. So geht's mir jetzt!«
»Seit wann verzichtest du auf ein Tischtuch, auf Butter und Schmalz? Du hast mich doch nur rufen lassen, um mir diese Szene vorzuspielen, was? Mittlerweile müßtest du wissen, daß ich dich genauso durchschaue wie eine Fensterscheibe. Also, was willst du mir sagen? Ich habe einen harten Arbeitstag hinter mir und möchte nach Hause.«
»Ein harter Arbeitstag!« rief sie sarkastisch und stand auf. »Wann hatte ein Aufseher schon jemals einen harten Tag? Und jetzt willst du nach Hause, zu deiner Hure.«
»Ma . . .«
»Was ist sie denn sonst? Eine, die ein anderer Mann weggeworfen hat. Und nach wem gerät das Kind? Hast du's schon gemerkt? Wenn nicht, wird's dir bald auffallen. Die Jungs sehen immer ihren Vätern ähnlich.«
Bedrückt wandte er sich ab, denn er fürchtete, er würde sie schlagen, wenn er sie noch länger anschaute. Kein

Wunder, daß sein Vater damals gesagt hatte: »Es tut mir nicht leid, daß ich sterben muß.«
Als er zur Tür ging, schrie sie ihm nach: »Seit drei Wochen hat Fred keinen einzigen Penny nach Hause gebracht! Und ich kann nur halbtags in der Biskuitfabrik arbeiten. Mehr halten meine Beine nicht aus. Außerdem sehe ich nicht ein, warum ich mich überhaupt abrackern muß. Jetzt, wo du die gute Stellung hast, könntest du ihm doch einen Job bei Mordaunt verschaffen.«
Er drehte sich wieder zu ihr um. »Nein, Ma. In diesem Jahr hat er schon zweimal seinen Arbeitsplatz verloren. In der Kerzenfabrik war's ihm zu mühsam. Komisch, so viele Frauen verkraften das. Und in der Gerberei müssen die Leute schon um sechs Uhr morgens anfangen. Einmal pro Woche darf man sich ausschlafen, aber nicht dreimal. Warum hast du ihn nicht aus dem Bett gezerrt, wenn dir so viel dranlag, daß er den Job behalten würde? Mich hast du immer rechtzeitig geweckt, schon damals, als ich in der Bäckerei die Asche aus dem Ofen räumen mußte.«
Plötzlich wurde er angerempelt, als die Tür aufschwang und Fred eintrat. Joe stolperte zur Seite, und sein Bruder entschuldigte sich in gespielter Verblüffung: »Oh, verzeihen Sie, Sir, habe ich Sie aus dem Gleichgewicht gebracht?«
»Das wird dir nie gelingen«, erwiderte Joe.
»Nein«, bestätigte seine Mutter. »Diesen großen Herrn, der nicht mal seinem eigenen Fleisch und Blut eine Chance geben will, wirst du nie aus dem Gleichgewicht bringen.«
»Fred hat genug Chancen, sein Brot zu verdienen, Ma. Aber er ist genau wie du – am liebsten liegt er den ganzen Tag auf der faulen Haut. Daß man sich ein bißchen anstrengen muß, um Geld dafür zu kriegen, will er einfach nicht begreifen.«
»Oh, es gibt noch andere Möglichkeiten«, entgegnete Fred. »Der Bastard ist geboren, was? Welch einen Skandal

das gäbe, wenn's ans Licht käme, wer der Vater ist! Lieber würde er zahlen ...«

Joe packte ihn am Kragen und drückte ihn gegen den Türpfosten. »Wenn du das tust, bringe ich dich um, so wahr ich hier stehe.«

»Du kannst mir keine Angst einjagen.«

»Versuch besser nicht, mich herauszufordern.« Ohne ein weiteres Wort verließ er das Haus.

Er mußte ganz Honeybee Place durchqueren, um den Pferdebahnwagen zu erreichen, der ihn zum Stadtrand von Birtley bringen würde. An diesem Abend konnte er gar nicht schnell genug nach Hause kommen, zu Lily und zu dem Kind. Es war ihr Kind, aber er würde der Vater sein. Fröhlich gluckste es, wenn er es im Arm hielt, schrie selten, eigentlich nur, wenn es Hunger hatte. Und die Mutter war glücklich. Er machte sie glücklich, und sie liebte ihn seltsamerweise. Immer wieder sagte sie ihm das. Er hätte ein wunderbares Leben führen können, gäbe es nicht seine niederträchtige Ma und Fred, der ganz nach ihr geriet. Bei Gott, wenn er an diesen Mann herantreten sollte, um ihn zu erpressen und womöglich eingesperrt wurde ... Lily würde vor Scham im Boden versinken, so wie an dem Tag, wo sie einen Beutel mit fünf Sovereigns bekommen hatte. Sonderbar, Joe hatte das Geld nie angetastet, und sie auch nicht. Es lag immer noch im Beutel, in einer Blechdose.

Er durchquerte seinen Hinterhof, ging vorbei am Kohlenschuppen, am Brunnen, am Waschhaus und an der Toilette. Die Küchentür führte ihn in einen gemütlichen Raum, wo ein Feuer im schwarzen Herd knisterte. Der Tisch mit dem karierten Tuch war für zwei Personen gedeckt. Eine große, dicke Frau mit zerzaustem Haar beugte sich über einen kleinen Wäscheständer, an den sie frischgewaschene Windeln hängte. »Ah, da sind Sie ja! Das Wasser kocht noch, es ist genug da, so daß Sie sich waschen können. Aber ich mußte es für Sie aufheben, weil sie wieder über die Windeln hergefallen ist.« Sie zeigte mit dem Daumen

nach oben. »Ich habe noch keine Frau gesehen, die so versessen drauf war, ständig die Windeln zu waschen. Das ist ungesund. Meine hab ich immer an den Babys trocknen lassen, und das Pipi war richtig gut für die Haut.«
»Darauf wette ich, Mary«, entgegnete er lachend, »und auch für die wunden Hinterbacken.«
»Die hatten meine Babys nie. Wirklich, das Pipi ist gut für den Teint. Die reichen Damen waschen sich damit sogar das Gesicht.«
Er winkte ihr zu und ging ins Wohnzimmer, wo eine Treppe nach oben führte. Mary rief ihm nach: »Sie wissen ja wohl, was Sie sich einhandeln, wenn Sie mit den Stiefeln rauflaufen! Grade hat sie das Linoleum geschrubbt!«
Hastig löste er die dicken ledernen Schnürsenkel seiner schweren Stiefel. Er zog sie aus, rannte die Stufen hinauf und öffnete eine von zwei Türen, dann blieb er stehen, um die schöne junge Frau zu betrachten, die neben der Holzwiege kniete. Lächelnd wandte sie sich zu ihm. »Hallo!«
»Hallo! Wie geht's dem Kleinen?«
»Gut. Heute morgen war er ein bißchen quengelig, aber ich bin mit ihm auf die Felder hinausgegangen, damit er frische Luft schnappen konnte. Mary meinte, er würde sich den Tod holen, wenn er in den ersten drei Monaten ins Freie gebracht wird. Was sich die Leute alles einbilden!«
»Die Leute aus dem Norden sind furchtbar abergläubisch, aber auch warmherzig und hilfsbereit.«
»O ja! Ich wüßte nicht, wie ich ohne sie zurechtkommen sollte.«
Das wußte Joe auch nicht. In der Nacht von Lilys Niederkunft war die Hebamme aus Gateshead Fell stockbetrunken gewesen. Mary hatte sie buchstäblich hinausgeworfen, alles Weitere selbst in die Hand genommen und einen kerngesunden, brüllenden Jungen ans Licht der Welt geholt. Nie würde Joe vergessen, wie ihm zumute gewesen war, als sie ihm zum erstenmal das knallrote Fleischklümpchen in die Arme gelegt hatte.

»Ich trage ihn hinunter. Bringst du die Wiege mit, Joe? Tut mir leid, daß du das jeden Abend tun mußt. Aber wenn ich ihn tagsüber unten ließe, würde sie ihn neben dem Herd rösten. Ich verstehe nicht, wie ihre sechs Kinder das alles überlebt haben.«
Lachend betraten sie die Küche, wo sie von Mary gewarnt wurden: »Der Kleine wird Rachitis kriegen, wenn er jeden Tag da oben in dieser Eishöhle liegt. So, jetzt muß ich aber gehen. Die Kartoffeln sind schon geschält.«
Joe verschwand in der Waschküche, wo er sich vor eine Blechschüssel mit heißem Wasser kniete, um sich vom Schmutz des langen Arbeitstages zu befreien. Danach aßen sie Fleischpudding mit Kartoffeln und Steckrüben, dann gab es Tee und gebutterte Biskuits. Nachdem Lily das Geschirr gespült und das Baby gestillt hatte, saßen sie noch eine Weile beisammen und unterhielten sich, so wie jeden Abend. Später studierte er noch die Englischlektion, die ihm der Lehrer vom Unitarierkurs gegeben hatte, der regelmäßig in der Maschinenhalle abgehalten wurde. Manchmal sah er sich die Rechnungsbücher durch, die er aus der Fabrik mitgebracht hatte.
Sonntags fuhren sie oft mit der Pferdebahn ins Grüne und wanderten durch das Moor.
Aber seit der Geburt drehte sich die tägliche Routine hauptsächlich um das Baby. An diesem Abend überraschte Joe seine Frau mit der Erklärung: »Ich muß noch mal weg. Es hängt mit einem Auftrag für die Fabrik zusammen.«
»Hast du in der Stadt zu tun?«
Er zögerte kurz. »Auf der anderen Seite von Gateshead Fell. Also, dann gehe ich jetzt.«
»Nimmst du nicht die Bahn? Du warst den ganzen Tag auf den Beinen.«
»Wenn ich zur Station laufe, könnte ich schon fast in Newcastle sein, von Gateshead Fell gar nicht zu reden. O Lily! Noch nie hat sich jemand drum gekümmert, wenn ich

den ganzen Tag auf den Beinen war!« Er küßte sie und sah Tränen in ihren Augen. »Warum weinst du denn immer, wenn ich mal was Nettes sage?«
»Weil – weil du so ein guter Mann bist und mich so glücklich machst. Das Leben in diesem schönen kleinen Haus ist wie ein Traum. – Was sage ich denn? Klein! Vier Räume und ein Hof, und alles gehört uns!«
»Eins verspreche ich dir, Mädchen. Bevor ich hier fertig bin, werden wir acht Räume haben und eine Toilette drinnen, aye, und ein Klavier im Wohnzimmer.« Lachend lehnte sie sich an ihn, und er fügte hinzu: »Ein Mann, ein Wort! Du wirst es schon noch sehen.«
Nachdem er gegangen war, betrachtete sie das friedlich schlafende Kind. Würde es später so aussehen wie *er*? Ja, vielleicht. Doch so sehr sie sich auch bemühte, sie konnte sich das Gesicht des Mannes nicht mehr vorstellen, der ihren Sohn gezeugt hatte. Nur die Art, wie er dastand, wie er den Kopf hielt, immer ein wenig schiefgelegt, als wollte er etwas fragen. Und sie glaubte, sein Gelächter zu hören, ein tiefes, sonores Lachen. Sie konnte sich nicht erklären, was für Gefühle es in ihr weckte. Aber sein Gesicht war ein verschwommener Fleck. Trotzdem blieb die Erinnerung an ihn wach und schien ihre neue Liebe zu verhöhnen, diese echte Liebe.

Joe machte sich Sorgen, denn er kannte seinen Bruder. Wenn Fred heftig genug von seinen beiden Leidenschaften – Alkohol und Pferdewetten – bedrängt wurde, schreckte er vor nichts zurück. Er würde alles tun, um seine Bedürfnisse zu befriedigen. Natürlich, wenn er zu diesem Mann ginge, um ihn zu erpressen, würde man ihm die Tür weisen. Aber Fred mußte nur versuchen, ihm irgendwo aufzulauern – bei der Jagd oder einem verrückten Galopp über das Moor.
Es gab keine Möglichkeit, Fred aufzuhalten – es sei denn, Joe erzählte Andy Davison, für wen er die Gefängnisstrafe

abgesessen hatte. Aber Andy war ein bißchen zu brutal. Wahrscheinlich würde er Fred erschlagen. Joe seufzte tief auf. O Gott, warum wurde er mit einem solchen Bruder und einer solchen Mutter gestraft?
Zaudernd näherte er sich dem Wald. Seit er an jenem Tag Brombeeren gepflückt hatte, war er nur zweimal hier gewesen. Der Weg mündete in die Straße, die zum Filmore-Landsitz und zu Miß Mordaunts Haus führte. Es war allgemein bekannt, daß dieser Filmore demnächst Miß Mordaunts Kusine heiraten würde, die schöne Miß Victoria.
Aye, und es war allgemein bekannt, daß diese feinen Herren nach Herzenslust herumhuren durften und ihre Wahl unter Dienstmädchen und Töchtern kleiner, armer Farmer trafen. Im allgemeinen ließen sie sich nicht zu Fabrikarbeiterinnen herab – nur wenn sie so schön waren wie Lily.
Hier würde Fred auf den Reiter warten. Und wenn Joe ihn traf, wollte er ihm drohen, er würde zu Andy Davison gehen und ihm alles verraten. Das wäre das einzige, was Fred zurückhalten konnte. Er hatte genug Männer gesehen, die von Andys Fäusten traktiert worden waren.
Joe hatte den Wald beinahe durchquert, als er plötzlich stehenblieb. Eine Gestalt tauchte in der Ferne am Rand einer Lichtung auf. Zwischen den Bäumen beobachtete er den Mann, der sich bückte und den Boden abzusuchen schien. Nun betastete er einen Stein.
Vorsichtig setzte Joe seinen Weg fort. Aber der Mann war nicht Fred, das verriet seine Kleidung.
Als er Joe entdeckte, richtete er sich auf. Er sah aus wie ein Junge, und die tiefe Stimme überraschte Fred. »Machen Sie einen Spaziergang?«
»Ja, Sir.« Joe trat näher und schaute auf den Stein, der aus der Erde ragte. »Soll ich Ihnen helfen, ihn herauszuziehen?«
»Nein, nein.« Der Mann lachte. »Das ist nur die Spitze. Wie bei einem Eisberg. Da unten ist ein riesiger Felsblock.«

Joe blinzelte verwirrt. »Interessieren Sie sich für Steine, Sir?«
»Ich bin Bildhauer.«
»Oh . . .«
Douglas wandte sich zu einer schmalen Schlucht voller Geröll. »Hier gibt's viele Steine, aber die meisten sind unbrauchbar.« Er blickte wieder auf die Steinspitze am Boden. »Damit könnte ich einiges anfangen.«
»Wie wollen Sie ihn herausholen?«
»Ich werde ein paar Männer vom Hof herschicken.«
Joe fragte nicht, um welchen Hof es sich handelte.
»Wohnen Sie hier in der Gegend?« wollte Douglas wissen.
»Am Stadtrand von Birtley. Nun, dann wünsche ich Ihnen einen guten Abend, Sir.«
»Guten Abend.«
Joe ging den Weg zurück, den er gekommen war, und dachte: Ich hätte mich erkundigen sollen, ob er jemanden gesehen hat. Aber das hätte wohl etwas merkwürdig geklungen . . .
Als er an den Ahornbäumen vorbeikam, wurde er von seinem Bruder beobachtet. Fred versteckte sich in dem Gestrüpp, wo sie an jenem Tag Brombeeren gepflückt hatten. Er wartete auf einen Reiter und hoffte, Joe würde sich rechtzeitig entfernen. Sonst konnte er nichts unternehmen. Bis vor wenigen Tagen hatte er sich viel zu sehr gefürchtet, um an den Mann heranzutreten. Er wußte, was Joe ihm antun würde, falls er es erführe, und daß er sich womöglich sogar gegen Andy Davison zur Wehr setzen müßte. Doch dann hatte er Mut gefaßt. Wenn er den Kerl an einem einsamen Ort abfing, hier im Wald, und zu einer Einigung mit ihm gelangte – wer sollte es herausfinden? Weder Joe noch sonst jemand. Der Mann wäre gezwungen, den Mund zu halten. Bald würde er heiraten, eine steinreiche Frau, und ihr Geld zwischen die Finger kriegen. Also wollte er bestimmt keinen Skandal heraufbeschwören.
Fast eine halbe Stunde später, als er des Wartens müde

wurde, sah er Joe wieder. Er kam aus dem Wald und überquerte das Feld. Offenbar ging er zur Stadt.
Fred wanderte zwischen die Bäume am Rand einer Lichtung und lehnte sich an einen Stamm. Endlich hörte er Hufschläge. Zwei Reiter auf schlammbespritzten Pferden. Anscheinend waren sie auf der Jagd gewesen. Sie trabten vorbei, ohne ihn zu bemerken. Keiner von beiden war der Mann, den er sprechen wollte.
Gleich darauf näherte sich noch ein Reiter. Wieder nicht der Gesuchte. Auch er trabte vorbei, ohne Joe zu entdekken.
Fünf Minuten später beschloß Joe, den Heimweg anzutreten. Vermutlich verzichtete der Kerl auf seinen Ausritt und vergnügte sich, kurz vor der Hochzeit, ein letztes Mal mit seinen Kumpeln. Doch da tauchte er plötzlich auf. Trotz der allmählich hereinbrechenden Dämmerung erkannte Fred die Umrisse der großen, kräftigen Gestalt. Er sprang in die Mitte des Wegs und hob seine Hand. »Einen Augenblick, Sir!«
Lionel Filmore zügelte sein Pferd. »Was wollen Sie?«
»Mit Ihnen reden, Mister.«
»Verschwinden Sie! Sofort!«
Als Fred nach den Zügeln griff, sah er, wie der Reiter die Peitsche hob. »Tun Sie das nicht, Mister! Ich warne Sie. Ich will nur mit Ihnen reden. Es geht um Lily Whitmore. Sie erinnern sich doch an sie?« Er beobachtete, daß sich der Mann im Sattel versteifte, und glaubte den richtigen Ton anzuschlagen. »Sie heiraten demnächst, nicht wahr? Vor etwa vierzehn Tagen kam Lilys Baby auf die Welt.«
»Wovon sprechen Sie? Gehen Sie mir aus dem Weg!«
»In dem kleinen Beutel waren fünf Pfund. Den haben Sie ihr gegeben, hier in der Nähe. An einem Sonntag. Was würden Sie denn tun, wenn sie Ihren Sohn zu Miß Victoria Mordaunt brächte? Sie ist drauf und dran, aber ich könnte sie davon abhalten. Verstehen Sie, was ich meine, Mister?«
Minuten schienen zu verstreichen, ehe Lionel Filmore

langsam sein Bein über den Pferderücken schwang und abstieg. Alle Muskeln in seinem Körper waren angespannt. Er konnte einfach nicht fassen, was ihm da widerfuhr. Die ganze Zeit hatte er gedacht, die Sache wäre ein für allemal erledigt. Nur widerwillig hatte er den Vertrag mit diesem Biest unterschrieben. Aber zweitausend Pfund im Jahr waren nicht zu verachten. Zusätzlich bekam Victoria noch ein Kleidergeld von fünfhundert Pfund. Und Bridget wollte auch noch die Hochzeitsreise nach Paris bezahlen. Dazu hatte er sie mit der sarkastischen Frage veranlaßt: »Soll der Honigmond ausfallen? Der würde ein gewaltiges Loch in meine Kasse reißen.« Er haßte diese Frau, und er wußte, daß dieses Gefühl von ganzem Herzen erwidert wurde. Aber nun wuchs ein neuer Haß in ihm, und er wollte dem unverschämten Kerl, der seine ganze Existenz bedrohte, an die Kehle fahren und ihn erwürgen. Lily Whitmore! Er hatte sie total vergessen. Und nun war ihr Sohn auf die Welt gekommen. Sein Sohn! O Gott . . . Bastard oder nicht, er hatte einen Sohn!

Wenn dieses Biest das hörte, konnte er die zweitausend Pfund in den Wind schreiben. Selbst wenn Victoria sein uneheliches Kind akzeptierte – diese Teufelin würde den Vertrag sofort zerreißen.

Er starrte den Mann an, dann führte er sein Pferd zu einem Baum und band es fest. »Sie wollen also Geld?«

»Aye. Wenn ich's kriege, sorge ich dafür, daß Lily nichts unternimmt.«

»Ich dachte, sie hätte geheiratet.«

»Hat sie auch. Meinen Bruder. Den stört der Bastard nicht. Aber ich möchte – wenigstens in gewisser Weise – Gerechtigkeit walten lassen.«

Lionel Filmore blickte in das Gesicht, das vor seinen Augen verschwamm, weil er es durch einen roten Schleier sah.

»Mit fünfzig pro Monat würde ich mich begnügen«, hörte er den Mann sagen.

Nein! Nein! O Gott! Nein! Sein Leben ruiniert – von diesem Schurken . . .
Seine Hände schnellten vor, umschlossen den Hals des Mannes. Der Angriff erfolgte so plötzlich, daß Fred keine Zeit fand, sich zu wehren. Statt zuzuschlagen, öffneten sich seine Fäuste, weit gespreizte Finger versuchten den Aufprall zu mildern, als er stürzte. Sein Kopf fiel auf eine Wurzel, und der Körper, der sich auf ihn warf, raubte ihm für ein paar Sekunden den Atem. Lionel Filmore nahm eine Hand von der Kehle seines Feindes und zog das kleine Klappmesser aus der Tasche, das er normalerweise benutzte, um Steine aus den Hufen seines Pferdes zu entfernen.
Als der Mann ihn abzuschütteln versuchte, stieß Lionel ihm die Klinge in den Hals. Bevor er hochsprang, sah er die Verblüffung in den weit aufgerissenen Augen, ehe sie brachen.
Keuchend starrte er auf die reglose Gestalt, aus deren Kehle das Blut quoll und auf die dunkle Jacke floß. Auch von seiner Hand und von der Klinge tropfte Blut. Er taumelte rückwärts, lehnte sich an einen Baum und zog ein großes weißes Tuch aus seiner Tasche. Hastig wischte er seine Hand und das Messer ab, das ihm entglitt. Die Spitze bohrte sich ins Erdreich zwischen den Wurzeln. Das blutbefleckte Taschentuch hing von seinen schlaffen Fingern herab, und das Grauen vor seiner Tat weckte den Wunsch, es loszuwerden. Aber er widerstand der Versuchung, es von sich zu schleudern. Er hob das Messer auf und wollte beides in seine Innentasche schieben, dann zögerte er. Das Jackett war mit grauer Seide gefüttert.
Verzweifelt blickte er sich um. Schließlich grub er ein Loch neben einer Wurzel, wickelte das Tuch um das Messer, drückte das Bündel in den weichen Waldboden, deckte es mit Erde und welkem Laub zu. Eine Zeitlang blieb er stehen, einen Arm gegen den Stamm gestützt, dann kehrte er zu der blutigen Gestalt am Boden zurück. Er sah sie kaum, Schweiß verschleierte seinen Blick, aber er glaubte,

sie hätte sich bewegt. Atemlos starrte er sie an, bis er wußte, daß es nur Einbildung gewesen war.
Er band sein Pferd los und führte es den Weg entlang, weil ihm die Kraft fehlte, sich in den Sattel zu schwingen. Nach zwanzig Schritten zuckte er so heftig zusammen, daß das Tier erschrocken zur Seite sprang. Langsam drehte er sich zu Douglas um, der »Hallo!« gerufen hatte und nun zwischen den Bäumen auf ihn zukam. »Was ist los? Bist du verletzt?«
Lionel mußte sich zweimal über die Lippen lecken, ehe er sprechen konnte. »Das Pferd hat mich abgeworfen, als es da hinten auf dem Feld über ein Gatter gesprungen ist.«
»Großer Gott! Das hat es noch nie getan. Es ist so trittsicher wie ein Luchs, das hast du selbst gesagt.«
»Es gibt immer ein – erstes Mal.«
»Hast du dir weh getan?«
»Nein – ich bin nur ein bißchen erschrocken. Ein Hufeisen hat sich gelockert. Vielleicht ist das arme Tier mit einem Fuß an einer Stange hängengeblieben. Jedenfalls mache ich ihm keine Vorwürfe.« Lionel versuchte zu lächeln, doch es gelang ihm nicht.
Douglas lachte. »Nein, einem Pferd würdest du niemals Vorwürfe machen, eher der ganzen Welt. An deiner Stelle würde ich nach Hause gehen und ein heißes Bad nehmen. Ein Glück, daß du nicht schon morgen heiratest!«
Statt einer Antwort holte Lionel tief Atem und ging weiter.
Douglas schaute ihm nach, bis er hinter einer Wegbiegung verschwand. Sein Bruder hatte ihn nicht gefragt, was er um diese Zeit im Wald machte. Aber Lionel interessierte sich nicht für Douglas' Aktivitäten, schon gar nicht für die Skulpturen und das Material, das er dafür benötigte.
Er wollte zur Schlucht zurückgehen, um zu sehen, ob es dort noch ein oder zwei brauchbare Felsblöcke gab, die er mit Hilfe der Farmarbeiter ausgraben konnte. Bald würde es dunkel sein, vor allem in der Nähe der Schlucht. Aber

nicht auf der Lichtung. Dort würde er sich umsehen und morgen mit den Männern zurückkommen, falls er passendes Material entdeckte. Nein, so kurz vor der Hochzeit würde das nicht klappen. Der Empfang sollte zwar in Bridgets Haus stattfinden, aber die Leute auf der Farm mußten den Schuppen herrichten, wo sie feiern wollten, und den Wagen schmücken, in dem der Bräutigam zur Kirche fahren würde.

Auf der Lichtung angelangt, hörte er einen sonderbaren Laut, der wie Stöhnen klang. Er blieb stehen. Vielleicht war ein Tier in eine Falle geraten. Es verstieß gegen das Gesetz, solche Fallen aufzustellen, aber manche Schurken taten es trotzdem.

Er wartete eine Weile, aber die Stille wurde nicht mehr unterbrochen, und so ging er weiter bis zur Schlucht. Die großen Steine, die er dort vorfand, waren zu weich für seine künstlerische Hand, und so kehrte er um.

Während er die Lichtung überquerte, blies ihm ein scharfer Wind entgegen, und er schlug den Kragen seines Jacketts hoch. Er haßte kalte Abende, wahrscheinlich weil er so wenig Fleisch auf den Knochen hatte. Wenn er genug Geld gespart hatte, wollte er in ein wärmeres Land ziehen, vielleicht auf eine Insel, wo freundliche Eingeborene lebten. Dort würde er kein Haus brauchen. Er konnte auf einem Sandstrand schlafen, sich von Obst und selbstgekeltertem Wein ernähren und hundert Jahre alt werden.

Was für lächerliche Gedanken! Wer wollte denn hundert Jahre alt werden? Wer sollte bis in alle Ewigkeit auf dieser Erde bleiben? Wenn er sein dreißigstes Lebensjahr erreichte, würde das vollauf genügen. In seiner Kindheit war er oft krank gewesen. Nach dem zwölften Geburtstag hatte sich seine Verfassung in physischer, aber nicht in psychischer Hinsicht gebessert, sehr zum Leidwesen seines Vaters. William Filmore war vor Scham fast im Boden versunken, als sich sein jüngerer Sohn beim Anblick eines von Jagdhunden zerfleischten Fuchses übergeben hatte. Und

wer außer einem Mädchen würde weinen, wenn er ertränkte junge Kätzchen in einem Brunnen fand?
Aber er erinnerte sich auch an den glorreichen Tag, als er seinen Vater getreten hatte. Zweimal hintereinander war William Filmore von seinem Pferd abgeworfen worden und dann mit der Peitsche über das arme Tier hergefallen. An Douglas' Schläfe zeigte sich immer noch eine Narbe – da, wo die Peitsche ihn selbst getroffen hatte.
Warum hing er so sonderbaren Gedanken nach? Nur weil ein kalter Windstoß die Sehnsucht nach einer warmen Insel geweckt hatte?
Plötzlich blieb er wieder stehen. Zu seiner Rechten mußte ein verwundetes Tier liegen. Langsam ging er auf ein Dikkicht zu – dann preßte er die Hand auf den Mund, um einen Schrei zu ersticken. O Gott ...
Noch drei Schritte, dann beugte er sich über einen Mann, der eine Hand auf seinen blutigen Hals drückte. »Sie sind verletzt!«
Die blutbefleckten Lider hoben sich. Als der Mann zu sprechen begann, quoll Blut aus dem Mund. Douglas verstand die Worte nicht, glaubte aber, den Namen »Billy« zu hören. Dann würgten die verzerrten Lippen hervor: »Gehen Sie ... Hilfe ...«
»Ja, ich hole Hilfe. Bewegen Sie sich nicht.«
Als Douglas sich aufrichtete, flüsterte der Mann: »Filmore ...«
Douglas nickte. »Ja, ich bin Mr. Filmore. Ich komme so schnell wie möglich zurück. Bleiben Sie ganz still liegen.«
Er rannte aus dem Gebüsch, über die Lichtung, zum Weg. Wo war das nächste Haus? Die Farm zur Rechten mußte fast so weit entfernt sein wie die Fabriken und die Stadt. Und links lag Grove House.
Zehn Minuten später stürzte er atemlos in den Hof und rief nach Jimmy Fawcett und Ron Yarrow, den Stallburschen. »Spannt den Plattformwagen an! Schnell! Im Wald verblutet ein Mann!«

»Was, Sir?« Jimmy hob die Brauen. »Alles in Ordnung mit Ihnen, Mr. Douglas?«
»Ja, verdammt! Hören Sie denn nicht? Ich sagte – im Wald verblutet ein Mann! Anscheinend mit durchschnittener Kehle.«
»Großer Gott!«
»Wo ist Johnson?«
»Der hat heute frei, Mr. Douglas.«
»Wer ist sonst noch da?«
»Bill, aber der ist grade zu seinem Cottage gegangen.«
»Machen Sie den Wagen bereit, ich hole Bill. Ron, Sie laufen zu The Beeches. Um diese Zeit müßte Dr. Nesbitt da sein. Bringen Sie ihn in den Wald, zur Lichtung.«
»Wird gemacht, Mr. Douglas.« Ron stürmte in den Stall, riß seine Jacke vom Haken und schlüpfte hinein, während er davonrannte.
Douglas riß die Tür zum Cottage des Oberreitknechts auf. »Tut mir leid, Bill, aber Sie müssen mit mir kommen. Im Wald verblutet ein Mann. Jimmy spannt gerade den Wagen an, und Ron läuft zu Dr. Nesbitt.« Überzeugt, daß der Mann ihm folgen würde, eilte er ins Herrenhaus. In der Küche scheuchte er Rosie Jackson und ihre Gehilfinnen auf, in der Halle traf er den Butler. »Wo ist Mr. Lionel?«
Statt einer Antwort deutete der Butler mit dem Kinn zum Speiseraum, und Douglas rannte an ihm vorbei.
Lionel saß am Tisch und leerte gerade ein Glas, als sein Bruder auf ihn zukam.
»Im Wald hat's einen Unfall gegeben, Lionel. Ich fand einen Mann, offenbar mit durchschnittener Kehle. Würdest du mir helfen?«
»W-was?«
»Oh, tut mir leid, du leidest noch an den Nachwirkungen deines Sturzes. Aber der arme Kerl wird womöglich verbluten.«
Langsam stellte Lionel das Glas ab. »Er ist nicht tot?«
»Nein, aber das wird er sein, wenn wir uns nicht beeilen.

Ich habe Yarrow zu Dr. Nesbitt geschickt. Gerade wird der Wagen angespannt.« Forschend musterte Douglas seinen Bruder. »Offensichtlich bist du nicht in der Lage, uns beizustehen. Schon gut, wir kommen auch ohne dich zurecht.«
Alleingelassen, kniff Lionel die Augen zusammen und biß sich in die Unterlippe, bis ihn ein brennender Schmerz zwang, den Mund zu öffnen. Er tastete nach der Karaffe, füllte das Weinglas bis zum Rand und trank es in einem Zug leer. Dann sank sein Kinn auf die Brust. »Allmächtiger Gott«, flüsterte er. »Alles umsonst. Wenn der Kerl sprechen kann ...«

7.

Als Mary Ellen Skinner die Fabrik betrat, rümpfte sie die Nase, verlangsamte ihre Schritte und sah sich in der staubigen Luft um. Ihre schmalen Augen schweiften von einer verschwommenen Gestalt zur anderen, schließlich blieb sie neben einer Arbeiterin an einer Werkbank stehen. »Wo ist Joe Skinner?«
Die Frau war verheiratet und Mutter von fünf Kindern, aber immer noch als »kleine Susie Fields« bekannt, weil sie schon mit neun Jahren in der Fabrik zu arbeiten begonnen hatte. Ihr Leben lang war sie nie aus Honeybee Place herausgekommen, und so kannte sie Mary Ellen Skinner. Sie galt als ziemlich respektlos, was sie jetzt wieder einmal bestätigte. Lachend erwiderte sie: »Als ich den dummen Kerl zuletzt sah, stand er immer noch in seiner Hose.«
Ringsum wurde laut gekichert, aber die Hände hörten nicht auf, Graphitplatten in Papier zu hüllen.
Mary Ellens Lippen kräuselten sich. »Ein Wunder, daß sie nicht runtergezogen war, als du in seine Nähe kamst.«
Ein Mädchen packte Susies Hand und zwang sie wieder

auf die Werkbank, und der Mann, der mit einem Karren vorbeikam, um die eingewickelten Platten einzusammeln, meinte: »Das hast du dir selber zuzuschreiben, Susie. Ich möchte bloß wissen, was sie im Schilde führt.«

Am Ende der Halle wandte sich Mary Ellen an Johnnie McInnes. »Wo ist Joe?«

»Oh, hallo, Mrs. Skinner! Sie wollen zum Aufseher? Ich glaube, der ist im Lager.« Er wies mit dem Kinn zu einer Tür.

Sie musterte ihn und legte den Kopf schief. »Ich dachte immer, Sie würden diesen Job kriegen. Den hat er Ihnen vor der Nase weggeschnappt, was?«

Johnnie McInnes starrte der kleinen Frau nach, die im Lager verschwand, und was er vor sich hin murmelte, klang keineswegs hochachtungsvoll.

Joe erteilte einem Arbeiter Anweisungen. Er hielt ein Klemmbrett mit Listen in der Hand und inspizierte kleine Kisten, die auf einen flachen Schubkarren geladen wurden. Als er die Stimme seiner Mutter neben sich hörte, zuckte er leicht zusammen. »Ich muß mit dir reden«, erklärte sie.

Er verließ das Lager, rief Johnnie McInnes zu sich und übergab ihm das Klemmbrett mit dem Auftrag, die Verladung weiterer Kisten zu beaufsichtigen. Dann führte er Mary Ellen in sein Büro. »Was willst du?«

Sie holte tief Luft. »Hast du Fred gesehen?«

»Gestern abend. Und warum sollte ich ihn seither noch mal gesehen haben? Er weiß, daß ich ihm nicht nachspioniere.«

»Fred war die ganze Nacht nicht zu Hause. Bis drei Uhr habe ich gewartet. Das ist noch nie passiert.«

Er setzte sich hinter seinen Schreibtisch. »Irgendwann muß er ja auch damit anfangen, den Mädchen nachzusteigen. Aber ich dachte, das hätte er längst getan. Er läßt ja sonst nichts aus.«

»Du bist ziemlich verbittert, was?«

»Dazu habe ich auch allen Grund, wenn ich auf mein bis-

heriges Leben zurückblicke, Ma. Und ihr beide seid schuld daran — du und mein lieber Bruder.«
»Ach, und was tust du *mir* an? Du überläßt mich meinem Schicksal und kümmerst dich nur noch um deine Hure — das ist sie nämlich . . . Nein, bleib sitzen und hör mir zu. Mir war von Anfang an klar, daß da was faul ist, und Fred hat auch was gemerkt, aber du hast ihm Gott weiß was angedroht, wenn er den Mund aufmacht.«
Joe war aufgestanden. Seine Stimme klang gefährlich ruhig. »Du weißt mehr, als es gut für dich ist, Ma. Aber glaub bloß nicht, du würdest was von Fred erfahren. Der paßt schon auf, daß er mit heiler Haut davonkommt. Und vergiß nicht — Andy Davison mußte für eine von Freds Heldentaten ins Kittchen. Doch das haben wir alles schon oft genug besprochen. Geh nach Hause, trink eine Tasse Tee, und hol die Butter fürs Brot raus, wie du's sonst auch immer tust.«
Sie starrte ihn an, dann kehrte sie ihm den Rücken. »Schlechte Söhne nehmen immer ein böses Ende. Und bevor du erledigt bist, wirst du noch einiges durchmachen.«
»Wahrscheinlich, Ma — wenn du lange genug darum betest.«
Krachend fiel die Tür hinter ihr ins Schloß. Er sank in seinen Sessel, ein Zittern durchlief seinen Körper. Es kam ihm vor, als hätte ihn eine Hornisse gestochen. Mit beiden Händen umklammerte er die Tischkante und ermahnte sich: Ganz ruhig bleiben . . .

»Schmeckt's dir nicht, Joe?«
»Doch, Mädchen. Dein Fleischpudding ist wie immer köstlich.«
»Sonst verlangst du meistens schon die zweite Portion, ehe du die erste aufgegessen hast. Irgendwas stimmt nicht mit dir. Sag es mir! Geht's wieder um Fred?«
»Aye, in gewisser Weise. Meine Mutter war heute in der Fabrik. Fred ist letzte Nacht nicht nach Hause gekommen.

Soviel ich weiß, hatte er noch nie eine feste Freundin. Ma versuchte mir die Hölle heiß zu machen, so wie immer. Aber es ging mir noch nie so unter die Haut wie diesmal. Ich habe so ein merkwürdiges Gefühl, ich kann's nicht beschreiben. Sie kennt keine Lebensfreude, meine Ma. Dad nannte sie immer ›Trauerkloß‹. Nichts, was er tat, konnte sie zufriedenstellen, ständig wollte sie was anderes.« Er lächelte Lily über den Tisch hinweg an. »Wie ich von Bill erfuhr, gab's bei Mas Besuch in der Fabrik auch eine heitere Szene. Sie fragte Susie, wo ich sei. Und du kennst ja Susie und ihr Mundwerk. Sie sagte, als sie den dummen Kerl zuletzt sah, hätte er noch in seiner Hose gestanden. Da machte Ma eine anzügliche Bemerkung über runtergelassene Hosen und brachte Susie so in Wut, daß sie mit einer Graphitplatte nach ihr schlagen wollte. Aber ein anderes Mädchen hielt sie in letzter Sekunde zurück.«
Lily lachte. »Ja, wenn Susie den Mund aufmacht, kommt fast immer was raus, was man in der Sonntagsschule nicht zu hören kriegt.«
Es freute ihn, sie so fröhlich zu sehen, denn in den letzten Wochen war sie ziemlich still gewesen. Er wußte auch warum, doch sie sprachen nicht darüber. Miß Bridgets Kusine, Miß Victoria, würde diesen Filmore heiraten. Joe hatte es nie erwähnt, aber sie mußte es gehört haben. Mrs. Leary, die Nachbarin, war so aufschlußreich wie die Abendzeitung. Bald sollte die Hochzeit stattfinden, in großem Rahmen. Erst ein Frühstück in Miß Bridgets Haus und abends ein großer Empfang mit vielen Gästen.
Nun, er mußte sich etwas einfallen lassen, um Lily auf andere Gedanken zu bringen. Als sie ihm die zweite Portion Fleischpudding servierte, hob er den Kopf. »Wollen wir heute abend ausgehen? Mrs. Leary würde sicher auf das Baby aufpassen. Wie wär's mit dem Empire? Dort soll ein großartiges neues Orchester auftreten.«
»Oh, das wäre wundervoll, Joe! Dann kann ich endlich mal meinen neuen Hut aufsetzen.«

In diesem Augenblick klopfte es an der Vordertür, und Joe schnitt eine Grimasse. »Wer mag das wohl sein? Falls jemand für irgendwas sammelt – ich bin nicht da.«
Lächelnd eilte Lily in den Korridor. Joe wollte seinen Teller leer essen, aber dann erstarrte seine Gabel auf halbem Weg zum Mund, als er Männerstimmen hörte.
Lily kehrte in die Küche zurück, gefolgt von zwei Polizisten. Erschrocken sprang er auf. »Was ist denn los?« Einen der Beamten kannte er – Constable Salop, genannt Sloppy. Meistens jagte er nur hinter Kinder her, wenn sie dumme Streiche verübten. Aber sie fürchteten sich nicht vor ihm, denn er zog sie schlimmstenfalls an den Ohren und drohte, alles der Ma zu erzählen. Niemals dem Dad, immer nur der Ma.
Der andere, ein Sergeant, ergriff das Wort. »Ich möchte Ihnen ein paar Fragen stellen, Mr. Skinner. Aber vorher muß ich Ihnen etwas mitteilen.« Nach einer kurzen Pause fügte er hinzu: »Ihr Bruder ist tot.«
Joe wechselte einen erstaunten Blick mit Lily, dann murmelte er: »Fred?«
»Ja.« Die Stimme des Mannes klang hart und kühl. »Er wurde ermordet. Als man ihn gestern abend im Brook's Wood fand, lebte er noch. Heute morgen, um halb elf, starb er im Krankenhaus. Da konnte er noch nicht identifiziert werden. Später kam der Assistent des Leichenbestatters in die Klinik und erkannte ihn.«
»O, mein Gott . . .« Joe wandte sich an Lily: »Ich muß sofort zu Ma gehen.«
Der Sergeant schien zu zögern, ehe er sagte: »Tun Sie das lieber nicht. Sie sollten uns jetzt aufs Revier begleiten und einige Fragen beantworten.«
»Was wollen Sie mich denn fragen?«
»Ihr Bruder starb an einem Messerstich in den Hals, und . . .« Wieder entstand eine kleine Pause. »Es ist bekannt, daß Sie ihm gedroht haben. Kommen Sie jetzt.« Mahnend hob der Sergeant einen Zeigefinger. »Überlegen

Sie von nun an gut, was Sie sagen. Wir werden alles zu Protokoll nehmen.«
»Mein Gott, das meinen Sie doch nicht ernst! Aye, ich habe ihm gedroht, seit er ein kleiner Junge war. Ständig geriet er in Schwierigkeiten. Und ich mußte auf ihn aufpassen nach Dads Tod. Aye, ich habe ihn bedroht, das war alles. Und Sie glauben, ich hätte ihn umgebracht?«
»Ich bitte Sie noch einmal, uns zu begleiten. Mr. Skinner.«
Flehend wandte sich Joe an den Constable: »Mr. Salop, Sie kennen mich. Noch nie im Leben hatte ich mit der Polizei zu tun.«
»Nun ja, Ihre Mutter erzählte, Sie hätten erst gestern abend mit Fred . . .«, begann der Constable, aber der Sergeant fiel seinem Untergebenen brüsk ins Wort und warf ihm einen vernichtenden Blick zu. »Wir werden dieses Gespräch auf dem Revier fortsetzen.«
Lily umklammerte den Arm ihres Mannes, ihre Lippen bewegten sich, aber sie brachte keinen Laut hervor, bis er sich abwandte und seine Mütze vom Wandhaken nahm. Da schrie sie die beiden Polizisten an: »So etwas brächte Joe niemals fertig! Er hat immer für Fred gesorgt und ihm geholfen, wenn's Ärger gab. Seine Mutter ist eine gemeine Frau! Wie kann sie so was sagen? Natürlich hat Joe oft mit Fred gestritten. Alle Leute streiten. Und da fällt manchmal ein böses Wort, das man gar nicht so meint . . .«
Joe unterbrach sie beschwichtigend: »Schon gut, Mädchen, reg dich nicht auf! Ich komme bald zurück.« Sie hielt ihn immer noch fest, und er mußte ihre Finger gewaltsam von seinem Arm lösen. »Beruhige dich jetzt! Du mußt doch für den Kleinen sorgen. Ich komme bald zurück, ganz bestimmt.« Vor den beiden Polizisten verließ er die Küche. Als er die vordere Haustür öffnete, war die Einwohnerschaft der ganzen Straße versammelt, und die Nachbarin stand dicht vor der Schwelle. »Würden Sie sich um Lily kümmern, Mrs. Leary?« bat er.
»Aye, mein Junge, das soll Ihre geringste Sorge sein. Was

haben Sie denn verbrochen? Wieso werden Sie von diesen lausigen Bullen abgeholt?«
Das fragte sich Joe selbst. Was hatte er verbrochen? Nichts. Trotzdem sah es so aus, als sollte er aufgrund von Mas Aussage des Mordes beschuldigt werden. Er blickte zurück auf die Zeiten, wo er den Bruder, der ihm seit seiner Geburt wie ein Stachel im Fleisch steckte, nur zu gern umgebracht hätte ...
Das erklärte er auch den beiden Männern, die ihm auf dem Revier gegenübersaßen. »Aye, ich habe ihm alles mögliche angedroht, weil er ein Tunichtgut war. Wenn Sie in Ihren Akten nachsehen, werden Sie feststellen, daß er immer wieder dieser oder jener Tat verdächtigt wurde.« Müde lehnte er sich auf dem harten Holzstuhl zurück. So ging das nun schon seit Stunden.
Einer der beiden Fremden fragte: »Wissen Sie, ob er Feinde hatte?«
Zum Beispiel Andy Davison... Joe richtete sich auf. »Ja...« Er zögerte kurz. Durfte er das sagen? Aber hier ging es um seinen eigenen Hals oder um einen anderen, und er mußte für seine Familie sorgen. Außerdem war er unschuldig. »Andy Davison hat wegen Diebstahls gesessen. Aber es war Fred, der die Beute in Andys Hof brachte. Ich erfuhr es erst hinterher.«
»Und dieser Mann hat Ihren Bruder bedroht?«
»Nein, er weiß nicht, wer ihn reingelegt hat. Aber er sagte immer wieder, wenn er den Schurken jemals finden sollte, würde er ihn umbringen.«
Die beiden Männer schauten sich an, dann verließen sie den Raum, und er blieb mit dem Polizisten zurück, der an der Tür Wache hielt. Joe drehte sich zu ihm um. »Das ist ein Alptraum.«
»Aye, das sagen die meisten, wenn sie hier sitzen.«
Ein paar Minuten später trat ein anderer Beamter ein. »Kommen Sie, mein Junge, Sie bleiben über Nacht hier.«
Joe wurde eine Treppenflucht hinab und dann durch einen

Korridor geführt, den zu beiden Seiten Türen ohne Klinken und mit kleinen Gitterfenstern säumten.
Der Constable öffnete eine dieser Türen und zeigte auf eine Holzbank, wo zwei zusammengelegte Decken und ein unbezogenes Kissen lagen. »Machen Sie sich's so bequem wie möglich«, sagte er nicht unfreundlich. »Gleich bringe ich Ihnen eine Tasse Kakao.«
Als die Tür klirrend zufiel und ein Schlüssel im Schloß herumgedreht wurde, nahm Joe Zuflucht bei einer alten Gewohnheit. Er steckte die vier Finger seiner rechten Hand in den Mund, die Nägel bedeckten vier Zähne und zerrten daran, als wollte er sie entwurzeln.

Am nächsten Morgen teilte man ihm mit, Andy Davison sei befragt worden. Das Gespräch hatte im Krankenhaus von Newcastle stattgefunden, wo er letzte Woche an seiner zertrümmerten Kniescheibe operiert worden war.
Auch Joe wurde erneut verhört. Im Laufe des Tages wuchs seine Angst – insbesondere, als ein Mann erschien, den er sofort wiedererkannte. Sie waren sich an jenem Abend im Wald begegnet. Mit sanfter Stimme erklärte der Neuankömmling: »Ja, diesen Mann traf ich, bevor ich den Verletzten fand.«
»Danke, Mr. Filmore«, erwiderte einer der Beamten, und Joe schnappte verblüfft nach Luft. Filmore ... Er wußte, daß Lionel einen jüngeren Bruder hatte, aber der besuchte angeblich die Universität. Und der Mann im Wald hatte erwähnt, er sei Bildhauer. Er war freundlich gewesen – und das war er immer noch. Bei einer seiner Aussage hatte er sogar sehr traurig ausgesehen.
Immer wieder wurden Fragen gestellt: Um welche Zeit hatte Joe mit dem Gentleman gesprochen? Wohin war er danach gegangen?
Durch die Stadt.
Durch welchen Teil? War er in einer Gaststätte gewesen?
Nein.

Hatte er mit Bekannten geredet?
Nein. Er kam nicht oft ans andere Ende von Gateshead Fell. Aber er war durch Low Fell gewandert, bis nach Fellburn.
Warum so weit?
Er senkte den Kopf, als er – vermutlich schon zum hundertsten Mal – antwortete: »Ich habe Fred gesucht.«
Warum?
Auch diese Antwort hatte er schon mehrmals gegeben. »Ich dachte, er könnte sich in Schwierigkeiten bringen.«
Inwiefern?
»Es war eine Privatsache. Mehr sage ich nicht darüber.«
»Haben Sie ihn wegen dieser Angelegenheit bedroht?«
»Das war so hingesagt.«
»Aber Ihre Mutter ist anderer Ansicht. Sie deutete auch an, Sie hätten Ihren Bruder von irgend etwas abzuhalten versucht. Worum es ging, weiß sie nicht. Vielleicht könnten Sie Ihre Situation verbessern, wenn Sie uns informieren.«
Wenn das Verhör an diesen Punkt gelangte, versank Joe in hartnäckiges Schweigen. Die Polizei durfte nichts von Freds verbrecherischen Plänen wissen. Lily hatte schon genug durchgemacht. Es wäre schrecklich für sie, wenn alle Welt erfahren würde, Fred habe den richtigen Vater ihres Kindes erpressen wollen. Das war aber nur ein Aspekt des Problems. Morgen würde der Kerl Miß Bridgets Kusine heiraten. Die beiden jungen Frauen standen sich so nah wie Schwestern. Wenn die Wahrheit ans Licht käme, würde der Skandal Miß Victorias Ehe zerstören. Und Miß Bridget wäre genauso verzweifelt. Für sie würde er alles tun. Sie war der einzige Mensch gewesen, der ihn immer freundlich behandelt hatte. Und er hatte ihr auch seine derzeitige gute Stellung zu verdanken. Würde ihr Vater noch leben, hätte Johnnie McInnes den Posten bekommen. Also mußte er den Mund halten. Das war er Miß Bridget schuldig.
Außerdem glaubte er, daß diese Sache nicht mit dem

Mord an Fred zusammenhing. Ein Messerstich in den Hals... Es mußte irgendein Gauner gewesen sein, der sich an Fred hatte rächen wollen – vermutlich zu Recht. Aber wer war es?
Allmählich steigerte sich Joes Angst zu qualvoller Panik.

8.

Bridget wollte aus einem ganz bestimmten Grund zwei Tage vor der Hochzeit nach Meadow House fahren. Die offizielle Erklärung lautete, daß sie Victorias Sachen packen und in ihr neues Heim schicken lassen wolle.
Die Braut hatte alle Hände voll zu tun – mit Vorbereitungen für das große Fest und die Hochzeitsreise. Sie hatte bereits erkannt, daß sie zwar ein Kleidergeld von der lieben Bridget bekommen sollte, diese Summe aber nicht ausschließlich für sich selbst verbrauchen konnte. Also würde ihr die Garderobe aus Meadow House zugute kommen. Sie protestierte nicht, als Bridget sich verabschiedete, und sie fand sogar, es würde ihrer Kusine guttun, wenn sie einmal einen Tag für sich allein hatte. In letzter Zeit war sie oft schwermütig gewesen, kaum wiederzuerkennen. Und sie hatte schon immer viel lieber auf dem Landsitz Meadow House gewohnt als in Milton Place.
Bei ihrer Rückkehr wurde sie mit schockierenden Neuigkeiten empfangen.
»Du ahnst nicht, was passiert ist!« sprudelte Victoria hervor. »Douglas fand einen Mann mit durchschnittener Kehle im Brook's Wood. Er holte ein paar Leute von der Farm, und sie brachten den Verwundeten ins Krankenhaus, wo er am nächsten Morgen starb. Aber was noch schlimmer ist... O Bridget, du wirst entsetzt sein! Du hast immer so nett von ihm gesprochen und gesagt, er sei

ein so anständiger Junge. Ich selber sah ihn nur ein paarmal, aber da machte er auch auf mich einen guten Eindruck ...«

Weiter kam sie nicht. Bridget zog sie kurzerhand aus der Halle in den Salon, drückte sie auf einen Stuhl und befahl mit scharfer Stimme: »Hör auf mit dem Geschwätz, erzähl endlich, was los ist!«

»Dein Manager Joe ... Er hat seinen Bruder ermordet.«

Bridget trat einen Schritt zurück, ihr Gesicht verzerrte sich. »Was sagst du da?« fragte sie kaum vernehmlich. »Joe – hat seinen Bruder ermordet?«

»Ja, im Brook's Wood. Douglas hat ihn heute nachmittag identifiziert. Ich meine nicht den Bruder, sondern Joe, denn er traf ihn am fraglichen Abend im Wald, kurz vor der Tat.«

»Unmöglich! So etwas würde Joe niemals tun.«

»Er hat's aber getan. Das wird zumindest behauptet. Er war zur Tatzeit im Wald, und Douglas sagt, laut polizeilicher Aussage könne Joe nicht nachweisen, wo er hinterher gewesen sei ... Wohin gehst du?«

»Was glaubst du wohl?« stieß Bridget hervor. »Nach Gateshead, zu Joe. Dort hat man ihn doch hingebracht?«

»Ich – ich weiß nicht ... Ist das auch schicklich?«

»Schicklich? Was redest du da für einen Unsinn? Er ist der Manager meiner Fabrik! Schicklich!«

Victorias Lippen bebten. »Du brauchst mich nicht so anzufauchen – am Vorabend meiner Hochzeit ...«

»Erinnere mich bloß nicht daran! Ich weiß, daß du morgen heiratest.«

Bridget eilte in die Halle, gefolgt von ihrer Kusine. »Warum magst du Lionel nicht? Was hat er dir getan? Oh, du machst mich so unglücklich!«

Bridget verkniff sich die Entgegnung, ihre Kusine würde als Mrs. Filmore noch viel unglücklicher werden. In den letzten Tagen hatte sie sich immer wieder gefragt, ob es nicht besser wäre, Victoria an gebrochenem Herzen leiden zu lassen. Vielleicht wäre sie gar nicht daran gestorben. Was würde geschehen, wenn sie dem Mädchen jetzt sagte: ›Er heiratet dich nur, weil ich ihn finanziell unterstütze‹? Oh, je schneller sie aus diesem Haus kam, desto besser. Wenn nur der morgige Tag schon überstanden wäre ... Doch jetzt ging es erst einmal um Joe.

»O Bridget, du kannst nicht schon wieder weglaufen. Du bist ja eben erst angekommen. Ich wette, du hast noch nichts gegessen.«

Bridget ignorierte ihre Kusine und wandte sich zu Jessie, die vor der Treppe stand. »Danny soll Hamlet satteln lassen, ich ziehe mich nur noch rasch um.«

Die Haushälterin schaute ihrer Herrin hinterher, die nach oben lief, dann flüsterte sie Victoria zu: »Sie weiß also schon Bescheid über Joe?«

Victoria nickte.

»Ich dachte mir, daß sie so reagieren würde.« Jessie eilte durch die Hintertür zu den Stallungen.

Als Bridget in die Halle zurückkehrte, wurde sie von ihrer Kusine erwartet, die sie vorwurfsvoll anschaute. »Ich glaubte, wir würden diesen Abend für uns haben – meinen letzten Abend zu Hause. Du bist gar nicht nett zu mir, Bridget. Ich werde dich so schrecklich vermissen, und du ...«

»Sei still, Victoria.« Die Worte brachten Victoria sofort zum Schweigen. Verblüfft starrte sie der jungen Frau nach, die ihr nahe stand wie eine Schwester, die ihr sogar die Mutter ersetzt hatte und die jetzt davonging, als würde sie nur Haß für sie empfinden.

Der Polizist im Vorraum erkannte die Frau, die sich wie eine Lady ausdrückte und die Reitkleidung eines Gentleman trug. Das überraschte ihn nicht so sehr wie ihre Frage, ob sie den Mann sprechen könne, der wegen Mordverdacht in Haft saß. »Mal sehen. Kennen Sie Mr. Skinner?«

»Seit unserer Kindheit. Jetzt ist er Manager in meiner Fabrik.«
»Oh... Würden Sie bitte Platz nehmen? Ich komme gleich wieder.«
Bridget verschmähte den angebotenen Stuhl und trat vor zwei gerahmte Steckbriefe an der weißgetünchten Ziegelwand. In beiden wurden Diebe gesucht. Für Hinweise, die zur Festnahme führten, war eine Belohnung von zwanzig Pfund ausgeschrieben.
Ein Constable blätterte angelegentlich in einem Aktenordner und warf ihr immer wieder verstohlene Blicke zu. Schließlich kehrte der erste Beamte zurück. »Folgen Sie mir bitte, Miß Mordaunt.«
Er führte sie einen Korridor entlang in einen Raum, wo Joe wartete. Das Gesicht blaß vor Müdigkeit, wirkte er um Jahre gealtert, und sie bemerkte auch die Furcht in seinen Augen. Das war neu für sie, denn sie hatte stets seine innere Kraft geschätzt, die ihn befähigte, gegen seine Lebensumstände anzukämpfen und sich beharrlich weiterzubilden. Ein anderer Beamter stand im Zimmer, doch sie wandte sich zu dem Mann, der sie hergebracht hatte. »Dürfen wir ungestört miteinander sprechen?«
Zögernd erwiderte er: »Nun ja – fünf Minuten, Miß.«
Beide Polizisten gingen hinaus und schlossen die Tür, aber Bridget hatte das Gefühl, daß sie dicht dahinter stehenblieben. Voller Mitleid wandte sie sich zu Joe. »Das ist ja grauenhaft! Wie ist es dazu gekommen?«
»Ich wünschte mir, ich wüßte es, Miß. Nur eins kann ich Ihnen sagen – ich war es nicht. Ich habe meinem Bruder kein Haar gekrümmt.«
»Davon bin ich fest überzeugt. Aber – können Sie sich vorstellen, wer es gewesen sein könnte? Hatte er Feinde?«
»Aye. Einer saß wegen Diebstahls im Gefängnis, obwohl Fred die Tat begangen hatte. Ich dachte, nun hätte er sich rächen wollen. Aber er war's nicht. Er wurde letzte Woche operiert und liegt noch im Krankenhaus.«

»Haben Sie den Polizisten erzählt, wo Sie sich an jenem Abend aufhielten?«
»Aye. Zufällig war ich im Wald, wo er gefunden wurde. Und was mich zusätzlich belastet – ich sprach mit einem Gentleman, Mr. Filmore.«
»Mit Mr. Lionel Filmore?« fragte Bridget erstaunt.
»Nein, es war sein jüngerer Bruder. Aber das wußte ich damals noch nicht. Er suchte Steinblöcke und erklärte, er sei Bildhauer. Wir unterhielten uns nur ganz kurz. Später fand er Fred, und dann erinnerte er sich an unser Gespräch. Natürlich zählt die Polizei nun zwei und zwei zusammen, aber ...« Joe trat einen Schritt näher. »Beim Allmächtigen und allen Heiligen, Miß – ich war's nicht.«
»O Joe, ich glaube Ihnen – aber wir müssen herausfinden, wer's getan hat. Sie brauchen einen Anwalt.«
»Der wird's schwer haben, denn ich kann niemanden benennen, der mich nach meiner Begegnung mit Mr. Filmore gesehen hat. Außerdem war ich wütend auf Fred und habe ihn gesucht.«
»Warum denn ...«
»Nun ...« Er senkte den Kopf. »Das war eine Privatsache, die nur ihn und mich was anging. Er hatte etwas vor, was nicht richtig war, und davon wollte ich ihn abbringen.«
»Wenn Sie das der Polizei erzählen, könnte es ein neues Licht auf den Fall werfen.«
Entschlossen schaute er ihr in die Augen. »Das werde ich nie verraten – nicht einmal, um mein Leben zu retten.«
»Wieso nicht?«
»Weil sonst womöglich jemand anders in Mitleidenschaft gezogen wird. Nicht nur eine Person. Aber machen Sie sich keine Sorgen, Miß. Vielen Dank für Ihren Besuch. Würden Sie noch etwas für mich tun?«
»Alles, was Sie wollen, Joe. Und ich werde mich bemühen, Ihre Freilassung zu erwirken. Nun, was haben Sie auf dem Herzen?«

»Könnten Sie mal nach Lily sehen? Sie war völlig aufgelöst, als ich von der Polizei abgeholt wurde, und sie hat kaum Freunde. Ihre Familie will nichts mehr von ihr wissen.«
»Ich gehe noch heute abend zu Ihrer Frau und verspreche ihr, daß Sie bald nach Hause kommen werden.«
»Bitte nicht, Miß! Ich meine – erwecken Sie keine falschen Hoffnungen. Verstehen Sie doch – erst wenige Stunden vor dem Mord bedrohte ich Fred – im Haus meiner Mutter. Das erzählte sie den Polizisten, und deshalb kamen sie auf mich.«
»O nein! Ihre Mutter hat das getan?«
»Aye. Wir haben uns nie verstanden. Fred war immer ihr Liebling, von mir hält sie nichts.«
Die Tür öffnete sich, und sie drehten sich beide zu den Polizisten um. Bridget griff nach Joes Hand. »Machen Sie sich keine Sorgen, Joe. Morgen spreche ich mit meinem Anwalt. Und Lily besuche ich noch heute.«
»Danke, Miß, vielen Dank.«
Zu den Beamten gewandt, erklärte sie: »Es ist ein Irrtum. Dieser Mann könnte niemanden töten, schon gar nicht seinen Bruder. Ich kenne ihn seit seiner Kindheit, seit er in der Fabrik meines Vaters zu arbeiten anfing.«
»Ich weiß, Miß«, entgegnete einer der Polizisten. »Er war immer ein guter Junge, aber so was kommt nun mal vor, besonders in Familien. Sie würden staunen, wenn Sie wüßten . . .«
»Ja, da würde ich gewiß staunen«, unterbrach sie ihn. »Vor allem in diesem Fall. Guten Abend.«
»Guten Abend, Miß.«
Vor dem Revier nahm sie eine Silbermünze aus der Hosentasche und gab sie dem Burschen, der Hamlets Zügel gehalten hatte. Erfreut bedankte er sich und fügte hinzu: »Ich kann jederzeit auf Ihr Pferd aufpassen, Miß. Und ich hätte so gern einen festen Job. Ich bin elf. Werden Sie an mich denken, Miß?«

Sie saß bereits im Sattel und schaute in das schmale, schmutzige Gesicht hinab. »Ja, ich werde an dich denken.« Während sie davonritt, hörte sie seine hohe Stimme, die ihr nachrief: »Ich heiße...« Doch sie verstand den Namen nicht mehr, und sie bezweifelte, ob sie sich später an ihn erinnern würde. Es gab viele Kinder, die Arbeit suchten. Auch Joe war so ein Junge gewesen, fleißig und voller Eifer. Deshalb hatte sie sich von Anfang an zu ihm hingezogen gefühlt. Und die Zuneigung war im Lauf der Jahre gewachsen, obwohl sie sich dagegen gewehrt hatte. Eine solche Verbindung kam nicht in Frage. Ihre Position als Nachfolgerin ihres Vaters hatte diese Tagträume ein für allemal beendet – aber nicht die nächtlichen Träume.

9.

Da die Braut keinen männlichen Verwandten hatte, wurde sie von Andrew Kemp, dem Anwalt und Freund der Familie, zum Altar geführt. Das war zu verstehen – im Gegensatz zu der Tatsache, daß der Bräutigam nicht seinen Bruder als Trauzeugen wählte, sondern James, den ältesten der drei unverheirateten Söhne von Stephen Wright. Lionel erklärte seinen Entschluß mit dem Hinweis, Douglas sehe noch wie ein Junge aus.

Eigentlich ging Douglas nur in die Kirche, weil er einen heftigen Streit mit seinem Vater nicht fortsetzen wollte. Er saß in der ersten Reihe zur Rechten und ahnte, daß die Gefühle Bridgets, die links Platz nahm, seinen eigenen glichen. Als er beobachtete, wie sein Bruder der Braut den Ring an den Finger steckte und sie anbetend zu ihm aufschaute, wurde ihm fast übel. Wie konnte sie mit Bridget verwandt sein? Trotz ihrer Schönheit und ihres Charmes würde Victoria immer ein albernes Kind bleiben. Hingegen besaß ihre Kusine, die nicht viel älter war, einen bewundernswerten Verstand, ein großzügiges Herz und eine Schönheit, die sie zu verbergen wußte. Sie könnte Victoria mühelos ausstechen, wenn sie sich ebenso aufwendig kleiden würde. Doch sie wäre die erste, die das leugnen würde. Ein Lob auf ihre Persönlichkeit würde sie hinnehmen, eine Hymne auf ihre Schönheit mit Verachtung strafen. Nach der landläufigen Meinung vertrugen sich Geist und Schönheit nur selten, und wenn jemand beides aufzuweisen hatte, geriet er meistens in Verruf. Vielleicht, weil die Mitglieder der herrschenden Klasse dieses Klischee geprägt hatten . . .

Nun kniete das Paar auf den Stufen des Altars, und der Priester segnete die soeben geschlossene Ehe. Der Bräutigam und die Braut erhoben sich, Arm in Arm schritten sie durch den Mittelgang. Dabei trafen sich Bridgets und Lionels Blikke, und der Ausdruck in seinen Augen verwirrte sie. Vielleicht, weil sich darin ihre eigenen Empfindungen widerspiegelten . . . Sie haßte ihn, weil sie seinetwegen etwas getan hatte, was sie für den Rest ihres Lebens bereuen würde.

Nach dem Empfang in Milton Place half Jessie der Braut, sich umzukleiden. Sie legte Victoria einen pflaumenblauen Samtumhang um die Schultern, der zum Kleid paßte, und setzte ihr einen Hut mit einer grauen Feder auf.

Victoria küßte die runde Wange der Haushälterin. »Danke, Jessie. Würden Sie mich jetzt mit Miß Bridget allein lassen?«

»Natürlich, meine Liebe.« Bevor Jessie hinausging, tätschelte sie Bridgets Arm und schnüffelte vernehmlich.

Eine Zeitlang schauten sich die Kusinen schweigend an, dann sagte Victoria: »Ich wäre das glücklichste Mädchen auf der Welt, wenn du meine Freude teilen könntest.«

»Ich werde mich immer mit dir freuen.« Bridget umfaßte Victorias Hand. »Das weißt du doch.«

»Aber – warum magst du Lionel nicht? Er ist so wunderbar, so lieb und rücksichtsvoll.«

»Hast du ihn schon mal gefragt, ob er mich mag?«
»O ja.«
»Und was hat er geantwortet.«
»Nun ...« Victoria zögerte ein wenig. »Es klingt albern. Er meint, du würdest dich wie eine Mutter aufführen, die ihre Tochter verliert, und deshalb könntest du ihn nicht leiden. Die Mütter von Töchtern hätten immer etwas an ihren Schwiegersöhnen auszusetzen.«
»Da ist vielleicht was dran.«
»Wünsch mir Glück!«
»Ja, das wünsche ich dir, von ganzem Herzen. Aber – dein Leben wird sich jetzt verändern. Das verstehst du doch? Wenn du von der Hochzeitsreise zurückkehrst, wirst du in Grove House leben. Dort gibt es weder mich noch Jessie oder Peg. Und du kannst auch nicht ins Meadow House flüchten. Hast du das bedacht?«
»Natürlich. Ich muß mich an die fremden Dienstboten gewöhnen und lernen, wie man einen Haushalt führt. Aber darin habe ich schon ein bißchen Übung, und hier habe ich meine Sache doch nicht schlecht gemacht, oder?«
»Allerdings nicht. In dieser Hinsicht bist du sehr tüchtig.«
Victoria lachte fröhlich. »Mach dir keine Sorgen, ich werde schon zurechtkommen. Und wenn es Probleme gibt, wende ich mich an Douglas. Er ist so freundlich, ganz anders als Lionel, aber sehr nett ... Oh, hörst du den Lärm da unten? Jetzt muß ich ihnen allen gegenübertreten. Mein Schwiegervater war so lustig beim Empfang, findest du nicht? Er trank viel weniger als sonst und unterhielt sich so angeregt mit mir. Anfangs mochte ich ihn nicht, aber jetzt scherzt er ständig mit mir und bringt mich so oft zum Lachen.«
Sie umarmten sich, dann schob Bridget ihre Kusine zur Tür. »Geh schon voraus, ich komme gleich nach.«
Als sie allein war, versuchte sie das würgende Gefühl in ihrer Kehle zu bekämpfen. Trotzdem traten ihr Tränen in die Augen. Sie lief zum Toilettentisch, öffnete eine Porzel-

landose und bestäubte ihr Gesicht mit duftendem Talkumpuder. Dann griff sie hastig nach einem Tuch aus weichem Waschleder und wischte sich den rosigen Hauch wieder von den Wangen.

Sie stieg die Treppe zur Halle hinab und bahnte sich zwischen den gutgelaunten Gästen einen Weg zur Haustür. Dort beobachtete sie, wie der Bräutigam seiner Braut in die Kutsche half, um die Fahrt nach Newcastle anzutreten, wo die Reise nach Frankreich beginnen sollte. Jubelnde junge Leute umringten den Wagen. Douglas war nicht unter ihnen. Er stand auf den Eingangsstufen, unterhalb von Bridget, und beobachtete die lebhafte Schar. Dabei entging ihm nicht, wie vertraulich die Arme der Wright-Söhne die Taillen der Forrester-Töchter umschlangen. Vermutlich würde dieses übermütige Völkchen später in Grove House weiterfeiern und den Abend in der Scheune beschließen, wo das Personal auf das Brautpaar trank. Douglas erinnerte sich an ein ähnliches Fest vor sechs Jahren, an Lionels einundzwanzigstem Geburtstag. Das auffälligste Resultat jener Party war ein monatelanger Urlaub von mindestens zwei jungen Damen gewesen.

An diesem Abend würde er sich keinesfalls an den Lustbarkeiten beteiligen, und man würde ihn auch nicht vermissen. Andererseits... Lächelnd dachte er an die schmachtenden Blicke, die Sarah Forrester ihm schon seit Jahren zuwarf, obwohl er nie einen Penny besessen hatte und sich keine Ehefrau leisten konnte. Doch jetzt, da er seine Skulpturen verkaufte, lagen die Dinge anders, und Sarahs Lächeln wurde immer koketter, ihr Lispeln immer affektierter.

Die jungen Leute rannten dem Wagen nach, der die Zufahrt hinabrollte; die älteren kehrten in den Salon und ins Speisezimmer zurück, wo immer noch Drinks bereitstanden.

Zwei Stunden später stiegen die letzten Gäste in ihre Kutschen, um nach Grove House zu fahren. William Filmore, der inzwischen ziemlich tief ins Glas geschaut hatte, blieb am Eingang vor der Hausherrin stehen. »Ein wundervolles Fest, Miß Bridget, das muß Ihnen der Neid lassen. Werden Sie mich mal besuchen . . . ? Sie antworten nicht? Nun, Sie kennen ja sicher den Spruch von Mohammed und dem Berg.« Er neigte sich zu ihr, und seine Whisky-Fahne blies ihr ins Gesicht. »Halsstarrig bis zum Schluß, was? Aber, bei Gott, ich bewundere Ihren Charakter. Sie hätten ein Mann werden sollen.«

Als er lachend die Stufen hinabstolperte, trat Douglas an Bridgets Seite. »Darf ich morgen zu Ihnen kommen?«

»Bitte, tun Sie das«, entgegnete sie, dann wandte sie sich zu anderen Gästen, die ihr auf Wiedersehen sagen wollten. Sie hatte ihren Anwalt gebeten, noch zu bleiben. Als sich alle anderen verabschiedet hatten, ging sie in den Salon, wo er sie erwartete, sank in einen Sessel und bot ihm Platz an. »Hab ich das Richtige getan, Andrew?«

»Nun, Miß Bridget, Sie wollten es.«

»Nein, ich wollte es nicht, aber der Kummer wäre zu groß für Victoria gewesen. Sie besitzt nicht die nötige innere Kraft, um einen solchen Schock zu ertragen. Diesen Mann so kurz vor der Hochzeit noch zu verlieren – daran wäre sie zerbrochen. Aber ich wollte etwas anderes mit Ihnen besprechen. Es geht um Joe Skinner.«

»Ja, ich habe erst heute morgen davon erfahren. Es stand in der Zeitung, und ich konnte es kaum glauben. Er war doch immer ein anständiger Junge. Die Kehle seines Bruders zu durchschneiden – unvorstellbar . . .«

»Er hat es nicht getan.«

»Weshalb sind Sie sich da so sicher? Warum sollte er verhaftet worden sein, wenn es keine Beweise gibt?«

»Gestern war ich bei ihm auf dem Polizeirevier. Er beteuerte seine Unschuld. Bedauerlicherweise war er zur fraglichen Zeit im Wald, wo das Verbrechen geschah. Dort sprach er mit Douglas Filmore, der nach Steinblöcken für seine Skulpturen suchte. Wenig später fand Douglas den

Verletzten und brachte ihn mit der Hilfe einiger Bediensteter von Grove House ins Krankenhaus. Heute abend hat er mir alles erzählt. Er erklärte der Polizei, er habe zur Tatzeit nicht nur Joe, sondern auch seinen Bruder und drei andere Reiter gesehen. Aufgrund dieser Aussage wurde Joe auch gar nicht festgenommen. Das hat er seiner Mutter zu verdanken, die den Beamten mitteilte, er habe Fred bedroht. Und Joe gibt zu, er sei unterwegs gewesen, um seinen Bruder an der Ausführung irgendwelcher Pläne zu hindern. Worum es sich handelte, weiß ich nicht. Das wollte er mir nicht verraten. Aber ich zweifle keine Sekunde an seiner Unschuld. Und ich möchte Sie bitten, einen Anwalt für ihn zu engagieren – den besten. Lassen Sie jemanden aus London kommen.«

»Aus London? Das wird teuer.«

»O Andrew, Geld spielt doch keine Rolle.«

»Doch. Irgend jemand muß es zusammenhalten. Zweitausendfünfhundert pro Jahr für Filmore ... Wie lange wollen Sie das zahlen? Das ist mehr als die Hälfte Ihrer Einnahmen aus den Fabriken. Und wie mir Fathers berichtet hat, müssen sich seine Mietkassierer gewaltig anstrengen, um das Geld in Gateshead und Low Fell einzutreiben.«

»Ich weiß. Dafür gehen die Geschäfte in Jarrow sehr gut.«

»So gut, daß manche Leute ihre Häuser kaufen. Und Palmers heimst die Provisionen ein. Wußten Sie das?«

»Ja, aber bleiben wir bei der Sache«, erwiderte Bridget. »Engagieren Sie einen Verteidiger für Joe, ohne an die Kosten zu denken.«

Der alte Mann starrte sie an, dann strich er sich über das Kinn. »Sie interessieren sich für den Jungen – schon seit seiner Kindheit, und Sie haben ihn stets gefördert. Ich erinnere mich noch gut, wie Ihr Vater mir erzählte, Sie hätten Joe Skinner veranlaßt, eine Abendschule zu besuchen. Ich fragte: ›Was nützt das einem Fabrikarbeiter, der Schuhwichse oder Kerzenwachs herstellt?‹ Da antwortete Ihr Vater: ›Vielleicht will sie mit einer schwarzen Kerze

Licht in sein Leben bringen.‹ Ein gutes Bonmot, was?«
Als sie schwieg, stand er seufzend auf. »Nun, ich werde Ihren Auftrag erfüllen.«
Sie erhob sich ebenfalls. »Danke, Andrew. Tun Sie es so schnell wie möglich.«
Der Anwalt tätschelte ihren Arm. »Ich mag Sie, Mädchen. Hätte ich eine Tochter, würde ich mir wünschen, daß sie so wäre wie Sie. Und ich hoffe, Sie finden bald jemanden, der zu ihrer Mentalität paßt – einen Freund und Ehemann. Denn das braucht man in der Ehe – Freundschaft. Deshalb gibt's so viele unglückliche Paare auf der Welt. Wenn die Liebe durch den Schornstein davonfliegt, erlischt die Hitze in der Asche. Ja, mit den Jahren verfliegt die Leidenschaft, und wenn keine Freundschaft zurückbleibt, wird das Dasein öde und leer. Ich spreche aus Erfahrung, meine Liebe, denn ich habe so viele Klienten, die wie lebendige Tote herumlaufen, weil sie nicht auf den Verlust ihrer Liebe vorbereitet waren.«
»O Andrew, Sie bringen mich noch zum Weinen.« Bridget blinzelte, doch dann lächelte sie. »Eigentlich habe ich nie ernsthaft an eine Heirat gedacht, aber nachdem Sie mich auf die Fallstricke der Ehe hingewiesen haben, bin ich fest entschlossen, ledig zu bleiben.« Sie hauchte einen Kuß auf seine Wange und fügte hinzu: »Außerdem – wozu brauche ich einen Ehemann, wenn ich einen Freund wie Sie habe?«
Sichtlich erfreut über das Kompliment, verabschiedete sich der alte Mann.

10.

»O Douglas, wenn Sie ihn doch bloß nicht wiedererkannt hätten!«
»Aber ich habe ihn erkannt, Bridget. Und er hat mich auch erkannt, das gab er zu. Vergessen Sie nicht – ich fand seinen Bruder. Als ich befragt wurde, mußte ich sagen, wer mir an jenem Abend im Brook's Wood begegnet war. Ich wußte damals nicht, wer Joe Skinner ist. Auf dem Revier sah ich ihn wieder, und da fühlte ich mich verpflichtet, jenes Treffen zu erwähnen. Außerdem – was könnten Sie denn tun, wenn ich ihn nicht wiedererkannt hätte?«
»Dann würde ich behaupten, er sei nicht im Wald gewesen.«
»O Bridget, wie könnten Sie ...«
»Ja, ich könnte es. Ich würde Lily veranlassen, vor Gericht zu beschwören, er sei die ganze Nacht nicht zu Hause gewesen, auch die Nachbarin, Mrs. O Leary ... Alle würden ihm zuliebe einen Meineid auf sich nehmen.«
»Und wo sollte er gewesen sein?«
Sie schaute in Douglas' Augen. »Bei mir.«
»Wie meinen Sie das?«
»Ich würde sagen, er habe die Nacht bei mir verbracht.«
»Warum?« fragte er verblüfft. »Sie sind eine Lady – er ist ein einfacher Arbeiter.«
»Eben deshalb. Weil ich eine Lady bin, würde man nicht an meinem Wort zweifeln.«
»Sie würden also Ihren guten Namen beschmutzen?«
»Ja, Douglas, ich würde meinen guten Namen beschmutzen, um einen Unschuldigen vor dem Galgen zu retten.«
Schweigend musterte er sie, dann schüttelte er den Kopf. »Da muß noch mehr dahinterstecken.«
»Worauf wollen Sie hinaus?«
»Ich weiß es nicht, und ich frage Sie danach. Als Ihr Freund erlaube ich mir, Sie zu fragen.«

Sie wandte sich ab, und er sah ihre Miene nicht, als sie antwortete: »Mir fiel schon in seiner Kindheit auf, wie intelligent er ist. Unter anderen Umständen hätte viel mehr aus ihm werden können. Schon seit Jahren besucht er die Unitarierschule. Der Priester, der dort unterrichtet, war ein Freund meines Vaters. Er hält sehr viel von Joe. Und er weiß auch, wie schwer es der Junge immer hatte. Er mußte seine Mutter unterstützen, offenbar eine sehr schwierige Frau, und seinen Bruder ständig aus Schwierigkeiten heraushelfen.« Nun wandte sie sich wieder an Douglas: »Ich bewundere ihn.«
Forschend betrachtete er die junge Frau, die er jetzt als seine Freundin bezeichnen durfte und der er noch viel intensivere Gefühle entgegenbrachte. Er erriet, daß ihre Bewunderung für einen ihrer Arbeiter über bloßes Interesse hinausging. Während er ihre Hand ergriff, begann er mit leiser Stimme ein Gedicht zu zitieren.

»Das Herz ist blind.
Es tastet nach einer Hand
Und wählt nicht irgendeine,
Nur eine, deren Finger freundlich sind,
So weich wie Tauben;
Das Gesicht darf keine Rolle spielen,
Denn die Täler und Berge der Knochen
Sind nur äußere Hüllen.
Das Herz ist blind,
Wenn es nach Liebe sucht.«

Tränen brannten in ihren Augen. Sekundenlang preßte sie die Lippen zusammen, und als sie dann sprach, zitterte ihre Stimme. »Ich danke Ihnen für Ihr Verständnis. Sie sind ein einzigartiger Mann, Douglas.«
»Eher merkwürdig.«
»Unsinn! Vor allem sind Sie überaus menschlich.«
Abrupt wechselte er das Thema und schlug einen geschäftsmäßigen Ton an: »Ich muß es Ihnen noch einmal sagen, Bridget – es wäre unklug, wenn Sie morgen zum

Gericht gingen. Insbesondere – nun ja, unter diesen Umständen.«
Sie entzog ihm ihre Hand. »Nichts kann mich daran hindern. Abgesehen von seiner Frau, bin ich wohl die einzige Person auf dieser Welt, die ihm freundschaftlich gesonnen ist. Und während seiner wochenlangen Gefangenschaft hat er sich verändert. Ich hatte gedacht, er würde kämpfen und sich verteidigen. Aber er scheint bereits das Schlimmste akzeptiert zu haben. Bei meinem letzten Besuch flehte ich ihn an, mir zu erzählen, warum er an jenem Abend seinen Bruder bedroht und ihn dann gesucht hatte. Er schaute mich nur an, und nach einer Weile erwiderte er: ›Was geschehen soll, wird geschehen, Miß.‹ Der Joe, den ich früher kannte, hätte nie so gesprochen. Dieser grauenvolle Ort, wo er festgehalten wird, hat ihm seine ganze Willenskraft geraubt.«
In diesem Moment ging die Salontür auf, und Victoria trat ein. Überrascht hob Bridget den Kopf. »Ich habe die Kutsche gar nicht gehört.«
»Ich bin nicht mit der Kutsche gekommen, sondern mit dem zweirädrigen Wagen.«
Bridget stand auf, ging auf ihre Kusine zu und fragte ungläubig: »Allein?«
»Ja – allein.« Victorias Stimme nahm einen noch schärferen Klang an, als sie sich zu Douglas wandte: »Du bist schon wieder hier?«
Er lachte sanft. »Ich wußte nicht, daß Bridgets Haus tabu für mich ist.«
Bridget schaute von einem zum anderen. Die spürbare Feindseligkeit zwischen den beiden überraschte sie, denn sie hatte angenommen, Victoria würde auf Grove House in Douglas einen Verbündeten finden. Offenbar war das ein Irrtum gewesen.
»Nun, dann gehe ich jetzt«, sagte er. »Wir sehen uns morgen im Gerichtssaal, Bridget.«
»Ja, Douglas.«
Er nickte seiner Schwägerin zu und ging hinaus. Als die

Tür hinter ihm ins Schloß gefallen war, setzte sich Victoria auf die Couch und arrangierte ihren weiten Taftrock. »Er kommt sehr oft hierher, nicht wahr? Manchmal kann er schrecklich lästig werden.«
Normalerweise hätte Bridget heftig gegen eine solche Behauptung protestiert. Doch statt dessen überlegte sie, ob Victoria vielleicht eifersüchtig war und fürchtete, Douglas könnte sie aus dem Herzen der Kusine verdrängen.
Victoria zog wieder einmal ihren gewohnten Schmollmund, der noch deutlicher in Erscheinung trat, als sie nun fragte: »Willst du wirklich zu der Gerichtsverhandlung gehen? Damit schadest du deinem Ruf. Das hat Mr. Filmore gesagt. Und daß du den besten Londoner Anwalt für diesen Mann engagieren mußtest! Als ob er ein Verwandter wäre!«
»Was ist nur über dich gekommen, Victoria? Früher mochtest du Joe. Du hast dich zwar nur selten dazu herabgelassen, die Fabrik zu betreten, aber dabei jedesmal betont, wie nett er sei.«
»Kann sein. Trotzdem ist er nicht mehr als ein gewöhnlicher Arbeiter.«
»Vergiß nicht, daß wir sehr gut vom Schweiß dieser gewöhnlichen Arbeiter leben!« erwiderte Bridget empört. Beinahe hätte sie hinzugefügt, Victorias finanzielle Unterstützung würde aus derselben Quelle stammen. Doch sie sah plötzlich Tränen auf den Wangen ihrer Kusine. »Was ist denn los?« fragte sie etwas sanfter. »Ich dachte, du wärst glücklich.« Als Victorias Schultern zu zucken begannen, setzte sich Bridget zu ihr und ergriff ihre Hand. »Was hast du, Liebes?«
»Ich ...« Victoria zog ein Taschentuch hervor und trocknete ihre Tränen. »Ich erwarte ein Baby.«
»Oh ... Ist das ein Grund zum Weinen?«
»Lionel ist keineswegs begeistert.«
»Warum nicht? Er müßte sich doch über seine künftige Vaterschaft freuen – vielleicht schenkst du ihm sogar einen Stammhalter. Und Mr. Filmore?«

Victoria wandte sich zu den hohen Fenstern, durch die helles Sonnenlicht hereinströmte. »Er hat schallend gelacht – so lange, daß Lionel ihn anschreien mußte. Mein Schwiegervater ist so rüde, Bridget. Manchmal bin ich überhaupt nicht glücklich. Das Personal ist ganz anders als unseres. Die Köchin will nicht, daß ich in die Küche gehe. Und – das Haus ist nicht richtig sauber. Als ich Douglas fragte, was ich dagegen unternehmen solle, erwiderte er, ich hätte bekommen, was ich wollte, und wäre mit offenen Augen in mein Unglück gerannt. Früher mochte ich ihn, aber er hat sich so verändert. Ständig streitet er mit Lionel. Neulich hätten sie sich fast geprügelt.«

Als sie Bridgets ungläubige Miene sah, nickte sie bekräftigend. »Ja, wirklich! Douglas nannte Lionel einen Blutsauger. Zuvor war Lionel für drei Tage in Edinburg gewesen, wo er sich um die Position eines Gutsverwalters in den Highlands beworben hatte. Und Douglas beschuldigte ihn, er habe die Reise nur unternommen, um sich in Spielhöllen zu vergnügen. Und er sei unfähig, unsere eigene kleine Farm ordentlich zu bewirtschaften – wie könne er sich da zutrauen, ein großes schottisches Landgut zu verwalten? Es war grauenhaft. Ich rannte aus dem Zimmer, Douglas benimmt sich so unfair. Und dabei ist Lionel wirklich ein guter, anständiger Mann. Die Filmores sind gewiß nicht reich, aber er versprach mir, ich würde jedes Vierteljahr genug Haushaltsgeld bekommen. Ich muß natürlich aufpassen, daß nicht zu extravagant gekocht wird. Die Küche bestellt immer viel mehr Lebensmittel, als wir brauchen. Lionel überläßt es mir, dem Einhalt zu gebieten. Es ist schwierig, aber irgendwie werde ich es schaffen. Ich habe ihm schon gesagt, ich würde mit der Hälfte meines Kleidergeldes auskommen.«

»O nein, das wirst du verbrauchen. Aber wenn dir die Hälfte genügt, werde ich dir von jetzt an auch nicht mehr geben.«

»O Bridget, bitte . . .«

»Kein Wort mehr!« Entschlossen sprang Bridget auf. »Von jetzt an erhältst du zweihundertfünfzig.«
»Wie grausam du bist!« Auch Victoria stand auf. Nervös knöpfte sie ihre enge graue Alpakajacke auf und zu. »Ja, das bist du. Von Anfang an hast du Lionel grausam behandelt. Es stimmt, was er über dich sagt.«
»Was sagt er denn über mich?« fragte Bridget tonlos.
»Das spielt keine Rolle. Nichts ist mehr wichtig, denn deine Gefühle für mich haben sich verändert – nur weil ich Lionel liebe ... Du bist frustriert und neidisch – das hat er gesagt. Und weil du dich von deinem Kummer ablenken willst, besuchst du einen Mörder im Gefängnis und gibst Unsummen aus, um seine Unschuld zu beweisen – wo doch alle wissen, daß er schuldig ist. Die Leute zerreißen sich das Maul darüber. Weißt du das?«
Mühsam unterdrückte Bridget ihre Wut. »Das ist nicht mehr dein Heim, Victoria. Geh zurück in das neue Zuhause, das du dir ausgesucht hast, erzähl deinem Mann ganz genau, was du zu mir sagtest, und achte auf seine Reaktion. Und vergiß nicht zu erwähnen, daß ich dein Kleidergeld kürzen werde.«
»Ja, das werde ich tun, sobald er nächste Woche aus London zurückkommt. Und ich werde ihm auch sagen, er hätte dich völlig richtig eingeschätzt.«
Als Victoria zur Tür eilte, rief Bridget ihr nach: »Besuch mich doch danach und erzähl mir, wie er das alles aufgenommen hat!«
Victoria warf der einst so inniggeliebten Kusine einen zornigen Blick zu, dann verließ sie den Raum. Bridget ballte die Hände und fühlte sich versucht, ihr nachzulaufen und ihr die ganze Wahrheit über Lionel zu erzählen. Doch das durfte sie nicht tun.

11.

Sie ging nicht zum erstenmal in die Guildhall. Schon als Sechzehnjährige hatte sie das Gebäude besucht. Ihr Vater war mit dem Bürgermeister von Newcastle befreundet gewesen, der ihnen voller Stolz die Amtsräume gezeigt hatte. Sie erinnerte sich noch gut, welche Angst ihr der Gerichtssaal eingejagt hatte.
Gegenüber der Richterbank ragte ein Holzpodest empor, umgeben von Eisengeländern mit scharfen Spitzen, die den Gefangenen an der Flucht hindern sollten. Wurde er für schuldig befunden, verschwand er sofort durch eine Falltür, über Stufen, die zum Kai führten. Von dort waren die Verurteilten früher an Bord eines Sträflingsschiffs verfrachtet worden. Heute brachte man sie ins Black Maria oder ins Gefängnis von Durham. Auf diese Weise konnten sie keinen Kontakt mit dem Publikum im Gerichtssaal aufnehmen, wo vielleicht ihre Verwandten saßen.
Die Zeugen warteten in einem Nebenraum, bis sie aufgerufen wurden. Dort befand sich eine weitere grausame Vorrichtung – eine schmale Holzleiste, auf der drei Gefangene eng aneinandergepreßt stehen konnten, hinter einer eisernen Gittertür.
Bridget hatte es barbarisch gefunden, Menschen so zu behandeln, ganz gleich, was sie getan hatten. Auch jetzt verspürte sie tiefen Abscheu, während sie auf einer der dicht besetzten Zuschauerbänke saß. Sie sah Joes Kopf und seine Schultern und wünschte, er würde in ihre Richtung schauen. Aber er starrte geradeaus, zu dem Mann, der am erhöhten Richtertisch saß, in roter Robe, mit weißer Perücke.
Auf den Plätzen vor den Zuschauerreihen entdeckte sie Andrew Well, seinen Sohn Richard und Norman Beale, Joes Verteidiger. Der Staatsanwalt war ein Mr. Pearson, der Richter hieß Hodgson. Am anderen Ende des Saales

hatten die zwölf wichtigsten Personen dieses Tages Platz genommen, die Geschworenen.
Bridget fühlte schweren Herzens, daß Mr. Beales Ausführungen bei weitem nicht so überzeugend klangen wie die Worte des Anklägers.
»Sie wiederholen in einem fort, Sie hätten Ihren Bruder nicht getötet, aber Ihre eigene Aussage verurteilt Sie.«
Der Verteidiger erhob Einspruch, und der Richter ermahnte den Staatsanwalt, solche Äußerungen zu unterlassen und sich auf seine Fragen zu beschränken.
»Gehe ich recht in der Annahme«, fuhr der Ankläger fort, »daß Ihre Mutter die Wahrheit sagte, als sie berichtete, Sie hätten am Abend vor dem Tod Ihres Bruders die folgenden Worte ausgesprochen . . .?« Er griff nach einem Blatt Papier und las vor: »›Wenn du das tust, bring' ich dich um, so wahr ich hier stehe.‹ Nun, hat sie die Wahrheit gesagt?«
»Ja, Sir, aber ich habe schon ein dutzendmal erklärt . . .«
»Das wissen wir bereits. Erzählen Sie nun dem Gericht, warum Sie so mit Ihrem Bruder sprachen.«
»Ich kann mich nicht erinnern.«
»Offenbar leiden Sie an Gedächtnisschwund. Sie können sich auch nicht entsinnen, wohin Sie an jenem Abend gingen, nachdem Sie den Brook's Wood verlassen hatten. Hätte Mr. Filmore Sie nicht erkannt, würden Sie vermutlich abstreiten, jemals in diesem Wald gewesen zu sein. Zweifellos ist Ihnen auch entfallen, wo Sie das Messer versteckt haben.«
Ehe Mr. Beale erneut Einspruch erheben konnte, hallte Joes Stimme klar und deutlich durch den Saal. »Ich trug nie ein Messer bei mir. Das sagte ich bereits.«
Der Staatsanwalt warf einen Blick auf die Geschworenen und zuckte die Achseln. »Keine weiteren Fragen mehr.«
Er setzte sich, und Mr. Beale stand auf, um Joe ins Verhör zu nehmen. Während Bridget seinen sanften Worten lauschte, kämpfte sie mit den Tränen. So würde es ihm nie gelingen, Joe vor dem Galgen zu bewahren. Er sprach so,

als würde er sich mit guten Freunden über belanglose Dinge unterhalten.
»Sie haben Ihren Bruder oft aus schwierigen Situationen befreit, nicht wahr?«
»Ja, Sir.«
»Stimmt es, daß sich zur Zeit ein junger Mann in einer Nervenheilanstalt befindet, weil er von Ihrem Bruder veranlaßt wurde, den Heuschober des Farmers Brook anzuzünden?«
»Ja Sir.«
»Stimmt es auch, daß ein gewisser Andrew Davison eine sechsmonatige Haftstrafe absaß, weil in seinem Hof ein von Ihrem Bruder gestohlenes Diebesgut gefunden wurde?«
»Ja, Sir.«
»Und trifft es zu, daß Sie Ihren Bruder im Lauf der Jahre finanziell unterstützt haben, da er unfähig war, einen Arbeitsplatz für längere Zeit zu behalten?«
»Ja, Sir.«
Bridget schloß sekundenlang die Augen. Diese Form der Befragung erschien ihr völlig verkehrt. Mr. Beale trat auf, als wäre er der Ankläger. Es fehlte nur noch, daß der Verteidiger den Schluß zog: ›Und so hatten Sie schließlich die Nase voll von ihrem Bruder und brachten ihn um.‹
Plötzlich stockte ihr Atem, denn sie hörte den Anwalt fragen: »Stimmt es, daß Sie nicht der Vater des Kindes sind, das Ihre Frau vor einigen Wochen geboren hat, daß sie schon vor der Hochzeit schwanger war und Sie sie geheiratet haben, um ihren guten Ruf zu retten?«
»Das hat nichts damit zu tun!« stieß Joe hervor. »Überhaupt nichts!«
»Ich denke schon, denn es zeigt, daß Sie ein herzensguter Mensch sind. Wir alle wissen, wie eine junge Frau angesehen wird, wenn sie ein uneheliches Kind zur Welt bringt, insbesondere wenn sich die eigene Verwandtschaft gegen sie stellt. Solche Frauen landen meist im Arbeitshaus. Es

ist allgemein bekannt, daß Sie ein liebevoller Ehemann und Vater sind, und Ihre Nachbarn bezeugen das, ebenso Ihre Arbeitgeberin, die große Stücke auf Sie hält.« Mr. Beale drehte sich zu den Geschworenen um. »Traut man einem solchen Mann zu, daß er den eigenen Bruder ersticht, dann nach Hause geht und mit der Nachbarin scherzt, wie Mrs. Leary ausgesagt hat, dann das Baby aus der Wiege nimmt und an sich drückt? Verhält sich so ein Mann, der soeben seinen Bruder ermordet hat? Ich überlasse es Ihnen, diese Frage zu beantworten.«
Der Richter beugte sich vor und sprach mit dem Gerichtsschreiber. Dieser wandte sich an den Gerichtsdiener, der daraufhin verkündete: »Die Verhandlung wird auf 14.30 Uhr vertagt.«
Bridget eilte in den Waschraum, weil sie befürchtete, ihr würde übel werden. Doch in dem kleinen Waschraum drängten sich so viele Frauen, daß sie sofort wieder hinausging. Auf dem Korridor traf sie Mrs. Leary. »Ah, da sind Sie ja, Miß! Nun, was denken Sie? Meine Aussage war doch richtig? Ich hätte noch viel mehr erzählen können, aber dieser Hohlkopf unterbrach mich ständig. Also wirklich – würde ein Mann seinen Bruder umbringen, dann nach Hause gehen und ein Baby an sein bestes Jakkett drücken? Nicht, daß dieses Kind jemals nasse Windeln hätte, denn Lily ist blitzsauber und dieses Kind so trocken, als würde es niemals pinkeln. O Gott, aber so was darf man hier nicht erzählen, sonst sind alle ganz schokkiert. Nicht einmal der Mann, der für Joe sprechen soll, ließ mich richtig zu Wort kommen. Ist Ihnen nicht gut, Miß? Sie sind ja ganz blaß – aber längst nicht so weiß wie Lily, die ständig auf die Toilette läuft. Ich glaube, die wird bald keinen Magen mehr haben . . .«
»Mrs. Leary, Sie – Sie müssen mich entschuldigen. Ich werde von meinem Anwalt und Mr. Beale erwartet.«
»Ja, gehen Sie nur, meine Liebe. Wir sehen uns später. Sie wollen Lily doch wieder besuchen?«

»Ja, heutc abend.«
»Sie sind eine gute Lady, eine liebe Lady, bei Gott! Wer sonst unter all den feinen Leuten würde sich um einen einfachen Arbeiter sorgen?«
Bridget lächelte gezwungen und ging rasch davon. Wäre allgemein bekannt, was sie wirklich für diesen Arbeiter empfand, würde man sie nicht bewundern, sondern verachten, und sie wäre auch keine Lady mehr, nicht einmal in Mrs. Learys Augen.
Sie traf die Juristen in Merchant's Court, wo die Akten einer im Jahr 1215 gegründeten Handelsgesellschaft verwahrt wurden, der Merchant Adventurers. Die dunkle Eichentäfelung reichte bis zur Reliefdecke hinauf und war mit den Wappen aller ehemaligen Bürgermeister geschmückt. Doch an diesem Tag hatte Bridget keinen Blick für die Schönheit des Raumes. Im Gedränge entdeckte sie Douglas, und er nickte ihr zu, als hätte er nach ihr Ausschau gehalten. Aber er kam nicht zu ihr, als sie bei den Anwälten stehenblieb, weil er wußte, daß seine Zeugenaussage ihrer Sache nicht dienlich war.
Außerdem bedrückte ihn etwas, obwohl er sich sagte, es sei bedeutungslos und habe nichts mit dem Fall zu tun. Im Zeugenstand war er gefragt worden, wen er an jenem Abend sonst noch im Wald gesehen habe. Genauso wie bei allen anderen Verhören hatte er geantwortet: »Vier Reiter auf der Rückkehr von einer Jagd.« Sein Gespräch mit einem dieser Männer hatte er nicht erwähnt. Natürlich, die Reiter waren Gentlemen. Was konnten sie mit einer Familienfehde in der Arbeiterklasse zu tun haben?
Auf dem Weg von der Guildhall zu einem nahen Hotel sagte Mr. Beale zu Bridget: »Ein Pech, daß der junge Zeuge ausgerechnet am fraglichen Abend Steine suchen mußte ... Und dann zog Mrs. Skinner die Schlinge noch fester um den Hals ihres Sohnes.« Er schwieg, bis sie den Speisesaal des Hotels erreicht und sich gesetzt hatten. Dann fuhr er fort: »Wenn ich eine Gefängnisstrafe für ihn

erwirke, betrachte ich den Prozeß als gewonnen. Und das wird mir nur gelingen, wenn ich den Kurs beibehalte, den ich heute vormittag eingeschlagen habe. Es kommt auf den Vater des Kindes an.«
»Den kennen wir nicht«, wandte Andrew Kemp ein.
»Aber der Gefangene weiß, wer es ist. Das verriet mir seine Reaktion, als ich betonte, er sei nicht der Vater des Babys. Wenn es nun sein Bruder war ...«
Bridget starrte den Verteidiger verblüfft an. »Joe hält den Mund, um Lily zu schützen ... Aber wenn Ihre Vermutung stimmt und sie mit der Wahrheit herausrückte, würde sie ihn erst recht belasten.«
»Das ist mir schon klar, Miß Mordaunt, aber ich möchte mein Plädoyer auf der Tatsache aufbauen, daß er etwas verheimlicht, um seiner Frau weiteres Leid zu ersparen. Natürlich wird dann auch der dümmste Geschworene wissen, warum Joseph Skinner seinen Bruder Frederick ermordet hat. Aber es besteht keine Möglichkeit, seine Unschuld zu beweisen. Wir können nur hoffen, ihn vor dem Galgen zu retten. Und deshalb muß die Vaterschaft geklärt werden. Doch nun wollen wir erst einmal essen.«

12.

Bridgets Gesicht war aschfahl, aber in ihren kummervollen Augen glänzten keine Tränen, während sie auf Lily hinabblickte, auf das Kind, das sie seit einer halben Stunde hin und her wiegte. Und es sah so aus, als würde sie nie mehr damit aufhören.
Seit Bridget und Mrs. Leary ins Haus gekommen waren, hatte Lily kein Wort gesagt, ebensowenig wie die beiden anderen Frauen. Es mußte Mrs. Learys Schweigen gewesen sein, das der jungen Mutter die grausame Wahrheit

verraten hatte. Schließlich stieß sie hervor: »Nein, das können sie Joe nicht antun! Er ist doch unschuldig!«
»Diese Bastarde!« fauchte Mrs. Leary. Dann erbot sie sich in sanfterem Ton: »Ich werde mal Tee machen.«
Bridget rückte einen Stuhl neben Lily, setzte sich und legte ihr eine Hand auf die zitternde Schulter. Dabei dachte sie, daß sie sich bis zu ihrem letzten Tag an zweierlei erinnern würde – an die Stimme des Richters bei der Urteilsverkündung: »Und wird am Galgen hängen, bis ...« Sie brachte es nicht fertig, den Satz auch nur in Gedanken zu vollenden. Und dann Joes Gesicht – bleich und scheinbar emotionslos, als hätte ihn das Urteil nicht überrascht, als hätte er von Anfang an damit gerechnet.
Vor der Guildhall hatte große Aufregung geherrscht. Zahlreiche Leute, die gegensätzliche Meinungen vertraten, standen in Gruppen beisammen und diskutierten, Reporter stürmten zu den Mietdroschken. Als Bridget in ihren Wagen steigen wollte, eilte Joes Mutter zu ihr und wimmerte: »Ich dachte nicht, daß es dazu kommen würde. Gefängnis – ja, aber das doch nicht ... Nun verliere ich auch noch den zweiten Sohn. Was soll jetzt aus mir werden?«
»Das hätten Sie sich früher überlegen sollen, Mrs. Skinner, statt so hemmungslos Ihr Gift zu versprühen. Sie sind ein böser Mensch – eine schlechte Mutter!« Bridget ließ sich von Douglas in die Kutsche helfen, und als er die Tür schließen wollte, flehte sie: »Begleiten Sie mich! Ich muß zu Lily fahren, und ich fürchte – heute kann ich nicht mehr allzuviel verkraften.«
»Ja, natürlich.«
Als er neben ihr Platz genommen hatte, schaute sie aus dem Fenster zu dem sichtlich verstörten Mr. Kemp hinüber, der vor der Guildhall neben dem Verteidiger stand. Mr. Beales Miene zeigte keine Regung. Er hatte einen Prozeß verloren – und dadurch würde ein Arbeiter sein Leben verlieren. Ein Routinefall.
Während der Wagen die holprige Straße hinabrumpelte,

griff Douglas nach Bridgets Hand und hielt sie fest. Sie sagte nichts, lehnte den Kopf an die Polsterung und schloß die Augen. Auch er hatte geschwiegen, bis das Gespann vor Lilys Haus stehengeblieben war, und dann erklärt: »Ich gehe nicht hinein.«
»Ich hoffe, es dauert nicht lange.«
»Lassen Sie sich ruhig Zeit, Bridget, sie wird Trost brauchen«, hatte er erwidert.
Und nun fürchtete Bridget zusammenzubrechen, als Lilys Leid ihre eigene Verzweiflung vertiefte. »Hören Sie – morgen sehen wir uns wieder. Alles wird gut – ich meine, Ihre Zukunft ist gesichert. Sie müssen sich keine Sorgen machen. Aber ich glaube, im Augenblick kann ich Ihnen nicht helfen – Ihre Trauer ist zu groß. Joe würde nicht wünschen, daß Sie sich so grämen. Er liebt sie sehr, und Sie sollten sich zusammenreißen und ihn besuchen. Das wird man Ihnen erlauben.«
Lily hörte auf, das Kind zu wiegen, richtete ihren schmerzlichen Blick auf Bridget und sagte nur ein einziges Wort. »Wann?«
Bridget wußte nicht, ob Lily nach dem Zeitpunkt des Besuchs oder der grauenhaften Urteilsvollstreckung fragte. »Ich werde mich morgen erkundigen, bevor ich zu Ihnen komme.« Sie fügte nicht hinzu: ›Sie werden es überwinden. Die Zeit heilt allen Kummer.‹ Solche Worte waren sinnlos, statt dessen wandte sie sich zu Mrs. Leary, die einen schwarzen Kessel aufs Herdfeuer gestellt hatte. »Ich gehe jetzt. Bis morgen.«
»Ja, Miß, das ist schön.« Die Nachbarin begleitete Bridget nach draußen. »Sie sind ein Segen für uns, Miß, ein Segen Gottes. Das ist nun mal Seine Art – wenn eine Tür zufällt, öffnet Er eine andere.«
Langsam ging Bridget zu Douglas, der neben der Kutsche wartete, als hätte er sich nicht von der Stelle gerührt, nachdem sie ihn verlassen hatte.
Während der Wagen zwischen spielenden Kindern und

neugierigen Gesichtern dahinholperte, fragte Douglas leise: »War es sehr schlimm?«
»Ja, gräßlich. Und das war erst der Anfang für Lily. Nun kommt noch Joes letzter Tag, das Unglück danach ... Allmächtiger, warum müssen solche Dinge geschehen?«
Er schwieg. Was konnte er auch darauf erwidern? Eine Platitüde wie: ›Man muß die Leiden genauso hinnehmen wie die Freuden‹? Oder: ›Alles im Leben hat seinen Preis, das ist Gottes Wille‹? Es gab keine Worte, um einen solchen Gram zu lindern.
Auf halber Strecke wandte sie sich an ihn: »Es tut mir leid, Douglas. Ich habe so viel von Ihrer Zeit vergeudet.«
»Reden Sie keinen Unsinn, Bridget! Was sollte ich denn mit meiner Zeit anfangen? Habe ich jemals etwas anderes getan, als an Steinen herumzuschaben und mich zu fragen, ob sich das überhaupt lohnt? Wenn ich Ihnen irgendwie helfen kann, habe ich wenigstens das Gefühl, ich sei zu was nütze.«
»Das ist lieb von Ihnen, Douglas. Aber Sie verdienen mit diesen Skulpturen Ihren Lebensunterhalt, und ich weiß aus Erfahrung ...« Sie räusperte sich und fuhr zögernd fort: »... wie ich aus Erfahrung weiß, muß man sich um seine Geschäfte kümmern, wenn man Erfolg haben will.«
Erfolg ... Schmerzhaft hallte das Wort in ihrem Gehirn wider. Sie hatte sich gewünscht, daß Joe Erfolg haben würde. Und nun machte sie sich seit Tagen Vorwürfe, weil sie ihn nicht nachhaltiger gefördert hatte. Er hätte eine richtige Schule und später eine Universität besuchen müssen. Dort wären alle seine rauhen Ecken und Kanten abgeschliffen worden, und er hätte sich zu einem in jeder Hinsicht akzeptablen Mann entwickelt ... O Gott! Ein dicker Klumpen stieg ihr vom Magen in die Kehle hinauf und würgte sie. Sie rang nach Atem, Tränen brannten in ihren Augen, und sie stöhnte laut auf.
Douglas legte ihr einen Arm um die Schultern und drückte sie an sich. Er sagte nicht: ›Weinen Sie sich aus‹, sondern

hielt nur ihren bebenden Körper fest. Und auch er zitterte, denn so hatte er noch keine Frau umarmt, nur mit jungen Mädchen getanzt, eine Hand auf ihren Taillen, die andere auf ihren Fingerspitzen. Aber noch nie war ihm eine Frau so nahe gewesen. An die Zärtlichkeiten seiner Mutter erinnerte er sich nicht. Und nun preßte er Bridget an seine Brust, und was er dabei empfand, war wie eine Offenbarung – erweckt von ihrer Trauer um einen anderen Mann.

13.

Sie stand Joe an einem Tisch gegenüber. Das Zimmer war sehr klein. Ein Polizist hielt Wache, mit dem Rücken zur Tür.

Joe sagte mit seltsam ruhiger Stimme: »Ich habe Lily versprochen, Sie würden für sie sorgen, Miß. Und für das Kind. Und sie soll sich nicht so grämen. Wir alle müssen irgendwann gehen.«

»O Joe . . .«

»Schauen Sie nicht so unglücklich drein! Sie werden sich an den Gedanken gewöhnen.« Er sah zu dem Polizisten hinüber, der links von ihm stand, stützte beide Hände auf den Tisch und beugte sich zu ihr vor. »Es wäre erträglicher für mich, hätte ich wirklich getan, was ich meinem Bruder so oft angedroht habe. Aber ich habe es nicht getan. Sie glauben mir doch, Miß?«

»Ja, Joe, ich glaube Ihnen.«

Er richtete sich auf und fragte, wieder mit einem Blick zu dem reglosen Beamten: »Würden Sie mir einen Gefallen erweisen, Miß?«

»Alles, was Sie wollen, Joe.«

»Könnten Sie versuchen, der Sache auf den Grund zu gehen?«

Sie zögerte kurz, ehe sie in entschiedenem Ton antwortete: »Ja, Joe, das schwöre ich Ihnen.«
»Mir wird es zwar nichts mehr nützen. Aber es wird allen Leuten beweisen, daß ich nicht gelogen habe.«
»Ja, Joe.«
Nun bewegte sich die Gestalt an der Tür, und Joe sagte: »Leben Sie wohl, Miß.« Er streckte ihr seine Hand entgegen, die sie fest umschloß, aber sie brachte kein Wort hervor.
Joe ging durch die Tür, die der Polizist für ihn aufhielt. Haltsuchend umklammerte Bridget die Tischkante, bis ein anderer Beamter erschien und sie in einen Korridor führte, wo Douglas auf sie wartete.
Als sie den Wagen erreichten, schlug er vor: »Fahren wir nicht sofort nach Hause. Am besten setzen wir uns erst einmal in ein Gasthaus. Sie brauchen einen Drink, und ich könnte ebenfalls eine kleine Stärkung vertragen.« Er beschrieb dem Kutscher Danny Croft den Weg zu einem Lokal, dann stieg er mit Bridget ein und schlang einen Arm um ihre Schultern. »Ich hätte Ihnen raten sollen, nicht hinzugehen, aber das wäre wahrscheinlich sinnlos gewesen. Wie nimmt er's hin?«
Es dauerte eine Weile, ehe sie antwortete, und dann klang ihre Stimme erstaunt. »Ganz ruhig. Seltsam, er war viel gelassener als ich – bis zu dem Augenblick, wo er mich um einen Gefallen bat.«
»Sicher möchte er, daß Sie sich um Lily kümmern.«
»Nicht nur das. Er bat mich, der Sache auf den Grund zu gehen – mit anderen Worten, den wahren Mörder zu finden.«
»O Gott, was für ein Auftrag! Sicher wäre es besser, den Fall ad acta zu legen. Überlegen Sie doch, was geschehen würde, wenn Sie den wahren Täter fänden? Das ganze Land würde sich über den Justizirrtum aufregen. Und was könnte mit der Familie des Schuldigen geschehen? Unvorstellbar . . .«
Ja, es wäre unvorstellbar, dachte sie.

Am letzten Freitag im Mai wurde Joe im Durham-Gefängnis gehängt. Die Schlagzeilen aller überregionalen Zeitungen galten diesem Ereignis, ebenso wie nach der Urteilsverkündung. Und am selben Tag begann die Tragödie ihren Lauf zu nehmen.

ZWEITER TEIL

Ein Wandel des Herzens
1884

1.

Einige Tage waren verstrichen. In dieser Zeit hatte Bridget gründlich nachgedacht, und nun schien das Leben in seine gewohnten Bahnen zurückzukehren. Sie kümmerte sich wieder um ihre Geschäfte, wozu auch die Besuche bei Lily gehörten, die ihr Sorgen bereitete. Mrs. Leary hatte ihr anvertraut, daß sie besorgt sei, weil das Mädchen nicht weine und ihres Wissens keine einzige Träne vergossen habe.
Und Douglas ... Er war nicht mehr bei ihr gewesen, seit er sie nach ihrer letzten Begegnung mit Joe nach Hause begleitet hatte. Das überraschte sie, doch dann sagte sie sich, daß auch er seine geschäftlichen Interessen verfolgte.
Wenigstens hatte sie in diesen Tagen einen Lichtblick erlebt: Victoria war am letzten Abend nach Milton Place gekommen, um sich für ihr Benehmen zu entschuldigen und zu beteuern, wie sehr sie die Kusine vermißt habe. Sie berichtete, Lionel sei am Vortag aus London zurückgekehrt und habe eine Stellung in Aussicht, die irgendwie mit dem Schiffahrtswesen zusammenhänge. Beim Abschied hatte sie gesagt: »Ich wüßte nicht, was ich tun sollte, wenn ich mich nicht immer wieder zu dir flüchten könnte.« Also war alles wieder im Lot und das Dasein so normal, als hätte es die vergangenen beiden Monate nie gegeben.
An diesem Tag fuhr sie mit dem Zug nach Newcastle. Sie hatte sich von Danny zum Bahnhof bringen lassen und erklärt, sie wisse nicht, wann sie zurückkomme. Er solle nicht warten, sie würde eine Droschke mieten. Das tat sie auch, aber nicht, um heimzukehren, sondern um Lily zu besuchen und mit ihr über die Zukunft zu reden.

Sie bat den Droschkenkutscher zu warten, es würde nicht länger als fünfzehn Minuten dauern. Zum Glück traf sie die junge Witwe allein an und mußte der freundlichen, aber geschwätzigen Nachbarin nicht klarmachen, daß sie Lily unter vier Augen sprechen wolle. Wie üblich begann sie mit der Frage: »Wie geht es dem Baby?« Es war überflüssig, sich nach Lilys Befinden zu erkundigen, denn ihr Gesicht verriet nur zu deutlich, wie sie sich fühlte: innerlich leer, dumpf, abgestorben.
Und sie antwortete wie stets: »Danke, Miß, es geht ihm gut.«
»Kommen Sie, Lily, setzen Sie sich.« Bridget ergriff die Hand der jungen Frau, die vor kurzem noch so glücklich gewesen war und jetzt aussah, als würde sie nie wieder Freude am Leben finden. »Wir müssen uns einmal ernsthaft unterhalten. Haben Sie schon überlegt, was Sie tun wollen?«
»Ich werde wieder in der Fabrik arbeiten.«
»Und der Kleine?«
»Um den wird sich Mrs. Leary kümmern.«
»Sie ist eine gute Frau, Lily, aber ein bißchen derb, genauso wie ihre ganze Familie. Kinder sind leicht zu beeinflussen, sogar Babys. Und Joe hat sich sicher nur das Allerbeste für Ihren Sohn gewünscht.« Bridget sah, wie die junge Frau den Kopf senkte, und fügte hinzu: »Wir müssen seinen Namen erwähnen, Lily. Er darf nicht in Vergessenheit geraten. Das würde er nicht wollen.«
»Ich werde ihn nie vergessen, Miß, und was mit ihm geschehen ist, auch nicht.«
»Ich weiß. Und nun möchte ich Ihnen etwas vorschlagen. Joes und Ihr Wohlergehen lag mir stets am Herzen. Deshalb wäre ich sehr froh, wenn Sie eine Stellung in meinem Haushalt annähmen. Dort würden Sie zwar nicht die Arbeit verrichten, die Sie gewöhnt sind, aber Sie werden sicher bald lernen, worauf es ankommt. Ihr Kind könnte in einer anderen Umgebung aufwachsen, und ich könnte mich um seine Ausbildung kümmern ...«

Beinahe wäre Bridgets Stuhl nach hinten gekippt, als Lily aufsprang und gegen den Tisch stieß. Die junge Frau riß das Baby aus dem Körbchen und preßte es leidenschaftlich an sich. »Auf Milton Place! In seiner Nähe! Wo er jederzeit mit ihrer Kusine vorbeikommen kann? Nein! Nein! Nein!« Plötzlich wandte sie sich ab. »Oh, es tut mir leid ... Aber es ist unmöglich. Vielen Dank.«
Langsam stand Bridget auf, ging um den Tisch herum und legte einen Arm um Lilys Schultern. »Wie meinen Sie das?«
»Es ist nichts, Miß.«
»Das soll ich Ihnen glauben? Schauen Sie mich an!«
Schweigend hob Lily den Kopf. Und als sich die Blicke der beiden Frauen trafen, erriet Bridget die Wahrheit. O Gott, dachte sie, dieses Baby ist *sein* Sohn. Und Joe muß es gewußt haben.
Als sie zu sprechen begann, erkannte sie ihre eigene heisere, von wildem Zorn erfüllte Stimme kaum wieder. »Mr. Filmore, der Mann meiner Kusine, ist also der Vater ihres Kindes? Und – Joe wollte seinen Namen nicht nennen. Um Himmels willen, warum nicht?«
»Das wäre doch sinnlos gewesen. Mit Freds Tod hatte es nichts zu tun. Und – er wollte Ihnen und Miß Victoria Unannehmlichkeiten ersparen, so kurz vor der Hochzeit. Verstehen Sie mich nun, Miß? Ich danke Ihnen für Ihre Hilfsbereitschaft, aber ich könnte niemals in Ihrem Haus leben, ganz egal, was Sie alles für den Kleinen tun würden – obwohl es eine großartige Chance für uns beide wäre. Bitte folgen Sie Joes Beispiel, und schweigen Sie! Zerstören Sie nicht auch noch das Leben anderer Menschen! An allem, was geschehen ist, bin ich genauso schuld wie sonst jemand. Ich war ein dummes, unerfahrenes Mädchen, aber wenn ich jetzt zurückblicke ... Gottes Wege sind seltsam, denn meine Dummheit brachte mir immerhin das Glück mit Joe ein, wenn auch nur für kurze Zeit ... O Miß!« Lily sah, wie Bridget schwankte, legte hastig das Kind in sein Körbchen und stützte sie. »Setzen Sie sich doch!«

Bridget sank auf ihren Stuhl, stützte die Ellbogen auf den Tisch und vergrub das Gesicht in den Händen. Sie fühlte sich elend – nicht nur weil sie soeben erfahren hatte, daß Lionel Filmore der Vater des Babys war, sondern auch weil sie begriff, was er dieser jungen, naiven Arbeiterin angetan hatte.

»Möchten Sie eine Tasse Tee, Miß?«

»Ja, bitte, Lily.«

Während sich Lily am Herd zu schaffen machte, betrachtete Bridget das Kind in dem kleinen Waschkorb. Das also war sein Sohn. Wie würde er reagieren, wenn sie ihn mit ihrem Wissen konfrontierte und erklärte, daß er damit sein Anrecht auf die Unterhaltszahlungen verwirkt habe? Fast konnte sie es sich vorstellen – er würde ihrer Kusine das Leben zur Hölle machen. Und wenn Victoria die Wahrheit erführe? Würde sie ihn verlassen? Wohl kaum. Wie so viele Frauen würde sie sein Verhalten als männliches Privileg betrachten. Und würde sie selbst überhaupt wünschen, daß Victoria in ihr Leben zurückkehrte? Nein.

Seltsam – sie wollte tatsächlich nicht mehr mit ihrer Kusine unter einem Dach wohnen. Bei der Hochzeit hatte sie die Verantwortung für das Mädchen jemand anderem übertragen. Jetzt führte sie ein viel freieres Leben. Und aus diesem Gedanken entwickelte sich noch eine weitere Erkenntnis: Es erschien ihr unerträglich, in Victorias Nähe zu bleiben und ständig deren Geschwätz über das ungeborene Kind zu hören – schon gar nicht, wenn *er* seine Frau nach Milton Place begleiten würde. Bridget bezweifelte, ob sie sich beherrschen könnte.

Ein anderer Gedanke verlangte eine Erklärung, und sie fragte Lily, die gerade eine Teetasse vor sie hinstellte: »Wußte er von Ihrem Zustand?«

»O ja, Miß, ich schrieb ihm einen Brief, weil ich befürchtete, Dad würde mich hinauswerfen und ich müßte ins Arbeitshaus gehen. Ich schlug ihm eine Besprechung im Wald vor, und da kam er angeritten und gab mir fünf Sovereigns. Er

sagte, damit sei alles erledigt. Ich vergrub den Beutel mit dem Geld, und dann jagte mir Joe einen gewaltigen Schreck ein, als er mich bei der Fabrik einholte und mir den Beutel gab. Er hatte zusammen mit Fred in der Nähe des Treffpunkts Brombeeren gepflückt und alles gehört.«
»Und Fred wußte es auch?«
»Ja, Miß.«
Sekundenlang schloß Bridget die Augen. Der Ermordete hatte es also gewußt. Und sie war von Joes Unschuld überzeugt gewesen . . .
Lily stand neben dem Tisch und starrte ins Herdfeuer. »Joe sagte, er würde mich heiraten. Ich konnte es nicht fassen, und ich liebte ihn nicht, weil ich in meiner Dummheit immer noch an dem anderen hing. Aber ich schloß Joe sehr schnell ins Herz. Er war einmalig.«
Bridget erhob sich. »Ich muß mich verabschieden. Der Droschkenkutscher wartet draußen. Eine Frage aber muß ich Ihnen noch stellen. Würden Sie zu mir ziehen, wenn ich nicht auf Milton Place bliebe? Ich besitze noch ein Haus in Shields. Dort wurde ich geboren, und ich liebe es. Später kaufte mein Vater Milton Place, weil er in der Nähe der Fabriken wohnen wollte. Wenn ich nach Shields ginge – würden Sie dann bei mir leben?«
»Das ist sehr freundlich von Ihnen, Miß, aber ich bin hier gut aufgehoben.«
»Nun, vielleicht besinnen Sie sich doch noch anders, Lily. In der Zwischenzeit müssen Sie keine Miete für dieses Haus hier zahlen. Sie bekommen auch die Pension, die ich Joe schulden würde, wenn er . . .«
»O Miß!« Tränen glänzten in Lilys Augen. »Sie sind so gut. Das hat Joe immer gesagt. Früher hatte er sogar mal eine Schwäche für Sie, obwohl er wußte, daß sich das nicht gehörte. Aber er freute sich immer, wenn Sie in die Fabrik kamen. Einmal prügelte er sich mit einem Burschen, weil der über Sie gespottet hatte. Ja, Joe schwärmte für Sie, und er hatte großen Respekt vor Ihnen . . .«

Bridget ertrug es nicht länger und fiel Lily ins Wort. »Auf Wiedersehen – bis bald.« Hastig verließ sie das Haus und nannte dem Droschkenkutscher ihre Adresse. Als sie im Wagen saß, preßte sie eine Hand auf die Lippen. Er hatte ihre Gefühle erwidert. Welch ein grausames Schicksal ... Wäre der Standesunterschied kein Hindernis gewesen, hätten sie zueinandergefunden, und er würde noch leben ... Tiefe Verzweiflung erfüllte sie, und sie sehnte sich danach, ihr Herz auszuschütten. Aber bei wem? Andrew? Was würde er sagen? ›Stellen Sie sofort die Unterhaltszahlungen an Filmore ein.‹ Darunter hätte Victoria zu leiden. Nein, das durfte sie nicht tun.
Und Douglas? Sei nicht albern, sagte sie sich. Er ist Lionels Bruder. Also mußte sie die Last ihres Wissens allein tragen – und ihren Haß gegen diesen Schurken.

2.

»Du willst dieses Haus verkaufen?«
»Ja, ich übersiedle nach Meadow House.«
»Aber – all die schönen Möbel ...«
»Einen Großteil nehme ich mit, Victoria. Die Sachen werden auf dem Dachboden gelagert, bis ich die alte Farm am Ende des großen Feldes ausgebaut habe.«
»Du willst die Farm ausbauen? Wozu, um alles in der Welt?«
»Das weiß ich noch nicht.«
»Du führst doch irgendwas im Schilde, Bridget.«
»Allerdings. Ich möchte Lily überreden, mit ihrem Kind zu mir zu ziehen. Sie soll eine Stellung in meinem Haushalt antreten, und ich werde mich um die Ausbildung ihres Sohnes kümmern.«
»Warum denn? Du hast ohnehin schon soviel Geld für

diese Leute ausgegeben. Mr. Filmore meint, die ganze Angelegenheit dürfte dich etwa fünfhundert Pfund gekostet haben.«

»Zweifellos. Mr. Filmore hat also darüber gesprochen. Lionel auch?«

»Nein, er wollte nichts davon wissen. Er sagte, das sei eine schmutzige Affäre.«

»Wirklich? Und er hat was gegen schmutzige Affären?«

»Irgendwas stimmt nicht mit dir, Bridget. Daß du Lionel nicht magst, weiß ich längst. Aber ich begreife nicht, warum du plötzlich umziehen willst. Und – wer wird mir helfen, wenn das Baby auf die Welt kommt? Wen soll ich besuchen?«

Bridget, die am Toilettentisch saß, drehte sich erbost zu ihrer Kusine um. »Du bist verheiratet, du wohnst in deinem eigenen Heim, und dein Mann hat viele Freunde. Nimmt er dich nicht mit, wenn er sie besucht? Habt ihr keine Gäste? Du wolltest ihn auf Biegen und Brechen heiraten. Nun müßte er dein Lebensinhalt sein. Warum ist es dir so wichtig, mich oder sonstwen zu besuchen?«

Victoria wich einen Schritt zurück. »Du bist neidisch! Das ist es! Du hast keinen Ehemann und keinen Verehrer. Ich muß Lionel recht geben. Von Anfang an, sagte er, du seist neidisch.«

»Vermutlich hat er noch mehr über mich gesagt. Hör mal, Victoria, ich muß mich jetzt anziehen, weil ich heute abend in Newcastle essen gehe – mit einem Verehrer. Fahr nach Hause und erzähl's deinem lieben Lionel! Und was dich selbst betrifft – du solltest endlich erwachsen werden und der Tatsache ins Auge blicken, daß du eine verheiratete Frau bist und ein Kind erwartest. Außerdem bist du die Herrin eines großen Hauses, und du wärst sicher glücklicher, wenn du lernen würdest, deine Dienstboten unter Kontrolle zu bringen, statt dich ständig über sie zu beklagen. Habe ich mich klar ausgedrückt? Wir stehen nun auf zwei verschiedenen Seiten, Victoria. Wenn du mich in Zukunft besuchen willst, mußt du nach Shields kommen.«

»Ich kann es nicht glauben! Wie grausam du bist! Irgend etwas oder irgend jemand hat dich verändert. Und daß du diese Frau und ihr Kind zu dir nehmen willst . . . Du mußt verrückt sein. Das warst du schon, als du so viel Aufhebens um Joe gemacht und sogar einen Anwalt aus London geholt hast. Für einen einfachen Arbeiter. Die Leute klatschen über dich. Sie behaupten, du hättest ihn schon immer begünstigt.«
»Ja, ich habe ihn schon immer begünstigt, und das betrachte ich keineswegs als Fehler. Aber es war ein Fehler, *dich* in all den Jahren zu begünstigen und zu verwöhnen. Ich hätte dich nach Vaters Tod veranlassen sollen, deinen Lebensunterhalt zu verdienen, und dir nicht erlauben dürfen, dich wie eine Puppe herauszuputzen. Geh mir jetzt aus den Augen, ehe ich noch etwas sage, was ich später vielleicht bereuen werde.«
Victoria schnappte nach Luft, als wollte sie etwas erwidern, doch sie besann sich eines Besseren, floh aus dem Zimmer und ließ die Tür weit offen. Langsam ging Bridget darauf zu, schloß sie und lehnte sich dagegen. Nach einer Weile kehrte sie zum Toilettentisch zurück und starrte in den Spiegel. Ihre Augen glitzerten hart und kalt, und die grünen Punkte darin kamen zum Vorschein, wie immer, wenn sie wütend war. Früher hatte sie ihre Kusine so innig geliebt. Was stand plötzlich zwischen ihnen? Victorias Liebe zu einem Mann, der sie nur geheiratet hatte, weil er bestochen worden war.
Seufzend nahm Bridget das Kleid aus dem Schrank, das sie bei ihrem Dinner mit Andrew tragen wollte – ihrem »Verehrer«, der zweifellos nur über geschäftliche Dinge mit ihr reden würde.

Eine Woche später, an einem Samstagabend, öffnete Jessie die Salontür. »Mr. Douglas ist da, Miß. Er möchte mit Ihnen reden.«
Bridget hatte gerade zu Bett gehen wollen und zögerte

kurz, ehe sie die Haushälterin bat: »Führen Sie ihn herein.« Sie hatte nicht gezaudert, weil schon Schlafenszeit war, sondern weil sie ihn seit ihrem Tränenausbruch in der Kutsche nach dem letzten Besuch bei Joe nicht mehr gesehen hatte.
Er eilte ins Zimmer. »Tut mir leid, Bridget, daß ich Sie um diese Stunde noch störe, aber ich bin eben erst aus Allendale zurückgekehrt, wo ich fünf Tage verbracht habe. Ich war bei einem Freund, der eine Cottage in den Bergen bewohnt.«
»Fünf Tage ... Wir haben uns viel länger nicht getroffen. Ich dachte, Sie wären mit Ihrer Arbeit beschäftigt.«
Douglas trat näher und holte tief Atem. »Ich bin aus einem ganz bestimmten Grund nicht zu Ihnen gekommen, und den werde ich für mich behalten.« Ehe sie ihre Verwirrung in Worte fassen konnte, fuhr er fort: »Was höre ich da? Sie wollen Milton Place verlassen? Warum?«
Sie sank in den Sessel, aus dem sie sich eben erst erhoben hatte, und wies auf die Couch. »Nehmen Sie Platz, Douglas.« Als er sich gesetzt hatte, fügte Sie hinzu: »So wie Sie mir Ihre Gründe nicht erklären können, werde ich auch meine nicht verraten. Nur eins will ich Ihnen sagen – ich möchte Lily bei mir aufnehmen und ihrem Sohn eine anständige Ausbildung ermöglichen.«
»Das begreife ich. Obwohl es nicht – Joes Kind ist, tun Sie es für ihn.« Warum fiel es ihm immer so schwer, den Namen dieses Mannes auszusprechen? Er hatte bereits angedeutet, daß er Bridgets Gefühle für Joe Skinner verstand. Doch er konnte noch immer nicht akzeptieren, daß eine so überlegene würdevolle Frau einen ihrer Fabrikarbeiter geliebt hatte.
»Ich weiß, es ist das Kind eines anderen«, erwiderte sie mit rauher Stimme.
»Offensichtlich kannte Joe den richtigen Vater, doch er weigerte sich, den Namen zu nennen.«
»Weil er niemandem schaden wollte.«

»Wie meinen Sie das?«
»So, wie ich es gesagt habe, Douglas. Er wollte niemandem schaden. Hätte er den Namen verraten, wären einige Leute in Mitleidenschaft gezogen worden. Und es hätte ihm bei der Gerichtsverhandlung wohl kaum genützt.«
Er musterte sie forschend. »Jetzt wissen Sie mehr als früher. Hat seine Frau ihr Schweigen gebrochen?«
»Vielleicht.«
»O Bridget . . . Sie hat sich Ihnen also anvertraut. Aber ich verstehe nicht, wie die Wahrheit irgend jemandem schaden könnte — außerhalb ihres Kreises.«
»Sie halten es wohl für unmöglich, daß eine junge Frau von jemandem ›außerhalb ihres Kreises‹ verführt wird, wie Sie es ausdrücken. Anscheinend sind Sie sehr naiv.«
Douglas lachte. »Das bin ich, und Sie müßten es längst bemerkt haben. Ich glaube immer alles, was man mir erzählt.«
»Ich weiß. Und eins dürfen Sie auch mir glauben — ich verlasse Milton Place nicht ungern. Hier habe ich mich nie heimisch gefühlt. Shields ist mein richtiges Zuhause. Und dort werde ich von jetzt an leben.« Sie wartete auf eine Reaktion, und als keine erfolgte, fuhr sie leise fort: »Nur eins werde ich vermissen, Douglas — Ihre Besuche.«
»Oh . . . Darf ich Sie in Shields nicht besuchen?«
»Doch, natürlich, aber — es ist weiter entfernt als ein Zehn-Minuten-Ritt.«
»Nun, es gibt Züge und Pferdebahnen — und nicht zuletzt meine Beine.«
Bridget lächelte. »Sie sind mir jederzeit willkommen, denn ich betrachte Sie als einen meiner wenigen echten Freunde.«
»Das ist gut zu wissen, aber Sie könnten viel mehr Freunde haben. Mein Vater bewundert Sie sehr, und Lionel . . . Er würde so gern öfter mit Victoria zu Ihnen kommen, wenn . . .«
Verblüfft verstummte er, als sie sich abrupt aufrichtete.

»Lionel – mein Freund!« fauchte sie. »Bitte, erwähnen Sie in meiner Gegenwart nie wieder seinen Namen! Dieser Mann – er ist der Grund ...«
Sie griff sich an die Kehle, und er beobachtete erstaunt, wie sie nach Atem rang. Sicher, er wußte, daß sie seinen Bruder nicht mochte, und das war verständlich, nachdem sie seine Bereitschaft erkauft hatte, ihre Kusine zu heiraten und dieses alberne Mädchen glücklich zu machen. Aber warum dieser abgrundtiefe Haß? Douglas' Gedanken überschlugen sich und kehrten immer wieder zu Bridgets Bemerkung zurück, eine junge Frau aus der Arbeiterklasse könnte auch von jemandem außerhalb ihres Kreises verführt worden sein.
Bedrückt senkte sie den Kopf. »Bitte, verzeihen Sie! Ich habe die Beherrschung verloren. Es ist nur – ich mag Ihren Bruder nicht.«
»Ich weiß. Aber Abneigung und Haß sind zweierlei. Bridget – ich muß Ihnen eine Frage stellen: Ist Lionel der Vater von Lilys Kind?«
Als sie in seine Augen schaute, entdeckte sei einen Ausdruck darin, den sie nie zuvor gesehen hatte und der sie angstvoll zögern ließ, die Wahrheit preiszugeben. Doch sie ahnte, daß er schon Bescheid wußte, und so flüsterte sie: »Ja.«
Er stand auf und wandte sich ab. Seine Schultern wirkten straff und angespannt, und er schien um einige Zentimeter zu wachsen. Bestürzt flehte sie: »Bitte, Douglas, das muß unter uns bleiben. Sonst könnten noch mehr Menschen unglücklich werden.« Nachdem sie vergeblich auf eine Antwort gewartet hatte, fügte sie hinzu: »Lily hat es mir nur gestanden, um zu erklären, warum sie nicht auf Milton Place leben will – weil sie fürchten muß, ihm hier zu begegnen. Und nun werden Sie auch verstehen, warum Joe schwieg. Er dachte, wenn es ans Licht käme, wäre Victorias Heirat gefährdet.« Douglas sagte noch immer nichts, und sie fuhr eindringlich fort: »Bitte! Ich möchte nicht,

daß sie leidet. Sie ist ohnehin schon so unglücklich in ihrem Haus.«
Langsam wandte er sich ihr zu. »Schon gut, regen Sie sich nicht auf. Victoria wird nichts erfahren. Aber ich muß ihn zur Rede stellen. Wenn ich bedenke, was alle Leute glauben – daß Fred Skinner der Vater des Kindes war und daß Joe ihn deshalb umbrachte ... Warum hat er es denn sonst getan?«
»Er hat es nicht getan. Da bin ich mir nun völlig sicher. Eine Zeitlang hatte ich meine Zweifel. Jetzt nicht mehr.«
Douglas griff nach seinem Hut, den er auf einen Stuhl gelegt hatte. »Wann übersiedeln Sie nach Shields?«
»Sobald wie möglich.«
»Falls wir uns vorher nicht mehr sehen – würden Sie mir Ihre neue Adresse geben?«
»Natürlich. Meadow House an der Sunderland-Straße. Ich hoffe, Sie werden mich besuchen.«
»Darauf können Sie sich verlassen. Und wenn ich nur komme, um Ihnen zu erzählen, ich hätte meinen Bruder ermordet ...« Ohne ein weiteres Wort eilte er aus dem Salon.
Als er auf sein Pferd stieg, fragte er sich, warum er so grimmige Wut empfand. Er hatte stets gewußt, daß Lionel bei seinen kleinen Affären nicht wählerisch gewesen war. Anscheinend hatte er Lily um dieselbe Zeit geschwängert, als er auf Freiersfüßen gegangen war, um die vermeintlich wohlhabende Miß Victoria Mordaunt zu erobern.
Und Joe hatte Stillschweigen bewahrt, um Bridget oder ihrer lieben Kusine nicht weh zu tun. Doch wie Bridget erklärt hatte, hing das nicht mit dem Gerichtsprozeß zusammen ...
Plötzlich zügelte er seinen Hengst, und die abrupte Bewegung mußte auch den Fluß seiner Gedanken unterbrochen haben. Erfolglos versuchte er sich zu erinnern, woran er soeben gedacht hatte. Er wußte nur, daß dabei ein Pferd eine Rolle spielte. Und er hatte den Eindruck gewonnen, er wäre soeben aus einem Traum erwacht.

Irritiert ritt er nach Hause. Als er das Pferd in den Stall gebracht hatte, ging er in seine Werkstatt. Von seinen Skulpturen und Felsblöcken umgeben, fühlte er sich stets entspannt und fand seinen inneren Frieden. Und er mußte sich beruhigen, ehe er seinem Bruder gegenübertrat. Doch das wurde ihm diesmal verweigert, denn Lionel kam aus dem angrenzenden Geräteschuppen. Grußlos wäre er vorbeigegangen, hätte Douglas nicht gerufen: »Ich muß mit dir reden! Es ist wichtig.«
Widerwillig blieb Lionel stehen. »Sicher nicht so wichtig wie mein Hunger. Ich war den ganzen Tag unterwegs. Wenn du mich sprechen möchtest, findest du mich im Speisezimmer.«
»Ich glaube, dort würdest du nicht so gern hören, was ich dir zu sagen habe. Du bist ein ganz mieser, niederträchtiger Bastard. Das Mädchen hat ein Kind von dir bekommen. Joe wußte es, aber er hielt den Mund, um Bridget Kummer zu ersparen. Sie sollte nicht erfahren, daß ihre Kusine mit dem Verführer seiner Frau verheiratet ist.«
Douglas beobachtete, wie die Schultern seines Bruders zu zucken begannen. Lionel sank auf eine Bank und schlug die Hände vors Gesicht. Diese offenkundige Verzweiflung milderte Douglas' Zorn ein wenig. »Jetzt weiß Bridget Bescheid«, fuhr er fort. »Sie wird für das Kind sorgen.«
Aber schon im nächsten Augenblick änderten sich seine Gefühle erneut, denn Lionel blickte auf und begann schallend zu lachen. »Wie komisch du bist, Doug! Du paßt wirklich nicht in die heutige Zeit . . . Ich habe also einen Bastard gezeugt – na und? Im ganzen Land laufen zahllose uneheliche Kinder herum, und sie sind mit Sicherheit nicht alle von mir.« Immer noch grinsend, zog er ein Taschentuch hervor und wischte sich den Schweiß von der Stirn. »Was hast du jetzt vor? Willst du Victoria über mein schurkisches Verhalten informieren?«
Douglas mußte seine Stimme unter Kontrolle halten. »Nein. Bald wird sie selbst herausfinden, was für ein

Mensch du bist – wahrscheinlich wenn sie erfährt, daß du für die Heirat bezahlt wurdest.«
Langsam erlosch Lionels Lächeln. »Dieses Geld muß ich mir Tag für Tag sauer verdienen. Und es ist mir egal, ob sie's hört oder nicht. Bei Gott, am liebsten würde ich dich niederschlagen!«
Douglas trat einen Schritt näher. »Warum versuchst du's nicht? Du würdest staunen. Trotz deiner Größe bist du ein Schwächling, ohne Mumm in den Knochen. Und du wirst bald den gleichen Schmerbauch haben wie Vater. Aber meine Muskeln sind gestählt, von meiner Arbeit mit diesem Gestein hier. Also, komm näher! Es wird mir eine Wonne sein, dir die Nase zu zertrümmern.«
»Oh, da kann man ja richtig Angst kriegen!« erwiderte Lionel verächtlich. Aber die Worte seines Bruders hatten ihre Wirkung offensichtlich nicht verfehlt, denn als er aufstand und die Werkstatt verließ, straffte er die Schultern und zog den Bauch ein.
Nachdenklich ergriff Douglas einen Hammer und begann auf ein Stück Holz zu klopfen. Vor seinem geistigen Auge erschien das Gesicht seines Bruders, das leichenblaß geworden war – und im nächsten Moment war Lionel in erleichtertes Gelächter ausgebrochen. Warum? Hatte er erwartet, abgesehen von seiner illegitimen Vaterschaft, noch anderer Dinge beschuldigt zu werden?

3.

Er entließ den Droschkenkutscher am Eingang von Meadow House. »Sie brauchen nicht zu warten, weil ich nicht weiß, wann ich wieder herauskomme.« Dann stieß er die schmiedeeisernen Torflügel auf, betrachtete das Pförtnerhäuschen zur Rechten und folgte der Zufahrt. Nach einer

Biegung in der breiten Allee sah er das Haus jenseits einer großen Rasenfläche, die zu beiden Seiten von Böschungen begrenzt wurde. Das hohe Gebäude aus gelblichem Stein wirkte schmal und asymmetrisch. Drei Fenster auf der rechten Seite lagen dicht übereinander, die linke Mauer wies keinerlei typische Merkmale auf.

Er zog zweimal am Glockenstrang, ehe er Schritte hinter der dunklen, schlichten Eichentür hörte. Sie schwang auf, und Florrie McLean strahlte ihn an. »Oh, Mr. Douglas! Wie nett, Sie wiederzusehen! Kommen Sie doch herein.«

»Guten Tag, Florie.« Er ging an ihr vorbei in einen schmalen Flur. Das Dienstmädchen öffnete eine Tür und führte ihn durch den kurzen Korridor in eine getäfelte Halle.

»Warten Sie bitte im Salon, Sir.« Florrie zeigte auf eine Tür am Ende der Halle. »Ich lasse Miß Bridget holen. Sie ist drüben bei der alten Farm. Sicher wird Sie sich sehr über Ihren Besuch freuen.«

Er betrat einen großen Raum und sah sich lächelnd um. Ein solches Zimmer hatte er hinter der eigentümlichen Fassade des Hauses nicht vermutet. Es war in gedämpften Farben gehalten und seltsam nüchtern eingerichtet. Am steinernen Kaminsims hingen keine Samtfransen, auf den Polstermöbeln lagen keine Schondecken. In den Vitrinen zu beiden Seiten des Schreibtisches standen bunte Gläser, die Vase auf dem Couchtisch enthielt keine Blumen, sondern Blätter und Gläser. In einem großen Alkoven hinter einem Torbogen entdeckte Douglas ein Klavier und mehrere Stühle. Als er zu einem der hohen Fenster ging, wuchs seine Überraschung, denn er blickte in einen gepflegten Garten. Auf vereinzelten Beeten blühten Herbstrosen, andere waren bereits für den Winter vorbereitet. Er neigte sich vor, und nun sah er, daß der Salon an der richtigen Fassade des Hauses lag, die sich in beide Richtungen erstreckte.

Die Tür hinter ihm öffnete sich. Er hörte Bridgets Stimme und drehte sich um.

»Hallo, Douglas! Tut mir leid, daß ich nicht da war.«
Lächelnd ergriff er ihre ausgestreckte Hand. »Was für ein bemerkenswert schönes Haus Sie haben!«
»Nicht übel, was? Später zeige ich Ihnen alles, aber jetzt nehmen Sie erst mal Platz. Ich habe Tee bestellt. Warum kommen Sie unangemeldet?«
»Dafür könnte ich mehrere Gründe nennen, und alle wären gelogen. Aber um die Wahrheit zu sagen – ich hatte sehr viel zu tun. Ich bin jetzt ein richtiger Geschäftsmann. Zusätzlich zu meinem jungen Gehilfen habe ich auch noch einen Steinmetz eingestellt. Er war lange arbeitslos, ist aber sehr tüchtig und gibt mir gute Ratschläge, was den Verkauf meiner Kunstwerke angeht.«
»Das freut mich, Douglas.« Sie setzten sich nebeneinander auf die Couch, und Bridget fuhr lächelnd fort: »Es ist so wunderbar, Sie wiederzusehen! Hier habe ich niemanden, mit dem ich mich unterhalten kann, und das quält mich.«
»Dieses Gefühl brauchen Sie mir nicht erklären, denn ich glaube, damit wurde ich geboren. Wenn ich mich recht entsinne, konnte ich in unserem Haus nie mit jemandem reden. Während meiner Kindheit wurde mir eingetrichtert, ich müsse höflich zu den Dienstboten sein, und man verbot mir, mit ihnen zu sprechen. Ob Sie's glauben oder nicht – einmal sagte meine Mama: ›Du darfst diese Leute nicht wie normale Menschen behandeln, Douglas. Das sind sie nicht, sondern nach dem Willen Gottes minderwertige Sterbliche. Du mußt ihnen rücksichtsvoll begegnen, aber du solltest nicht so mit ihnen reden, als wären es intelligente Wesen.‹« Er las ungläubiges Staunen in Bridgets Augen und nickte. »Ja, so war meine Mama.«
»Nicht zu fassen . . . Ah, da kommt der Tee!«
Mary Benny, eins von Bridgets Mädchen, rollte einen Teewagen herein, gefolgt von Florrie, der Douglas ein Tablett mit einem schweren silbernen Teeservice abnahm. »Wohin soll ich's stellen?«
Sie lachte laut auf. »Am besten auf den Tisch, Sir.«

Fröhlich alberte er mit den Mädchen herum, bis sie kichernd hinausrannten. Bridget schenkte den Tee ein. »Was hätte Ihre Mutter wohl mit den beiden angefangen?«
»Hätte sich einer ihrer dienstbaren Geister so benommen, wäre er sofort vor die Tür gesetzt worden.«
»Zum Glück haben sich die Zeiten sehr schnell geändert.«
»Nicht schnell genug.« Nachdenklich blickte er in seine dampfende Tasse. »Ich wünschte, ich wäre klug. Ich wünschte, ich wäre groß und stark. Ich möchte die unmöglichsten Dinge tun, um der Welt meinen Stempel aufzudrücken – zum Beispiel ins Parlament gehen und die Leute dort zwingen, das Unrecht abzuschaffen, das ich sehe, wann immer ich in einer Stadt bin oder an einer Fabrik vorbeigehe.«
»Mr. Disraeli war ein kleiner Mann. Außerdem war er Jude. Trotzdem gehörte er zu den Favoriten der Königin.«
»Sie wollen mir einreden, ich könnte meine Handicaps überwinden. Doch das geht nicht, weil ich meine Fähigkeiten kenne. Mein Geist ist so unstet und kommt nur zur Ruhe, wenn ich einen Meißel in die Hand nehme und einen Steinklumpen anflehe, mir sein Herz zu zeigen, mir zu helfen, eine Hand zu formen, einen Arm oder die weichen Wangen eines Kindes.«
»Hier.« Bridget schob ihm eine Platte mit Sandwiches hin. »Da ist frischer Lachs. Und während Sie essen, werde ich Ihnen etwas klarmachen, Douglas Filmore. Sie sind ein Lügner, denn ich weiß, daß Sie hochintelligent und ein Individualist sind. Sie verstehen es, einen Felsblock in Poesie zu verwandeln – und nicht nur einen Felsen, sondern auch Worte. Und da sitzen Sie und versuchen mein Mitleid zu erregen, weil Sie nicht ins Parlament gehen und Dummköpfen Vernunft einbleuen können.«
Douglas hatte in ein Sandwich gebissen und verschluckte sich beinahe, weil er lachen mußte. »O Bridget, Sie tun mir so gut. Und Sie haben völlig recht. Aber ich wollte keineswegs Ihr Mitleid wecken, sondern nur zum Aus-

druck bringen, wie gut ich Ihre Einsamkeit nachfühlen kann. Schon vor Jahren bin ich zu der Erkenntnis gelangt, daß ich Tiere den meisten Menschen vorziehe. Wenn ich arbeite, rede ich sehr gern mit meinem Hund Gippo, einer Kreuzung zwischen einem Airedale und einem Labrador. Ich glaube, er versteht jedes Wort, das ich sage, und auch meine wechselnden Stimmungen. Inzwischen ist er neun Jahre alt, und mir graut vor der Zeit, wo er nicht mehr leben wird. Er war der Kleinste seines Wurfs, und ich bewahrte ihn davor, im Brunnen ertränkt zu werden. Einer unserer Farmarbeiter packte ihn am Genick, trug ihn durch den Hof, und der arme kleine Kerl jaulte ganz jämmerlich und streckte mir alle vier Pfoten entgegen. Da war's um mich geschehen.«

Die Teekanne war fast leer, als Bridget endlich die Frage stellte, die ihr auf der Seele brannte: »Haben Sie mit Ihrem Bruder über – jene Angelegenheit gesprochen?«

»O ja.«

»Und wie hat er reagiert?«

»Das weiß ich nicht so recht, und es verwirrt mich immer noch. Zuerst schien er zu erschrecken, und als ich ihm vorwarf, er habe eine unschuldige junge Arbeiterin verführt, lachte er. Ich war wütend, und wir hätten uns beinahe geprügelt. Oh, schauen Sie nicht so verwundert drein, Bridget! Meine mangelnde Körpergröße täuscht über meine Muskelkraft hinweg, und es gibt ja auch Leichtgewichtsboxer. Aber was Lionel betrifft . . .«

»Ja?«

»Irgend etwas verfolgt mich, etwas, woran ich mich zu erinnern versuche. Andererseits habe ich das Gefühl, daß ich mich nicht daran erinnern will.«

»Hängt es mit Joe und Lily zusammen? Oder mit dem Baby?«

»Keine Ahnung. Übrigens, Victoria ist es gar nicht recht, daß Sie Lily und das Kind in Ihre Obhut genommen haben.«

»Ich weiß, aber das geht sie nichts an.«
»Sind die beiden hier im Haus?«
»O nein, unten im Pförtnerhäuschen. Da gibt es nur eine winzige Wohnküche und zwei Schlafzimmer, aber Lily fühlt sich wohl. Sie arbeitet bei mir in der Küche und bringt das Baby mit. Die anderen Mädchen haben sie sehr freundlich aufgenommen. Früher wohnte Jimmy Tierney in dem Pförtnerhäuschen, der Gehilfe meines Gärtners Frank Matthews und des Stallmeisters Johnnie Moran. Es machte ihm nichts aus, in ein Quartier über dem Stall zu ziehen. Ich habe ihm versprochen, daß er ins Pförtnerhäuschen zurückkehren kann, wenn die alte Farm am Ende des Feldes renoviert ist. Dort soll Lily mit ihrem Sohn wohnen. Haben Sie eigentlich schon bedacht, daß er Ihr Neffe ist, Douglas?«
»Darauf müssen Sie mich nicht hinweisen. Ich habe mir schon überlegt, daß ich das Kind und seine Mutter unterstützen müßte. Aber wie? Sie tun ohnehin schon so viel. Das ist bewundernswert, und ich finde keine Worte . . .«
»Versuchen Sie es nicht. Ich brauche keinen Dank. Alle Geschäftsleute würden das für die Witwen hochgeschätzter Angestellter tun. Nun, haben Sie genug gegessen?«
»O ja. Jetzt würde ich gern das ganze Haus sehen.«
»Dann wollen wir aufbrechen.« Sie erhoben sich, und Bridget führte ihren Gast in die Halle. »Der Salon liegt an der Vorderfront von Meadow House. Sie sind durch den Seiteneingang hereingekommen. Ein merkwürdiges Arrangement . . . Das Haus wurde vor über hundert Jahren von einem Schiffseigner gebaut. Das Holz für die Mahagonitäfelung hatte er aus exotischen Ländern mitgebracht. – Das ist der Speiseraum.« Sie öffnete eine Tür zur Rechten.
»Wunderbar, vor allem die Möbel!«
»Ich finde sie ein bißchen zu massiv und streng, aber es ist schwierig, ein so dunkel getäfeltes Zimmer einzurichten.

Da drüben liegen die Küche und die Dienstbotenquartiere, und da ...«, sie betraten einen Korridor, wo Bridget die erste Tür aufstieß, »das Frühstückszimmer. Warum es nicht getäfelt wurde, weiß ich nicht. Hier esse ich meistens. Seit Vaters Tod gebe ich keine Einladungen mehr. Deshalb benutze ich den Speisesaal nie.«
Douglas ging zum Fenster und blickte in den Garten. »Wie groß ist Ihr Grundbesitz?«
»Das Feld, wo das alte Farmhaus und die Stallungen stehen, mißt fünf Morgen, dazu kommen noch sechs weitere Morgen.« Wieder im Korridor, öffnete Bridget eine andere Tür. »Mein Arbeitszimmer.«
»Eine richtige Bibliothek! Hier haben Sie sicher *viel* mehr Bücher als in Milton Place.«
»O ja. Mein Großvater sammelte Bücher – leider nicht, um sie zu lesen, sondern um sie möglichst kostbar binden zu lassen.« Lachend zeigte sie auf die dunklen Lederbände. »Passend zur Täfelung ...«
Douglas betrachtete den Schreibtisch und die Aktenschränke zu beiden Seiten des Kamins. »Hier erledigen Sie also Ihre Geschäfte.«
»Nur selten, das mache ich meistens im Büro in Newcastle. Aber ich sitzte gern hier und lese.« Sie wies auf einen großen Ledersessel. »Dabei kann ich mich so herrlich entspannen.«
»Sie sind glücklich in diesem Haus, nicht wahr?« bemerkte er leise. »Hierher haben Sie sich zurückgezogen, um Ihre Wunden zu lecken.«
»So ungefähr.«
Nachdenklich schaute er sie an. Wenn er nun sagen würde: ›Ich liebe Sie, Bridget, aber ich bitte Sie nicht, meine Frau zu werden, weil ich Ihnen nichts bieten könnte. Sie sollen nur wissen, daß ich Sie lieber ...‹ Was würde sie antworten? Würde sie ihn bemitleiden? O nein, das wäre gräßlich. Er wollte keine Liebe, die aus Mitleid geboren wurde. Was für schönes Haar sie hatte – so dicht und voller

Glanz. Er malte sich aus, wie sie aussehen würde, wenn es offen über ihre Schultern fiele. Sicher reichte es bis zur Taille, und er stellte sich vor, wie es wäre, die Finger hineinzuschlingen.

»Was ist los? Habe ich irgendwas am Kopf?«

»Nein, ich bewundere Ihr Haar. Es ist wunderschön.«

»Ich weiß – das einzige, was schön an mir ist. Sie sind so lieb, Douglas. Und nun möchte ich Ihnen etwas zeigen, was Ihnen noch besser gefallen wird als mein Haar – Steine. Ich ziehe nur rasch etwas an, es ist kühl draußen.« In der Halle nahm sie einen Mantel mit Kapuze aus dem Schrank, und als Douglas ihr hineinhalf, sagte sie: »Wir gehen durch die Küche hinaus.«

Peggy stand am Küchentisch und knetete einen großen Teigklumpen. »Guten Tag, Sir. Setzen Sie die Kapuze auf, Miß, es weht ein kalter Wind.«

Douglas blieb neben ihr stehen. »Ich rieche Hefe. Wie viele Brotlaibe ergibt diese Teigmenge?«

Peggie Nixon sah lächelnd zu ihm auf. »Vier große und zwei kleine, Sir, und etwa zehn Brötchen.«

»So viel?«

»Der Teig geht noch auf, dann ist er doppelt so groß.«

»Ja, natürlich.« Er blickte sich um. »Eine großartige Küche haben Sie da.«

»Aye, Sir. Und nächsten Samstag sind's zweiundvierzig Jahre her, seit ich hier zu arbeiten anfing, als achtjähriges Mädchen.«

»Tatsächlich?« Er drehte sich zu Bridget um, die lächelnd nickte.

»Peggie war schon hier, bevor meine Eltern heirateten. Als ich geboren wurde, geriet sie in solche Aufregung, daß sie mich beinahe ins Jenseits befördert hätte. Sie hatte einen großen Eimer heißes Wasser für die Hebamme geholt. Und weil sie nur Augen für mich hatte, stolperte sie. Beinahe wäre der Eimer auf mich gefallen.«

Die Köchin lachte herzhaft. »Der Doktor verfluchte mich,

und Jessie, damals noch Stubenmädchen, packte mich am Kragen und hätte mich fast die Treppe hinuntergeworfen, obwohl ich zweimal so groß war wie sie und auch älter.«
Wie selbstverständlich legte Bridget ihr eine Hand auf die Schulter, als sie an ihr vorbeiging, und Douglas grinste.
»Auf Wiedersehen, Peggie.«
»Auf Wiedersehen, Sir. Es tut wirklich gut, mal so richtig zu lachen, was?«
»O ja, Peggie.« Draußen im Hof zeigte er zum Stall. »Sie haben drei Boxen, nicht wahr?«
»Ja«, bestätigte Bridget, »aber wir halten nur zwei Pferde – ein Zugpferd und Hamlet.«
Sie gingen durch den Hof, an mehreren Nebengebäuden und einer Mauer vorbei, hinter der ein Gemüsegarten lag. Jenseits eines Wäldchens erreichten sie eine Wiese, wo die beiden Pferde grasten. Am Ende des Feldes erhoben sich alte Gebäude. Während sie es überquerten, bemerkte Bridget: »Ein Großteil meines Grundbesitzes eignet sich nur als Weideland, weil er dicht unter der Oberfläche ziemlich steinig ist. Wenn Sie hier graben würden, hätten Sie Ihre wahre Freude.«
»Nun, das kommt darauf an, was für ein Gestein es ist.«
Als sie sich den Gebäuden näherten, rief er aus: »Wenn es so ein Material wäre, würde ich tatsächlich jubeln. Wo ist hier der nächste Steinbruch?«
»Keine Ahnung. Ich habe mich nie für Steine interessiert. Schauen wir mal drinnen nach, wie weit die Leute mit der Arbeit sind.« In einem der Ställe zeigte sie nach oben. »An der Decke wurde das morsche Gebälk entfernt und durch neues ersetzt. Aber ich habe darauf geachtet, daß der alte Stil erhalten geblieben ist.«
»Wundervoll! Und diese dicken Mauern! Wissen Sie, wie alt die Ställe sind?«
»O ja. Mein Urgroßvater kaufte die Farm, als der ursprüngliche Besitzer, ein gewisser Mr. Price, wegen einer Wirtschaftskrise von hier fortging. Das war 1823; in der

Übertragungsurkunde steht, daß das Haus und die Nebengebäude acht Jahre früher entstanden sind.«

»Und was soll mit der Farm geschehen, wenn alles renoviert ist?«

»Das sagte ich bereits. Ich möchte Lily und den Jungen im Haus einquartieren.«

»Sie haben mir noch nicht erzählt, wieso sie sich anders besonnen und Ihr großzügiges Angebot angenommen hat.«

»Oh, da wurde ich von ihrem Vater und dem Priester unterstützt. Mr. Whitmore erklärte ihr, sie habe sich ihr Unglück selber zuzuschreiben. Was habe sie denn anderes erwarten können, nachdem sie die Frau eines Protestanten geworden sei? Und der Priester warf ihr vor, sie habe mit Joe in Sünde gelebt, denn die Ehe sei nicht kirchlich geschlossen worden und deshalb ungültig gewesen. Schließlich ertrug sie das alles nicht mehr und bat mich brieflich um einen Besuch. Da holte ich sie mit dem Kind hierher.«

Douglas seufzte. »Gott helfe dem Jungen, wenn er erfährt, wer ihn gezeugt hat ...«

»An diese ferne Zukunft wage ich noch nicht zu denken. Ich kann ihm nur eine glückliche Kindheit und eine gute Ausbildung bieten.«

»Hoffentlich wird er's Ihnen einmal danken.«

»Kommen Sie, wenn Sie die restliche Farm noch sehen wollen. Es wird bald dunkel.«

Sie besichtigten die kleinen Räume des Hauses, und Bridget meinte: »Hier wird sich Lily wohl fühlen – weit weg von all den Leuten, die ihr trauriges Schicksal miterlebt haben. Ich glaube, sie möchte vorerst allein sein, und das ist verständlich.«

»Für wie lange?« fragte Douglas, als sie ins Freie zurückkehrten. »Sie ist eine hübsche Frau. Vielleicht will sie eines Tages wieder heiraten.«

»In der nächsten Zukunft bestimmt nicht. Aber wenn sie einen guten Mann fände, der auch für den Jungen sorgte, wäre ich sehr froh. Dann würde ich keine Einwände erheben.«

»Das könnten Sie auch gar nicht, denn Sie haben kein Recht, über Lilys Leben zu bestimmen, und auch keinen Anspruch auf ihren Sohn.«

Bridget blieb mitten auf dem Feld stehen. »Oh, vielen Dank für Ihre Belehrung, Mr. Filmore. Darauf wäre ich nie gekommen.«

»Tut mir leid. Ich wollte Sie nur auf eine Tatsache hinweisen, von der ich glaubte, daß Sie sie vielleicht übersehen hätten. Vielleicht wird einmal eine Zeit kommen, wo Sie es bereuen werden, daß Sie Mutter und Kind unter ihre Fittiche genommen haben. Wenn ich auch kein Hellseher bin, versuche ich in die Zukunft zu schauen. Der Junge ist Lionel Filmores unehelicher Sohn, und seine Mutter eine Arbeiterin, die ihn auf ihre Weise großziehen würde, aber Sie wollen ihm eine besondere Ausbildung zukommen lassen. Wozu? Damit er eines Tages Grove House übernehmen kann? Und wenn Victoria ihrem Mann mehrere legitime Kinder schenkt? Soll der Junge dann nie erfahren, wer er ist? Auf die Dauer werden Sie ihm das nicht verheimlichen können.« Abrupt kehrte er ihr den Rücken und ging davon.

Verblüfft starrte sie der schmalen Gestalt nach, die einen so starken Mann verbarg. Sie war versucht, ihre Röcke zu raffen, ihm nachzulaufen und zu rufen: ›Sie haben recht! Bitte, ärgern Sie sich nicht über mich, denn Sie sind doch mein bester Freund. Wissen Sie noch, was Sie im Salon über die Einsamkeit sagten? Ich fühle mich so einsam, daß ich mir erst gestern wünschte, Victoria wäre wieder bei mir. Es war ein vorübergehender Wunsch, aber immerhin ... Dabei will ich gar nicht mit ihr zusammensein, mit keiner Frau. Ich sehne mich nach der Gesellschaft eines Mannes.‹

Ihr Kopf sank auf die Brust. Aber es sollte nicht irgendein Mann sein, sondern einer wie Douglas Filmore.

Was hatte sie letzte Nacht im Bett gedacht? Sie könnte viele Bewunderer haben, wenn sie sich anders kleidete, wenn sie sich so frisierte und zurechtmachte wie Victoria. Dann würde sie attraktiv aussehen. Aber sie wäre nicht mehr sie selbst, sie würde eine Rolle spielen und die Männer, die ihr zu Füßen lägen, sicher verachten. Also würde nichts dabei herauskommen. Warum sollte sie sich dann ändern?

Ruckartig hob sie den Kopf und schrie Douglas nach, der gerade im Wäldchen am Ende des Feldes verschwand: »Ach, Sie!«

Als sie den Hof erreichte, fragte sie Jimmy Tierney, der gerade Hamlet in den Stall führte: »Haben Sie Mr. Filmore gesehen?«

»Aye, Miß, vor einer Minute ist er aufgebrochen. Anscheinend hatte er es eilig. Jetzt müßte er am Ende der Zufahrt sein. Soll ich ihm nachlaufen und . . .«

»Nein, nein, schon gut. Er darf seinen Zug nicht versäumen.«

»Ich hätte ihn zum Bahnhof fahren können, Miß.«

»Ja, Jimmy, aber er geht lieber zu Fuß.«

Er grinste. »Und er geht ziemlich schnell. Beinahe gerannt ist er.« Nachdenklich beobachtete er, wie seine Herrin im Haus verschwand, dann hob er die Brauen und fragte das Pferd: »Was meinst du, Hamlet? Ob sich da was anbahnt?«

4.

Douglas war erschöpft. Nicht nur die Bahnfahrt und der anschließende Fußmarsch, sondern auch seine angestrengten Überlegungen während der Reise hatten ihn erschöpft. Langsam näherte er sich dem Hintereingang von Grove

House, der normalerweise nur von Dienstboten und Lieferanten benutzt wurde. Als er den Stallhof durchquerte, begegnete er Jimmy Fawcett, der eine flackernde Laterne in der Hand hielt und ihn verwundert anstarrte. »Sie möchten durch die Hintertür ins Haus, Mr. Douglas?«
»Ja, Jimmy. Das ist eine Abkürzung, und ich habe einen langen Weg hinter mir.«
»Sie sind von der Stadt bis hierher zu Fuß gegangen?«
Douglas nickte.
»Warum haben Sie keinen Wagen gemietet?«
»Ich dachte, ich brauche ein bißchen Bewegung.« Douglas lachte. »Die hatte ich nun zur Genüge.«
Ein lautes Wiehern drang vom Stall herüber, und Jimmy erklärte: »Admiral ist ziemlich nervös. Der hätte sich gern an Ihrer Stelle bewegt, Mr. Douglas. Er muß schon viel zu lange in seiner Box stehen. Aber Mr. Lionel mag es nicht, wenn wir ihn zu oft hinauslassen, während er weg ist. Und es wird ihn auch nicht freuen, daß das Pferd beim Schmied war. Als Ron auf ihm ausgeritten ist, hat sich ein Hufeisen gelockert.«
»Das scheint sehr oft zu passieren.«
Sie schlenderten nebeneinander durch den Hof, und Jimmy zögerte kurz, ehe er erwiderte: »O nein, nicht bei Admiral. Der hat sehr harte Hufe. Ich weiß gar nicht, wann er das letzte Mal ein Eisen verloren hat. Bei Prince und Dobbie ist das was anderes ...« Ein Frösteln überlief ihn. »Das wird eine kalte Nacht. Und Sie sollten nach Ihrer langen Wanderung sehen, daß Sie was Warmes in den Magen kriegen, Mr. Douglas.«
»Das werde ich tun, Jimmy.« Douglas betrat das Haus durch die Besenkammer und den Waschraum. Als er dort die Tür zur Küche öffnete und das gesamte Personal verwirrte, das am Tisch saß, entschuldigte er sich: »Tut mir leid, daß ich Sie störe ...« Hastig hob er eine Hand, als die Leute aufstehen wollten. »Bitte, bleiben Sie doch sitzen. – Ich bin vom Bahnhof zu Fuß hierhergegangen, und

jetzt friere ich ein bißchen. Hätten Sie vielleicht eine heiße Suppe für mich, Rose?«
»Natürlich, Mr. Douglas.« Die Köchin eilte zum Herd.
Der Butler nahm die würdevolle Haltung ein, die seiner Position zukam, und fragte: »Soll ich Ihnen vorher einen Drink bringen, Sir?«
»Ja, bitte, Bright, das wäre sehr nett.«
Eine halbe Stunde später hatte er ein Glas Portwein getrunken, eine Suppe und ein Hühnerbein gegessen. Nun ging er zum Salon, dessen Tür plötzlich aufschwang. Seine Schwägerin rannte an ihm vorbei, und er schaute ihr verwundert nach. »Guten Abend, Victoria.«
Bereits am Fuß der Treppe drehte sie sich zu ihm um. »Es war einfach zuviel für mich.«
»Großer Gott!« murmelte er. Als er den Salon betrat und seinen Vater auf der Couch sitzen sah, eine Karaffe und ein Glas neben sich, wiederholte er leise: »Großer Gott!«
In betrunkenem Zustand war William Filmore ein höchst unangenehmer Zeitgenosse. Ansonsten neigte er zur Einsilbigkeit, aber wenn der Alkohol seine Zunge lockerte, führte er zotige Reden. Offenbar war Victoria das neueste Opfer dieser Angewohnheit geworden.
»Verdammt albern, das Mädchen!« schimpfte er. »Hat den Bauch voll und schämt sich, darüber zu sprechen. Dumme Biester, diese Frauen! Dabei hab' ich sie nur gefragt, wie denn das Baby da reingekommen sei ... Wo warst du? In letzter Zeit sehe ich dich überhaupt nicht mehr.«
»Ich muß arbeiten, Vater.«
»Arbeiten? Aye. Jetzt habe ich also zwei Söhne, die arbeiten, und was nützt mir das? Lionel ist jetzt bei Barnett angestellt, obwohl er keine Ahnung von Schiffen und Frachten und Verproviantierung hat. Viel mehr als ein Bürogehilfe kann er da nicht sein. Warum bezahlen sie ihm dann so viel Geld?« Er beugte sich zu Douglas vor, der am Kaminfeuer stand, und fuhr leise fort: »Glaubst

du, das hängt irgendwie mit Daisy Barnett zusammen? Erinnerst du dich an die widerliche Daisy? Zwei Ehemänner hat sie schon unter die Erde gebracht und ist noch keine Vierzig. Und wo war Lionel in diesen letzten zwei, drei Tagen, eh? In Carlisle – geschäftlich. Aber über die Hauptstraße von Carlisle segeln keine Schiffe. Dafür gibt's da ein oder zwei Hotels am Stadtrand. Irgendwann wird er noch Schwierigkeiten mit den Weibern kriegen, verlaß dich drauf! Wenn seine Gattin ein bißchen schlauer wäre, würde sie Lunte riechen. Aber nein, sie betet ihn an. Manche Frauen machen mich wirklich krank . . .«

Es blieb still im Zimmer, bis der Wind einen Zweig gegen eine Fensterscheibe peitschte. Es klang wie ein Schuß, und William Filmore zuckte zusammen. »Hilf mir auf die Beine«, forderte er seinen Sohn auf, und nachdem Douglas ihn von der Couch hochgezogen hatte, zerrte der alte Mann an den beiden Vorderhälften seines Jacketts, als wollte er es über dem runden Bauch schließen, und schwankte ein wenig.

Doch seine nächsten Worte schienen seine Trunkenheit Lügen zu strafen. »Ich bin lebensmüde, Doug. Morgens wache ich auf und hasse das Tageslicht. Da habe ich nämlich noch nichts getrunken, was mir helfen würde, dumpf dahinzudämmern. Aber dann erfuhr ich, daß meine Schwiegertochter schwanger ist, und ich sagte mir – gut, ich warte noch, bis das Kind geboren ist. Es muß ein Sohn werden. Die Filmores zeugen nur Söhne. Und wenn ich ihn gesehen habe, kann ich mich jederzeit verabschieden. Es gibt immer Mittel und Wege. Ich hoffe nur, der Junge gerät nicht nach seinem Vater oder Großvater und erbt auch nicht allzuviel von seiner Mutter.« Er legte eine Hand auf Douglas' Schulter. »Du siehst überhaupt nicht wie ein Filmore aus. Keins von den Ahnenporträts da oben ist dir ähnlich. Aber innen drin bist du ein Filmore – mehr als Lionel oder ich. Du gleichst meinem Großvater, nicht meinem Urgroßvater. Ich erinnere mich noch gut, wie er starb. Damals war ich noch ein kleiner Junge. Sein Leben lang hat er, genau wie ich, nichts anderes getan, als zu essen, zu trinken und herumzuhuren – nach außen hin zu lachen und innerlich zu fluchen. Immer habe ich dich verachtet und so große Hoffnungen in meinen Erstgeborenen gesetzt. Aber das war ein Fehler ... So, jetzt gehe ich ins Bett, falls ich die Stufen hinaufkomme.« Grinsend fügte er hinzu: »So werde ich mal enden – mit gebrochenem Hals, am Fuß der Treppe.«

»Gute Nacht, Vater.«

»Gute Nacht, Doug.«

Allein im Salon zurückgeblieben, stützte sich Douglas auf das Kaminsims. Tiefe Traurigkeit schien ihn nach unten zu ziehen. Er hatte seinen Vater nie gemocht und stets unter dessen Verachtung gelitten. Aber nun mischte sich ein Gefühl von Liebe in seinen Kummer, denn er erkannte, warum sich der alte Mann zu einem grotesken Trunkenbold entwickelt hatte – aus einer Einsamkeit heraus, die Douglas vertraut war, weil er sie als Erbe in sich trug.

Lange lag er wach und überdachte die Ereignisse des Tages – die Sehnsucht nach Bridget, tagelang unterdrückt, dann das Wiedersehen, scinc Freude an dem schönen Haus und allem, was geschehen war, bis zum Rückweg von der alten Farm. Wieso war es zu dem Streit gekommen? Und warum hatte er, Douglas, so heftig reagiert? Weil er wußte, daß ihr Interesse an diesem Kind und seiner Mutter von noch viel tieferen Gefühlen für Joe Skinner herrührte? Der Mann war tot, und natürlich mußte man das schlimme Ende bedauern, das er genommen hatte. Aber ein Mord konnte nicht ungestraft bleiben. In letzter Zeit hatte Bridget den Burschen kaum mehr erwähnt, aber wahrscheinlich beherrschte er immer noch ihre Gedanken.

Und der Vater ... Jener Monolog im Salon war eine Offenbarung gewesen, kein Ausdruck des Selbstmitleids, eher das Geständnis einer Schuld – der Schuld, ein Leben vergeudet zu haben, eine bittere Klage, weil es keine zweite Chance gab.

Er mußte endlich schlafen.

Während er auf dem Rücken lag, die Hände unter dem Kopf, die Augen geschlossen, geriet er in jenen Bereich zwischen Bewußtsein und Traum, wo die Irrationalität zu wirken begann und Gegenwart und Vergangenheit zu einem unbegreiflichen Puzzle verwob. Er rannte neben einem Zug her, der immer schneller fuhr, sprang auf ein Trittbrett und begann Kohlen ins rote Herz des Feuers zu schaufeln. Dann verließ er den Zug wieder und lief über ein Feld, kletterte eine Leiter hinauf und steckte Steine in die Lücken der Stallmauer, die er am Nachmittag gesehen hatte. Jimmy Fawcetts Stimme drang vom Fuß der Leiter herauf. »Nicht bei Admiral. Der hat sehr harte Hufe.« Und Lionel stieg die Sprossen hinab, packte den Mann bei den Schultern und schrie: »O ja, Admiral verliert oft seine Hufeisen! So wie an dem Abend, als ich Lionel im Wald traf!«

Plötzlich setzte er sich kerzengerade im Bett auf und starrte mit weitgeöffneten Augen ins Dunkel. Daran hatte er sich die ganze Zeit zu erinnern versucht, an dieses Bild – Lionel im Wald, völlig verstört, mit einem Pferd, das nicht hinkte ... Er hatte behauptet, er sei abgeworfen worden. Admirals Fuß sei beim Sprung über ein Gatter an einer Holzstange hängengeblieben, ein Hufeisen habe sich gelockert.

Er schlug die Decke zurück und sprang aus dem Bett, wikkelte das lange Nachthemd fester um sich, weil er fröstelte – aber nicht vor Kälte, sondern weil ihm ein grauenhafter Gedanke gekommen war. Er tastete sich bis zu dem Stuhl, über dem ein Morgenmantel hing, schlüpfte hinein und zündete die Nachttischlampe an. Mit schmalen Augen blickte er in die Flamme und flüsterte: »Er hat gezittert wie Espenlaub und war ganz durcheinander ... Aber aus welchem Grund sollte er den Mann getötet haben?«

Douglas sank auf die Bettkante, sein Verstand arbeitete immer klarer. Joe hatte den Vater des Kindes gekannt. Also hatte vermutlich auch sein Bruder Bescheid gewußt. Vor Gericht waren Freds charakterliche Mängel erwähnt worden. Hatte er Lionel gedroht, das Geheimnis zu verraten?

Er stand auf und begann umherzuwandern. Nein, das würde Lionel niemals tun – einem Mann die Kehle aufschlitzen ... Doch der andere hatte bis zur Vollstreckung des Todesurteils seine Unschuld beteuert.

»O Gott, tu das diesem Haus nicht an!« betete Douglas stumm. Dann müßte Vater nicht die Treppe hinunterstürzen – er würde vor Scham sterben. Und Victoria – ihr Baby ... Abrupt blieb er stehen. Wohin verirrten sich seine Gedanken? Es gab keine Beweise. Ein Messer war benutzt worden, das die Polizisten nicht gefunden hatten. Was tat ein Mörder mit seinem Werkzeug? Verscharrte er es? Warf er es in einen Bach? Aber durch den Brook's Wood floß kein Bach, und es hatte ihm sicher widerstrebt, noch länger am Tatort zu bleiben und das Messer zu vergraben. War es irgendwo in diesem Haus versteckt? Auf dem Dachboden? Aber – was dachte er denn da? Verurteilte er seinen Bruder jetzt schon nur wegen einiger vager Verdachtsmomente, aus einer Einbildung heraus? Nein, es war keine Einbildung. Seit jenem Abend wußte er, daß da irgendwas nicht stimmte. Er hatte ausgesagt, mit Joe im Wald gesprochen zu haben, aber die Begegnung mit Lionel verschwiegen. Warum?

O Gott ...

Er zog den Schlafrock aus und legte sich wieder ins Bett. Morgen würde er den Dachboden absuchen, all die alten Möbel und Kisten, alle Ecken und Winkel, wo ein Messer verborgen sein könnte.

Warum stöberte Mr. Douglas auf dem Dachboden herum? Angeblich suchte er eine Landkarte, die er als Kind da oben im Schulzimmer benutzt hatte. Alle Schulbücher standen immer noch in den Regalen, aber an eine Landkarte in einer braunen Lederhülle erinnerte sich der Butler Bright ebensowenig wie die anderen Dienstboten. Ein komischer Mensch, dieser Mr. Douglas – und wie merkwürdig, daß er jetzt arbeitete, so wie sein Bruder... Schon seit Jahren ging es mit den Filmores bergab, aber nun hatten sie nach Brights Meinung den absoluten Tiefpunkt erreicht.

Nach zwei Tagen war die Landkarte noch immer nicht gefunden worden, und Mr. Douglas schien seine Suche aufzugeben. Seltsamerweise änderte er seinen Tagesablauf. Früher war er von morgens bis abends mit seinen beiden Gehilfen in der Werkstatt gewesen. Nun ging er endlos lange mit Gippo spazieren, obwohl der ein eher fauler Hund war und am liebsten im Hof herumlag. Wie der Gärtner Joseph Bell zu berichten wußte, hatte Mr. Douglas das arme Tier gestern vier Stunden lang herumgehetzt.

Und wohin waren sie gelaufen?

Das konnte Joseph nicht so genau sagen. Wahrscheinlich in die Stadt, denn Mr. Douglas hatte die Richtung zum Brook's Wood eingeschlagen, und das war der kürzeste Weg zur Stadt. Er mußte das Fabrikviertel durchquert haben. Keine sonderlich angenehme Gegend. Was hatte er dort verloren? Aber Mr. Douglas war ja schon immer ein bißchen merkwürdig gewesen...

Douglas stand auf der Lichtung, beobachtete den Hund, der am Boden herumschnüffelte, und sagte sich immer wieder, daß diese Suche völlig sinnlos sei. Falls Lionel wirklich die furchtbare Tat verübt hatte, würde er das Messer wohl kaum sofort danach vergraben haben. Er wäre viel zu verzweifelt gewesen, um an so etwas zu denken. Nein, sicher hätte er das Tatwerkzeug nach Grove House mitgenommen, um es dort irgendwo zu verstecken. Morgen würde sich Douglas noch einmal auf dem Dachboden umsehen.

Aber warum? Dabei konnte nichts Gutes herauskommen, er würde nur großes Leid verursachen, selbst wenn er neue Beweise zum Vorschein brächte. Und Bridget... Wie würde sie es aufnehmen, wenn sich herausstellte, daß ihr Protegé aufgrund eines Justizirrtums gestorben war? O Gott im Himmel, sie würde es lauthals in die Welt hinausposaunen. Und was sollte dann aus Victoria und dem ungeborenen Kind werden? Am besten vergaß er die ganze Sache. Doch das vermochte er nicht. Wenn der Tote unschuldig war – dann mußte Lionel der Mörder sein...
»Gippo! Komm her!«
Der Hund gehorchte seinem Herrn nicht, sondern folgte einem Hasen ins Unterholz. Da Douglas wußte, daß das Wild schneller war und bald in seinem Bau verschwinden würde, wartete er geduldig. Aber Gippo kehrte nicht wie sonst mit hängender Zunge und triumphierendem Blick zurück, als wollte er sagen: Wenigstens habe ich ihm eine Heidenangst eingejagt. Er lief um ein paar Büsche herum, und dann begann er an den Wurzeln eines Baumes im Erdreich zu scharren. Seufzend ging Douglas auf ihn zu.
»Komm, alter Junge, du verschwendest nur deine Zeit. Dieser Hasenbau besteht vermutlich aus unterirdischen Gängen, die bis zum Waldrand führen.« Doch der Hund beachtete ihn nicht.
»Jetzt reicht's, Gippo!« wurde Douglas ärgerlich. Er griff nach dem Hundehalsband, und im selben Moment fiel sein Blick auf etwas Helles, das die flinken Pfoten zur Hälfte ausgegraben hatten. Es sah aus wie ein schmutziges Stück Papier.
Das Herz klopfte Douglas bis zum Hals, als er es ganz herauszog. Kein Papier – ein blutbeflecktes Taschentuch, um ein Messer gewickelt... Seine Hand zuckte zurück, als hätte er sich verbrannt. Haltsuchend tastete er nach dem Baumstamm und schloß die Augen. »Allmächtiger!« flüsterte er. Wie lange er reglos dagestanden hatte, wußte er

später nicht mehr. Irgendwann zwang er sich, die Gegenstände aufzuheben. Erst das Taschentuch. Mit spitzen Fingern hielt er es hoch und starrte auf die gestickten Initialen in einer Ecke. Seine Mutter hatte alle Wäschestücke in Grove House kunstvoll bestickt.
Er betrachtete das Messer. Die Klinge war noch herausgeklappt und rostig. Bedrückt zog er sein eigenes Taschentuch hervor und wickelte den Fund sorgfältig ein, dann wandte er sich zu Gippo. »Du weißt gar nicht, was du heute getan hast. Vielleicht wäre ich imstande gewesen, die Dinge auf sich beruhen zu lassen, hätte ich nur in meinem Herzen den Schuldigen gekannt. Jetzt ist das unmöglich.«

5.

Bis zum späten Abend blieb Douglas in der Werkstatt. Er wußte, daß Lionel heimgekehrt war und nun vermutlich im Speisezimmer etwas trinken würde, nachdem sich Victoria und das Personal zur Ruhe begeben hatten. Bei diesem Zeitvertreib leistete ihm der Vater oft Gesellschaft. Diesmal hoffentlich nicht ... Aber selbst wenn es so wäre – Douglas konnte es nicht länger für sich behalten. Immer wieder hatte er überlegt, wie er vorgehen sollte. Nun wußte er genau, was er tun würde – nicht das, was er tun wollte, nämlich seinen Bruder am Hals zu packen und zu erwürgen ... Allein schon der Gedanke an den zu Unrecht verurteilten Joe Skinner ... Während des ganzen Prozesses hatte Lionel sein Leben weitergeführt, als wüßte er von nichts. Und er hatte es gewagt, ein unschuldiges junges Mädchen zum Traualtar zu führen – nur zwei Tage nach dem Mord. Besaß er überhaupt kein Gewissen?
Er löschte zwei Laternen in der Werkstatt, ergriff die dritte und ging hinaus. Durch eine Seitentür, die in die Halle

führte, betrat er das Haus. Die Salontür stand offen, und er sah seinen Vater zur Couch schlurfen. Lionel ließ sich nicht blicken, also war er vermutlich im Rauchsalon.
Langsam folgte Douglas dem Korridor, langsam drückte er die Tür des Rauchsalons auf. Lässig wandte sich Lionel zu ihm. »Ah, da ist ja unsere emsige Arbeitsbiene! Nun, auf Gottes weiter Welt gibt's für alle ein Plätzchen, für die Fleißigen und für die Faulen ...«
»Halt dein dreckiges Maul!«
Verwundert stand Lionel auf, seine Augen verengten sich. »Habe ich richtig gehört? Stellt sich mein kleiner Bruder wieder einmal auf die moralischen Hinterbeine? Was hat man denn diesmal über mich erzählt? Will er fragen, was ich Schlimmes angestellt habe ...«
Erschrocken verstummte er, als plötzlich zwei Hände seine Kehle umschlossen. Ein paar Sekunden lang zerrte er an Douglas' Handgelenken, konnte sich aber nicht befreien. Als sein Gegner ihn endlich losließ, fauchte er: »Was, zum Teufel, ist in dich gefahren?«
Statt einer Antwort griff Douglas in seine Tasche, zog ein sauberes weißes Tuch hervor und faltete es auseinander, so daß die darin eingewickelten Gegenstände zum Vorschein kamen und auf den ausgestreckten Handflächen lagen. Er sah, wie jegliche Farbe aus Lionels Gesicht wich. »Es – es war ein Unfall.«
»Bei einem Unfall schneidet man niemandem den Hals durch.«
»Du weißt überhaupt nichts! Er wollte mich erpressen ...«
»Das dachte ich mir. Er wollte aller Welt verraten, daß eine unschuldige junge Frau vor kurzem deinen Sohn geboren hatte. Natürlich hätte es dir nichts ausgemacht, Victoria zu verlieren. Aber auf die zweitausend Pfund pro Jahr konntest du nicht verzichten. Du mieses Schwein!«
»Du siehst das völlig falsch. Er war ... Aber das ist jetzt egal. Was hast du vor?«

»Was glaubst du wohl? Ich werde dafür sorgen, daß du das gleiche Schicksal erleidest, wie es Joe Skinner widerfahren ist.«
»O nein, das wirst du nicht!« preßte Lionel zwischen zusammengebissenen Zähnen hervor. »Eher bringe ich dich um! Gib das her!« Seine Hand schnellte vor, um das Taschentuch mitsamt dem Inhalt zu packen. Aber Douglas sprang zurück, steckte die Gegenstände wieder ein und ballte die Hände. Als sein Bruder mit erhobenen Fäusten zum Angriff überging, wurde er mit einem Schlag in die Magengrube empfangen. Doch er verlor nur für wenige Sekunden das Gleichgewicht, dann warf er sich auf Douglas, und beide stürzten zu Boden. Dabei stießen sie den Tisch um: eine Karaffe und ein Glas rollten über den Teppich.
Ineinander verkeilt, wälzten sie sich zum Kamin, jeder griff nach der Kehle des anderen. Der Druck des Kamingitters gegen seine Schläfe machte Douglas klar, daß das Leben allmählich aus ihm herausgewürgt wurde. Verzweifelt tastete er nach dem Schürhaken, fand ihn und ließ ihn auf Lionels Kopf hinabsausen.
Helles Licht durchdrang die Schwärze, die ihn zu umfangen drohte, er konnte wieder atmen und hörte eine gellende Stimme. »Großer Gott!« Dann wurde er hochgehoben, und Bright sagte atemlos: »Warten Sie, Sir – gleich ist es wieder gut ...« Douglas' Hals wurde mit einer Serviette abgetupft. Er strich darüber, seine Finger wurden feucht, und als er sie ableckte, schmeckten sie salzig. Sein Blick war immer noch verschleiert, aber nun sah er seinen Vater vor Lionel stehen, der wieder im Lehnstuhl saß, als hätte er ihn nie verlassen. Aber über seine Wange rann Blut.
»Holen Sie eine Schüssel mit Wasser und Handtücher, Bright!« befahl William Filmore. »Und passen Sie auf, daß die Frauen draußen bleiben!«
»Sehr wohl, Sir.«

Der Butler rannte hinaus, und William schaute von einem zum anderen. »Bei Gott, wir haben es wirklich weit gebracht, wenn meine Söhne versuchen, einander zu töten.«
»Ich nicht ...«, würgte Douglas hervor. »Aber er wollte mich genauso ermorden wie den Mann im Wald.«
»Was soll das heißen?«
Douglas nahm das Tuch aus der Tasche und öffnete es. »Diese Sachen hat er im Wald vergraben.«
»Nein! Niemals!« keuchte der alte Mann. »Das ist bestimmt ein Irrtum. Er kann es unmöglich gewesen sein.« Er starrte seinen älteren Sohn an, der zurückgelehnt dasaß, die Augen geschlossen, eine Hand an der Wange. »Ein Mann wurde dafür gehängt ...« Kraftlos hielt er sich an der Lehne eines Stuhls fest, ehe er darauf niedersank.
Bright eilte wieder herein, eine Wasserschüssel in den Händen, mehrere Handtücher über der Schulter. Er beugte sich über Lionel, wischte ihm das Blut aus dem Gesicht und verkündete: »Eine Platzwunde über dem Ohr, Sir William.«
»Geben Sie mir auch ein Tuch.« Der Butler gehorchte, und William hievte sich langsam vom Stuhl hoch und ging zu Douglas, um dessen blutigen Hals zu inspizieren. »Zum Glück nur ein kleiner Kratzer ... Der kommt von seinem Ring. Nichts Ernstes ...«
Douglas wollte zu einer bitteren Antwort ansetzen, aber da hatte sich sein Vater schon abgewandt, um nach Lionel zu sehen. »Bright, bringen Sie Verbandmaterial und dieses Karbolzeug. Das muß bis morgen genügen. Dann rufen wir den Doktor.«
Das letzte Wort schien Lionel wiederzubeleben. Hastig richtete er sich auf, als der Butler hinausgegangen war. »Ich brauche keinen Arzt, ich bin völlig in Ordnung.«
»So? Du hast wohl genug Whisky intus, um jede noch so tiefe Wunde zu sterilisieren, was? Und was glaubst du, wie

lange du noch ›in Ordnung‹ sein wirst, wenn die Wahrheit ans Licht kommt? Wie willst du dich dann herausreden?«
»Das wird ihm nicht gelingen«, wandte Douglas ein, und sein Bruder warf ihm einen haßerfüllten Blick zu.
»Schade, daß ich dich nicht erledigt habe, du gemeiner Bastard!«
»Genug jetzt!« stieß William hervor.
Die Tür öffnete sich wieder, und Bright kehrte mit Verbandszeug und einer Karbolflasche zurück. In der Halle drängten sich neugierige Dienstboten und versuchten ins Zimmer zu spähen.
»Schicken Sie die Leute weg«, befahl William dem Butler. »Und sie sollen bloß den Mund halten! Es war nichts als ein belangloser kleiner Streit, verstehen Sie?«
»Ja, Sir, ich verstehe.«
»Wenn ich nur ein Wort darüber höre, fliegen alle raus.«
Bright starrte seinen Herrn an, dann rannte er hinaus. Der alte Mann verband Lionels Wunde, dann seufzte er tief auf. »Am besten gehen wir jetzt ins Bett. Morgen werden wir über alles reden.«
»Nein, Vater«, widersprach Douglas, der immer noch das Handtuch an seinen Hals drückte. »Wir reden jetzt darüber. Ich möchte meinem Bruder ein Ultimatum stellen, das ihm mißfallen wird, aber es bleibt ihm nichts anderes übrig, als es zu akzeptieren.« Ohne ein weiteres Wort verließ er den Raum.
»Ein Jammer, daß ich ihn nicht umgebracht habe!« murmelte Lionel.
»Beim Allmächtigen, ich traue meinen Ohren nicht!« stöhnte sein Vater. »Sonst hast du nichts zu sagen? Du beteuerst deine Unschuld nicht? Aber was fasle ich da? Ich habe ja die Beweise gesehen. Du hast diesen Kerl ermordet. Warum denn nur, um Himmels willen?«
»Immerhin standen zweitausend Pfund pro Jahr auf dem Spiel. Hätte ich darauf verzichten – oder mich von dem

Schuft erpressen lassen sollen?« In wilder Wut verzerrte sich Lionels Gesicht. »Er war Abschaum, genau wie sein Bruder, der an den Galgen kam! Vermutlich hatten sie beide gemeinsam geplant, mir alles Geld aus der Tasche zu ziehen.«
»Warum hat der Verurteilte dann nichts davon erwähnt? Hätte er gesprochen, wäre sein Verteidiger auf eine neue Spur gestoßen – auf die Spur zum wahren Mörder. Beim Allmächtigen, ich hätte nie geglaubt, daß ich eines Tages so mit meinem Erstgeborenen reden würde – aber ich verfluche die Nacht, wo ich dich gezeugt habe! Nie zuvor habe ich deine Schwäche und Niedertracht erkannt und statt dessen deinen Bruder verachtet, aye, aber würde sein Charakter in deinem Körper stecken, wäre ein Mann aus dir geworden. Ich würde mich nicht schämen, hättest du im fairen Kampf jemanden von deinem eigenen Stand getötet. Aber nein – du mußtest so tief sinken, den Hals eines Arbeiters zu durchschneiden, nur um deine zweitausend Pfund zu retten.«
Erregt sprang Lionel auf, eine Hand an seinen Verband gepreßt. »Zweitausend Pfund jährlich, Vater! Und dazu noch ein Kleidergeld von fünfhundert.«
Angewidert kehrte William ihm den Rücken zu. In diesem Augenblick kam Douglas wieder herein. Er hatte ein frisches Hemd und ein anderes Jackett angezogen und einen weißen Schal um seinen Hals geschlungen. »Würdest du uns in die Bibliothek begleiten, Vater? Wir müssen ein Schriftstück aufsetzen.«
Der alte Mann gab keine Antwort und starrte ihn nur an, dann drehte er sich zu Lionel um. »Komm mit!«
Es dauerte dreißig Sekunden, ehe Lionel seinem Vater und dem Bruder folgte, die an der Tür warteten.
Auf dem Schreibtisch in der Bibliothek, deren verblichene bestickte Vorhänge zugezogen waren, lag Papier bereit, neben einem Tintenfaß aus Messing und einem kleinen Lederstiefel, der mehrere Federn enthielt.

»Setz dich und fang an zu schreiben, Lionel«, befahl Douglas.
»Verdammt will ich sein, wenn ich das tue!«
»Ich meine es ernst. Du wirst schreiben, was ich dir diktiere, oder ich reite noch heute zum Polizeirevier und erkläre den Beamten, Joe Skinner sei aufgrund eines schweren Irrtums gehängt worden. Bilde dir ja nicht ein, du könntest mich zurückhalten! Wenn mir etwas Unerwartetes zustößt, wird man dich um so schneller schnappen, denn ich habe bereits alles schriftlich niedergelegt. O ja«, fuhr Douglas fort, zu seinem Vater gewandt. »Was mir in körperlicher Hinsicht fehlt, gleiche ich mit meinem Verstand aus. Da ich weiß, wozu dieser Schurke fähig ist, wollte ich nichts riskieren. Also, Lionel, du hast die Wahl!« stieß er hervor. »Setz dich oder . . .«
»Nicht so laut, Doug!« flehte William. »Du willst Vergeltung, das verstehe ich – aber muß denn der ganze Haushalt informiert werden? Bright bewahrt sicher Stillschweigen, ihm kann ich trauen – den anderen nicht.«
»Nun, je schneller er sich setzt und zu schreiben beginnt, desto besser – für ihn.«
Der alte Mann schaute Lionel an, der erbost die Hände ballte, aber dann nahm er am Tisch Platz und tauchte eine Feder ins Tintenfaß.
»Lieber Mr. Kemp«, diktierte Douglas, »ich wünsche, daß Sie von diesem Tag an, ab dem 12. Oktober 1884, die Zahlungen einstellen, die vor meiner Hochzeit mit Miß Victoria Mordaunt vereinbart wurden . . .«
»Nein, bei Gott!« Die Feder glitt aus Lionels Fingern, seine Faust landete auf der Tischplatte.
»Doug, du darfst nicht zu weit gehen«, beschwor William seinen jüngeren Sohn. »Bedenk doch, was das bedeutet!«
»Das habe ich mir bereits überlegt. Er hat die Wahl.«
Krampfhaft schluckte Lionel, dann griff er wieder nach der Feder und wartete.
»Meine Umstände haben sich verändert«, setzte Douglas

das Diktat fort, »und ich befinde mich nun in einer Position, wo ich keine Hilfe mehr benötige. Hochachtungsvoll . . .«
Das Kratzen der Stahlspitze auf dem Papier schien immer lauter zu werden, während Lionel die letzten Worte schrieb. Er unterzeichnete den Brief und stand auf, mit ausdruckslosem Gesicht.
»Morgen gehe ich weg von hier, Vater«, erklärte Douglas. »Ich kann nicht länger unter diesem Dach bleiben.«
William wollte etwas erwidern, aber dann wandten sich alle in Richtung Halle, wo Stimmengemurmel aufklang.
»Nein, Madam!« rief der Butler, und im nächsten Moment öffnete sich die Tür. Victoria stand auf der Schwelle. Sie trug ein Abendkleid aus blauem Satin, das Haar fiel ihr lose auf die Schultern. Langsam betrat sie die Bibliothek. »Die Dienstboten sind ganz aufgeregt. Wie ich höre, hattet ihr Streit . . .« Als sie Lionels Verband bemerkte, lief sie bestürzt zu ihm hin. »O Gott, was ist passiert? Douglas, in letzter Zeit bist du unausstehlich. Du . . .«
»Halt den Mund!« herrschte ihr Schwager sie an. »Am besten gehst du jetzt ins Bett.«
»O nein!« protestierte sie empört. »Ich bin kein Kind mehr, und ich will wissen, was hier los ist.«
»Es hat nichts mir dir zu tun.«
»Alles, was mit meinem Mann geschieht, hat auch mit mir zu tun.«
Sie griff nach Lionels Arm, doch er stieß sie grob beiseite und starrte seinen Bruder an. »Warum bringst du's nicht zu Ende? Erzähl ihr alles.«
Abwehrend hob William eine Hand, doch Douglas sagte: »Es ist um Geld gegangen, Victoria.«
»Geld? Ich verstehe nicht . . .«
Lionel schaute in das Gesicht seiner Frau, die ihn längst nicht mehr interessierte, die er als albernes, hohlköpfiges Geschöpf kennengelernt hatte und der er übelnahm, daß sie ihn im Glauben gelassen hatte, sie wäre reich. Neuer-

dings haßte er sie sogar, vor allem seit dem Aufenthalt in Carlisle. Wäre er Mrs. Daisy Barnett, die ihn anbetete und ihm einen Posten in ihrer Firma verschafft hatte, doch nur früher begegnet ... Dann würde er jetzt einer strahlenden Zukunft entgegenblicken. Aber nein, er hatte sich von dieser dummen Gans einfangen lassen, die völlig unter der Fuchtel ihrer widerwärtigen Kusine stand. »Ja, meine Liebe«, bestätigte er, »es ging um Geld. Mach dich nun auf einen kleinen Schock gefaßt ... Als ich kurz vor der Hochzeit hörte, daß du nicht die reiche junge Dame bist, die du mir trotz der neckischen Hinweise auf deine bittere Armut vorspieltest, wollte ich dich fallenlassen wie eine heiße Kartoffel. Aber die richtige reiche Lady, die gute Miß Bridget, bestach mich mit zweitausend Pfund pro Jahr. Nur deshalb trat ich mit dir vor den Traualtar. Damals ging es mir finanziell sehr schlecht – was sollte ich anderes tun? Aber jetzt habe ich eine Stellung, die mir jährlich tausend Pfund einbringt. Deshalb meinte mein geliebter Bruder, ich müsse von nun an die Zahlungen zurückweisen, die deine Gesellschaft einigermaßen erträglich gestalten. Deshalb kam es zu einem Streit, der nicht nur mit Worten ausgefochten wurde.«

»Du Schuft!« Nur die erhobenen Arme seines Vaters hinderten Douglas daran, sich erneut auf Lionel zu stürzen.

»Genug jetzt!« donnerte der alte Mann und fuhr etwas sanfter fort, zu Victoria gewandt: »Solche Dinge passieren nun mal, meine Liebe ... O Gott!«

Ebenso wie sein jüngerer Sohn eilte er der jungen Frau zu Hilfe, die langsam zusammenbrach. Lionel rührte sich nicht von der Stelle. Douglas kniete neben ihr nieder und hob vorsichtig ihren Kopf hoch. »Ein Glas Wasser! Rasch!«

So schnell es sein massiger Körper zuließ, eilte William aus der Bibliothek. Nachdem sich die Tür hinter ihm geschlossen hatte, blickte Lionel auf Douglas hinab, der seine bewußtlose Schwägerin in den Armen hielt, und sagte mit seltsam ruhiger Stimme: »Das werde ich dir nie verzeihen – bis zu meinem letzten Atemzug nicht. Und es wird der Tag kommen, wo du bereuen wirst, daß du diese Situation heraufbeschworen hast.« Er ging zur Tür, wo er seinem Vater begegnete, der in einer Hand ein Glas Wasser und in der anderen eine Karaffe trug.

»Bleib hier!« Williams Bitte klang fast flehend. »Sie ist deine Frau . . .«

Lionel warf dem alten Mann nur einen kurzen Blick zu, dann ging er wortlos an ihm vorbei.

Seufzend, mit hängenden Schultern kam William in die Bibliothek. Als er Douglas das gefüllte Glas reichte, hob Victoria die Lider. Beim Anblick des Wassers schüttelte sie stumm den Kopf. Mit Hilfe ihres Schwagers stand sie auf, dann verließ sie mit erstaunlich sicheren Schritten den Raum.

Vater und Sohn schauten sich eine Zeitlang in die Augen. Schließlich brach William das Schweigen: »Was du heute abend getan hast, wird noch jahrelang Folgen nach sich ziehen, mein Junge, und du mußt dich fragen, ob es das wert war.«

Schwerfällig ging er hinaus, und Douglas stellte sich dieselbe Frage: War es das wert?

6.

Bridget stand im Salon von Milton Place. Das Zimmer war leer, bis auf die Vorhänge und Teppiche. Inzwischen hatte sie das Haus verkauft, aber der neue Besitzer würde es, gemäß dem Vertrag, erst am 5. Januar 1885 übernehmen. Außer den Fensterbrettern gab es keine Sitzgelegenheiten mehr, und so wanderte sie umher, während sie auf Victoria

wartete. Sie hatte die Kusine brieflich um dieses Treffen gebeten und als Zeitpunkt zwölf Uhr angegeben. Jetzt war es bereits zwanzig Minuten später.
Ein Schreiben, das sie selbst erhalten hatte, beunruhigte und verwirrte sie viel mehr. Andrew Kemp hatte ihr mitgeteilt, er sei von Mr. Lionel Filmore ersucht worden, die Zahlungen ab sofort einzustellen. Da sie Lionels Charakter kannte, konnte sie einfach nicht glauben, daß er freiwillig auf zweitausend Pfund pro Jahr verzichtete. Sie hatte den Anwalt in seinem Büro aufgesucht und ihn aufgefordert, Licht in die dunkle Angelegenheit zu bringen. Dazu war er außerstande. Doch er vertrat ebenfalls den Standpunkt, Mr. Filmore wäre keinesfalls der Typ, der zweitausend Pfund im Jahr zurückweisen würde — nicht einmal, wenn er Geld verdiente. Man könnte ihm nie so viel bezahlen, so daß es allen seinen Ansprüchen genügen würde.
Den Brief an Victoria hatte sie diplomatisch formuliert und erklärt, sie wolle die Fabriken besuchen und diese Fahrt auch zu einer Zusammenkunft mit der Kusine nutzen, die sie so lange nicht mehr gesprochen habe.
Wagenräder knirschten auf dem Kies der Zufahrt. Sie eilte in die Halle, öffnete die Vordertür und beobachtete, wie Victoria die Zügel des Pferdes über den Eisenpfosten warf. Als sich die junge Frau umwandte, erschrak Bridget über die Veränderung in dem schönen Gesicht. Besorgt streckte sie ihr die Hand entgegen. »Fühlst du dich nicht gut?«
Victoria gab keine Antwort. Ohne die Hand der Kusine zu ergreifen, ging sie an ihr vorbei in die Halle. Dort blieb sie stehen, als staunte sie über die gähnende Leere, dann betrat sie den ungemütlichen Salon und erschauerte leicht.
»Ja, es ist kalt, nicht wahr?« Bridget war ihr gefolgt. Sie sagte nicht: ›Ich habe auch gefroren in diesem ungeheizten Raum, denn du bist eine halbe Stunde zu spät gekom-

men.‹ Statt dessen bemerkte sie: »Leider kann man hier nur mehr auf den Fenstersimsen sitzen ...«
»Ich stehe lieber.«
»Was ist los, Victoria? Du siehst krank aus.«
»Überrascht dich das?«
»Allerdings. Wieso sprichst du in diesem Ton mit mir?«
»Darauf werde ich mit einer Gegenfrage antworten: Warum wolltest du mich treffen?«
»Nun ja, ich ...«
»Bitte, belüg mich nicht! Ich weiß es ohnehin. Du möchtest herausfinden, warum dein Anwalt ersucht wurde, die Zahlungen einzustellen, die du Lionel angeboten hast, um mich loszuwerden.«
Bestürzt wich Bridget zurück, und es dauerte eine Weile, bis ihr die Stimme wieder gehorchte. »Ich – wollte dich loswerden? Aber ich habe es doch nur getan, um dein Glück zu retten – aus keinem anderen Grund. Hätte er sich geweigert, wärst du – ein naives, romantisches Mädchen – daran zerbrochen. Du warst verrückt nach ihm, und ich hätte es nicht ertragen, deine Verzweiflung mitzuerleben, wenn ... Ich – dich loswerden? Wie konntest du so etwas denken?«
»Weil Lionel die logische Frage stellte, warum du ihm wohl sonst die zweitausend Pfund zahlen wolltest. All das Getue um mein Glück war reines Theater, das mich darüber hinwegtäuschen sollte, daß du meine Gesellschaft nicht mehr ertragen konntest ...« Victoria schloß die Augen und wandte sich ab.
»Und das glaubst du?« fragte Bridget bitter. »Nach all den Jahren, in denen ich für dich gesorgt habe! Wie eine Schwester liebte ich dich – nein, eher wie eine Mutter, eine unvernünftige Mutter, die dich viel zu sehr verwöhnt und leider geduldet hat, daß dir niemals ein ernsthafter Gedanke in den Sinn gekommen ist. Du weißt überhaupt nichts vom Leben und hast immer nur gedacht, es wäre ein fröhliches Spiel.«

»Aber jetzt bin ich kein albernes Mädchen mehr.« Abrupt drehte sich Victoria wieder zu ihrer Kusine um. »Über Nacht ist eine Frau aus mir geworden. Ich glaube, ich werde nie wieder lachen und nie mehr etwas anderes empfinden als Haß. Weil ich von dir und von ihm benutzt worden war und deshalb die Verachtung der gesamten Dienerschaft von Grove House hinnehmen mußte. Und was am allerschlimmsten ist – ich trage *sein* Kind unter dem Herzen. Am liebsten würde ich mir den Bauch aufschneiden und es herausreißen.«

Fassungslos starrte Bridget ihre Kusine an, dieses sonst so liebe Mädchen, das sich nun in eine bösartige Frau voller Gift und Galle verwandelt hatte. Etwas Schreckliches mußte geschehen sein, um diese Veränderung zu bewirken. Es lag nicht nur an der Tatsache, daß Lionel plötzlich auf die Zahlungen verzichtete, sondern auch an dem Grund, der dahintersteckte. Warum hatte er sich dazu entschlossen?

Sie zwang sich, ihrer Stimme einen ruhigen, sanften Klang zu geben. »Sprich nicht so, Victoria. Was immer dir auch zustoßen mag – das Kind wird dir ein Trost sein. Im Augenblick bist du sehr verbittert. Wieso? Daß du nun über das Geld informiert bist, kann nicht der einzige Grund sein. Erzähl mir alles.«

Für ein paar Sekunden sah Bridget wieder die alte Victoria, als ein verwirrter Ausdruck in die schönen Augen trat. »Ich habe keine Ahnung, was davor geschehen ist. Es gab einen heftigen Streit und offensichtlich auch eine Prügelei. Beide waren verletzt – Lionel und Douglas.«

»Und du weißt nicht, worum es ging?«

»Nein. Aber ich glaube, sie wollten einander umbringen. Und ich wünschte, sie hätten es getan.« Das war wieder die neue, veränderte Victoria. »Du sagtest, mein Kind würde mich trösten. Aber welche Frau will schon den Trost eines Kindes, wenn der Mann sie verläßt? Am Morgen nach jener furchtbaren Szene fragte er, ob ich zu dir zurückkehren würde. Und in diesem Moment wurde ich endgültig erwachsen. Ich erklärte, es sei seine Sache, wenn er kein Geld mehr von dir nehmen wolle. Aber ich sei seine Frau und die Herrin seines Hauses, auch wenn ich ihm nie mehr gestatten würde, mich anzurühren. Und er müsse auch in Zukunft für sein Kind und mich sorgen. Eigentlich müßte ich dir nun sagen, daß ich die zweihundertfünfzig Pfund, die du mir jährlich zugestehst, nicht mehr haben will. Aber das dumme Mädchen gibt es nicht mehr, und die Frau, die nun aus mir geworden ist, kann dieses Geld sehr gut gebrauchen.«

Ihr Kopf sank auf die Brust, und sie schien in Tränen auszubrechen. Bridget ging auf sie zu, wurde aber von einer kalten Stimme zurückgewiesen. »Erspar mir dein Mitleid. Das könnte ich nicht ertragen. Ich will mir einreden, du hättest geglaubt, das Beste für mich zu tun. Irgendwann werde ich es sicher so betrachten. Aber im Augenblick fühle ich mich nur gedemütigt – nein, nicht nur ... Gleichzeitig empfinde ich noch etwas, das mich ängstigt. Ich möchte es nicht Mut oder Entschlossenheit nennen – doch ich weiß, daß ich weiterleben möchte, um mich zu rächen.«

Bridget seufzte tief auf. »O Victoria, es schmerzt mich, dich in diesem Zustand zu sehen. Du kannst jederzeit zurückkommen, das weißt du.«

»Niemals, Bridget. Ich bleibe in Grove House, bis es zusammenfällt.«

Victoria eilte in die Halle, gefolgt von ihrer Kusine.

»Du hast immer noch Douglas. Er ist ein guter Mensch ...«

»Douglas hat heute morgen das Haus verlassen, für immer. Mit drei Koffern.«

»Wohin ist er gegangen?«

»Das weiß ich nicht.«

Bridget öffnete die Haustür, und Victoria überquerte die Schwelle, doch dann drehte sie sich noch einmal um.

»Nichts kann so tot sein wie eine abgestorbene Liebe, denn was am allerschrecklichsten daran ist – es bleibt nichts übrig, das man begraben könnte, wenn die Gefühle in winzige Stücke zertrümmert wurden.«
In all den gemeinsam verbrachten Jahren hatten sie nie ein Gespräch von philosophischer Tiefe geführt. Und Victoria hatte niemals so hintergründige Worte geäußert.
In winzige Stücke zertrümmert ...
Bridget beobachtete, wie die veränderte junge Frau das Pferd losband, in den Einspänner stieg und davonfuhr. In welche Zukunft?

7.

Weihnachten stand vor der Tür, aber Bridget fragte sich: Was spielt das schon für eine Rolle? In den letzten Wochen hatte sie sich an eine stets gleichbleibende Routine geklammert, mittwochs die beiden Fabriken besucht und donnerstags im Büro in Newcastle mit ihrem Immobilienverwalter, Arthur Fathers, geschäftliche Dinge wie Mietgelder und nötige Reparaturen an den Häusern besprochen. Auch freitags fuhr sie nach Newcastle, um ihren Anwalt zu treffen. Bis jetzt hatte der Anwalt das Rätsel um Lionel Filmore nicht lösen können und lediglich erfahren, daß dessen Name häufig mit Mrs. Barnett in Verbindung gebracht wurde. Die beiden wurden immer wieder in Restaurants gesehen. Über Douglas' Verbleib gab es keine Informationen, und Mr. Kemp nahm an, daß der junge Mann das Land verlassen hatte.
An einem Donnerstag, kurz vor Weihnachten, ging Bridget durch einen leichten Schneeregen vom Bahnhof zu Mr. Fathers' Büro. Sie hatte es unnötig gefunden, für die kurze Strecke eine Droschke zu nehmen, und blieb dicht neben den

Hausmauern und Schaufenstern, um dem Schlamm auszuweichen, der vom dichten Straßenverkehr auf den Gehsteig gespritzt wurde. Als sie mit gesenktem Kopf an einem Tabakladen vorbeieilte, griff eine Hand nach ihrem Arm. »Verzeihen Sie, Madam – beinahe hätte ich Sie umgerannt.«
Erstaunt sah sie auf. »Oh – hallo, Bright! Ich habe gar nicht darauf geachtet, wohin ich meinen Fuß setze.« Mit einem Blick zur Straße fügte sie hinzu: »Bei diesem Wetter hätte ich eigentlich einen Wagen mieten sollen. Aber ich wollte frische Luft schnappen.« Sie lachte. »Statt dessen bekomme ich nichts als Schlamm. Was führt Sie denn in die Stadt?« fragte sie, während sie unter das Vordach des Ladens trat.
»Ich habe ein paar Einkäufe zu erledigen«, erwiderte der Butler. »Zigarren für Sir William, Tabak für mich.«
»Wie stehen denn die Dinge in . . .« Sie unterbrach sich, als ein Kunde aus dem Geschäft kam, dem sie Platz machen mußte. »Hätten Sie Lust auf eine Tasse Kaffee, Bright?«
»Es wäre mir eine Ehre, Madam.«
»Da vorn gibt's ein gemütliches Café.«
Galant nahm er ihren Arm und ging auf dem Straßenrand neben ihr her, um sie vor den Schlammspritzern zu schützen. Wenig später saßen sie sich im Café an einem kleinen Tisch gegenüber.
Zunächst drehte sich das Gespräch um die Vorzüge des Koffeins, die angenehme Atmosphäre im Lokal und die interessantesten Läden von Newcastle. Erst bei der zweiten Tasse wiederholte Bridget die Frage, bei der sie vorhin gestört worden war. »Wie stehen eigentlich die Dinge in Grove House?«
»O Miß . . .« Bright spielte mit seinem Kaffeelöffel. »Wo soll ich bloß anfangen, um die tiefgreifenden Veränderungen zu beschreiben?«
»Was macht meine Kusine?«
»Um es offen zu sagen . . .« Er beugte sich vor und schau-

te ihr eindringlich in die Augen. »Nie zuvor habe ich erlebt, daß ein Mensch sich so gründlich verwandeln kann wie meine Herrin. Als sie vor ein paar Monaten ins Haus kam, war sie eine heitere und dennoch scheue, zurückhaltende junge Dame. Das Personal meinte, sie würde es nie lernen, sich Respekt zu verschaffen, weil sie so viele Fehler beging. Zum Beispiel wollte sie den Posten der Haushälterin übernehmen. Offenbar war sie auf Milton Place in einer ähnlichen Funktion tätig. Aber unsere Leute sind es gewöhnt, von bezahlten Haushälterinnen beaufsichtigt zu werden, und ignorierten Mrs. Filmores Anweisungen. Darüber war sie natürlich nicht glücklich, doch sie schien sich mit der Situation abzufinden – bis zu jenem Abend, da Master Douglas und Master Lionel aufeinander losgingen und sich wahrscheinlich gegenseitig umgebracht hätten, wäre Sir William nicht eingeschritten. Unglücklicherweise hörte die Herrin, wie die Dienstmädchen darüber tratschten. Sie eilte in die Bibliothek – und was immer dort geschehen sein mochte, jedenfalls fiel sie in Ohnmacht. Aber ...«

Unbehaglich verstummte er und schwieg, bis Bridget ihn drängte: »Ja, Bright?«

»Nun ja, Miß Mordaunt ... Am nächsten Morgen hörte ich, ohne es zu wollen, eine Diskussion. Die war so laut, daß ich meine Ohren unmöglich verschließen konnte. Ich muß gestehen – ich schämte mich für Mr. Lionel, aber ich staunte auch über die unerwartete Standfestigkeit, mit der die junge Herrin seinen verbalen Angriffen begegnete. Nachdem ich die Lage richtig einschätzen konnte, dachte ich, sie würde ihre Sachen packen und zu Ihnen zurückkehren, Miß. Aber nein, sie blieb. Und damit begann auch ihre Veränderung, die solche Ausmaße annahm, daß Mrs. Pullman, unsere Haushälterin, kündigte. Sie hätte schon längst in den Ruhestand treten sollen, arbeitete aber weiter, weil sie angesichts der finanziellen Lage von Grove House nicht mit einer Pension rechnen konnte. Doch sie war immer eine sparsame Frau und wollte irgendwann zu ihrer Schwester ziehen, allerdings in noch nicht absehbarer Zukunft. Doch dann erklärte ihr Mrs. Filmore klipp und klar, ihre Dienste seien überflüssig, von nun an würde sie sich selbst um den Haushalt kümmern.«

»Oh, das tut mir leid.«

»Ihnen braucht nichts leid zu tun, Miß Mordaunt. Sie waren schon freundlich genug, als sie Mr. Lionel jene Unterhaltungszahlungen anboten. Um dieses Geld ging es vermutlich bei dem Streit zwischen den beiden Brüdern.«

»Haben Sie etwas von Mr. Douglas gehört? Wohin mag er gegangen sein?«

»Oh, das weiß ich, Miß.«

»Tatsächlich?«

»Zunächst hatte ich keine Ahnung, aber dann kam ein Mietwagen an, den Mr. Douglas' Steinmetz fuhr. Er holte die Steine aus der Werkstatt und mußte noch ein zweites Mal kommen, um den Rest abzutransportieren.«

»Und wo ist Mr. Douglas jetzt?«

»Der Steinmetz erzählte von einem scheunenähnlichen Gebäude an der anderen Seite von Fellburn, das einem Farmer namens Pearson gehörte. Wir alle vermissen Mr. Douglas sehr. Nie stellte er überzogene Anforderungen, so wie die anderen ... Ihnen kann ich es ja sagen, Miß, weil Sie nicht zur Familie gehören. Anscheinend glaubte er, daß er nicht das Recht hätte, etwas zu verlangen, weil er immer nur eine einzige Enttäuschung für seinen Vater war. Erst mit vierzehn begann er zu wachsen. Vorher hatte er wochenlang mit einer mysteriösen Krankheit im Bett gelegen, und dann schoß er plötzlich in die Höhe. Aber er ging nie in die Breite«, fügte der Butler lächelnd hinzu. »Obwohl er immer einen guten Appetit hatte, setzte er kein Gramm Fleisch an, bis zum heutigen Tag nicht. Trotzdem mußte ich stets über seine Kraft staunen. Ich sah oft, wie er Steinblöcke hochhob, die ich nicht einmal von der Stelle hätte rücken können.« Als Bridget auf ihre Uhr schaute,

sagte er hastig: »Oh, ich halte Sie auf. Aber es war so nett, mit Ihnen zu reden.«
»O nein, Bright, Sie haben mich nicht aufgehalten, und ich bin froh, daß wir uns begegnet sind. Würden Sie etwas für mich tun?«
»Alles, was in meiner Macht steht, Miß.«
»Die Schwangerschaft Ihrer Herrin nähert sich dem Ende. Würden Sie es mich wissen lassen, wenn das Baby auf die Welt kommt?«
»Natürlich, Miß. Und da ist noch eine Sache, die dem Personal zu denken gibt. Als Kate fragte, ob sie ein Zimmer für ein Kindermädchen herrichten solle, antwortete Mrs. Filmore, sie würde selbst für das Baby sorgen.«
Bridget hätte gern erwidert: ›Das finde ich nicht so schlimm. Viele Mütter tun das Tag für Tag.‹ Doch wie sie wußte, war dies in den Augen des Butlers eine Beschäftigung für Frauen von niedrigem Stand. Eine Lady mußte nicht nur ein Kindermädchen, sondern auch eine Amme engagieren. Sicher würden die Dienstboten von Grove House einen Schock erleiden, sollte sich herausstellen, daß Victoria ihr Kind selbst zu stillen beabsichtigte.
Sie nahm einen Umschlag aus ihrer Handtasche, zog einen Brief heraus und steckte ein paar Sovereigns in das Kuvert, das sie dem Butler übergab. »Da steht meine Adresse in Shields drauf. Bitte behalten Sie die Hälfte des Inhalts, den Rest verteilen Sie unter dem Personal von Grove House.«
»Miß . . . Was soll ich sagen?«
Sie stand auf und erklärte strahlend: »Einfach nur fröhliche Weihnachten.«
Auch Bright stand auf. »Ja, die wünsche ich Ihnen von ganzem Herzen, Miß. Und ich werde Sie über Mrs. Filmores Befinden informieren – und über alles andere, das Sie meiner Ansicht nach wissen sollten.«
»Danke, Bright. Würden Sie jetzt eine Droschke rufen?

Eigentlich wollte ich meinen Immobilienverwalter aufsuchen, aber ich hab' mir's anders überlegt.«
»Selbstverständlich, Miß.« Er verließ das Café und kehrte bald darauf zurück. »Welche Adresse soll ich dem Kutscher nennen?«
Sie schaute in seine Augen und antwortete ohne Zögern: »Mr. Pearsons Farm in Fellburn.«
Er verzog keine Miene. »Sehr wohl, Miß. Mr. Pearsons Farm in Fellburn.«
Als er dem Wagen hinterherblickte, der auf der schlammigen Straße davonfuhr, schüttelte er bedächtig den Kopf und murmelte: »Also – so was . . .«

Sie sah sofort, daß es eine ärmliche Farm war. Der Kutscher öffnete die Wagentür und half ihr auszusteigen. »Soll ich warten, Miß?«
»Ja, bitte.«
Nachdem die Farmersfrau sie von Kopf bis Fuß gemustert hatte, sagte sie: »Aye, wir haben einen Filmore hier. Er wohnt in dem alten Schuppen am Feld und hackt an irgendwelchen Steinen rum. Treten Sie doch ein, Miß, dann lasse ich ihn holen.«
»Nein, danke.« Der Anblick der Frau und der Geruch, der aus der Haustür drang, mißfielen Bridget. »Wenn sie mir nur den Weg beschreiben würden . . .«
»Der ist leicht zu finden. Gehen Sie durch den Hof, am Schweinestall vorbei und durch das Gatter. Aber achten Sie auf die Planken über der Senkgrube, die sind rutschig.«
Bridget schlug die angegebene Richtung ein. Schon bevor sie die Senkgrube erreichte, sah sie ein Bauwerk zur Rechten. Die Bretter waren in der Tat schlüpfrig, und danach versanken ihre Schuhabsätze in einem aufgeweichten Morast. Schließlich stand sie vor dem verwitterten Doppeltor der Scheune. Geräusche waren zu hören, nicht laut genug, um ihr Pochen zu übertönen. Als sie zum zweitenmal er-

folglos angeklopft hatte, stieß sie gegen einen Türflügel, der sich mühelos öffnen ließ. Sie blickte in einen großen, länglichen Raum. Ein Mann beugte sich über ein Steingebilde, einen Meißel in der Hand, ein anderer lag auf den Knien und bearbeitete einen weiteren Felsblock mit seinem Hammer, durch das Dach am anderen Ende des Schuppens fiel Tageslicht herein.

Douglas kam nicht sofort zu ihr, denn ihr Anblick überraschte ihn so sehr, als wäre sie eine überirdische Erscheinung. Nachdem er sich dann endlich in Bewegung gesetzt hatte, kam er mit langsamen Schritten näher. Er legte den Meißel auf eine Werkbank und sagte einfach nur: »Bridget.«

»Hallo, Douglas.«

»Wie, um alles in der Welt, haben Sie mich gefunden?«

»Bright lief mir über den Weg.«

»Ach – Bright ...« Er lächelte und drehte sich zu dem Mann um, der von den Knien aufgestanden war. »Das ist Sam.«

»Hallo, Sam«, begrüßte sie seinen Gehilfen, der sich an die Schläfe tippte.

»Guten Tag, Ma'am.« Zu Douglas gewandt, fügte er taktvoll hinzu: »Ich werde mir mal ein bißchen die Beine vertreten, Sir.«

»Ja, tun Sie das.«

Als er die Scheune verlassen und das Tor geschlossen hatte, schaute Bridget sich um. »Was für ein Ort! Sie müssen ja ganz schrecklich frieren, Douglas.«

»Überhaupt nicht. Der alte Ofen da hinten heizt mir mächtig ein.« Er ging darauf zu, und sie folgte ihm. Auf einer Bank neben dem Herd standen eine Spirituslampe, eine Pfanne und Geschirr. Über einem schmalen Bett auf einem Podest, etwa einen Meter erhöht, lagen mehrere Decken – ordentlich zusammengefaltet, aber allem Anschein nach ziemlich rauh.

»Sie – Sie leben tatsächlich hier?« stammelte Bridget verblüfft. »O Douglas ...«

»Mein Bett ist sehr komfortabel. Übrigens, ich lerne einen neuen Beruf. Vielleicht eröffne ich eines Tages ein Restaurant.«
»Lassen Sie den Unsinn! Warum haben Sie mir nicht Bescheid gegeben?«
»Was hätte ich ihnen mitteilen sollen? Daß ich mich mit Lionel geprügelt habe und mein Leben in Grove House unerträglich geworden ist? Dachten Sie, ich hätte Sie bitten müssen, auch mal für mich was zu tun – so wie für alle anderen?« Verlegen senkte er den Kopf. »O Bridget, verzeihen Sie – das hätte ich nicht sagen dürfen.«
Nach einer kurzen Pause erwiderte sie: »Allerdings nicht. Das klang ja beinahe so, als würde ich mich ständig ins Leben anderer Leute einmischen oder mir in der Rolle als huldvolle Wohltäterin gefallen.«
»Sie wissen, daß ich nicht so über Sie denke.«
»Schon gut. Darf ich fragen, was zu der ganzen Aufregung in Grove House geführt hat? Es müssen schon sehr drastische Umstände gewesen sein, die Ihren Bruder veranlaßt haben, auf die Zahlungen zu verzichten.«
Er wich ihrem Blick aus. »Ja, es war äußerst drastisch.«
Bridget wartete eine Weile und als keine näheren Erläuterungen folgten, fügte sie hinzu: »Können Sie mir's nicht sagen?«
»Nein. Es ist besser, wenn nicht mehr daran gerührt wird.«
»Offenbar hat Victoria einen Schock erlitten. Seither ist sie wie umgewandelt.«
»Vielleicht ist es gut so. Irgendwann mußte sie schließlich und endlich ihre kindliche Attitüde ablegen.«
»Haben Sie sie nachher noch einmal gesehen?«
»Nein.«
»Dann kann ich Ihnen versichern, daß sie sich keineswegs zu ihrem Vorteil verändert hat. Sie ist eine völlig verbitterte Frau geworden und läßt nichts mehr von ihrem früheren Charakter erkennen.«

Douglas seufzte tief auf. Dann sagte er, als würde das alles erklären. »Seit zwei Generationen scheint das Schicksal unserer Familie vom Geld abzuhängen – vom nicht vorhandenen Geld. Ständig mußten wir mit unseren Schulden leben. Sogar bei unseren Dienstboten hatten wir Schulden. Oft liefen sie uns reihenweise davon. Auch ich habe meinen Teil zu dieser Misere beigetragen, wie ich zu meiner Schande gestehen muß. Aber jetzt verdiene ich mein eigenes Geld, ernähre mich selbst und entlohne sogar noch einen Gehilfen. Und ich kann nachts endlich schlafen.« Das war nicht die reine Wahrheit – er hätte schlafen können, würde ihn nicht das Wissen quälen, das er an jenem Tag im Wald ausgegraben – buchstäblich ausgegraben hatte. Aber in diesem halbverfallenen Gebäude fand er wenigstens ein bißchen innere Ruhe.

»Haben Sie die Scheune gemietet?« fragte Bridget.

»Ja.«

»Eigentlich müßte Ihnen der Farmer noch was dafür zahlen, daß Sie hier wohnen. Ich könnte Ihnen was Besseres bieten.«

»Sie haben ein Haus zu vermieten?«

»O ja, und Sie kennen es bereits.«

Mahnend hob er einen Zeigefinger. »Jetzt spielen Sie tatsächlich die huldvolle Wohltäterin. Kommt nicht in Frage. Ich würde zwar gern in Ihrer Nähe arbeiten, weil es so erfrischend ist, hin und wieder mit jemandem zu streiten. Aber lieber nicht – vielen Dank. Außerdem wollten Sie Lily in diesem Farmhaus einquartieren.«

»Ich weiß, und das Haus ist auch fertig, aber glauben Sie, Lily würde dort einziehen? Sie meint, es sei zu weit entfernt von Meadow House und das Pförtnerhäuschen gefalle ihr viel besser. Diese Meinung teile ich nicht, und ich habe ja auch eine Menge Geld in die Farm investiert. Als Geschäftsfrau möchte ich natürlich, daß sich diese Ausgaben rentieren. Deshalb vermiete ich das Haus zusammen mit einem Feld von vier Morgen. Mein Immobilienverwalter kümmert sich darum und hat sogar schon einen Interessenten. Sie sehen also, Douglas – ich bin keineswegs die huldvolle Wohltäterin. Ich habe Ihnen diesen Vorschlag nur gemacht, weil Sie auf meiner Farm ideale Bedingungen vorfänden. Außer dem kleinen Haus gibt es noch eine geräumige Scheune und drei Nebengebäude. Aber das Haus . . .« Bridget schnitt eine Grimasse. »Das ist der einzige Haken an der ganzen Sache. Für einen Mann, der eines Tages vielleicht eine Familie gründen will, wäre es zu klein.«

In der Gewißheit, daß sich seine Gedanken überschlugen, wandte sie sich von seiner primitiven Einrichtung ab und schlenderte zum Tor. Beinahe hatte sie es erreicht, doch da rief er ihr nach: »Nur mal interessehalber – wie hoch ist denn die Miete?«

Sie blieb stehen, drehte sich um und blickte nach oben, als müßte sie angestrengt überlegen. »Ich kann mich gar nicht entsinnen . . . Da muß ich erst mal Mr. Fathers fragen. Besuchen Sie mich doch am Sonntag zum Dinner, dann sag ich's Ihnen.«

»O ja, sehr gern.«

»Also ist es abgemacht.« Eingehend betrachtete sie die Steinblöcke. »Und wie gehen die Geschäfte?«

»Recht gut. Nur der Transport wirft gewisse Probleme auf. Es ist schwierig, einen Wagen hierher zu bugsieren. Zum Glück sind Sam und ich stark wie Pferde – nicht wie Zugpferde, aber immerhin . . .«

Sie lächelten sich an, und Bridget bemerkte: »Sie verblüffen mich stets aufs neue, Douglas.«

»Nicht so sehr wie Sie mich.«

Nachdem sie ihm die Hand gereicht hatte, verließ sie den Schuppen und überquerte erneut das schlammige Feld. Bei der Droschke angekommen, nannte sie dem Fahrer die Adresse ihres nächsten Ziels. Vierzig Minuten später stand sie im Büro ihres Immobilienverwalters und redete eifrig auf ihn ein. »Vielleicht kommt er – vielleicht auch nicht.

Aber wenn er auftaucht, wiederholen Sie genau das, was ich soeben gesagt habe. Sie könnten noch hinzufügen, demnächst würden Sie einen Klienten hinausführen und fragen, ob er sich anschließen wolle. Darauf wird er vermutlich antworten, er kenne die Farm bereits. Und dann legen Sie ihm den Mietvertrag vor – acht Shilling für das Haus und die Nebengebäude, elf Shilling, wenn er auch das Feld pachten möchte.«
»Ich verstehe, Miß Mordaunt«, entgegnete Arthur Fathers. »Mr. Douglas ist ein sehr netter Gentleman. Ich habe ihn ein paarmal getroffen. Und ich bedauere es, daß er derzeit unter so beklagenswerten Umständen lebt und arbeitet. Überlassen Sie nur alles mir, Miß. Ehe Sie sich's versehen, wird er da draußen wohnen.«
»Danke. Vielleicht besucht er Sie schon heute – oder morgen. Und verhandeln Sie bitte selbst mit ihm, lassen Sie sich nicht durch einen Assistenten vertreten.«
»Natürlich nicht, Sie können auf mich zählen.«
»Nochmals vielen Dank, Mr. Fathers. Und nun wollen wir die übrigen Geschäfte besprechen.«
Er fragte sich, ob sie vergessen hatte, daß man um diese Stunde das Dinner einzunehmen pflegte. Aber sie war die Chefin. In der Tat, das war sie.

Bridget wollte gerade einen Löffel Eispudding in den Mund schieben, als Douglas sie mit der Frage verwirrte: »Werde ich nun als Ihr neuer Mieter jeden Sonntag zum Dinner eingeladen?«
Sie schnappte kurz nach Luft, ließ den Löffel sinken und zwang sich, ihrer Stimme einen beiläufigen Klang zu verleihen. »Wie meinen Sie das?«
»Nun ja, nachdem Sie mir klargemacht hatten, daß es sich um eine rein geschäftliche Angelegenheit handelt, dachte ich über Ihr Angebot nach, und schließlich erschien es mir sehr verlockend. Ich zögerte nur noch ein bißchen – beinahe zu lange, denn Ihr Verwalter war offenbar drauf und

dran, mit einem anderen Interessenten zur Farm zu fahren.«

»O Douglas, ich freue mich so! Es wird wundervoll sein, Sie in der Nähe zu wissen.«

»Für mich auch, Bridget«, erwiderte er leise. »Sie ahnen nicht, wie wundervoll . . .«

»O doch, nachdem Sie in dieser Bruchbude gehaust haben. Und Sam? Wird er auch in Zukunft für Sie arbeiten?«

Douglas nickte. »Er wohnt Richtung Hebburn, von dort hat er's bis hierher nicht weiter als bis zur Pearson-Farm. Ich kann von Glück reden, daß ich ihn habe, denn er ist nicht nur tüchtig in seinem Beruf, sondern auch intelligent. Im ersten Monat, nachdem ich ihn eingestellt hatte, machte er kaum den Mund auf. Aber jetzt geht er etwas mehr aus sich heraus, und überrascht mich immer wieder mit originellen Gedanken.« Nach einer kleinen Pause neigte er sich vor und schaute in ihre Augen. »Bridget – für mich beginnt jetzt ein ganz neues Leben.«

Entschlossen widerstand sie der Versuchung zu antworten: ›Für mich auch‹. Denn sie fürchtete, es würde zu emphatisch klingen. Sie brauchte nicht nur Gesellschaft, um die Leere ihres Daseins auszufüllen, sondern ihn – ganz besonders ihn. Das wußte sie schon seit einiger Zeit – obwohl es genauso lächerlich war wie damals ihre Gefühle für Joe.

8.

So sorgfältig, als wollte sie ihr eigenes Heim gestalten, richtete sie das Farmhaus ein. Douglas beobachtete sie zunächst, ohne Einwände zu erheben, doch eines Tages rief er: »O Bridget! Wie kann ich mich in meinen schmutzigen,

von Steinstaub bedeckten Kleidern auf so ein Sofa werfen?«
»Das erwarte ich auch gar nicht von Ihnen, sondern daß Sie sich vorher waschen und umziehen und Ihre Mahlzeit in der Küche einnehmen, nachdem Sie sich geweigert haben, abends bei mir zu essen.«
»Sie wollen doch nicht, daß man über uns redet?«
›Das würde mich nicht im geringsten stören‹, hätte sie am liebsten geantwortet. Statt dessen sagte sie: »Falls die Leute nichts Besseres zu tun haben, als über uns zu reden, erweisen wir ihnen nur einen Gefallen, wenn wir ihnen einen Grund dazu geben.«
»Was für eine scharfzüngige junge Frau Sie sind . . .«
»Ja, ich weiß.« Seine Worte deprimierten sie ein wenig, denn sie wollte nicht, daß er sie als scharfzüngige junge Frau betrachtete. Aber so war sie nun einmal, und sie würde sich auch nicht ändern . . .
Und so zog Douglas in das Farmhaus, um ein neues Leben zu beginnen, untermalt von Protesten. Sie durfte nicht die Hausmädchen zu ihm schicken, er wollte selber saubermachen. Und die Köchin mußte aufhören, ihn mit Torten und Suppentöpfen zu verwöhnen. Ein Zugeständnis machte er allerdings – ja, an Sonntagen würde er sie zu Mittag besuchen. Als sie wieder einmal beisammensaßen, bemerkte er: »Das Personal freut sich so auf Weihnachten.«
»Ja, sie geben eine große Party und laden ihre Freunde ein. Ich gehe für einige Zeit hin, und Sie müssen natürlich auch kommen.«
»Ein glückliches Haus, nicht wahr?«
Sie antwortete nicht sofort, dann sagte sie leise: »Das dachte ich auch immer – einfach weil ich hier geboren wurde. Und unsere Jugend verlief in der Tat sehr glücklich. Wie ein Schmetterling flatterte Victoria umher. Jetzt ist sie kein Schmetterling mehr. Nie hätte ich geglaubt, daß sich jemand so verändern könnte. Sie hat sich völlig von

mir zurückgezogen. Das beunruhigt und kränkt mich, denn ich nehme an, ich bin schuld an ihrem Kummer. Ich hätte Ihren Bruder nicht kaufen und zu dieser Ehe zwingen sollen.«

»Sie taten es, weil Sie es für das Beste hielten, also brauchen Sie sich nichts vorzuwerfen. Alles Unglück geht von Lionel aus. Er ist ungeheuer selbstsüchtig. Und ich finde es gut, daß Victoria anders geworden ist, denn sie würde das Leben auf Grove House nicht verkraften, wäre sie das Mädchen geblieben, das sie war. Sie könnte Lionels Flirts mit anderen Frauen nicht ertragen, ebensowenig die Art und Weise, wie er sie entweder ignorierte oder demütigte... Kommen Sie, schauen Sie nicht so traurig drein! Was möchten Sie heute nachmittag unternehmen? Mit mir streiten oder Cribbage spielen?«

»Letzteres. Aber ich warne Sie. Nachdem ich das jahrelang mit meinem Vater gespielt habe, bin ich Expertin. Und wir haben nicht nur zum Vergnügen gespielt. Immer lag Geld auf dem Tisch, und ich stand nur selten ohne volle Taschen auf.«

»Ich wette, mit diesem Gewinn haben Sie Ihre Fabriken ausgebaut.«

»Sie irren sich nicht, Sir.«

Lachend verließen sie das Speisezimmer.

Jede Woche freute sie sich auf den Sonntag. Sie war glücklich – oder beinahe. Die Sorge um Victoria ließ nach. Ihre Kusine, mittlerweile eine erwachsene Frau, konnte auf sich selber aufpassen.

Auch Sam und seine Frau wurden zur Weihnachtsparty der Dienstboten eingeladen. Das gefiel Douglas, und er überraschte Bridget, indem er die heitere Schar als Tierstimmenimitator unterhielt. Später begleitete sie ihn zum Farmhaus, wo sie zu zweit weiterfeiern wollten. Sie fragte, wo er so großartig pfeifen gelernt habe, und er erklärte, als

Kind sei er im Empire bei einer solchen Darbietung gewesen. Hellauf begeistert, habe er diese Kunst geübt – allerdings nur im geheimen, denn in Grove House seien derlei Talente nicht geschätzt worden.
Auf halber Strecke packte er ihren Arm fester, rannte mit ihr über das frostharte Feld, in seiner anderen Hand baumelte eine Laterne. Bridget lachte wie schon lange nicht mehr. Beim Haus angekommen, lehnten sie sich keuchend an die Mauer. »Wie verrückt Sie sind, Douglas!« rief Bridget. »Nur gut, daß niemand hier in der Nähe wohnt! Man würde uns für wilde, ungezogene Kinder halten.«
Im Wohnzimmer fachte er das Kaminfeuer an, das nur noch ganz schwach brannte, dann zeigte er auf einen geschmückten kleinen Weihnachtsbaum. »Den haben Ihre Mädchen aufgestellt. Nett, nicht wahr?«
»O ja«, bestätigte sie und erinnerte sich an Florries Frage: »Ein Weihnachtsbaum für Mr. Douglas, Miß? Meinen Sie nicht, daß er das lächerlich finden wird?«
»Sicher nicht«, hatte Bridget geantwortet. »So ein Baum wird ihm helfen, sich in seinem neuen Haus heimisch zu fühlen. Und wir können die Geschenke dran hängen oder drumherum legen.«
Das Personal hatte ihm ein Taschentuch und Wollsocken, von Jessie gestrickt, verehrt. Und Bridget hatte eine Krawatte und eine modische Weste für ihn gekauft, keine extravaganten oder teuren Gaben. Und was hatte sie von ihm bekommen? Einen Gedichtband.
»Ziehen Sie den Mantel nicht aus, bevor es warm im Zimmer ist«, riet er nun. Sie hatte die pelzgefütterte Kapuze vom Kopf gestreift und die beiden obersten Knöpfe geöffnet, und er trat zu ihr und hob die Hände, als wollte er sie wieder schließen. Doch dann ließ er die Arme sinken. »Dieses Leben erscheint mir zu schön, um wahr zu sein, Bridget. Ich fürchte, irgend etwas wird passieren, dies alle wird verschwinden, ich erwache auf meinem harten Lager

in Farmer Pearsons Scheune, und das hier war nur ein Traum.«
»Es ist kein Traum, sondern ein neuer Anfang. Und es macht mich so glücklich, daß Sie hier wohnen. Ich genieße Ihre Gesellschaft.«
Im sanften Licht der Öllampe schauten sie sich an, und nach einer Weile fragte er: »Würden Sie etwas für mich tun?«
»Alles, was in meiner Macht steht.«
»Oh, es steht in Ihrer Macht. Würden Sie das neue Jahr mit mir in meinem kleinen Haus begrüßen?«
»Natürlich, Douglas, sehr gern.« Nur mühsam konnte sie die Worte unterdrücken: ›Es ist mir egal, wo ich das neue Jahr begrüße – solange ich mit Ihnen zusammen bin.‹

9.

»Wie warm es hier ist! Das Kaminfeuer muß schon den ganzen Tag brennen.«
»Allerdings, und um welchen Preis! Fast zwei Stunden lang habe ich Holz gehackt.«
»Arme Seele!«
»Seien Sie nicht so sarkastisch, Miß! Es ist ein großer Unterschied, ob man Holz zersägt oder auf einen Steinblock einhämmert oder Figuren schnitzt.«
»Allerdings.« Bridget setzte sich auf das Sofa. »Da wir gerade von Holz reden – ich finde, Sie brauchen eine Vorderveranda. Auf der hinteren haben Sie keine sonderlich hübsche Aussicht.«
»Ich will keine Vorderveranda, und wann faulenze ich schon auf der hinteren? Außerdem, warum müssen Sie ständig was arrangieren oder verändern?«
»Wahrscheinlich, weil ich sonst nicht viel zu tun habe.«

Douglas nahm neben ihr Platz. »Sie möchten also Ihre Zeit ausfüllen, weil sich Ihr Leben zu sehr um Ihre eigene Person dreht.«

»Ja. Sie haben recht, wie immer.«

Sie lächelten sich an, dann zeigte er auf einen kleinen Tisch am Ende der Couch, wo eine kalte Mahlzeit und eine Flasche Wein warteten. »Sie haben mein Buffet noch nicht bemerkt.«

»O doch. Wie hätte ich's übersehen können? Viel mehr hätte wirklich nicht auf diesen Tisch gepaßt.«

»Das ist nicht meine Schuld. Reden Sie mit Peggie.«

»Das werde ich auch tun. Sie muß meine Speisekammer restlos geplündert haben.« In die Kissen gelehnt, fuhr sie mit veränderter Stimme fort: »Was für ein seltsames Jahr das war ... Wie lange dauert es noch?«

Er schaute auf die runde Uhr an der gegenüberliegenden Wand. »Etwa sieben Minuten.«

»Finden Sie nicht auch, daß es ein seltsames Jahr war?«

»Ich würde jede einzelne Minute davon hassen, hätte es mich nicht hierhergeführt. Haben Sie auf die vergangenen Monate zurückgeblickt?«

»O ja, den ganzen Tag ...«

»Und an Joe gedacht?«

Sie nickte. »Aber nur im Zusammenhang mit Lilys Verlust und der Zukunft des Babys. Und ich hatte ein schlechtes Gewissen, weil ich mich an das Versprechen erinnerte, das ich Joe gab. Ich versicherte, ich würde den wahren Mörder finden. Aber ich habe noch nicht einmal begonnen, nach ihm zu suchen, weil ich nicht weiß, wo ...«

»Diese Dinge sollte man lieber auf sich beruhen lassen.« Er stand auf, legte noch ein paar Scheite ins Feuer, dann wandte er sich zu Bridget. »Kommen Sie, es ist gleich soweit.«

Sie folgte ihm in die Küche. Dort nahm er ihren Mantel von einem Haken, half ihr hinein und zog seinen eigenen an.

Schweigend traten sie auf die Veranda. Helle Sterne funkelten am Himmel, das gefrorene Feld glitzerte wie ein silberner See. Heulende Nebelhörner und Fabriksirenen wetteiferten miteinander, vermischt mit Kirchenglocken. Schulter an Schulter blieben sie stehen, bis das Konzert verhallte.
Sie sprachen erst, als sie in die Küche zurückgekehrt waren. »Ein glückliches neues Jahr, Bridget.« Tiefe Gefühle schwangen in seiner Stimme mit, und ihre Antwort war nur ein Flüstern.
»Das wünsche ich Ihnen auch, Douglas.«
Und nun verriet er, warum er sie eingeladen hatte, die Neujahrsnacht mit ihm zu verbringen. Er legte die Hände auf ihre Schultern, seine Lippen berührten die ihren, die den Kuß nicht erwiderten. Nach ein paar Sekunden wollte er sie bestürzt loslassen, doch da schlang sie die Arme um seinen Nacken, ihr Mund antwortete, taumelnd klammerten sie sich aneinander.
Nach einer Weile hob er den Kopf. »O Bridget! Bridget!«

Sie brachte kein Wort hervor. Fast unerträgliche Gefühle schnürten ihr die Kehle zu. Schon vor einiger Zeit hatte sie sich eingestanden, was sie für Douglas empfand, und sich gefragt, wozu das führen mochte, falls er ihre Liebe erwiderte. Dann würde sie sich an jene Familie binden müssen. Und wenn er nur eine Freundin in ihr sah . . . Jetzt wußte sie es besser.
Er führte sie ins Wohnzimmer. »O Bridget . . . Ist es wahr?«
»Für mich schon.«
»Meine Liebste . . .«
Sie umarmten und küßten sich wieder, und als sie eng umschlungen auf die Couch sanken, flüsterte er: »Ich bin betrunken – ohne Wein. Aber nun wollen wir auf diesen wundervollen Augenblick anstoßen.« Widerstrebend trennte er sich von ihr, um die Flasche zu öffnen. Die Glä-

ser klirrten leise, dann fragte er: »Möchtest du etwas essen, Liebling?«
Lächelnd schüttelte sie den Kopf. »Nein, danke, das genügt mir.« Sie nahm einen Schluck, und sie setzten sich wieder auf das Sofa.
»Seit wann weißt du es?«
»Keine Ahnung. Es schien sich an mich heranzuschleichen – und ich schob es immer wieder weg. Und du?«
»Ich kann's dir sagen, auf die Sekunde genau. In der Kutsche, als du schluchzend zusammengebrochen bist und ich dich in meinen Armen gehalten habe. Aber es fing wohl schon auf dem Ball in Grove House an. Du warst so anders als die Frauen, die ich vorher gekannt hatte.«
»Oh, das weiß ich. Victoria wies oft genug auf diesen Unterschied hin und überredete mich, ein neues Kleid zu kaufen. Aber das nützte wohl nicht viel.«
»Sei nicht albern.« Sanft strich er über ihre Wange. »Es gefällt mir, daß du anders bist – eine kluge Frau, die etwas aus ihrem Leben macht. Natürlich stichst du hervor aus dieser Gesellschaft von Männern, die sich nur fürs Jagen und Angeln interessieren, und von Frauen, die ständig frivolen Unsinn reden.« Nach einer Weile fügte er hinzu: »Und nun muß ich dir was gestehen – ich habe diese Silvesternacht geplant. Ich nahm mir vor, dich zu küssen und dabei herauszufinden, was du für mich empfindest.«
»Oh, mein liebster Douglas!« Sie nahm sein Gesicht in beide Hände. »Du bist ein tückischer Ränkeschmied, aber ich verzeihe dir, denn ich muß ein ähnliches Geständnis ablegen. Dieses Haus war nie zu vermieten – nur für dich. Meinen Immobilienverwalter habe ich natürlich eingeweiht.«
Verblüfft starrte er sie an. »Oh, du kleines, hinterlistiges ...«
»Könnest du dir einen besseren Liebesbeweis wünschen?«
Leidenschaftlich riß er sie an seine Brust. »Heiratest du mich?«

»Aber Sir! Was denn sonst?«
»Wenn du bloß kein Geld hättest . . .«
»Aber ich habe Geld, sogar sehr viel.«
»Eins möchte ich von Anfang an klarstellen. Du darfst nichts für mich ausgeben. Ich verdiene mir meinen Lebensunterhalt selber.«
»Das verstehe ich. Trotzdem will ich was für dich tun.«
»Und das wäre?«
»Ich möchte eine richtige Straße hierher anlegen lassen.«
»Da – du fängst schon an . . .«
»Sei doch vernünftig! Soll dein Wagen bis in alle Ewigkeit im Schlamm versinken?«
»Also gut, ich bin vernünftig. Übrigens, eins habe ich dir noch nicht gesagt. Du bist nicht nur die klügste und gütigste Frau auf Erden, sondern auch die allerschönste.«
»Laß das . . .«
»Sei still! Ich werde deine Schönheit in Gestalt einer Statue festhalten.« Ein heißer Kuß erstickte Bridgets Protest.

Vier Tage später bekam Victoria einen Brief von ihrer Kusine und brach in hysterisches Gelächter aus. Bright konnte sie nicht zurückhalten, als sie ins Rauchzimmer stürmte, und er sah, wie sein Herr verwirrt zusammenzuckte. »Was machen Sie denn hier, Mädchen?«
»Ich möchte Ihnen diesen Brief zeigen, Sir.«
William Filmore starrte die junge Frau mit dem vorgewölbten Bauch an, dann riß er ihr das Blatt Papier aus der Hand. Er las die wenigen Zeilen, und als er schwieg, stieß sie hervor: »Erkennen Sie nicht, welche Ironie darin liegt, Sir? Ihr älterer Sohn hat die Falsche geheiratet, ihr jüngerer nimmt die Richtige zur Frau. Wenn er immer noch hier lebte, wären jetzt alle Ihre Probleme gelöst und Ihr Haushalt bald in Ordnung. Darüber hätten Sie sich schon früher freuen können, wäre Ihr älterer Sohn nicht so dumm gewesen, sich ein hübsches Gesicht auszusuchen, in der irrigen Überzeugung, er würde gleichzeitig ein Riesenvermö-

gen einheimsen. Wenn er heute abend nach Hause kommt, würde ich gern hören, wie Sie ihm die große Neuigkeit erzählen.«

»Gehen Sie in Ihr Zimmer, Victoria!«

»Ich gehe, sobald ich dazu bereit bin, Sir.«

»Verschwinden Sie!« Durch die offene Tür sah er den Butler. »Bright! Kümmern Sie sich um sie!«

Als Bright und Kate hereineilten, um Victoria in die Mitte zu nehmen und hinauszuführen, protestierte sie nicht. Nur langsam verebbte ihr Lachanfall, von heftigem Seitenstechen verdrängt.

Vierundzwanzig Stunden später gebar sie eine Tochter. Voller Mitleid stellte das Personal fest, daß weder der Vater noch der Großvater das Kind sehen wollten. Statt dessen saßen beide Männer im Salon und tranken.

Brights Mitgefühl mit der jungen Mutter wuchs noch, und es gab ihm sehr zu denken, als er seinen Herrn sagen hörte: »Sicher ärgert es dich maßlos, daß dein mickriger Bruder nun einsteckt, was du selber haben wolltest. Am liebsten würdest du noch einen Mord begehen, was? Nun, Douglas hatte in seinem kleinen Finger schon immer mehr Verstand als du in deinem großen Kopf. Wie deine Frau ganz richtig bemerkte – du hast die Falsche ausgesucht. Habgier allein hilft einem nicht weiter, wenn man so dumm ist wie du. Und was hast du nun gezeugt? Ein Mädchen! Seit drei Generationen wurden in dieser Familie keine Mädchen geboren, immer nur männliche Nachkommen. Aber was ist aus diesen Männern geworden? Wenn ich dich ansehe ... Du kannst meinem jüngeren Sohn wirklich nicht das Wasser reichen ...«

»Halt den Mund, Vater, ich warne dich!«

»Wovor denn? Hüte deine Zunge, Lionel! Was du kannst, bringen auch andere fertig.«

Lautlos entfernte sich der Butler. Er begriff das alles nicht. Nur eins war ihm klar – hinter dem Kampf zwischen den beiden Brüdern steckte ein ganz bestimmter Grund, und der hing nicht nur mit Geld zusammen, denn ... Nun, wenigstens gab es auch Anlaß zur Freude. Mr. Douglas würde die nette Miß Mordaunt heiraten. Schade, daß er nicht der ältere Sohn war, denn dann könnte Miß Mordaunt als Herrin in dieses Haus ziehen, und alles würde anders werden. O ja, ganz anders.

DRITTER TEIL

Die Jahre dazwischen

1896

1.

»Aber Mam, warum haben sie sich plötzlich alle dazu entschlossen?«

Lily schaute ihren Sohn an und erwiderte sanft: »So plötzlich kommt es gar nicht. Die Mistreß spricht schon seit einiger Zeit davon.«

»Für mich ist es jedenfalls eine Neuigkeit – und für Amy auch. Sie will nicht ins Internat gehen. Außerdem dachte ich, Mrs. Filmore will sie auf Madam Duvals Akademie für junge Damen schicken, die beste aller Schulen ...« Verächtlich rümpfte er die Nase. »Nach meiner Meinung der Gipfel des Snobismus.«

»Es wird Zeit, daß du deine Ansichten für dich behältst, Joseph.«

»Natürlich, Mam. Also gut, dann gehe ich eben aufs Royal-Gymnasium, und sie bezahlen dafür – so wie sie immer alles für mich bezahlt haben.« Seufzend sank der Junge auf den Küchenstuhl am Holztisch, wo mehrere Schulbücher lagen. »Manchmal habe ich das Gefühl, ich stehe mit einem Fuß auf der einen Seite einer Schlucht und mit dem zweiten auf der anderen, und sie wird ständig breiter. Immer durften Amy und ich im Garten von Meadow House spielen, und Mr. Filmore behandelt mich, als würde ich zur Familie gehören.«

»Weil er eben ein freundlicher Mann ist, und dir kommt es zugute.«

»Inwiefern? Wir wohnen hier im Pförtnerhäuschen, wo nicht einmal eine Katze genug Platz hat, um rumzulaufen, aber ich durfte mich in dem Haus da drüben immer frei bewegen.« Er zeigte zum Fenster. »Seit Amy auf die Welt kam, spielte ich mit ihr, und niemand hatte was dagegen. Ich rannte mit ihr durch die Wälder, ich konnte sogar die Kutsche fahren, wann immer ich wollte.« Er verzichtete darauf, hinzuzufügen: ›Und Jimmy Tierney ermahnte mich nicht einmal, wenn ich Amy anschrie.‹ Auch das war ein Umstand, der ihn beunruhigte – das Personal. Die Frauen behandelten ihn sehr nett, aber die Männer nicht, schon gar nicht die älteren, die seit Jahren für die Familie arbeiteten, am allerwenigsten Frank Matthews. Natürlich, der war hinter Mam her. Und weil sie ihn nicht wollte, ließ er seine Wut an ihrem Sohn aus. »Da gibt's irgendwas, das ich nicht begreife, und das macht mir Sorgen«, gestand er.

»Dazu hast du keinen Grund. Du führst doch wirklich ein angenehmes Leben.«

Langsam schüttelte er den Kopf. »Mam, du verstehst nicht, worauf's ankommt. Du weigerst dich, die Tatsache zu akzeptieren, daß ich kein kleiner Junge mehr bin, sondern zwölf Jahre alt, und alle behaupten, ich sei klug. In Mathematik bin ich den anderen um fast zwei Jahre voraus. Aber da sind so viele Dinge, die mir Rätsel aufgeben. Du redest nie über meinen Vater, auch nicht über deine Familie, die in Gateshead lebt. Dort habe ich eine Großmutter und Onkel und Tanten, aber ich sehe sie niemals. Warum nicht?«

»Das habe ich dir oft genug erklärt. Sie sind Katholiken, und ich habe die Sünde begangen, einen Protestanten zu heiraten.«

»Ja, ich weiß, aber du hattest nur Ärger mit deinem Stiefvater und deiner Mutter. Was ist mit deinen Halbgeschwistern? Ich möchte so gern die Menschen kennenlernen, die zu mir gehören.«

Lily starrte ihn eine Zeitlang schweigend an, dann erwiderte sie: »Ich gehöre zu dir.«

»Sicher, Mam, und ich bin auch dankbar für alles, aber gewisse Dinge verstehe ich nicht. Und Amy auch nicht.«

»Du sprichst mit ihr darüber?« fragte sie erstaunt.
»Wir reden über alles, auch über ihre Probleme. Zum Beispiel von ihrem Onkel, der in diesem großen Haus wohnt. Er ist mit der Kusine ihrer Mutter verheiratet, aber Amy hat die beiden noch nie gesehen. Sie weiß nur, daß sie eine Tochter namens Henrietta haben, und sie soll ein bißchen sonderbar sein. Das hat sie nur erfahren, weil ihr der Butler gelegentlich schreibt. Sie will ihre Verwandten genausogern sehen wie ich meine. Mam . . .« Zögernd fuhr er fort: »Ich glaube, sie schicken Amy aufs Internat, um uns auseinanderzubringen.«
Sie holte tief Atem. »Sei nicht albern! Wofür hältst du dich eigentlich? Meinst du, die machen sich so viel Mühe, nur damit zwei Kinder nicht mehr miteinander spielen?«
»Jedenfalls steckt da irgendwas dahinter.«
»Wie auch immer – ganz egal, wie nett der Master und die Mistreß dich behandeln – ich bin ein Dienstbote, und du bist der Sohn eines Dienstboten – unglücklicherweise, denn du hast einen Kopf zwischen den Schultern. Deine Lehrer sagen, du seist den anderen Schülern haushoch überlegen. Trotzdem sollst du das Leben so sehen, wie es ist – nicht wie ein Märchen. Wenn Miß Amy aus dem Internat zurückkommt, wird sie anders denken als jetzt. Darauf solltest du dich vorbereiten. Dann bist du nicht mehr ihr Spielkamerad. Sie wird auf Bälle gehen und junge Männer kennenlernen. Und ich will nicht, daß du dich kränkst, wenn du im Abseits stehen mußt . . .«
»Mam, bitte, halt den Mund!« Joseph sprang auf, stopfte seine Bücher in die Schultasche, klemmte sie unter den Arm und rannte hinaus. Als die Tür hinter ihm ins Schloß fiel, schlug Lily die Hände vors Gesicht. Der Zeitpunkt war gekommen, den sie seit Jahren fürchtete – der Zeitpunkt, wo er wissen wollte, warum sie nicht über seinen Vater sprach. Eines Tages hatte er unvermittelt gefragt: »Woran ist mein Vater gestorben? An der Cholera?« Beinahe wäre sie an einem Hustenanfall erstickt. Zum Glück

hatte er seine Frage, besorgt angesichts ihres Zustands, nicht wiederholt. Aber die Hoffnung, er hätte sie vergessen, war enttäuscht worden.
Sie stand auf, trat ans Fenster, und plötzlich griff sie sich an die Kehle. Sie sah ihren Sohn auf ein Mädchen zulaufen. Die beiden blieben stehen und schienen ernsthaft miteinander zu reden, dann verschwanden sie im Wald. »O Gott«, flüsterte sie.
Daß die beiden Vetter und Kusine waren, bedrückte sie nicht. Auch um Miß Amy hatte sie keine Angst, aber um ihren Sohn. Wie würde er es aufnehmen, wenn er eines Tages die Wahrheit erfuhr?

2.

Joseph war groß für sein Alter. Er hatte dunkelbraune Augen, eine ausgeprägte Nase, volle Lippen und eine leicht gebräunte Haut. Als Amy ihn anschaute, krampfte sich ihr junges Herz zusammen bei dem Gedanken, daß sie ihn nach der nächsten Woche monatelang nicht sehen würde.
»Sicher wird es dir dort gefallen«, meinte er.
»Bestimmt nicht.«
»Trotzdem mußt du hingehen und eine junge Dame werden.« Ein zynischer Zug lag um seinen Mund. »Wenn ich auch nicht weiß, wie du das schaffen willst.«
»So, das weißt du nicht?« rief sie empört. »Nun, vielleicht bin ich bald so vornehm, daß ich gar nicht mehr mit dir reden werde.«
Seine Augen verengten sich. »Das würde mich keineswegs überraschen. Auf diesem Internat wirst du einer anderen Gesellschaftsschicht begegnen.«
»Wie können die Leute dort anders sein als hier?«
»Sei nicht so dumm! Natürlich sind sie anders. Du wirst

sie nach Hause einladen, und dann werden sie mich sehen und denken: Oh, sie gibt sich mit Dienstboten ab . . .«
»Was ist bloß in dich gefahren, Joseph Skinner? So hast du noch nie geredet. Du bist nicht der Sohn einer Dienerin. Lily ist Mammys Freundin.«
»Sie ist ein Dienstmädchen.«
»Ja, sie arbeitet in unserem Haus, aber nicht als Dienstbote. Seit Jessies Tod ist sie unsere Haushälterin, und Mammy unterhält sich so oft mit ihr . . .« Amy verschwieg, daß sie bei diesen Gesprächen nie anwesend sein durfte. Erst neulich hatte Mammy ihr vorgeworfen, sie sei vor der Tür herumgelungert, um zu lauschen. Dabei hatte sie nur anklopfen wollen. Und Lily war mit grimmiger Miene aus dem Zimmer gekommen. »Sie kennen sich eben schon sehr lange«, fügte sie hinzu. »Und deshalb haben sie viel zu besprechen. Das beweist doch, daß deine Mutter keine Dienerin ist.«
»Manchmal bist du wirklich albern.«
»Und du bist wahnsinnig schlau, was? Nur weil du addieren kannst! Langsam wirst du zu groß für deine Stiefel, Joseph Skinner. Paß bloß auf deinen Kopf auf! Der wird bald anschwellen, bis er platzt.« Wütend machte sie auf dem Absatz kehrt und rannte davon.

»Er ist ein Ekel, Mammy.«
»Wer?« Als ob Bridget das nicht wüßte . . .
»Joseph Skinner. Er ist einfach gräßlich, und ich werde nie wieder ein Wort mit ihm reden.«
Wie oft hatte Bridget das in den vergangenen Jahr schon gehört und das Mädchen lachend umarmt . . . »Natürlich nicht – bis morgen.« Aber heute nahm sie die geliebte Tochter nicht in die Arme, um sie zu trösten, und führte sie statt dessen ins Kinderzimmer. »Setz dich.« Widerstrebend gehorchte Amy, und ihre Mutter nahm ihr gegenüber Platz. »Du bist jetzt zehneinhalb, und manchmal benimmst du dich wie eine Vierzehn- oder Fünfzehnjährige, aber es

gibt Augenblicke, wo man glauben könnte, du wärst erst sechs.«

»O Mammy!«

Lächelnd fragte Bridget: »Was hat er denn diesmal angestellt?«

»Er hat behauptet, daß ich dumm bin«, erwiderte Amy seufzend. »Und daß ich nicht mehr mit ihm sprechen werde, wenn ich aus dem Internat zurückkomme – weil seine Mutter ein Dienstbote ist.«

Bridget verbarg ihr Unbehagen. »Da mag was dran sein. Bald wirst du andere Leute kennenlernen.«

»Das hat er auch gesagt. Und er behauptete, deshalb werde ich nicht mehr mit ihm reden.«

»Nun, ich hoffe, deine neuen Bekanntschaften werden dich nicht veranlassen, deine alten Freunde fallenzulassen.«

»Natürlich nicht, Mammy. Aber er ist einfach schrecklich. Immer muß er recht behalten. Und er redet so klug daher, daß ich furchtbar wütend werde.«

Bridget stand auf, ging zum Regal und begann die Bücher zu ordnen. Genau das hatte sie befürchtet – daß ihre Tochter zu viele Gefühle in diesen Jungen investieren würde, der kein Junge mehr war, zumindest nicht, was seinen Verstand betraf. Immer wieder sagte Douglas, er könne sich nicht vorstellen, woher Joseph seine Intelligenz habe. Vermutlich von der Mutter, denn in der Familie Filmore gebe es keine so brillanten Köpfe.

Die Beziehung ihrer Tochter zu Joseph erinnerte sie an ihre eigene Schwärmerei für Joe. Aber sie war schon sechzehn gewesen, als sie ihn kennengelernt hatte. Und Amy war mit Joseph aufgewachsen wie Bruder und Schwester ...

Doch sie waren keine Geschwister. Sie hatte Lily nicht erklären müssen, warum sie es für das Beste hielt, Amy aufs Internat zu schicken. Douglas brachte kein Verständnis dafür auf. »Ist das wirklich nötig?« hatte er gefragt. »Eine harmlose Kinderliebe, die bald erkalten wird. Und wenn nicht – was macht das schon?«

»Es gibt so viele Faktoren«, hatte sie entgegnet. »Zum Beispiel ahnt er nichts von seiner Herkunft und hält sich für Joe Skinners Sohn.«
»Irgendwann wird er die Wahrheit erfahren. Außer uns wissen noch andere Leute, daß Joe nicht sein Vater war. Bis jetzt hat Lily ihm nicht erlaubt, Kontakt mit ihnen aufzunehmen. Aber er wird sich nicht für immer von seinen Verwandten fernhalten lassen. Niemand kann sagen, was die Zukunft bringen wird.«
Ja, die Zukunft ... Die bereitete ihr große Sorgen. Sie wollte ihre Tochter schützen. Aber wovor? Es lag nicht nur an der engen Freundschaft, auch nicht an der Tatsache, daß Lionel Filmore der Vater des Jungen war, denn wie Douglas betont hatte – falls in Josephs Adern schlechtes Blut flösse, könnte das auch für Amy gelten. Beide entstammten derselben Familie.
»Mammy ...«
»Ja, Liebling?«
»Warum muß ich ins Internat? Ich dachte, du magst Miß Tripp.«
»Sicher mag ich sie, aber in der hiesigen Schule kannst du nicht viel lernen. Und Cresswell House hat einen sehr guten Ruf. Dein Vater hat sich erkundigt.«
»Ich glaube, Daddy ist gar nicht so versessen darauf, daß ich da hingehe.«
»Deine Ausbildung ist ihm genauso wichtig wie mir.«
»Ich könnte was anstellen, und dann würde man mich nach Hause schicken.«
Sie schauten sich an und lachten, dann erwiderte Bridget: »Und ich würde dich sofort wieder zurückschicken.«
»Würdest du nicht!« Amy stand auf und schlang die Arme um die Taille ihrer Mutter. »Nicht nach dem dritten Mal, denn dann würden sie mich nicht mehr aufnehmen.«
Mit gespielter Strenge schob Bridget ihre Tochter von sich. »Böses Mädchen!«
Amy rannte aus dem Kinderzimmer. »Ich gehe zu Daddy!«

Durch das Fenster beobachtete Bridget, wie die kleine Gestalt über das Feld zur Werkstatt rannte. Im Farmhaus wohnte jetzt Sam mit seiner Frau und dem vierzehnjährigen Enkel Harry. Seit er mit fünf Jahren Waise geworden war, lebte er bei den Großeltern.

Atemlos stürmte Amy in die Werkstatt. Sam kniete vor dem Sockel einer Skulptur, die wie ein Obelisk aussah, und bearbeitete ihn mit einem Meißel. »Na, kriegst du schon wieder keine Luft mehr, Miß Amy?« fragte er und sah auf. »Wenn Sie noch lange so verrückt herumlaufen, werden Sie eines Tages in Rauch aufgehen.«
»Nur Ballons gehen in Rauch auf.«
»So? Na, man lernt immer wieder was dazu.«
»Daddy!« Sie rannte zum Ende des Schuppens, wo Douglas an einem langen Holztisch saß, über mehrere Papiere gebeugt.
»Hallo, Nervensäge!«
»Daddy!«
»Ja, Liebling?« Seine Aufmerksamkeit galt wieder dem Papier, der Bleistift in seiner Hand begann eine Linie zu zeichnen.
Aber er hielt inne, als sie kleinlaut verkündete: »Ich will mit dir reden.«
Seufzend richtete er sich auf. »Das hier ist wohl kaum der richtige Ort.«
»Ich kenne keinen besseren, denn im Haus bist du immer mit Mammy zusammen. Und vor ihr kann ich dich nicht danach fragen. Sie wimmelt mich immer ab.«
»Wenn du mir unpassende Fragen stellst, werde ich dich auch abwimmeln.«
Sie trat näher und legte eine Hand auf seinen Arm. »Sie sind nicht unpassend. Können wir spazierengehen, Daddy?«
»Nein, Liebling. Ich bin sehr, sehr beschäftigt. Das ist ein wichtiger Auftrag, und ich muß ihn bis zu einem bestimm-

ten Zeitpunkt ausführen.« Als seine Tochter ihre Hand zurückzog und sich abwandte, griff er rasch nach ihrer Schulter und drückte sie neben sich auf die Holzbank. »Also, schieß los. Was möchtest du wissen?«

»Du wirst hoffentlich nicht böse sein?«

»Je nachdem . . .«

»Nun, es ist mir egal, ob du böse bist – solange du meine Frage beantwortest.«

»Ich bin mir noch nicht sicher, ob ich antworten werde. Aber du kannst ja mal fragen.«

»Ich höre nicht zu, wenn die Leute reden . . .« Sie bohrte einen Zeigefinger in seine Brust. »Da höre ich absichtlich nicht zu. Aber ich habe scharfe Ohren. Zum Beispiel erkenne ich die Vögel an ihrem Zwitschern . . . Also, ich hörte, wie Mammy dir von einem Brief erzählte. Ein Mann namens Bright hatte ihr geschrieben, dein Vater sei krank.«

Douglas nickte. »Er ist schon lange krank. Und?«

Unbehaglich schaute sie auf den sandbedeckten Boden. »Vorher wußte ich nichts von meinem Großvater. Und ich dachte, es wäre nett, ihn mal zu sehen. Die anderen Mädchen reden ständig von ihren Großeltern und scheinen sie sehr zu mögen.« Ruckartig hob sie den Kopf, eine Bewegung, die ihn an Bridget erinnerte, ebenso wie der Ausdruck in Amys Gesicht und der Klang ihrer Stimme. »Warum besuchst du ihn nicht? Warum gehst du nicht mit mir hin? Außerdem habe ich angeblich einen Onkel, deinen Bruder, und seine Frau ist mit Mammy verwandt. Ich verstehe das alles nicht. Auch in anderen Familien gibt's Streit, aber bald vertragen sich die Leute wieder. Ich bin schon zehneinhalb, Daddy, und ich habe meine Verwandten noch nie gesehen.«

Er tastete nach dem Bleistift, als wollte er wieder zeichnen. Statt dessen ließ er die Hand flach auf den Tisch fallen, die Finger gespreizt, die scheinbar mit aller Kraft versuchten, sich in das Holz zu graben. Sein Tonfall deutete an, daß er

eine unangenehme Entscheidung getroffen hatte. »Ich kann dir nicht versprechen, dich mit deinem Großvater und deinem Onkel bekannt zu machen, Liebling. Dafür habe ich schwerwiegende Gründe. Das Haus, in dem ich geboren wurde, werde ich nie wieder betreten. Deine Mutter ist auch nicht bereit, dorthin zu gehen, aus anderen Gründen. Insbesondere, weil ihre Kusine keinen Wert darauf legt. Sie ist eine verbitterte Frau, und ich glaube, sie wird ihre Haltung niemals ändern.« Als er nach einer kurzen Pause weitersprach, ergriff er Amys Hand.
»Würdest du etwas für mich tun? Ich habe dich noch nie um ein Versprechen gebeten, oder?«
Sie blinzelte und schüttelte den Kopf. »Nein. Zumindest erinnere ich mich nicht ...«
»Nun, ich bitte dich, deine Mutter nicht mit diesen Dingen zu belästigen. Ich will dir auch etwas versprechen. Wenn ich irgendwann imstande bin, dir das alles zu erklären, werde ich es tun. Vielleicht, wenn du älter bist ...« Er hob die Hand, umfaßte ihr rundes, kindliches Kinn und schaute ihr in die Augen, die sie – im Gegensatz zu anderen Gesichtszügen – nicht von Bridget, sondern von ihm geerbt hatte. »Vergiß niemals, daß ich dich sehr liebe.«
Ihre Antwort verwirrte ihn. »Nach Mammy.«
Es dauerte eine Weile, bis ihm seine Stimme wieder gehorchte. »Ich liebe dich nicht weniger als Mammy, nur anders. Wie kommst du nur auf solche Gedanken?«
Sie zuckte die Achseln. »Du verläßt sie nie, außer wenn du hier arbeitest. Und sie ist dauernd bei dir in der Werkstatt.«
»Und wie oft müssen deine Mutter und ich dich suchen?« Er zwickte sie in die Nase. »Und wo finden wir dich? Bei Joseph. In den Ferien läßt du dich kaum bei uns blicken.«
»Das ist was anderes.«
»Oh, ich sehe da keinen Unterschied, Madam.« Douglas zog die Stirn in strenge Falten. »Und hoffentlich geht es in deinen eigensinnigen kleinen Kopf, daß du uns sehr, sehr

viel bedeutest. Du bist alles, was wir haben – und auch alles, was wir uns wünschen.«
Sie schlang die Arme um seinen Hals, küßte ihn, dann sprang sie auf und floh aus der Werkstatt. Douglas blieb noch eine Weile am Tisch sitzen, aber er arbeitete nicht mehr. Dann schlenderte er zu Sam, der vor sich hinmurmelte, als spräche er mit dem Steinsockel: »Eine schöne Bescherung ... Der kleine Harry ist auch ganz durcheinander. Ich entsinne mich nicht, daß ich in meiner Jugend so gewesen wäre. Wahrscheinlich bin ich mit fünfundzwanzig auf die Welt gekommen.«
Douglas lachte. »Ein gutes Alter, um auf die Welt zu kommen.« Nicht nur Amy hat scharfe Ohren, dachte er.

»Wie kann sie nur so was sagen!« seufzte Bridget spätabends im Ehebett, an die Brust ihres Mannes geschmiegt. »Sie wurde nie vernachlässigt – immer nur verwöhnt.«
»Sie ist wie ihre Mutter – sehr empfindsam.«
Darauf ging sie nicht ein. »Wenn er tot wäre oder das Haus verließe – würdest du es dann wieder betreten?«
»Ja, aber nur dann.«
»Du weißt, was ich denke, schon seit langer Zeit.«
»Nein, Liebste. Was denkst du?«
»Ich glaube, es liegt nicht nur daran, daß Victoria von dem Geld erfahren hat. Da steckt noch was anderes dahinter. Etwas, das du mir verheimlichst. Habe ich recht?«
Es dauerte fast eine Minute, bis er erwiderte: »Ich sage nicht, daß du unrecht hast. Aber diese Dinge betreffen nur ihn und mich, und so soll es auch bleiben. Es ist das einzige, was ich dir in meinem ganzen Leben je verschweigen werde, das schwöre ich dir.«
»Verrat mir nur eins. Was immer geschehen ist – hat es nur ihm Nachteile gebracht oder auch dir?«
»Nur ihm.«
»Mehr will ich nicht wissen. Gute Nacht, mein Schatz.«
»Gute Nacht, meine liebste, liebste Bridget.«

3.

»Letzten Endes muß sie weggeschickt werden. Hätte Mr. Lionel was zu sagen, wäre sie schon längst nicht mehr hier. Aber das kostet Geld. So einen Anfall hatte sie schon lange nicht mehr. Der Master hörte es, und Mr. Bright fragte mich, warum ich sie nicht beruhigen könne. So was Dummes!« Katie Swift schüttelte ärgerlich den Kopf, und die Köchin nickte zustimmend.

»Man würde ein ganzes Regiment brauchen, um sie kleinzukriegen.«

»Weißt du, was Ron meint?« Katie Swift beugte sich über den Tisch zu Rose Jackson und senkte die Stimme. »Er meint, es läge daran, daß sie fast taub ist und wütend wird, wenn die Leute nicht verstehen, was sie sagt. Wenn man sich von Anfang an mehr um sie gekümmert hätte, ginge es ihr jetzt viel besser.«

Rose Jackson seufzte. »Manchmal läuft sie herum wie ein ganz normales Kind. Aber plötzlich schlenkert sie mit den Armen, und die Beine können anscheinend nicht stillstehen. Ihr ganzer Körper ist ein einziges Durcheinander. Aber sie macht uns keine Schwierigkeiten. Oft bleibt sie stundenlang im Gemüsegarten. Jimmy gibt ihr einen kleinen Spaten, und damit gräbt sie eifrig drauflos. Der erste Spaten war ihr zu winzig. Weißt du noch, wie sie ihn vor ein paar Monaten nach Jimmy geworfen hat und in den Geräteschuppen gelaufen ist, um einen größeren zu holen? Und wenn sie was einpflanzt, läßt sie sich von niemandem was sagen. Unser letzter Aushilfsgärtner hatte eine Heidenangst vor ihr. Sie ging mal mit einer Schaufel auf ihn los. Jimmy kommt recht gut mit ihr aus. Wann immer er sich von diesen verdammten zwei Pferden losreißen kann, führt er sie in die Gewächshäuser und zeigt ihr das Saatgut und alles mögliche. Aber wie er selber sagt – was versteht er schon von der Gärtnerei? Er hat ja bestenfalls mit Pferden zu tun.«

Die beiden Frauen brachen in Gelächter aus, dann schaute die Köchin zur Uhr auf dem Kaminsims. »Es ist an der Zeit, unserer Mistreß den Kaffee zu servieren. Heute morgen ist sie nicht im Büro. Wahrscheinlich versucht sie oben im Kinderzimmer das arme Ding zu beruhigen – falls sie es nicht festgebunden hat.«

»Das hat sie schon lange nicht mehr getan. Wie ich das gehaßt habe! Wenn die Kleine ans Bett gefesselt war, hatte sie immer so wilde Augen. Oder sie schaute einen so flehend an. Manchmal wurde Minnie und mir richtig unheimlich zumute. Daran war der alte Doktor Leadman schuld. Doktor Curry hat dieser Tortur ein Ende bereitet. Der nimmt kein Blatt vor den Mund, aber man versteht immer nur die Hälfte von dem, was er sagt, weil er so einen starken schottischen Akzent hat. Es ist wirklich komisch, wenn man beobachtet, wie er mit der Kleinen redet. Da formt sie Wörter mit dem Mund. Jedenfalls ist sie viel besser dran, seit er auf der Bildfläche erschienen ist. Aber ich habe keine Ahnung, wie es zu diesem letzten Anfall gekommen ist.«

»Hat sie ihren Vater gesehen?«

»Das glaube ich nicht. Früher genügte schon sein Anblick, um sie auf die Palme zu bringen. Erinnerst du dich?«

»Und ob! Nie werde ich die Nacht vergessen, wo er sie draußen in der Halle beinahe erwürgt hätte. Und das wäre auch passiert, hätte ihn die Mistreß nicht ins Gesicht geschlagen. Natürlich war er sternhagelvoll. Nun ja, in diesem Haus mag's nicht viel Geld geben, aber jede Menge Aufregung.«

»Hier, nimm das Tablett für die Mistreß. Ich habe eine zweite Tasse dazugestellt, weil die Kleine so gern Kaffee trinkt.«

Katie Swift fand ihre Herrin tatsächlich im Kinderzimmer. Die Mistreß saß neben dem Bett, aber ihre Tochter lag

nicht darin, sondern saß auf dem Boden, den Rücken gegen einen Pfosten gepreßt.
»Soll ich den Kaffee einschenken, Madam?« fragte Katie und stellte das Tablett auf einen kleinen Tisch.
»Nein, das mache ich selbst.«
»Ja, Ma'am.« Katie schaute zu dem kleinen Mädchen hinunter, das ihren Blick erwiderte. Wie so oft seit der Geburt des Kindes, die sie miterlebt hatte, dachte die Dienerin: Mein Gott, ein so schönes Gesicht! Welche Verschwendung!
Als sich die Tür hinter Katie geschlossen hatte, klopfte Victoria auf den Arm ihrer Tochter, dann bewegte sie die Handfläche zweimal nach oben. Das kleine Mädchen schüttelte den Kopf, worauf sie das schmale Handgelenk packte. Ihre Tochter zuckte zusammen und stand langsam auf.
Für eine Elfjährige war sie sehr groß, und auf den ersten Blick wirkte sie wie ein normales Kind. Doch dieser Eindruck verflüchtigte sich, wenn man die Arme schlenkern und den Kopf wackeln sah, als würde er jeden Moment von den Schultern fallen. Dr. Leadman hatte behauptet, das seien nur Launen – aber nur, bis ihm die Taubheit aufgefallen war. Dr. Curry stellte eine andere Diagnose. Er bezeichnete die Launen als Frustration und erklärte, das Kind sei nicht völlig taub, es könne gewisse Geräusche und Stimmen hören. Er hatte vorgeschlagen, seine kleine Patientin solle eine Sonderschule besuchen, wo man ihr das Sprechen oder zumindest eine verständliche Zeichensprache beibringen könne.
Aber das wäre zu teuer gekommen. Außerdem wollte Victoria das Kind nicht wegschicken. Sie hatte sonst niemanden, dem sie ein bißchen Liebe zeigen konnte – die schwachen Gefühle, die sie noch zu empfinden vermochte. Daß sie ihre Tochter immer wieder schlagen mußte, spielte keine Rolle.
Wenn sie langsam sprach, glaubte sie manchmal ein Auf-

leuchten in den hellen Kinderaugen zu erkennen, einen Funken Verständnis. Was diesen letzten Anfall ausgelöst hatte, wußte sie nicht. Doch jetzt war er überstanden und würde sich nicht so bald wiederholen.
»Gieß – Kaffee – ein«, sagte sie mit deutlichen Lippenbewegungen.
Bei jedem Wort neigte sich der Kopf des Mädchens leicht zur Seite, dann stieß es einen kehligen Laut aus und ging zum Tisch. Dort füllte es zwei Tassen, schaute zur Mutter, die auf sich selbst zeigte, und brachte ihr Kaffee.
»Danke«, sagte Victoria.
Als das Kind seine eigene Tasse holte, klopfte es an der Tür, und Bright trat ein. Er lächelte dem Mädchen zu, dann wandte er sich zu Victoria. »Der Master möchte mit Ihnen sprechen, falls Sie Zeit haben, Madam.«
»Ich komme gleich hinunter.« Sie bedankte sich nicht. Solche Höflichkeitsfloskeln ersparte sie sich schon seit langer Zeit. Sie verstanden sich auch so, und der Butler, der die alberne junge Braut verachtet hatte, respektierte und bemitleidete die Frau, die aus ihr geworden war. Beinahe hatten sie Freundschaft geschlossen, und Bright brachte ihr ähnliche Gefühle entgegen wie dem reizbaren alten Master in dem großen Vierpfostenbett. Zu dritt schienen sie sich gegen den Mann zu verbünden, der dieses Haus nur als zeitweilige Unterkunft betrachtete.
Victoria drehte sich zu ihrer Tochter um. »Geh – im – Garten – spazieren.« Sie schlug ihrer Tochter nicht vor, im Gemüsegarten zu arbeiten, denn damit hätte sie das Mädchen auf eine Stufe mit dem Gesinde gestellt. Aber sie wußte, daß das Kind sofort einen Spaten holen würde.
Es rannte an Bright vorbei, der ihm die Tür aufhielt, und er lauschte ebenso wie seine Herrin dem Geräusch der Schritte, die bald verklangen. »Wissen Sie, warum sie sich so aufgeregt hat?« fragte Victoria.
»Mr. Lionel kam aus dem Zimmer des Masters, und Miß Henrietta wollte gerade hineingehen.«

Sie sah die Szene deutlich vor sich. Ein haßerfüllter Blickwechsel, Lionels Hand, die das Kind grob beiseite schob ... Einmal hatte Henrietta bei einer solchen Begegnung sein Gesicht zerkratzt. Gäbe es keine finanziellen Probleme, hätte er seine Tochter längst auf eine Sonderschule geschickt. Und trotz seiner wenig angesehenen Position im County konnte er es sich nicht leisten, das Kind in eine öffentliche Anstalt zu stecken.

Bevor Victoria das Zimmer ihres Schwiegervaters betrat, pflegte sie anzuklopfen, und wenn keine Reaktion erfolgte, trat sie ein.
William Filmore saß im Bett, von Kissen gestützt. Im Lauf der Jahre schien er nicht gealtert zu sein. Er wirkte sogar frisch und munter, und seine Manieren waren unverändert, denn er begrüßte sie mit dem Vorwurf: »Warum, zum Teufel, verhindern Sie nicht, daß sie ihm unter die Augen kommt?«
»Soll ich sie wieder festbinden?«
»Nein, aber Sie könnten besser auf sie aufpassen.«
Statt einer Antwort fragte sie: »Wie geht es Ihnen heute morgen?«
»Viel zu gut für mein Alter. Und das ist Ihre Schuld, weil Sie mich so aufopfernd betreuen. Setzen Sie sich, Mädchen.«
Victoria zögerte kurz, ehe sie einen Stuhl ans Bett rückte und Platz nahm.
Mit einer dicken, blau geäderten Hand zupfte er an der Bettdecke. »Er redet wieder von Scheidung. Diesmal macht er einen neuen Vorschlag. Er verzichtet auf das Sorgerecht für das Kind und erhöht Ihr Einkommen um das Doppelte seines letzten Angebots. Natürlich müssen Sie Grove House verlassen, wenn ich ins Gras gebissen habe, damit er seine reiche Mätresse herbringen und das alte Gemäuer mit ihrem Geld renovieren kann. Ich hab' ihn gefragt, warum sie ihm nicht schon jetzt größere Summen

gönnt. Pro Monat gibt er mir höchstens zwanzig Pfund. Mehr kann ich nicht aus ihm rausholen. Genausoviel gibt er für seine Pferde aus. Und ich habe ihn auch gefragt, wo wir alle wohl wären, wenn wir Ihre Einkünfte nicht hätten.«

Ihre Miene blieb unverändert. Mitleidig fuhr er fort: »Mein kleines Mädchen, ich bedaure zutiefst, was für ein Leben Sie hier führen – und ich bereue, daß ich Sie bei Ihrer Ankunft in diesem Haus so schlecht behandelt habe. Sicher fühlen Sie sich einsam. Warum nehmen Sie keine Verbindung zu Ihrer Kusine auf? Die scheint trotz ihrer steifen Art recht nett zu sein.« Er griff nach Victorias Hand. »Gehen Sie doch zu ihr.«

Wie sollte sie dem alten Mann erklären, was sie empfand? Wie konnte sie entgegnen, Bridget sei der letzte Mensch auf Erden, den sie sehen wolle, wie sehr sie die Frau hasse, die ihr die Ehe mit Lionel praktisch gekauft hatte? Das tat sie nur, weil sie mich loswerden wollte, dachte Victoria. Und mir versuchte sie einzureden, sie habe es beschlossen, weil ich sonst vor Liebe gestorben wäre. Mein Gott, vor Liebe zu diesem Schuft ...

Sie blickte zum Fenster, durch das die Sonne zwischen fadenscheinigen Vorhängen auf einen ebenso schäbigen Teppich fiel. Und sie stellte sich wie so oft die Frage: Habe ich ihn jemals wirklich geliebt? Wohl kaum so innig und heiß, daß ich eine Trennung nicht verkraftet hätte ...

»Schauen Sie nicht so traurig drein, meine Liebe. Ich habe das nur vorgeschlagen, weil ich Sie ein bißchen glücklicher sehen möchte. Leider kann ich nichts für Sie tun – und Sie tun so viel für mich, mehr, als man erwarten könnte ... Aber um zu unserem Thema zurückzukehren – ich erklärte Lionel, Sie würden hierbleiben, solange ich lebe. Und da Sie mich so gut versorgen, würden Sie noch sehr lange hier wohnen. Was er dann sagte, beantwortete ich mit der Frage, ob er mich genauso umbringen wolle wie ...« Er blinzelte verlegen, und Victoria starrte ihn an.

Schließlich schluckte er und fuhr fort: »Wie ein Pferd. Er ist so schrecklich grausam.«
Sie erhob sich. »Die Sonne scheint. Möchten Sie heute aufstehen?«
»Nun ja, ich werde mir's überlegen.«
»Ich schicke Bright zu Ihnen.«
Als sie zur Tür ging, rief er fröhlich: »Was gibt's zum Abendessen?«
Sie drehte sich halb zu ihm um. »Gemüsesuppe, Hackbraten aus Kalbfleisch mit Pommes frites und Fruchtpudding.«
»Schlicht, aber nahrhaft und gesund«, scherzte er. »Wenn ich von dieser Welt scheide, werde ich keinen Bauch haben. Die Hälfte davon ist jetzt schon weg.«
Sie schloß die Tür, eilte in ihr Zimmer, setzte sich an den Toilettentisch und holte tief Luft. »Es darf nicht geschehen«, flüsterte sie dem bleichen, angespannten Gesicht im Spiegel zu. »Allmächtiger, hilf mir. Das Kind braucht mich.«

4.

Mrs. Daisy Barnetts Haus lag am Stadtrand von Newcastle. Es war eher klein, mit nur zwölf Räumen, aber schön und komfortabel. Fünf Morgen Land gehörten dazu.
Lionel Filmore betrachtete Lea House seit zehn Jahren als sein Heim. Daisy Barnett bot ihm alle Annehmlichkeiten des Lebens, und obwohl er in ihrer Schiffahrtsgesellschaft keine andere Position bekleidete als am Anfang, hatte sie sein Gehalt inzwischen verdreifacht. Das kam in den Büchern natürlich nicht zum Vorschein. Daß sie zehn Jahre älter war als er, tat seinen Gefühlen keinen Abbruch. Im Gegenteil – ihre reife Weiblichkeit zog ihn ebenso an wie ihr unersättlicher erotischer Appetit.

Aber es hatte auch Probleme in dieser Beziehung gegeben. Die Pikanterie ihres kühnen Entschlusses, auf ihre Ehrbarkeit zu verzichten und sich mit fast vierzig einen wesentlich jüngeren Liebhaber zu nehmen, hatte sich im Lauf der Jahre verflüchtigt. Jetzt strebte Daisy eine respektablere Lebensweise an. Nachdem sie zweimal Witwe geworden war, sehnte sie sich nun nach dem Schutz eines dritten Ehemanns, aus Gründen, die nur sie selbst kannte.
Sie hatte zwei Söhne aus erster Ehe, die Daisys Verhältnis mit einem »Taugenichts«, wie sie Lionel bezeichneten, voller Argwohn beobachteten. Deshalb wollte sie ihrem »lieben Jungen« nun zur Freiheit verhelfen und war sogar bereit, den Lebensunterhalt seiner Frau und seiner verrückten Tochter zu bezahlen. Dazu würde sie sich sogar schriftlich verpflichten – ein eindeutiger Liebesbeweis, denn Lionel hatte längst erkannt, wie ungern sie irgend etwas unterschrieb, ebenso widerwillig, wie sie über geschäftliche Dinge diskutierte. Nach zehnjähriger intimer Bekanntschaft wußte er nur, daß ihr fünfzig Prozent des Unternehmens gehörten und ihren Söhnen je fünfundzwanzig. Die Firma befaßte sich weniger mit der Schiffahrt – vor zwei Jahren war das letzte Schiff verkauft worden –, sondern vielmehr mit Schiffsausrüstung und Lebensmittelhandel. Lionel arbeitete in der Abteilung für Schiffsausrüstung, und obwohl er sich dort ärgerlicherweise wie ein Verkäufer in einem Eisenwarenladen vorkam, hatte er mittlerweile eine ganze Menge über diese Branche gelernt. Daß ihm Vorgesetzte und Untergebene gleichermaßen mit Mißtrauen begegneten, spürte er deutlich genug. Aber man behandelte ihn stets respektvoll. Das hatte ihn allerdings nicht davor bewahrt, zweimal überfallen zu werden – einmal bei Tageslicht, einmal im Dunkeln. Der zweite Angriff war nicht in der City erfolgt, wo man sich stets vor allerlei Gesindel fürchten mußte, sondern eine Meile von seinem Haus entfernt. Er glaubte zu wissen, wer dahintersteckte – seine werte Gemahlin. Aber woher sollte sie die

nötigen Mittel nehmen, um einen Schläger zu bezahlen? Oder sein Bruder, der offensichtlich in Geld schwamm, mit seiner künstlerischen Tätigkeit mehr als genug verdiente und außerdem über das Vermögen seiner Frau verfügen konnte. Lionel hätte ihn am liebsten erwürgt. Wenn er jemanden auf dieser Welt haßte, dann seinen Bruder. Und an zweiter Stelle stand seine Frau, diese alberne Schnepfe.
Seit jenem Überfall vor zwei Jahren war ihm nichts mehr zugestoßen. Trotzdem wuchs sein Unbehagen. Der Wunsch, seine Frau loszuwerden, entwickelte sich zur Besessenheit. Wenn er Daisy nicht bald heiratete, würde sich die Atmosphäre in Lea House merklich ändern. Sie war nun fünfzig, was man ihr ansah, während er selbst mit seinen vierzig Jahren immer noch so attraktiv wirkte wie eh und je.
Immer wieder versicherte er ihr, sie würde ihn nicht verlieren, und er meinte es ernst. Wenn er jemals einen Menschen geliebt hatte, dann diese große, üppige, alternde Frau, die ihm soviel gab. Mit seinen früheren Liebschaften neckte er sie klugerweise nicht, wohl aber mit seinen Pferden. Und so absurd es auch anmuten mochte – auf diese Tiere, die sie verabscheute, war sie eifersüchtig. Den Wagenschuppen von Lea House hätte man mühelos in einen Stall umbauen können. Doch davon wollte sie nichts hören, obwohl er dann mehr Zeit bei ihr verbracht hätte als jetzt. Sie selbst bestellte eine Mietkutsche, wann immer sie eine brauchte.
An diesem sonnigen Tag ging er vom Kai zur City, um zu Mittag zu essen. Im Hotel war er gut bekannt. Kaum hatte er im Speisesaal seinen gewohnten Platz an einem Fenstertisch eingenommen, sah er zu seiner Verblüffung Daisys Gärtner und Handlanger auf sich zukommen – einen mürrischen Gesellen, der auf Lionels freundliche Annäherungsversuche nicht zu reagieren pflegte. Aber Daisy schien große Stücke auf Rogers zu halten, der ihr schon seit ihrer ersten Ehe diente.

Er überreichte Lionel einen Brief. »Das schickt Ihnen die Mistreß. Sie erwartet keine Antwort.« Grußlos verließ er den Saal.
Erstaunt schlitzte Lionel das Kuvert auf und begann den Brief zu lesen.
»Mein liebster Junge, heute morgen erfuhr ich von Bernard, er wolle mir zusammen mit Marie den neuesten Familienzuwachs vorführen. Heute nachmittag kommen sie an, und ich weiß nicht, ob sie schon morgen abreisen. Vermutlich bleiben sie eine weitere Nacht, damit meine arme, zerbrechliche Schwiegertochter Kräfte für die Rückreise sammeln kann.« Am Ende dieses Satzes war ein Strichmännchen gezeichnet. »Bis zum Sonntagabend werde ich nur vor mich hin vegetieren. Paß gut auf Dich auf, Liebster. Ich weiß, mit wem Du das Wochenende verbringen wirst. Wäre ich dabei, würde ich sie alle irgendwohin treten. In Liebe, Deine Daisy – Deine kleine Wiesenblume.« Darunter war ein Kreis mit einem Kreuz gemalt, was – wie sie einmal erklärt hatte – eine Umarmung und einen Kuß bedeutete.
Es mißfiel ihm keineswegs, daß er das Wochenende zu seiner freien Verfügung hatte. Zwei Tage lang ungestört ausreiten ... Dieser Gedanke bewog ihn, mit bestem Appetit seine Mahlzeit zu verspeisen – bis ihm bewußt wurde, daß er in diesen Tagen auch *ihr* begegnen würde und dieser verrückten, schlenkernden Kreatur. O Gott, er mußte bald etwas gegen diese Situation unternehmen. Allein schon bei Henriettas Anblick aus weiter Ferne sträubte sich sein Nackenhaar. Die Vorstellung, daß sein Blut in den Adern eines solchen Wesens floß, entsetzte ihn. Wie lange sollte er das noch ertragen? Das einzige, was ihn retten könnte, wäre der Tod seines Vaters. Victoria hatte versprochen, nach seinem Ableben Grove House zu verlassen und ihre Tochter mitzunehmen – vorausgesetzt, Lionel würde in angemessener Weise für sie sorgen. Und darum wollte sich Daisy kümmern.

Vor seinem geistigen Auge sah er Daisy im Grove House, das sie von oben bis unten neu gestaltete, in ein größeres Lea House umwandelte. Wenn er mit ihr verheiratet war, würde ihn das County endlich wieder respektieren.

Er sah seine Tochter nicht. Dreimal begegnete er seiner Frau, ohne ein Wort mit ihr zu wechseln. Am Samstagmorgen frühstückte er sehr zeitig und ritt aus. Nach dem Lunch schwang er sich erneut in den Sattel, was Ron Yarrow veranlaßte, Bright gegenüber zu bemerken: »Eines Tages werden diese Biester tot unter ihm zusammenbrechen. Und dabei behauptet er, Pferde zu mögen.«
Vor dem Dinner nahm Lionel ein heißes Bad, dann ging er ins Speisezimmer, wo Bright den Tisch gedeckt hatte. Es gab Suppe, geschmorte Rinderbrust mit Gemüse und Milchpudding, den Lionel beiseite schob. »Bringen Sie mir Käse«, befahl er. Der Butler zögerte nur kurz, ehe er ein großes Stück Käse, Brot und Butter holte.
»Und jetzt eine Kanne Kaffee«, verlangte Lionel, als der Tisch abgeräumt wurde, und goß sich das dritte Glas Wasser ein. Ein Dinner ohne Wein fand er unmöglich. Doch den bekam er in den letzten Jahren nur noch, wenn er selbst eine Flasche mitbrachte. Wie er wußte, gönnte Victoria seinem Vater gelegentlich einen guten Tropfen. Doch er wollte nicht so tief sinken, um ein Gläschen zu betteln.
Den Sonntag verbrachte er ebenso wie den Samstag. Aber am Nachmittag ritt er nur kurz aus, um vier wollte er das Haus verlassen. Er stand im Schlafzimmer seines Vaters. Der alte Mann saß in einem Lehnstuhl am Fenster, den Gichtfuß auf einen Schemel gelegt. William Filmore musterte seinen Sohn, der einen eleganten dunkelgrauen Anzug trug. Wie konnte man so gut aussehen und trotzdem ein grausamer Mörder sein? Jener Zwischenfall war jahrelang nicht erwähnt, nicht einmal angedeutet worden. Aber William mußte daran denken, wann immer er Lionel sah.

Zum Fenster gewandt, fragte er: »Warum hat sie dich zwei Tage lang von der Leine gelassen?«
»Aus keinem besonderen Grund, ich wollte nur wieder mal ein bißchen reiten.«
»Bald werden die Pferde nicht mehr hier sein.«
»Das wäre sehr unerfreulich.« Lionels Stimme nahm einen drohenden Klang an.
William wandte den Kopf zu ihm. »Und was würdest du tun, wenn sie verschwänden? Das Haus anzünden? Oder würdest du uns alle umbringen? Das würde dir nicht schwerfallen, was? Es wäre mein gutes Recht, die Pferde zu verkaufen. Grove House gehört immer noch mir, mit allem Drum und Dran. Wovon soll ich denn die Dienstboten bezahlen? Gott allein weiß, warum sie immer noch hierbleiben. Aber es ist gut zu wissen, daß es so loyale Leute gibt. Nun, was würdest du tun, wenn ich die Pferde verkaufe, um dem Personal die Gehälter zu zahlen?«
»Verkauf doch ein Stück Land. Dieser Bauunternehmer hat dir ein gutes Angebot gemacht, doch du wolltest nichts davon wissen.«
»Allerdings nicht. Aber inzwischen habe ich mich anders besonnen und ihm einen Teil des Grundstücks überlassen.«
»Was?«
»Jetzt wirst du sicher fragen, warum du nicht informiert wurdest. Bist du jemals hier, um dich informieren zu lassen? Du wohnst nicht mehr in diesem Haus, sondern bei deiner fetten Hure. Ja, ich habe fünfhundert für das Stück Land bekommen. Sechs Dienstboten konnte ich noch immer nicht bezahlen, und da wären auch noch die Versicherungen und die Arztkosten. Glaubst du, das alles könnte ich mit den zwanzig Pfund bestreiten, die du mir monatlich gibst? Oh, um Himmels willen, geh mir aus den Augen! Das alles haben wir oft genug durchgekaut. Aber eins will ich dir noch sagen. Ohne die Frau, mit der du rechtmäßig verheiratet bist, würde dieses Haus nicht mehr exi-

stieren! Dann hätten uns die Landstreicher schon längst überfallen!«
Als Lionel krachend die Tür hinter sich zuwarf, sank der alte Mann in den Sessel zurück und schnappte zitternd nach Luft. Dann läutete er nach Bright. »Bringen Sie mir einen Drink – einen doppelten.«
»Aber Sir, Sie wissen doch ... Die Mistreß sagt, es darf nur ein kleiner sein.«
»In diesem Fall würde sie's verstehen.«
»Ja, Sir.« Bright verschwand im Ankleidezimmer und nahm eine Whiskyflasche aus dem Schrank. Er füllte ein Weinglas, brachte es seinem Herrn und beobachtete, wie es in einem Zug fast geleert wurde. »Möchten Sie wieder ins Bett gehen, Sir?«
»Nein. Ich sitze gern hier und schaue in den Garten – oder in das, was früher mal ein Garten war. Bright ...«
»Ja, Sir?«
»Warum sind Sie all die Jahre bei mir geblieben?« Bright schwieg. Was sollte er auch antworten? William fuhr fort: »Wie lange stehen Sie schon in meinen Diensten?«
»Vierzig Jahre, Sir. Mit zehn trat ich diese Stellung an.«
»Dann sind Sie jetzt fünfzig. Ich muß damals einundzwanzig gewesen sein.«
»Ja, Sir. Es gab viel zu tun, weil das Geburtstagsfest anläßlich Ihrer Großjährigkeit vorbereitet wurde. Eine Woche davor kam ich hier an. Ich erinnere mich noch gut an die allgemeine Aufregung. Hundertzehn Gäste erschienen, und der Garten wurde mit Lampions beleuchtet. Die Party dauerte zwei Tage – und zwei Nächte. Die Dienstboten erhielten je einen Goldsouvereign – und von der Köchin abwärts fünf Shilling. Da ich ein Neuling war, gab man mir einen Shilling.«
William starrte den Butler erstaunt an. »Das alles wissen Sie noch? Mir ist fast nichts im Gedächtnis geblieben. Sicher war ich betrunken.«
»Daran erinnere ich mich nicht, Sir. Doch ich entsinne

mich, daß Sie immer imstande waren, wie ein – Gentleman zu trinken.«
Der alte Mann blickte wieder aus dem Fenster. »Sie haben meine Frage nicht beantwortet, Bright. Warum kündigen Sie nicht?«
»Weil das ein ordentlicher Haushalt ist – weil das Personal immer gut behandelt und auch im Alter versorgt wurde, zumindest bis . . .«
»Ja, Bright, bis alles zu modern anfing, und das war vor langer Zeit. Ich habe so was noch nie gesagt – aber ich will Ihnen für Ihre Treue danken. Sie kümmern sich so nett um mich – obwohl Sie in den letzten Jahren nur wenig oder gar keinen Lohn bekommen haben.«
Wortlos wandte sich der Butler ab. Was sein Herr soeben ausgesprochen hatte, entschädigte ihn für alle Entbehrungen.

Um sieben Uhr abends ging Lionel Filmore die Zufahrt zum Lea House hinauf. Die Jalousien waren herabgezogen, und er betrat eine erstaunlich dunkle Halle. Am anderen Ende sah er die Silhouetten zweier Männer. Erst als er näher kam, erkannte er Daisys Söhne. Bernard, wie sein Bruder Simon Ende Zwanzig, war der Firmenchef. Lionel erhielt seine Anweisungen allerdings vom Manager Ralph Gilmore, mit dem er sich seltsamerweise gut verstand.
»Was ist los?« fragte er.
Die beiden Männer wechselten einen Blick. Sekundenlang glaubte er sie lächeln zu sehen, und das irritierte ihn. »Wieso ist es hier so dunkel? Und wieso sind Sie hier?«
»Wer hätte ein größeres Recht, hier zu sein?« entgegnete Simon, der Jüngere. »Dies ist das Haus unserer Mutter, nicht wahr? Jetzt, wo sie nicht mehr lebt – wer hätte ein größeres Recht, hier zu sein als wir?«
»W-w-was?« stammelte Lionel.
»Kommen Sie mit«, wurde er von Bernard aufgefordert, und er folgte den Brüdern in den Salon. »Am Freitag-

abend erlitt sie einen Herzanfall. Sie wurde ins Krankenhaus gebracht, wo sie eine Stunde später starb.« In der kühlen Stimme schwang kein Bedauern mit. Der Mann schien eine Nachricht von einem Blatt Papier abzulesen. »Am Dienstag wird sie begraben.«

Lionel preßte die Hände an die Schläfen. »Oh, mein Gott, ich kann es nicht glauben.«

»Vermutlich nicht. Wir ließen Ihre Sachen packen und mußten Ihnen zwei Koffer leihen. Insgesamt sind es drei. Sie finden Ihr Gepäck draußen im Wagenschuppen.«

»Was – soll das heißen?«

»Daß in diesem Haus kein Platz mehr für Sie ist«, erwiderte Simon. »Sie haben viel zu lange hier gewohnt und wie ein Blutegel an unserer Mutter geklebt und ihretwegen Ihre Frau, Ihr Kind und Ihren kranken Vater verlassen. Oh, wir wissen alles über Sie, Sir, schon seit Jahren.«

»Wie können Sie es wagen! Ich habe Ihre Mutter geliebt und sie mich und . . .«

»Sie haben dieses Haus geliebt.« Jetzt hatte der ältere Bruder wieder das Wort ergriffen. »Und es gefiel Ihnen, ausgehalten zu werden.«

»Bei Gott . . .« Lionel ballte die Hände, ließ sie aber hängen, denn die beiden waren nicht nur jünger als er, sondern auch genauso groß und kräftig.

»Sie sollten keine Schlägerei heraufbeschwören. Bevor Sie gehen, möchte ich Ihnen noch mitteilen, daß wir die goldene Uhr, die Krawattennadel und die Manschettenknöpfe unseres Vaters behalten.«

»Die hat sie mir geschenkt!«

»Auf diesen Sachen befinden sich die Initialen unseres Vaters, Sir. Wenn Sie sie für sich beanspruchen, müssen Sie vor Gericht gehen.«

Angst stieg in Lionel auf. »Das – das können Sie mir nicht antun. Sie war alles, was ich hatte. Und sie versprach mir . . .«

»Was?«

»Daß ich mir keine Sorgen um die Zukunft machen muß.«
»Es mag Sie überraschen, Sir, aber unsere Mutter wußte, daß sie nichts zu vererben hatte. Der Firmenanteil gehörte ihr nur zu Lebzeiten. Das hat unser Vater so bestimmt.«
»Das glaube ich nicht. Sie muß doch ein Testament gemacht haben.«
»Allerdings.«
»Ich will wissen, was drin steht.«
»Nach der Beerdigung wird es verlesen. Wenn Sie wollen, können Sie zuhören, aber es dürfte sehr peinlich für Sie werden, wenn Ihr Name unerwähnt bleibt.«
»Wieso wissen Sie, daß mein Name nicht genannt wird?«
»Weil wir unsere Mutter kannten. Übrigens wissen wir noch etwas – um Sie zu heiraten, wollten Sie Ihre Frau und Ihr Kind verlassen. Wahrscheinlich überredete sie Sie dazu und versprach, für den Unterhalt Ihrer Familie aufzukommen. Das hätte sie tun können, solange sie unverheiratet gewesen wäre. Aber was sie Ihnen sicher verschwiegen hat – im Falle einer Wiederverheiratung hätte sie kein Einkommen mehr bezogen und wäre auf die Barmherzigkeit Ihrer Söhne angewiesen gewesen.« Simon zeigte auf sich selbst und seinen Bruder, dann fuhr er fort: »Mein Vater – ein sehr kluger Mann – lebte lange genug, um seine Frau kennenzulernen. Sie war lieb und gut, aber auch hinterhältig. Beide Eigenschaften bekamen auch Sie zu spüren, Sir. Aber vielleicht hielt unsere Mutter auch Sie für hinterlistig, weil Sie anscheinend nie von dem Geld sprachen, das Sie nach dem Tod Ihres Vaters erben würden oder von dem großen Grundstück, für das Ihnen einige Spekulanten schon jetzt Angebote unterbreiten.«
Lionel fühlte sich schwach, beinahe krank. Nun mußte er sein Ehejoch erneut auf sich nehmen – diesmal ohne die Zuwendungen einer reichen Geliebten, ohne zweitausend zusätzliche Pfund pro Jahr. Als er langsam zur Tür ging, bemerkte einer der beiden Männer: »Wir könnten es verstehen, wenn Sie weder zum Begräbnis noch zur Testa-

mentsverlesung kommen wollen. Falls Ihr Name doch erwähnt wird, erhalten Sie eine Nachricht von unserem Rechtsanwalt.«

In der Halle begegnete Lionel einer schwarzgekleideten älteren Dienerin mit rotgeweinten Augen. Sie schwieg, schüttelte nur traurig den Kopf. Rogers stand am offenen Tor des Wagenschuppens und lächelte grimmig. »Sie werden einen Mietwagen brauchen«, erklärte er. ›Sir‹, fügte er nicht hinzu.

Lionel blickte auf die drei großen Koffer. Zwei Mäntel und zwei Seidenzylinder lagen darauf. Noch immer konnte er nicht glauben, was ihm widerfahren war. Er sah sein Leben in jenem großen Haus vor sich, das allmählich verfiel, seine Mahlzeiten an einem langen Tisch, ohne Wein ... Am liebsten hätte er geschrien, auf irgend jemanden mit beiden Fäusten eingeschlagen. Er drehte sich zu Rogers um, der nicht ahnte, welche Gefahr ihm drohte. Aber der Mann zuckte zusammen, als Lionel ihn anbrüllte: »Ja, ich brauche eine Mietkutsche. Und ich werde zurückkommen.«

In der Hoffnung, einen Mietwagen zu finden, eilte er zur Hauptstraße, und er hatte Glück. Eine Stunde, nachdem er die Zufahrt hinaufgewandert war, um sein komfortables Doppelleben weiterzuführen, kehrte er ihm für immer den Rücken.

Um neun Uhr beobachtete Rose Jackson, wie der Mietwagen im Stallhof hielt und das Gepäck abgeladen wurde. »Allmächtiger!« rief sie der Köchin zu. »Er kommt für immer nach Hause. Kate, schnell! Du mußt Mr. Bright Bescheid sagen!«

»Nein«, murmelte Bright, als er die Neuigkeit erfuhr.

»Doch! In einer Minute wird er da sein.«

Ausnahmsweise rannte Bright ins Zimmer seines Masters, ohne vorher anzuklopfen. Er warf einen kurzen Blick auf Victoria, die neben dem Bett stand, und stammelte. »Er –

er kommt zurück, Sir. Ich meine – Mr. Lionel ... Anscheinend für immer. Ein Mietwagen hat ihn hergebracht. Das Gepäck steht im Hof. Irgend etwas muß geschehen sein. Ich gehe lieber mal nach unten.« Ausnahmsweise hatte der Butler die Fassung verloren, und das war kein Wunder. Zehn Jahre lang war ihnen die ständige Anwesenheit des jüngeren Masters erspart geblieben. Was sollte nun werden?
Der alte Mann zog sich die Nachthaube fest über die Ohren und kaute an der Unterlippe, dann umfaßte er Victorias Hand. »Machen Sie sich keine Sorgen. Er wird dem Kind nichts antun, das verspreche ich. Und er wird es auch nicht in eine Anstalt bringen.«
»Ich habe solche Angst ...«
»Nichts wird der Kleinen passieren. Ich habe ihn nämlich in der Hand. Verstehen Sie, was ich meine? Wenn er es wagt, Henrietta anzurühren, ist er erledigt. Glauben Sie mir. Und es geht ihm genauso an den Kragen, wenn er sich an Ihnen vergreift.«
Sie wußte nicht, was er meinte. Könnte ich doch mit Henrietta fliehen, dachte sie, als sie zur Tür ging. Aber wohin? Den Gedanken an den einzigen Ort, der ihr in den Sinn kam, verwarf sie sofort wieder. Am Treppenabsatz hielt sie inne und schaute in die Halle hinab, wo drei Koffer standen, Mäntel und Hüte lagen auf einem Stuhl.
Vom Fuß der Treppe sah Lionel zu ihr herauf, und sie erkannte trotz der Entfernung sofort, wie sehr er sich verändert hatte. Sein Gesicht war leichenblaß.
Wer würde zuerst die Stufen hinauf- oder hinabsteigen? Selbst wenn sich die Kleider nur ganz leicht streiften, würde die Berührung einen Körper in Flammen setzen, und das konnte sie an diesem Abend nicht riskieren. Sie wandte sich ab und eilte in ihr Zimmer.

VIERTER TEIL

Die Abrechnung

1903

1.

»Warum sagst du nicht, daß du mich liebst?«
»Fang nicht schon wieder damit an!«
»Doch! Ich werde genauso danach fragen wie in all den Jahren.«
»Du redest wie eine alte Frau, und dabei hast du erst vor einem Monat die Schule verlassen.« Er ging zu einem Baum und preßte eine Hand an den Stamm, als müßte er sich stützen. »Vielleicht gehe ich nicht nach Cambridge.«
Bestürzt lief sie zu ihm. »Sei nicht albern! Vater hat alles arrangiert.«
Ja, ihr Vater war die Güte selbst, ebenso wie die Mistreß, und viel zu nett zum Sohn einer Dienerin. Und nun litt diese Dienerin an einer schweren Krankheit, was sie vor Joseph zu verbergen suchte. Wenn ihr nun etwas zustieß, während er in Cambridge studierte? Er schüttelte den Kopf, wie um diesen Gedanken zu verscheuchen.
»Zögerst du, weil es Lily nicht gutgeht?«
Er wandte sich zu ihr, den Blick gesenkt. »Kann sein.«
»Aber sie will, daß du diese Chance wahrnimmst. Das hat sie zu Mammy gesagt. Immerhin bist du ein mathematisches Genie, während ich nicht einmal zwei und zwei zusammenzählen kann.«
Er lächelte liebevoll. »Schade, daß du so dumm bist ... Aber du wirst ja glücklicherweise nie für deinen Lebensunterhalt arbeiten müssen.«
»Ach du!« Spielerisch drohte sie ihm mit einer erhobenen Faust. »Eines Tages werde ich dich in irgendeinem Fach schlagen – in Französisch, Deutsch oder englischer Literatur.«

»Und Latein?«
»Zum Teufel mit Latein!«
»Ohne Lateinkenntnisse wird dein Englisch stets mangelhaft bleiben. Das habe ich dir oft genug gesagt.«
Amy seufzte. »Du hast mir immer so viel gesagt, Joseph, aber niemals das, was ich hören möchte. Und dabei weiß ich genau, daß du mich liebst.«
Abrupt kehrte er ihr den Rücken. »Bitte!«
»Wir sind keine Kinder mehr. Nächsten Monat werde ich achtzehn. Sie können mich nicht mehr wegschicken . . .«
»Dafür soll *ich* weggehen. Seit Jahren versuchen uns deine Eltern zu trennen. Dafür muß es irgendeinen Grund geben, denn sie sind keine Snobs. Also liegt es nicht daran, daß ich der Sohn einer Dienerin bin.«
»Ja, ich habe das Gefühl, sie verheimlichen mir etwas. Und . . .« Er drehte sich wieder zu Amy um und beobachtete, wie sie sich auf die Lippen biß. »Da ist noch etwas«, fügte sie hinzu. »Manchmal gehen sie so völlig ineinander auf, daß es mir weh tut, es mit anzusehen. Sie versichern mir, sie würden mich lieben, aber es kommt mir so vor, als wäre es eine Liebe aus zweiter Hand. Fast neunzehn Jahre sind sie nun verheiratet, immerhin ist Mutter schon dreiundvierzig, und sie benehmen sich wie ein junges Liebespaar.«
»Ich finde das schön.«
»Ist es auch. Aber sie geben mir keine Gelegenheit, für dich genausoviel zu empfinden, wenn ich mal dreiundvierzig bin.«
Lachend warf er den Kopf in den Nacken, und sie stimmte ein. Dann bemerkte sie: »Zum erstenmal seit Monaten höre ich dich lachen.«
»Unter anderen Umständen würde man dich als dreistes junges Ding bezeichnen, das einem armen Kerl nachstellt.«
Sie ging nicht auf den Scherz ein. »Du warst immer ebenso gern mit mir zusammen wie ich mit dir. Immer hast du auf mich gewartet, wenn ich von der Schule nach Hau-

se gekommen bin. Warum ist jetzt alles anders geworden?«

»Weil deine Eltern unsere Freundschaft mißbilligen – aus welchen Gründen auch immer. Ich verstehe das alles nicht. Warum sind sie freundlich zu mir? Und warum habe ich meine Mutter niemals glücklich gesehen? Sie scheint eine schwere Last mit sich herumzuschleppen, und ich glaube, davon ist sie krank geworden. Sie wird daran zugrunde gehen.«

»Sag so was nicht! Ich habe Mammy gefragt, was mit Lily los ist. Da erklärte sie, es seien nur Magenbeschwerden und Lily fühle sich ziemlich erschöpft. Das begreife ich nicht. Deine Mutter mußte niemals hart arbeiten. Sie näht ein bißchen, und seit Jessies Tod kümmert sie sich um den Haushalt.«

»Ich fürchte, ihre Müdigkeit hat seelische Hintergründe.«

»Du mußt unbedingt ein Geheimnis draus machen.«

»Das muß ich nicht, das Geheimnis existiert bereits. Ich würde es so gern enträtseln. Aber ich weiß nicht, wie. Wann immer ich meine Mutter nach meinem Vater fragte, erfuhr ich nur, er sei gestorben, bevor ich ein Jahr alt war.«

Als der ferne Klang eines Gongs ertönte, sagte Amy: »Oh, das Essen ist serviert. Ich muß gehen. Sehen wir uns morgen?«

»Ja, wenn du willst. Ich fahre erst in der ersten Oktoberwoche nach Cambridge – falls überhaupt.«

»Wenn ich will? Manchmal fühle ich mich richtig erniedrigt, weil ich mich so um dich bemühe.«

»Dann tu's nicht.« Als er Tränen in ihren Augen sah, zog er sie unglücklich an sich. »Bitte, weine nicht! Also gut, ich sag's, aber es führt zu nichts. Ich liebe dich, ich habe dich immer geliebt.«

»O Joe . . .«

»Geh jetzt!« Unsanft stieß er sie von sich. »Denn wenn ich dich küssen würde . . .«

Tränen rollten über ihre Wangen, aber sie lächelte — beglückt über eine Liebe, die sie erfüllte, seit ein Junge ihre Wiege geschaukelt hatte. Die war der dreijährigen Amy lieber gewesen als das Kinderbettchen.

2.

Bridget saß an Lilys Bett im schmalen Schlafzimmer. Die Lampe auf dem Nachttisch brannte, Lily, die längst keine Spuren mehr von ihrer einstigen Schönheit zeigte, wartete geduldig auf das Ende der Magenkrämpfe. Die Medizin, die der Arzt ihr verschrieben hatte, konnte die Schmerzen nicht lindern. Nur das Laudanum erzielte eine gewisse Wirkung, umnebelte aber ihr Gehirn, und sie wollte die letzten Stunden ihres Lebens bei klarem Verstand zubringen. »Schläft er noch?« fragte sie.

»Ja, meine Liebe, er schläft.«

»Vier Nächte . . . Das kann er nicht durchhalten.«

»Machen Sie sich keine Sorgen. Tagsüber ruht er sich aus.«

»Nein . . . Ma'am?«

»Ja, Lily?«

»Wenn — alles vorbei ist, werden Sie sich auch dann noch um ihn kümmern?«

»Natürlich. Das wissen Sie doch. Mr. Douglas wird stets für ihn da sein.« Wenn Bridget mit Lily sprach, nannte sie ihren Mann stets »Mr. Douglas«. Das klang nicht so gebieterisch wie »Master«.

Der Lampendocht flackerte und warf dunkle Schatten in den Raum.

»Er liebt sie so sehr — und er ist nicht so wie der andere«, sagte Lily leise. »Er hat keine schlechten Eigenschaften.«

»Ich weiß, meine Liebe.« Bridget streichelte die schlaffe

Hand, die in ihrer lag, und dachte: Wer von Lionel Filmore abstammt, kann sich charakterlich nicht völlig von ihm unterscheiden. Außerdem sind Joe und Amy Vetter und Kusine. Bei einer solchen Verbindung kann nichts Gutes herauskommen. Doch sie wiederholte: »Machen Sie sich keine Sorgen, Lily. Die beiden sind noch jung. Ihre Gefühle werden sich vielleicht ändern. Aber eins müssen Sie mir glauben. Wir werden uns stets um Ihren Sohn kümmern.«
Lily starrte zum Fußende des Betts. »Es ist nicht fair, was in der Bibel steht – daß die Sünden der Väter die Kinder verfolgen, bis in die dritte und vierte Generation.« Als sie ihren Sohn eintreten sah, flüsterte sie noch einmal: »Es ist nicht fair.«
Bridget stand auf. »Vor zehn Minuten hast du noch geschlafen, Joe.«
Statt einer Antwort berichtete er: »Mr. Douglas wartet unten auf Sie.«
»Oh, hat er dich geweckt?«
»Nein. Ich wusch mich gerade, als er kam.«
Bridget drehte sich zum Bett um und beugte sich über Lily. »Ruhen Sie sich jetzt aus. Ich bin bald wieder bei Ihnen.« Zu Joseph gewandt, zeigte sie auf den Nachttisch. »In einer halben Stunde muß sie die Medizin nehmen. Aber dann bin ich sicher schon zurück.«
»Das ist nicht nötig. Ich bleibe bei ihr. Legen Sie sich schlafen.«
»Wir werden sehen.« Sie ging hinaus und schloß lautlos die Tür hinter sich.
Joseph tränkte einen Lappen mit Eau de Cologne und wischte damit die Stirn seiner Mutter und die Hände ab, dann ließ er ihn in die Porzellanschüssel unter dem Nachttisch fallen. Als er neben dem Bett saß, ergriff er Lilys schmale Finger. Erst nach einigen Minuten brach sie das Schweigen. »Ich muß mit dir reden.«
»Ja, Mutter?«
»Ich habe ein bißchen Geld beiseite gelegt. Das Sparbuch

findest du in der obersten Schublade.« Sie wies mit dem Kopf auf eine kleine Kommode. »Dieses Geld habe ich für dich verwahrt, damit du ein bißchen – unabhängiger bist, wenn du weggehst. Von meinem Verdienst konnte ich dir nie was kaufen, abgesehen von deinen Kleidern. Anfangs bekam ich fünf Shilling pro Woche, dann sieben ... Jetzt liegen über dreihundert Pfund auf der Bank. Ich habe auch eine Versicherung abgeschlossen, die dir hundert einbringen wird ...«

»Mutter, bitte!« Er senkte den Kopf, und sie strich über sein Haar.

»Wir müssen darüber sprechen. Übers Geld ist nun alles gesagt. Aber es gibt etwas noch Wichtigeres. Jahrelang habe ich mit mir gekämpft und nicht gewußt, ob ich's dir erzählen soll ... Aber wenn ich schweige, wirst du's auf andere Weise erfahren.« Mühsam rang sie nach Atem, dann fuhr sie fort: »Ehe ich dir alles erkläre, mußt du mir versprechen, ihnen nichts zu verraten – Mr. Douglas und der Mistreß. Sie wollten dich mit gutem Grund von Amy fernhalten. Du heißt Joseph Skinner, aber mein lieber Joseph war nicht dein Vater. Ich wünschte, er wäre es gewesen, denn niemals lebte auf dieser Erde ein besserer Mann. Eigentlich müßte dein Name Carter lauten. Man nannte mich Lily Whitmore – so hieß mein Stiefvater. Als ich schwanger wurde, arbeitete ich in Miß Bridgets Fabrik. Ich hatte mich von einem Gentleman verführen lassen, und ich war ein dummes, unwissendes Mädchen ... Als ich im dritten Monat war, rettete mich Joe Skinner vor dem Arbeitshaus. Er heiratete mich, und ich gewann ihn lieb. Und seit seinem Tod verstrich kein Tag, wo ich nicht an ihn dachte ...«

Joe hob den Kopf und beugte sich zu ihr. »Aber – wer war mein Vater?«

»Gibst du mir dein Wort?«

»Ja, Mutter.«

»Sein Bruder.«

»Wessen Bruder?« fragte er verwirrt.
»Mr. Douglas' Bruder.«
Entgeistert starrte er sie an. »Der Bruder des Masters ... Mein Gott, das würde bedeuten ...« Er schloß die Augen, preßte die Fäuste an die Stirn, als wollte er seinen Gedanken Einhalt gebieten, die sich überschlugen, dann seufzte er erleichtert auf. Zunächst hatte er sich eingebildet, er wäre Amys Halbbruder. Doch er war ihr Vetter.
Also deshalb ... Der Mann, der vor Jahren seine Frau und sein geisteskrankes Kind verlassen und erst nach dem Tod seiner Geliebten sich zur Rückkehr entschlossen hatte, war sein Vater.
»Es – tut mir leid«, flüsterte Lily. »Ich hätte es dir nicht sagen sollen.«
»Oh, doch!« Beruhigend drückte er ihre Hände. »Ich wünschte nur, du hättest es früher getan. Dann hätte ich das Verhalten von Mr. Douglas und seiner Frau verstanden.«
»Sie waren immer gut zu dir.«
»Ja, ich weiß, und ich habe mich stets darüber gewundert. Mr. Douglas ist also mein Onkel.«
»Ja, aber du darfst deshalb keine Ansprüche an ihn stellen.«
»Natürlich nicht.«
»In der untersten Schublade steht eine Blechkassette. Bring sie mir.«
Joseph gehorchte und stellte die Kassette auf das Bett. Sie trug die Aufschrift »Dr. J. C. Murrays Schnupftabak«.
»Öffne sie.«
Er befolgte Lilys Aufforderung und sah einen kleinen grauen Lederbeutel, dessen Schnur er auf Lilys Wunsch hin auseinanderzog. Fünf Sovereigns fielen in seine Hand.
»Das wurde mir für dich bezahlt«, erklärte sie. »Ich habe das Geld nie angerührt ...« Plötzlich biß sie die Zähne zusammen, und er legte das Geld und den Beutel rasch beiseite, um ihr die Medizin und ein wenig Laudanum zu

verabreichen. Beides füllte er in Gläser, die sie fast begierig leer trank. Dann lächelte sie müde. »Jetzt wird alles gut.«
Er schob die Sovereigns in den Beutel und legte ihn in die Kassette, die er ins Schubfach zurückstellte. Was sie mit jener Bezahlung gemeint hatte, verstand er nicht, aber in dieser Nacht wollte er sie nicht mehr mit Fragen belästigen. Bald würde sie einschlafen.
Als er sich zu ihr setzte, zog sie seinen Kopf zu sich hinab und küßte ihn. »Eins mußt du wissen – ich habe nie bereut, dich geboren zu haben, und ich war immer stolz auf dich.«
Sanft drückte er seine Wange an ihre, herzzerreißende Gefühle schnürten ihm die Kehle zu. In kurzer Zeit würde er alles, was er auf dieser Welt hatte, verlieren. Amy und ihre Eltern waren zwar seine Verwandten, aber trotzdem fremd. Und sein Vater? Hatte er mit diesen Sovereigns für sein Vergnügen in Lilys Armen bezahlt? Wenn das zutraf, würde Joseph ihm die Münzen eines Tages ins Gesicht schleudern. Er zuckte leicht zusammen, als sie wisperte: »Gute Nacht, Joe.«
Sonst nannte sie ihn immer Joseph. »Gute Nacht, Mutter.«
»Heute werde ich gut schlafen.«
»Das freut mich.« Er zog ihr die Decke bis ans Kinn, dann richtete er sich auf und wartete ...

Während er um fünf Uhr morgens Feuer im Küchenherd machte, öffnete sich die Tür, und Douglas trat ein. »Tut mir leid, Joseph. Mrs. Filmore wollte sich nur für eine Stunde hinlegen. Ich sollte sie wecken, aber ich schlief selber ein. Wie geht es deiner Mutter?«
»Fünfzehn Minuten nach drei ist sie gestorben.«
»O Gott ... Und du warst allein hier ...«
»Machen Sie sich deshalb keine Sorgen. Sie hätten nichts tun können. Sie starb im Schlaf.«

»Komm mit mir ins Haus hinein. Ich schicke ein paar Mädchen hierher . . .«
»Ich habe schon alles Nötige erledigt.«
»Was?«
»Sie ist meine Mutter. Und ich habe sie wochenlang gepflegt.«
Douglas starrte den jungen Mann an, der ihm plötzlich wie ein Fremder erschien. Das muß am Schock liegen, dachte er. »Dann frühstücke wenigstens mit uns.«
»Danke, ich bin nicht hungrig.«
»Nun ja, dann ... Mrs. Filmore wird bald zu dir kommen.«
Langsam ging Douglas die Zufahrt hinauf. Warum benahm sich Joseph so seltsam? Hatte Lily ihm die Wahrheit erzählt? Nein, dann würde er sich anders verhalten und sich über die Verwandtschaft freuen ... Und dann quälte ihn eine andere Frage. Hätte er Lily vor ihrem Tod ein Geständnis machen müssen? ›Sie hatten recht, Ihr Mann war unschuldig. Mein Bruder hat den Mord begangen, aber ich fand es überflüssig, ihn anzuzeigen, denn ihr lieber Gatte war bereits tot . . .‹ Nein, dazu wäre er unfähig gewesen. Außerdem – Lily hätte ihren Sohn eingeweiht, und was würde dann geschehen?
Aber irgendwann mußte er alles erfahren. Und wer sollte es ihm sagen?

Douglas blickte mit so tiefem Bedauern in das Grab, daß es vor seinen Augen schwamm und kalter Schweiß aus seiner Stirn brach. ›O Lily, es tut mir so leid!‹ schrie es in seinem Herzen. ›Ich hätte es Ihnen sagen sollen, um Sie einigermaßen für Ihr trauriges Leben zu entschädigen. Verzeihen Sie mir . . .‹
Erdklumpen fielen auf den Sarg, und die Leute wandten sich ab. Bridget weinte bitterlich. Als er ihren Arm nahm, sah er seine Tochter auf Joseph zugehen und bedeutete ihr, den jungen Mann allein zu lassen.

Josephs Augen waren trocken. Seit dem Tod seiner Mutter hatte er keine einzige Träne vergossen, denn all seine Gefühle schienen in seiner Brust erstarrt zu sein. Als er zum Friedhofstor ging, sah er die Menschen, die neben der Kutsche standen. Sie warteten auf ihn, und er wünschte, sie würden abfahren. Er wollte seine Ruhe haben.
Ein Mann trat ihm in den Weg. »Hallo, mein Junge.« Als er Josephs erstaunten Blick bemerkte, erklärte er: »Ich wette, du kennst mich nicht, aber ich bin der Halbbruder deiner Ma, Mick Whitmore. Hast du nie von mir gehört?«
Joseph schüttelte den Kopf. »Nein, tut mir leid.«
»Das braucht dir nicht leid zu tun. Sie war immer sehr verschlossen. Ich erinnere mich noch gut an den Tag, wo sie von zu Hause wegging, um deinen Dad zu heiraten. Damals war ich sieben. Ich vermißte sie sehr, ebenso wie meine zwei Schwestern und mein Bruder. Der war erst drei und starb vor seinem fünften Geburtstag. Und meine Schwestern, die könnten genausogut in Timbuktu leben, denn ich höre nie was von ihnen. Sie sind verheiratet und wohnen in Yorkshire. Ich bin auch verheiratet. Immer wieder sagte ich mir, ich müßte Lily mal besuchen, aber ich wollte mich nicht einmischen. Um deinen Dad war's wirklich schade. Alle sprachen nur gut über ihn, außer seiner Mutter, dieser alten Hexe. Hätte sie den Mund gehalten, wäre er niemals aufgehängt worden. Nun, sie hat bekommen, was sie verdient. Jetzt ist sie im Arbeitshaus von Gateshead, und ...«
»Aufgehängt? Was soll das heißen?«
»Weißt du's nicht? Er hat seinen Bruder umgebracht. Großer Gott! Hat sie dir das nie erzählt? Das hätte sie tun sollen. Und es ist ein Wunder, daß du's von keinem anderen erfahren hast. Er wurde verurteilt, weil seine Mutter vor Gericht behauptete, er habe seinen Bruder bedroht. Ich war damals noch ein Kind, aber meine Mutter sprach oft davon. Mr. Filmore traf seinen Bruder im Wald, und kurz davor war er deinem Dad begegnet. Komisch war das al-

les ... Hätte ich gewußt, daß du keine Ahnung hast, hätte ich's nie erwähnt, mein Junge. Ich verstehe das nicht. Die Besitzerin der Fabrik, wo Joe arbeitete, heiratete Mr. Douglas Filmore, und du wohnst in ihrem Pförtnerhaus. Haben sie dir wirklich nie was gesagt?«

»Nein, niemals«, erwiderte Joseph tonlos.

»Sonderbar – wenn du mich fragst. Nun, die meisten Leute sind überzeugt, daß dein Dad unschuldig war. Sie glauben, jemand von Andy Davisons Bande wäre der Mörder gewesen. Er selbst war's nicht, denn er lag zu dieser Zeit im Krankenhaus. Aber er hatte viele Kumpel, und die wußten, daß der Bruder deines Dads sie oft reingelegt hatte. Jedenfalls – mir tut das alles sehr leid. Es stört dich doch nicht, daß ich dich angesprochen habe?«

»Nein, natürlich nicht.« Joseph hatte einen Vater, an den er keine Ansprüche stellen durfte, einen Onkel – und jetzt auch noch einen Stiefonkel, der ihm die Hand hinhielt. Er ergriff sie, und der Mann sagte: »Hör mal, ich will mich nicht aufdrängen, aber wenn du Lust hast – komm mal zum Tee zu uns. Wir wohnen in Birtley, in der Mount Pleasant Road, Nummer sechsunddreißig. Ich habe keine Familie, nur meine Frau. Du bist uns jederzeit willkommen.«

»Danke, ich werde daran denken.«

Sie nickten sich zu, und Joseph ging zu der Kutsche. Er wurde nicht gefragt, wer der Mann war, und gab auch von sich aus keine Erklärungen ab, als er sich neben Bridget setzte, gegenüber von Amy und Douglas. Am liebsten hätte er seinen Onkel gefragt: ›Warum haben Sie mir verschwiegen, daß mein Vater wegen Mordes gehängt wurde?‹ Doch es war nicht sein Vater gewesen, sondern ein gewisser Joseph Skinner, der Mann, den seine Mutter geliebt hatte. Er lehnte sich in die Lederpolsterung und schloß die Augen. Warum hatte man ihm nichts gesagt? Dies alles kam ihm vor wie ein Spinnennetz, in dessen Mitte die Spinne hockte – sein leiblicher Vater. Er mußte ihn sehen, wenn auch nur aus der Ferne.

3.

Sie standen in der Küche des Pförtnerhäuschens, als Amy fragte: »Wohin gehst du?«
»Ich besuche meinen neugefundenen Stiefonkel.«
»Oh – den Mann, mit dem du auf dem Friedhof gesprochen hast?«
»Ja.«
»Wo wohnt er?«
»In Birtley.«
»Wie lange wirst du wegbleiben?«
Er schaute in ihre großen Augen und dachte: Wir sind Vetter und Kusine, also stehen wir auf einer Stufe, obwohl ich ein Bastard bin. Dein Vater ist mein Onkel. Und nachdem wir das dunkle viktorianische Zeitalter überstanden haben, sollte man glauben, daß sie die Situation auf aufgeklärte Weise betrachten. Trotzdem bleiben wir beim Status quo. »Das weiß ich nicht«, antwortete er.
»In einer Woche fährst du nach Cambridge.«
»Ja.«
Sie trat einen Schritt auf ihn zu. »Ich weiß, wie traurig du über Lilys Tod bist, aber – schließ mich nicht aus.«
»Bitte, Amy . . .
»Genau das meine ich. Seit Tagen bekommen wir nur solche unverbindlichen Worte von dir zu hören. Danke. Nein, danke. Ja, vielleicht. Und nun – bitte, Amy. Natürlich trauerst du um Lily, aber wenn du so weitermachst, wirst du auch noch alle anderen verlieren. Und mich!«
Sie starrten sich an. Dich nicht, Amy, erwiderte er in Gedanken. Aber es gibt Dinge, die ich tun muß, denen ich auf den Grund gehen muß, ehe ich mich mit dir einlasse . . .
Warum fühlte er sich plötzlich so alt? Vor ein paar Wochen hatte er sich auf Cambridge gefreut, auf ein neues Leben. Bevor er erkannt hatte, wie schwer seine Mutter

erkrankt war. Selbst dann war noch ein Lichtschimmer in der Zukunft gewesen. Jetzt nicht mehr.
Amy wandte sich ab, und er fragte mehr aus Höflichkeit als aus Interesse: »Wohin gehst du?«
In der Tür drehte sie sich noch einmal um. »Zu einem anderen Ort als du. Und eins sage ich dir – von jetzt an werde ich mich nicht mehr vor deine Füße werfen.«
Krachend fiel die Tür hinter ihr ins Schloß, und er sank auf den Holzstuhl am Tisch, wo noch die Reste seines Frühstücks standen. Fluchend stützte er den Kopf in die Hände.

Als Amy die Halle betrat, sah sie ihre Eltern die Treppe hinaufsteigen. Beide wandten sich zu ihr. »Ihr wolltet doch für ein paar Tage nach Harrogate fahren«, sagte sie.
»Ja, Liebling«, bestätigte Bridget. »Möchtest du mitkommen?«
»Ja, sehr gern«, entgegnete Amy kühl.
Im Schlafzimmer bemerkte Bridget: »Nächste Woche reist er ab, und sie wird genug Zeit finden, um sich zu beruhigen. Wir werden mit ihr ins Theater gehen und Ausflüge unternehmen ...«
»Ich finde, man sollte ihn informieren, zumindest über das Allernötigste.«
Zwei Gedanken kämpften in ihr. Dann würde sich Joseph nicht mehr als minderwertiger Sohn einer Dienerin fühlen, sondern Amy ebenbürtig. Und die andere Überlegung galt der Frage: Warum scheint Douglas stets anzudeuten, es gäbe noch mehr zu enthüllen als die Herkunft des Jungen? Aber sie sorgte sich in erster Linie um ihre Tochter. Und Amy konnte nicht glücklich werden, wenn sie den Sohn Lionel Filmores heiratete. Douglas dachte genauso, das wußte sie. Und nun wollte er Joseph von den verwandtschaftlichen Beziehungen erzählen. »Vorerst sollten wir schweigen«, entgegnete sie leise. »Es wäre zuviel für ihn, so kurz nach Lilys Tod.«

Douglas nickte. »Vielleicht. Aber er müßte es bald erfahren. Es bedrückt mich, daß wir's ihm so lange verheimlicht haben.« Nach einer kleinen Pause fügte er hinzu: »Wie lange sollen wir in Harrogate bleiben?«
»Übers Wochenende. Am Dienstag oder Mittwoch könnten wir zurückkommen.«
»Spätestens am Dienstag. Ich habe viel zu tun . . .«
»Ach, du und deine Arbeit!« Sie schlang die Arme um seinen Hals.
»Und deine Arbeit? Du möchtest doch eine neue Schuhcremefabrik eröffnen.«
»Ja, eine ganz moderne.«
»Warum verkaufst du deine Betriebe nicht?«
»O Douglas!« rief sie und ließ ihn los. »Willst du mir das Herz brechen? Was sollte ich denn mit meiner Zeit anfangen, während du an deinen Steinklumpen herumhämmerst? Ich höre wenigstens zu einer vernünftigen Uhrzeit zu arbeiten auf, und an manchen Tagen tue ich überhaupt nichts. Aber du rackerst dich Woche für Woche sieben Tage lang ab. Also verlang bloß nicht von mir, mein Hobby zu verkaufen!«
»Hobby!« wiederholte er lachend. »Und dabei konkurrierst du mit einigen sehr bedeutsamen Leuten. Weißt du, daß du in gewissen Kreisen gefürchtet wirst?«
»O ja, und das gefällt mir.«
»Ach, meine Liebste . . . Unglaublich, daß zwei verschiedene Frauen in dir stecken!«
»Weil ich mit einem wundervollen Mann zusammenlebe, der mir immer noch das Gefühl gibt, ein junges Mädchen zu sein. Deshalb wage ich nicht allzu oft in einen Spiegel zu blicken, denn das würde mir meine Illusionen rauben . . .«
Ein Kuß verschloß ihr die Lippen, den sie so leidenschaftlich erwiderte wie bei jenem ersten Mal am Neujahrsmorgen.

4.

Er war mit der Bahn von Shields nach Gateshead gefahren. Ein paarmal war er mit Amy in der Stadt gewesen, und er hatte ihre Mutter bei Inspektionstouren in ihren beiden Fabriken begleitet, als er noch ein kleiner Junge gewesen war. Damals hatte er den Eindruck von Dunkelheit, Staub und Schmutz gewonnen. Erst später waren ihm die beklagenswerten Arbeitsbedingungen der Leute bewußt geworden. Man gab ihm zu verstehen, die Zustände hätten sich erheblich gebessert. Vor zwei Jahren hatte er zum letztenmal mit Amy und ihrer Mutter die Schuhcremefabrik besucht und erkannt, daß es zwei Mrs. Filmores gab – eine, die wie ein Mann über Geschäfte redete, und die hingebungsvolle Ehefrau und Mutter.

Als er jetzt am Honeybee Place vorbeikam, stellte er fest, daß man einige Häuser abgerissen hatte. Und als er später am Eisenzaun des Fabrikgeländes vorbeiging, blieb er stehen und sah sich um.

Früher hatte Mrs. Filmore in der Nähe der Fabriken gewohnt, in einem Haus namens Milton Place. Mr. Filmore war unweit davon geboren worden. Den Namen dieses Hauses kannte er nicht, aber wie er wußte, lebte Mr. Filmores Bruder immer noch dort und war mit Mrs. Filmores Kusine verheiratet.

Auf seine Frage, warum die beiden Frauen einander nie besuchten, hatte seine Mutter geantwortet, das wisse sie nicht. Dies seien Familienangelegenheiten und die würden ihn nichts angehen.

Als er einen Mann traf, bat er: »Könnten Sie mir den Weg nach Milton Place beschreiben?«

»Milton Place? Mal sehen . . .« Der Mann blickte sich um, dann zeigte er zu einem schmalen Pfad. »Da ist eine Abkürzung, die über die Felder und durch den Wald führt. Aber Sie nehmen besser die Straße da drüben. Es könnte

regnen, und da würden Sie im Schlamm versinken, wenn Sie durch den Wald gehen.«
Joseph bedankte sich und wanderte in die bezeichnete Richtung. Die Straße schien kein Ende zu nehmen, und bald regnete es in Strömen. Aber er ging unbeirrt weiter. Endlich erreichte er ein Cottage, von einem niedrigen weißen Zaun umgeben. Mit dem Klopfer aus schwarzem Eisen pochte er an die Tür, die erstaunlich schnell geöffnet wurde. »Ja? Oh, du lieber Himmel, Sie sind klatschnaß!«
»Ich glaube, ich habe mich verirrt. Könnten Sie mir erklären, wie ich in die Stadt zurückkomme?«
»Treten Sie erst mal ein. Oder wollen Sie sich den Tod holen?«
»Ich – bin ziemlich naß.«
»Das sehe ich, mein Junge.« Eine Hand streckte sich aus, und Joseph wurde nicht allzu sanft über die Schwelle in einen von Lampen erhellten Raum gezogen, dann warf die kleine, rundliche Frau die Tür zu. »Großer Gott, man könnte Sie ja beinahe auswringen! Geben Sie mir Ihren Mantel!« Sie half Joseph, ihn auszuziehen. »Warum laufen Sie bei diesem Wetter ohne Regenhaut herum?«
»Als ich von zu Hause wegging, war es noch schön.«
»Nun, das hat sich geändert. Wohin wollten Sie denn?«
»Ich habe ein Haus gesucht und . . .«
»Oh, Sie machen eine Pfütze auf meinen Teppich! Ziehen Sie die Stiefel aus, dann setzen Sie sich ans Feuer.« Sie half ihm auch noch aus dem Jackett und erklärte: »Ich hänge die nassen Sachen in der Waschküche auf.«
Als er allein war, trat er vor den Kamin und sah sich um. Er befand sich in einer großen Küche. Ein grünes Chenilletuch mit Pompons bedeckte den Tisch. In dunklen Eichenregalen stand Porzellangeschirr, Schinkenkeulen und Kräuterbüschel hingen an der niedrigen Balkendecke.
»Oh, Sie dampfen ja geradezu, mein Junge!« rief die Frau, als sie zurückkam. »Ziehen Sie auch noch die Weste, das Hemd und die Hose aus.«

»Die werden sicher bald trocknen . . .«
»Ziehen Sie's aus. Es gibt nichts an einem Mann, was ich noch nicht gesehen hätte. Ich bring Ihnen was, da können Sie reinschlüpfen.« Sie verschwand wieder, und er hörte eilige Schritte auf einer Treppe.
Langsam legte er die Weste und das Hemd ab, noch langsamer die Hose. Die knielange Unterhose war um die Hüften trocken, aber ab den Oberschenkeln naß. Als er die Hose vor das Feuer hielt, kehrte die Frau zurück, ein Kleidungsstück in der Hand. »Das ist ein Schlafrock. Mein Junge hat ihn getragen. An manchen Stellen ist er ziemlich fadenscheinig, und ich wollte ihn zu einer Fußmatte verarbeiten. Gut, daß ich's nicht getan habe. Ziehen Sie ihn an. Wie geht's Ihrer Hose?«
»Danke, die ist fast trocken.« Gehorsam schlüpfte er in den Schlafrock.
»Geben Sie mir noch die Socken, und wenn ich alles aufgehängt habe, trinken wir Tee. Los, Charlie, beeil dich!«
Es dauerte eine Weile, bis Joseph erkannte, daß sie mit dem Wasserkessel sprach, der auf glühenden Kohlen stand. Zum erstenmal, seit er am Bett seiner Mutter gesessen hatte, vergaß er ihren Tod und brach in lautes Gelächter aus.
»Finden Sie es seltsam, daß ich meinen Kessel Charlie nenne?« fragte die Frau schmunzelnd. »Wissen Sie, wenn man allein lebt, wird man mit der Zeit ein bißchen wunderlich. Aber ich bin nicht verrückt, das dürfen Sie mir glauben.« Als sie aus der Waschküche zurückgekehrt war, faltete sie das grüne Chenilletuch zusammen und ersetzte es durch weißes Leinen. Dann stellte sie Teegeschirr auf den Tisch, richtete Brot, Butter, Gebäck und Marmelade an, dabei zeigte sie auf einen Messingspieß, der neben dem Kamin hing. »Rösten Sie ein paar Brotscheiben.«
Er gehorchte, und sie bestrich die fertig getoasteten Scheiben mit Butter. Dann goß sie den Tee in eine braune Ton-

kanne und stülpte einen wollenen Teewärmer darüber, holte Zucker und Milch. »Kommen Sie, nehmen Sie Platz – ich habe alles vorbereitet, aber in den Mund schieben müssen Sie das Essen schon selber.«
Grinsend setzte er sich ihr gegenüber an den Tisch. »Darf ich wissen, wie Sie heißen?«
»Das dürfen Sie, mein Junge. Ich bin Bertha Hanratty.«
»Würden Sie mir bitte sagen, ob ich träume oder wache, Mrs. Hanratty?«
Nun war es Bertha, die in schallendes Gelächter ausbrach.
»Sie finden mich sehr komisch, was!«
»Keineswegs, nur ungemein freundlich, und . . .«
»Und?«
»Es mag seltsam klingen, aber ich gewann den Eindruck, Sie hätten mich erwartet.«
Langsam erlosch ihr Lächeln. »Nein, ich habe Sie nicht erwartet, aber ich war froh, Sie zu sehen. Ich bekomme nur selten Besuch, meistens von Bettlern oder Leuten, die Arbeit suchen. Und daß Sie gerade heute zu mir gefunden haben, ist besonders nett. Ich feiere nämlich meinen Geburtstag, den zweiundsechzigsten.«
»Oh, herzlichen Glückwunsch.«
»Danke, mein Junge. Für mich sind Sie eine Art Geburtstagsgeschenk.«
»Haben Sie keine Familie?«
»Doch, das heißt – ich hatte eine. Aber die sehe ich schon seit Jahren nicht mehr. Mein Sohn James lebt in Australien. Der ist nun dreiundvierzig. Und meine Tochter ist auf Jersey. Lena ist vierzig und hat zwei Kinder. Sie war schon lange nicht mehr bei mir. Das störte mich nicht, solange ich meinen Willie hatte, meinen Mann. Jetzt ist er schon acht Jahre tot. Aber das Leben muß weitergehen, nicht wahr? So, nun habe ich Ihnen alles von mir erzählt. Und was ist mit Ihnen? Was machen Sie in dieser Gegend? Wie ich Ihren Kleidern ansehe, sind Sie kein Bettler, und Sie suchen keine Arbeit.«

»Nein. Ich möchte mir ein Haus ansehen, wo eine Freundin von mir lebte. Es heißt Milton Place.«
»Oh, Milton Place! Da wohnen jetzt die Thompsons. Sind das Ihre Freunde?«
»O nein. Ich kenne Mrs. Filmore, die früher dort lebte. Damals hieß sie Mordaunt.«
»Ach . . . Sie ist vor Jahren weggezogen und hat einen Filmore geheiratet. Seine Familie wohnt weiter unten an der Straße in Grove House, eine knappe Meile entfernt.«
»Tatsächlich?« hörte er sich sagen.
»Früher habe ich bei Oberst Taggard in The Brambles gearbeitet. Der war mit den Filmores befreundet. Kennen Sie die?«
»Nein.«
»Also, dann kann ich's Ihnen ja sagen. Dort geht's zu wie in einem Irrenhaus. Das Kind, ein armes Mädchen, soll nicht ganz richtig im Kopf sein. Angeblich ist sie taub und kriegt manchmal so schlimme Anfälle, daß sie einem beinahe die Augen auskratzt. Am liebsten arbeitet sie im Gemüsegarten. Mr. Bright, der Butler von Grove House, pflegt schon seit Jahren seinen alten Master. Der ist bettlägerig. Sein älterer Sohn hatte seine Frau verlassen, um mit seiner Geliebten in Newcastle zusammenzuleben. Als die starb, kehrte er nach Hause zurück. Seither hatte er mehrere verschiedene Jobs. Jetzt haben die Filmores nur noch einen Stallknecht und nur ein einziges Pferd. Früher kam der Knecht öfter zu mir, aber nun habe ich ihn schon lange nicht mehr gesehen. Das letzte Mal erzählte er, die Mistreß habe einen Herzanfall erlitten, und das sei kein Wunder. Seltsam, wie tief eine vornehme Familie sinken kann, was? So, junger Mann, nun habe ich Ihnen aber genug erzählt. Jetzt sind Sie dran. Ich weiß nicht mal, wie Sie heißen.«
Wie sollte er sich nennen. Joseph Skinner? Oder Whitmore? Nein, das war nicht der Name seiner Mutter, sondern ihres Stiefvaters. Sie hatte Carter geheißen, also müßte das

nach dem Gesetz auch sein Name sein. »Carter – Joseph Carter.«

»Ein schlichter Name, den man sich leicht merken kann. Während Sie Ihren Toast aufessen, sehe ich mal nach Ihren Kleidern.«

Mrs. Hanratty kehrte mit der Nachricht zurück, bald würde alles trocken sein. Als sie dann das Geschirr spülte, berichtete sie noch mehr aus ihrer Vergangenheit und dem Leben ihres Mannes. Ihr Cottage war früher das Mauthaus gewesen und ihr Schwiegervater der Mauteinnehmer. Nachdem Willie seine Familie gegründet hatte, baute er seitlich zwei Räume an. Nun besaß sie drei Schlafzimmer, obwohl sie nur eines brauchte. Mit ihren vierzehn Hennen, zwölf Enten, sechs Gänsen, einem Gänserich und vier Schweinen hatte sie alle Hände voll zu tun.

Um halb fünf am Nachmittag regnete es so heftig wie eh und je, und die Dämmerung brach zeitig herein. Mrs. Hanratty schaute zur Tür hinaus und rief: »Wenn Sie bei diesem Wetter nach Gateshead laufen, werden Sie so naß wie zuvor, mein Junge. Und es brennt kein Licht an der Straße, bis Sie zu dem großen Haus kommen. Beim ersten Haus, beim Grove, machen sie sich bestimmt nicht die Mühe, eine Straßenlampe anzuzünden. Und bis zu den Thompsons ist es noch ein ganzes Stück. Bleiben Sie besser über Nacht hier.«

Er zögerte nicht, das Angebot anzunehmen. Der Gedanke an einen neuerlichen Fußmarsch durch den Regen erschien ihm genauso unangenehm, wie die Gefahr, sich wieder zu verirren. Außerdem fühlte er sich wohl im Cottage, und die alte Frau half ihm, die Erinnerung an den Grund seiner Expedition zu verdrängen.

»Das Zimmer über der Küche ist winzig, aber das wird Sie wohl kaum stören«, fuhr sie fort. »Und es ist schön trokken, weil es neben dem Kaminschacht liegt. Übrigens – Sie haben mir noch nicht verraten, was Sie beruflich machen.«

Konnte er erklären, er habe in wenigen Tagen sein Universitätsstudium beginnen wollen, sei aber nicht mehr sicher, ob er das tun solle? Statt dessen erwiderte er: »Mein Entschluß steht noch nicht fest. Am liebsten möchte ich Lehrer werden.«

»Wenn Sie sich's leisten können, so lange zu warten, bis Sie sich für irgendwas entschieden haben, müssen Sie aus einer reichen Familie stammen.«

»Meine Eltern sind tot.«

»Das tut mir leid. Und wo leben Sie?«

»Bei – bei Freunden in South Shields.«

»Da haben Sie aber einen weiten Weg hinter sich, nicht wahr? Aber ich bin froh, daß Sie hergekommen sind. Manchmal fühle ich mich sehr einsam. Wenn ich auch mit Charlie rede – er antwortet nie ...«

Joseph stimmte in ihr fröhliches Gelächter ein, dann führte sie ihn die Treppe hinauf und in ein kleines Zimmer, wo ein Eisenbett, eine Holzkommode und ein Stuhl standen. Über dem Bett hing ein Stickbild mit dem Spruch: »Wirf dein Brot ins Wasser und hoffe, daß du eine Bäckerei dafür bekommst.«

»Hier wohnte mein Sohn, bis er nach Australien auswanderte«, erklärte Bertha Hanratty. »Ob er eine Bäckerei hat, weiß ich nicht. Er hat mir nie ein Stück Brot geschickt.« Nur für wenige Sekunden nahm ihr rundes Gesicht einen ernsten Zug an. Sofort lächelte sie wieder. »Schlafen Sie gut, mein Junge.«

Er schlief ausgezeichnet und wurde am Morgen mit einer Tasse Tee geweckt. Über dem Stuhl hingen seine trockenen, sauber ausgebürsteten Kleider. Später frühstückte er mit Mrs. Hanratty in der Küche. Es gab zwei Eier, Schinken und Toast, dann zeigte sie ihm ihre kleine Farm und schaute zum Himmel auf. »Mein Gott, die Sonne hat wirklich Nerven, sich nach dem gestrigen Tag überhaupt noch hervorzuwagen!«

Lächelnd ergriff er ihre Hände. »Ich werde die Stunden bei Ihnen nie vergessen, Mrs. Hanratty, und ich werde Sie bestimmt wieder besuchen. Da Sie kein Geld für Ihre Gastfreundschaft nehmen wollen, werde ich immer in Ihrer Schuld stehen. Um mich erkenntlich zu zeigen, sehe ich keine andere Möglichkeit, als Ihnen manchmal Gesellschaft zu leisten.«

Die kleine alte Frau antwortete nicht, aber sie nickte, und als er die Straße hinabwanderte, spürte er Bertha Hanrattys Blick im Rücken. Nun war sie wieder allein mit sich selbst, vernachlässigt von ihrer Familie. Das Leben ist sonderbar, dachte er. Einige Menschen werden aller Liebe beraubt, andere damit überschüttet. Er selber war stets von Liebe umgeben worden, hatte das normal, manchmal sogar ärgerlich gefunden und sich dadurch überfordert gefühlt.

Zwanzig Minuten ging er zwischen offenen Feldern dahin, dann veränderte sich die Landschaft. Linker Hand grenzte ein Zaun Bäume und Büsche ab. Josephs Herzschlag beschleunigte sich, als er sich seinem Ziel näherte. Bald erreichte er ein schmiedeeisernes Tor. Ein Flügel stand offen, Unkraut überwucherte die Zufahrt. Zur Rechten entdeckte er ein Pförtnerhaus zwischen hohem Gras, offensichtlich unbewohnt.

Sollte er zum Haus gehen? Was sollte er sagen? ›Ich möchte meinen leiblichen Vater kennenlernen . . .‹ Wollte er das wirklich?

Er folgte einer halbverfallenen Steinmauer und kam zu einem weiteren Schmiedeeisentor. Beide Flügel waren geöffnet, und die Zufahrt dahinter wurde anscheinend regelmäßig benutzt. Wenn er ein Stück hinaufging – würde er da das Haus sehen? Zögernd machte er sich auf den Weg. Nach einigen Schritten sah er eine niedere Steinmauer, die einen gepflegten Garten umgab. Eine gebückte Frau wandte ihm den Rücken zu. Als sie sich aufrichtete, erkannte er, daß sie ein junges Mädchen war. Vermutlich die

Tochter des Hauses, von der Mrs. Hanratty berichtet hatte, sie sei nicht ganz richtig im Kopf. Seine Halbschwester ... Dieser Gedanke jagte einen Schauer durch seinen Körper.
Nachdem er über einen seichten Graben gestiegen war, wanderte er zwischen Gemüsebeeten dahin. Plötzlich wandte sich die junge Frau in seine Richtung, und er blieb neben einer Reihe von Kohlköpfen stehen. Ihr Anblick verblüffte ihn. Sie war sehr groß, ihr kastanienrotes Haar, zu zwei Zöpfen geflochten, reichte fast bis zu ihrer Taille. Aber er konzentrierte sich auf ihr Gesicht, das ihm zu schön für eine Geisteskranke erschien. Das konnte unmöglich die verrückte Tochter des Hauses sein. »Guten Tag«, sagte er.
Als er keine Antwort bekam, überlegte er, daß sie es wohl doch sein mußte. Er wollte erklären, er bedaure es, sie gestört zu haben, doch da öffnete sie den Mund und stieß einen seltsamen hohen Laut aus. Dabei drehte sie den Kopf zu einem Gewächshaus. Von dort eilte nun ein Mann herbei, und sie gab weitere unverständliche Laute von sich. Der Mann schien aber zu verstehen, was sie meinte, denn er nickte. »Ja, ja, Miß Henrietta, schon gut.« Dann kam er auf Joseph zu. »Keine Bange, sie ist in Ordnung – nur taub.«
»Ich fürchte mich nicht.«
»Sie sind früh dran.« Joseph hob erstaunt die Brauen, und der Mann fügte hinzu: »Sind Sie von der Stadt zu Fuß bis hierher gegangen? Sie stammen doch nicht aus dieser Gegend?«
»Nein.«
Der Mann musterte Joseph von Kopf bis Fuß. »Eigentlich sehen Sie nicht so aus wie die Leute, die sich sonst um einen Job bewerben, und auch nicht besonders kräftig. Woher kommen Sie?«
»Ich – ich habe die Nacht bei Mrs. Hanratty verbracht.« Etwas anderes fiel Joseph nicht ein.
»Ah, bei der alten Bertha! Warum haben Sie das nicht

gleich gesagt? Sie hat Sie zu uns geschickt, was?« Lachend schlug der Mann auf Josephs Schulter. »Ich wette, Sie konnten kaum ein Wort sagen. Diese Frau ist geschwätziger als zehn Zeitungen zusammen, aber herzensgut. Ich war schon lange nicht mehr dort. Wie geht's ihr denn?«
»Offensichtlich sehr gut.«
Die Augen des Mannes verengten sich. »Sind Sie vielleicht mit ihr verwandt? Der Enkel aus Australien?«
»Nein.«
»Schade. Sie würde so gern mal was von ihrer Familie hören. Na, dann kommen Sie mal mit und reden Sie mit Mr. Bright, mit dem werden Sie nämlich zusammenarbeiten, übrigens ich bin Ron Yarrow.« Er wandte sich zu dem Mädchen, das an seine Seite getreten war, und sagte langsam und deutlich: »Der neue Junge, der für Ihren Großvater sorgen wird. Er sieht zwar nicht so aus, aber er ist sicher stark wie ein Bulle.«
Sie lächelte und gab eine für Joseph unverständliche Antwort, die Ron zum Lachen brachte. »Sie meint, Sie seien ein sehr dünner Bulle. Also, gehen wir.«
Am Vortag, in Mrs. Hanrattys Küche, hatte Joseph zu träumen geglaubt. Nun gewann er den Eindruck, er befände sich immer noch in einem Traum. Als er einen Fuß vor den anderen setzte, gewann er den Eindruck, eine unsichtbare Macht würde ihn weiterziehen, denn er sagte sich, er dürfe dieses Haus nicht betreten. Was würde er tun, wenn er seinen Vater sah?
Er folgte Ron an zwei baufälligen Gewächshäusern vorbei, dann durch einen Torbogen in einen Hof, umgeben von einem Stall, einer Scheune und anderen Nebengebäuden.
Ron öffnete die Küchentür und rief, als Joseph zögerte: »Kommen Sie schon. Hier wird Sie niemand beißen.«
Rose Jackson, mittlerweile weit über sechzig, saß am Tisch und schnitt Möhren in Scheiben. Sie hob den Kopf, und Ron zeigte auf den Neuankömmling. »Schon wieder einer. Nicht halb so alt wie der letzte und nicht halb so groß,

aber Bettler dürfen nicht wählerisch sein.« Zu Katie Swift gewandt, fuhr er fort: »Sag Mr. Bright Bescheid, das heißt, wenn er mit der ersten Säuberung fertig ist. Minnie müßte oben sein, nicht wahr?«

»Ja, natürlich braucht er Hilfe.« Katie musterte Joseph. »Und Minnie würde sogar den Teufel willkommen heißen, wenn er ihr zur Hand gehen will.«

Sie eilte aus der Küche, und als Joseph ihr nachschaute, geriet er beinahe in Panik. Hastig drehte er sich zu Ron um. »Hören Sie – ich glaube nicht . . .«

Rose Jackson stemmte ihren umfangreichen Körper vom Küchenstuhl hoch. »Versuchen Sie's, mein Junge. Sie kriegen fünfzehn Shilling pro Woche, Essen und Unterkunft. Ein guter Lohn, mehr, als sich die Herrschaften leisten können. Aber sie brauchen dringend Hilfe. Er ist gar nicht so übel, wenn man ihn näher kennt. Er schreit zwar ständig, aber Hunde, die bellen, beißen nicht. Sie müssen Mr. Bright nur ein bißchen unterstützen, wenn er den Master wäscht oder auf die andere Seite dreht. Lange wird's der alte Mann ohnehin nicht mehr machen.«

Joseph starrte sie an. Die Frau sprach von seinem Großvater, und sie flehte geradezu, er möge bleiben.

»Setzen Sie sich, trinken Sie eine Tasse Tee.« Sie wies auf einen Stuhl und er gehorchte wie ein Kind. Während sie den Tee brachte, unterhielt sie sich mit dem Mann, der ihn ins Haus geführt hatte. Was sie sagten, registrierte er nicht, denn seine Gedanken überschlugen sich. Wenn er hier blieb – wie sollte er das Mr. und Mrs. Douglas Filmore erklären? Und Amy . . . Am Montag oder Dienstag würden sie aus Harrogate zurückkommen. Wenn er ihnen mitteilte, er würde in diesem Haus arbeiten, würde er gestehen müssen, über seine Herkunft Bescheid zu wissen. Nein, das konnte er nicht. Er hatte seiner Mutter versprochen zu schweigen. Aber er mußte seine Sachen von zu Hause holen und einen Brief hinterlegen. Was sollte er schreiben? Nicht, daß er auf die Universität gegangen sei, diese Behauptung würde sich bald als Lüge herausstellen. Nein, am besten erklärte er, daß er für einige Zeit von daheim weg wolle und sein Studium verschieben würde. Lange konnte es nicht dauern, denn der alte Mann war dem Tode nah. Und danach würde Joseph sein Leben weiterführen.

Was für ein Leben? Es würde nie wieder so sein wie früher. *Er* würde nie mehr derselbe sein. Dieser Teil des Traums war grausame Wirklichkeit. Was immer nun geschah, es würde sein Leben für immer verändern. Das wußte er. Und er wußte schon jetzt, bevor er diesen Bright und seinen Großvater sah, daß er hierbleiben würde.

»Trinken Sie den Tee, solange er noch heiß ist.«

Er hatte erst einen Schluck genommen, als ein älterer Mann die Küche betrat. Sie starrten sich an, und James Bright überlegte, wo er diesem hochgewachsenen Jungen schon einmal begegnet sein mochte. »Wie heißen Sie?«

»Joseph Carter.«

»Stammen Sie aus dieser Gegend?«

»Ich bin auf der anderen Seite von Gateshead geboren.«

Das stimmte. Shields lag auf der anderen Seite von Gateshead, allerdings ziemlich weit entfernt.

»Haben Sie schon einmal in einer solchen Stellung gearbeitet?«

»Ich – ich weiß nicht, was von mir erwartet wird.«

»Sie haben die Annonce also nicht gelesen?«

Ron Yarrow mischte sich ein. »Mrs. Hanratty hat ihm davon erzählt. Er ist mit ihr befreundet.«

»Oh . . .« Bright nickte. »Nun, dann kommen Sie mit. Ich zeige Ihnen, was Sie zu tun haben. Was haben Sie denn bisher gemacht?«

Joseph schluckte. »Ich – war Schreiber. Jetzt möchte ich mich verändern.«

»Schreiber?« Der Butler seufzte tief auf. »Also, dann gehen wir.«

In der Halle verlangsamte Joseph seine Schritte und schaute sich um. Sonnenlicht fiel auf einen Teppich und die ge-

täfelten Wände und hob die Schäbigkeit der Einrichtung hervor. Er stieg hinter Bright die Treppe hinauf, und im Oberstock öffnete sich eine Tür. Eine Frau kam heraus, in einem Morgenrock, mit zerzaustem Haar. Der Butler erklärte die Anwesenheit des fremden jungen Mannes.
Das mußte Kusine Victoria sein, immer noch eine schöne Frau, aber längst verblüht – ein nebelhaftes Spiegelbild ihrer Tochter.
»Die Mistreß«, erklärte Bright leise, als sie weitergingen. »Es geht ihr nicht gut. Eine sehr nette Lady...« Er stieß eine Tür auf, und Joseph folgte ihm nicht sofort, sondern blieb auf der Schwelle stehen. Er starrte zu einem großen Vierpfostenbett hinüber. Nur am oberen Teil hingen verblichene Vorhänge, mehrere Kissen stützten einen alten Mann. Stickige, abgestandene Luft füllte den Raum.
»Wer ist das, Minnie?« fragte eine durchdringende Stimme.
»Ein Besucher, Master«, erwiderte die ältere Frau, die neben dem Bett stand.
»Ein Besucher? Ich will keine verdammten Besucher! Bright!«
»Sir, das ist der junge Mann, der mir zur Hand gehen wird.«
»Schon wieder einer? Die verflixten Kerle bleiben ohnehin nicht hier, also warum stellen Sie überhaupt noch jemanden ein? Verfluchte Idioten sind das, alle miteinander, mit ungeschickten Fäusten und ohne einen Funken Verstand!«
Joseph ging auf das Bett zu und betrachtete das gerötete, von zottigem weißem Haar umrahmte Gesicht des alten Mannes, dessen laute Stimme sein Alter Lügen zu strafen schien.
»Stehen Sie nicht wie ein Stock herum, kommen Sie näher, damit ich Sie sehen kann: Ich will wissen, wer mich in Zukunft anfassen und sein Bestes tun wird, um mich möglichst bald ins Grab zu bringen.«

Unsicher trat Joseph ans Kopfende des Betts und blickte in trübe blaue Augen, die ihn unverwandt anstarrten.
»Bright! Wie heißt der Mann?«
Zum erstenmal ergriff Joseph das Wort. »Ich bin Joseph Carter, Sir.«
»Und wie alt sind Sie?«
»Bald zwanzig, Sir.«
»Woher kommen Sie?«
»Aus der Gegend auf der anderen Seite von Gateshead, Sir.«
»Bright! Ich will unter vier Augen mit Ihnen reden.«
Der Butler bedeutete Minnie Carstairs, den jungen Mann hinauszuführen, und sagte zu Joseph: »Warten Sie unten auf mich.«
Ehe sie die Tür erreichten, flog sie auf, und Henrietta Filmore stürmte herein. Sie lächelte Joseph an, setzte sich aufs Bett und begann in ihrer unverständlichen Sprache zu reden.
»Ja, ja«, antwortete der alte Mann, »schon gut, Liebes. Wir werden sehen. Geh jetzt zu deiner Mama und sag ihr, ich will sie sprechen.«
Sie sprang auf und rannte aus dem Zimmer, vorbei an der Dienerin und Joseph. Verwirrt folgte er Minnie in die Halle hinab.
Im Schlafzimmer befahl William Filmore seinem Butler: »Geben Sie mir einen Tropfen.«
»Sir, der Arzt hat Ihnen verboten, schon vor . . .«
»Spielt es denn eine Rolle, was der sagt? Seien Sie doch ehrlich – spielt das eine Rolle?«
»Eigentlich nicht, Sir.«
»Also, dann bringen Sie mir was.«
Wie schon so oft eilte Bright ins angrenzende Ankleidezimmer und schenkte einen Whisky für seinen Herrn ein. Inzwischen schloß William Filmore die Augen und blickte in die Vergangenheit zurück.
»Trinken Sie langsam, Sir.«
Der alte Mann nippte an dem Glas, das der Butler ihm ge-

reicht hatte. »Erinnert Sie dieser Bursche an irgend jemanden?«
»Ja, aber ich weiß nicht, an wen. Er kommt mir bekannt vor, und seine Sprechweise ist recht gepflegt. Ich verstehe nicht, warum er eine solche Stellung antritt – wenn Sie mir diese Bemerkung verzeihen, Sir.«
»Ja, Bright. Ich verzeihe Ihnen. Er heißt Carter. Sagt Ihnen das was?«
»Überhaupt nichts, Sir.«
»Und er kommt aus irgendeinem Teil von Gateshead.«
»Das sagte er, Sir.«
»Warum will er so einen Posten annehmen?«
»Er – er war früher Schreiber, und diese Tätigkeit scheint ihm nicht mehr zu gefallen, Sir.«
»Ein Schreiber? Nun, wir werden ja sehen ... Wo ist der andere?«
»Er ist heute morgen in die Stadt gegangen, Sir. Sicher findet er bald eine neue Stellung.«
»Wie lange wird es diesmal dauern?«
»Nun, das müssen wir abwarten, Sir.«
»Haben Sie die Mistreß heute morgen schon gesehen?«
»Ja, Sir. Sie ist aufgestanden.«
»Ich sorge mich, Bright. Es geht ihr nicht gut.«
»Sie macht schwere Zeiten durch, Sir.«
»Schwere Zeiten? Was für eine Untertreibung! Sie ist krank, müßte im Bett liegen und ordentlich gepflegt werden. Wenn ich Gewissensbisse habe, dann nur ihretwegen. Wissen Sie das, Bright?«
»Ja, Sir, ich weiß es.«
»Ach, Sie wissen viel zuviel, verdammt noch mal! Wie auch immer, der junge Bursche soll hierbleiben. Mal was anderes zum Ansehen. Wissen Sie, was Miß Henrietta meint?«
»Nein, Sir.«
»Sie sagte, er sei nett – und jung. Lieber Gott, das arme Kind kommt nie mit Altersgenossen zusammen. In diesem

Haus leben nur sterbende gebrechliche oder alternde Leute. Und Sie gehören auch dazu, Bright. Verschwinden Sie jetzt!«
Lächelnd verließ der Butler das Zimmer. Sein Herr hatte eine erholsame Nacht hinter sich und redete munter drauflos, ohne bei jedem zweiten Wort einen Fluch oder Tadel zu äußern. In der Küche erklärte er Joseph: »Sie bekommen fünfzehn Shilling pro Woche, dazu das Essen. Wenn Sie wollen, können Sie über dem Stall schlafen. Die Unterkunft – ist einfach. Da gibt es nur ein Bett und das Allernötigste ...«
»Ich werde bei Mrs. Hanratty wohnen.«
»Nun, das ist natürlich komfortabler. Wann können Sie mit der Arbeit beginnen?«
»Morgen«, lautete die prompte Antwort.
»Sehr gut. Sie haben von halb acht Uhr morgens bis sechs Uhr abends Dienst.« Bright nickte und gab damit seinem neuen Assistenten zu verstehen, er sei vorerst entlassen.
Im Hof traf Joseph mit Ron Yarrow zusammen. »Nun, wollen Sie's versuchen?«
»Ja, ich fange morgen an.«
»Gut. Wenn Sie zu Mrs. Hanratty wollen – nehmen Sie die andere Zufahrt da drüben, das ist eine Abkürzung.«
»Danke.» Joseph schlug die Richtung ein, in die Ron gezeigt hatte. Er kam an der Vorderfront des Hauses vorbei, das riesig, wenig einladend und unbewohnt wirkte – als stünde es schon seit Jahren leer. Am Ende der Zufahrt blieb er nachdenklich stehen. Sollte er zuerst seine Sachen von zu Hause holen und den Brief schreiben – oder vorher Mrs. Hanratty aufsuchen und fragen, ob sie ihm das kleine Zimmer vermieten würde? Daran zweifelte er nicht, hielt es aber für besser, sich zu vergewissern, ehe er mit Sack und Pack bei ihr erschien.
Bertha säuberte gerade den Hühnerstall. Als Joseph nach

ihr rief, richtete sie sich verwirrt auf, dann warf sie ihren Rechen beiseite und eilte zu ihm.
»Möchten Sie einen Mieter bei sich aufnehmen?« fragte er grinsend.
»Einen Mieter? Sie?«
»Ja, mich.«
»Warum haben Sie sich so plötzlich dazu entschlossen? Ich dachte, mittlerweile wären Sie längst wieder zu Hause.«
»Ich habe eine Stellung angenommen.«
Ihr Atem stockte. »Du meine Güte – in Grove House? Wie ist's denn bloß dazu gekommen? Aber gehen wir erst mal rein.«
»Zuerst muß ich meine Sachen von daheim holen, Mrs. Hanratty. Und wenn ich wieder da bin, erzähle ich Ihnen, wie das alles gekommen ist.«
Strahlend begleitete sie ihn zur Straße. »Welch ein Glück, daß der Regen Sie in mein Haus gespült hat, Junge! Ich richte das andere Zimmer für Sie her, das größere. Mein Willie hat es angebaut.«
»Das ist nett, danke.«
Sie winkte ihm lachend nach, als er davoneilte.

5.

»Was glaubst du, wohin er gegangen ist?«
»Keine Ahnung. Jedenfalls nicht nach Cambridge, wie wir seinem Brief entnehmen können. Ich werde besser die Universität informieren, obwohl er schreibt, das habe er getan. Er muß was ganz Bestimmtes planen, denn er teilt uns mit, es könnte einige Wochen dauern. Großer Gott ...« Douglas sank in einen Sessel und sah zu Bridget auf, die neben einem Wandtischchen stand und mit nervösen Fingern auf die Kante trommelte. »Ich hätte sofort

nach Lilys Tod mit ihm reden sollen. Ihr könnte es nicht mehr weh tun, wenn er die Wahrheit wüßte.«

»Mach dir keine Vorwürfe, Liebster. Außerdem bin ich anderer Meinung. Was wäre dabei herausgekommen? Womöglich würde er uns übelnehmen, daß wir all die Jahre geschwiegen haben, und glauben, wir wären nur wegen der verwandtschaftlichen Beziehung nett zu ihm gewesen. Als Joes Sohn hat er wenigstens das Gefühl, ehelich geboren zu sein. Wenn er erfährt, daß er Lionels Bastard ist, und ihn zur Rede stellt ... Das wäre grauenvoll.«

»Du findest also, er darf es niemals wissen?«

»O Gott ...« Bridget setzte sich auf die Couch und hielt die Hände in die Wärme des Kaminfeuers. »Es bedrückt mich immer noch, daß ich all diese Probleme heraufbeschworen habe.«

Er stand auf, ließ sich neben ihr nieder und legte einen Arm um ihre Schulter. »Hast du denn irgendwas mit Josephs Geburt zu tun?«

»O Douglas!« rief sie und stieß ihn mit dem Ellbogen an. »Der Junge kam vor Victorias Hochzeit auf die Welt. Und du hast nur eins zu bereuen – deine Großzügigkeit. Wieviel hast du Bright das letzte Mal geschickt?«

»Das geht dich nichts an.«

Die Tür schwang auf, und beide wandten sich zu Amy, die hereinstürmte, einen Brief in der Hand.

»Nun, was hat er dir geschrieben, Liebling?« fragte Bridget.

»Da, lies es selber! Eine wahrhaft leidenschaftliche Epistel!«

Bridget nahm den Brief entgegen, faltete ihn auf und las vor: »›Liebe Amy, ich gehe für einige Zeit weg, komme aber zurück. Was dann geschehen soll, bleibt abzuwarten. Joseph.‹«

Als sie ihrer Tochter das Schreiben zurückgab, wandte sich das junge Mädchen an Douglas. »Hast du irgendeine Ahnung, wo er stecken könnte, Daddy?«

»Nein, mein Schatz. Wir wissen auch nicht mehr als du.«

»Vielleicht ist er zu seinem Stiefonkel gegangen, den er bei Lilys Begräbnis kennengelernt hat.«
Bridget wechselte einen Blick mit ihrem Mann und erwiderte: »Den würde er nur besuchen, aber nicht dortbleiben. Und er schreibt, er würde erst nach einiger Zeit zurückkommen. Jedenfalls ist es sehr rücksichtslos von ihm, einfach zu verschwinden. Aber er war ja schon immer eigenwillig . . .«
»Du hast ihn nie gemocht. Warum gibst du's nicht endlich zu?«
»Bitte, Amy, sag so was nicht! Ich hatte Joseph immer sehr gern, und sein Wohl lag mir stets am Herzen. Schon bevor du auf der Bildfläche erschienen bist!«
»Reg dich nicht auf, Liebes«, bat Douglas.
Amy beobachtete, wie er ihre Mutter an sich drückte, und die zärtliche Geste weckte den Wunsch in ihr, aufzuschreien, als müßte sie einen schmerzlichen Verlust erleiden. Doch sie beherrschte sich. »Ich werde ihn finden – und ich werde ihn heiraten, auch wenn's dir nicht paßt, Mammy.«
Erschrocken stand Bridget von der Couch auf und ging langsam auf ihre Tochter zu. »Was ist bloß in dich gefahren? Ich will doch nur dein Glück . . .«
»Genau das will ich auch, Mammy, und ich kann nur glücklich werden, wenn ich den Rest meines Lebens mit Joseph verbringe. Das wußte ich von Anfang an. Ich bin kein Kind mehr, obwohl du mich wie eins behandelst. Ich liebe Joseph, und er liebt mich – das weiß ich.«
Seufzend drehte sich Bridget zu Douglas um. »Ich glaube, es ist an der Zeit, eine Erklärung abzugeben. Was meinst du?«
Es dauerte eine Weile, bis er antwortete: »Ja, du hast sicher recht.« Dann streckte er eine Hand nach Amy aus. »Setz dich zu mir, Liebling, wir müssen dir etwas sagen.«
Nachdem seine Tochter Platz genommen hatte, wandte er sich wieder zu Bridget. »Am besten fängst du an . . .«
Zehn Minuten später übernahm er es, die restliche Ge-

schichte zu erzählen. »Ihr seid also Vetter und Kusine. Er ist mein Neffe, der Sohn meines einzigen Bruders ...« Seine Stimme nahm einen bitteren Klang an. »Und der ist alles andere als ein ehrenwerter Mann. In seinem Leben sind Dinge vorgefallen, über die nicht einmal deine Mutter Bescheid weiß.« Als Bridget ihn mit großen Augen anstarrte, nickte er. »Dinge, die ihm keineswegs zum Ruhm gereichen ... Es widerstrebte mir stets, Joseph über seine Herkunft zu informieren, weil er gewiß nicht stolz darauf sein kann. Und es würde ihn zutiefst schockieren, wenn er erführe, daß sein Stiefvater wegen eines Mordes gehängt wurde, den er nicht begangen hatte. Ja, wir sind fest überzeugt, daß er unschuldig war. Verstehst du nun unsere Einstellung, Amy?«
Sie schaute von einem zum anderen und biß sich auf die zitternde Unterlippe. »Tut mir leid, ich war schrecklich dumm.«
»Nein, das warst du nicht, Liebling«, entgegnete Bridget. »Sicher warst du nur so trotzig, weil du ahntest, daß wir dir etwas verschwiegen.«
Amy griff nach dem Kuvert, das sie auf den Couchtisch gelegt hatte. »Der Brief wurde in Newcastle aufgegeben.«
Ihr Vater lächelte. »Also kann er nicht allzuweit weg sein. Wir können nichts weiter tun als warten.«
»Du glaubst, er wird von sich aus zurückkommen?«
Douglas nickte, und Bridget antwortete. »Ganz bestimmt, Liebling. Aber laß ihm ein oder zwei Wochen Zeit.«

6.

War er wirklich erst vor acht Tagen zum ersten Mal in dieses Haus gegangen? Es kam ihm wie acht Jahre vor, und Meadow House und das Pförtnerhäuschen und jenes an-

dere Leben schienen in eine immer fernere Vergangenheit zurückzuweichen.
Unentwegt rannte er zwischen dem Schlafzimmer des alten Mannes und der Küche hin und her, brachte Abfälle nach unten, trug frisches Wasser in Messingeimern oder schwerbeladene Tabletts nach oben, und daß er den Segen zweier Dienerinnen mit müden Beinen hatte, linderte die Schmerzen in seinen eigenen Gliedern keineswegs.
Zu den unangenehmsten Pflichten gehörte es, den fast unbeweglichen Körper und die hilflosen Beine des Patienten hochzuheben, ihn zur Seite zu drehen und zu waschen. Nie würde er sich an den Gestank gewöhnen, der den ganzen Raum erfüllte, obwohl ständig Lavendelwasser versprüht wurde. Dieser Geruch schien an Josephs Gaumen zu kleben, so daß er manchmal durch das Ankleidezimmer in die Toilette laufen und sich den Mund ausspülen mußte. In den ersten Tagen hatte er oft mit dem Gedanken gespielt zu kündigen. Vielleicht lag es an Minnies und Katies Sorge um den alten Master, daß er sich immer wieder anders besonnen hatte. Eines Tages waren sie zu ihm gekommen, als er Ron Yarrow zwei Eimer mit Fäkalien übergeben hatte und vor der Küchentür frische Luft geschnappt hatte. »Er ist alt, und er kann's nicht bei sich behalten«, hatte Minnie bemerkt. »Es ist ein Jammer, so alt zu werden.«
Diese Worte veranlaßten Joseph zu dem Entschluß, dieses Stadium niemals zu erreichen und freiwillig aus dem Leben zu scheiden, ehe er anderen zur Last fiel. Nie war ihm der menschliche Körper widerwärtig vorgekommen – bis er die Beine des Kranken gesehen hatte – das eine stark geschwollen, das andere leblos, nur aus Haut und Knochen.
Am dritten Tag strahlte die Sonne, und die Fenster waren ein wenig geöffnet. Bei schönem Wetter schien sich William Filmores Laune stets zu bessern, und er führte zum erstenmal ein Gespräch mit Joseph. »Sie kommen also aus

der Gegend von Gateshead. Haben Sie schon immer dort gelebt?«
»Ja.«
»Hat Ihr Vater mal bei uns gearbeitet?«
Die gedehnte Antwort verwirrte nicht nur den alten Mann, sondern auch Bright, der am anderen Ende des Zimmers die Medizinflaschen auf einem Wandtischchen ordnete. »Nein, und soviel ich weiß, hat er auch sonst nirgendwo gearbeitet – Sir«, fügte er hinzu, als er die Miene des Butlers sah.
Später schob ihn der seit Jahren unterbezahlte und trotzdem treu ergebene Diener in William Filmores Ankleidezimmer und flüsterte heiser: »Reden Sie nie wieder in diesem Ton mit dem Master! Sonst weise ich Ihnen die Tür, so dringend ich Ihre Hilfe auch brauche.«
Am fünften Tag wurde er erneut von Bright gemaßregelt. Er ging gerade zum Schlafzimmer des alten Mannes, als die Mistreß aus ihrer Tür kam und ihn anstarrte. Das brachte ihn in Verlegenheit, und er hielt es für nötig, etwas zu sagen. »Wie geht es Ihnen, Ma'am?«
»Recht gut – danke«, entgegnete sie nach kurzem Zögern, dann eilte sie an Bright vorbei zum Zimmer ihres Schwiegervaters.
Der Butler zerrte ihn in den Ankleideraum, schloß die Verbindungstür zum Schlafgemach und fauchte: »Wissen Sie denn überhaupt nichts? Man fragt die Herrschaften nicht, wie's ihnen geht.« Mit schmalen Augen musterte er Joseph von Kopf bis Fuß, ehe er hinzufügte: »Ich mache mir Sorgen Ihretwegen, denn ich glaube, Sie sind nicht, was Sie scheinen. Haben Sie irgendwas auf dem Kerbholz und diese Stellung nur angenommen, um sich vor der Polizei zu verstecken?«
»Nein. Und warum darf ich die Hausherrin nicht fragen, wie es ihr geht? Höfliches Benehmen ist keine Beleidigung – auch wenn man in Grove House eine andere Meinung zu vertreten scheint.«

»Hören Sie, junger Mann ...« Mahnend hob Bright einen Zeigefinger. »So dürfen Sie mit mir und dem übrigen Personal nicht umgehen. Sie haben Ihre Stellung in diesem Haus erst vor kurzem angetreten, und wenn Sie sie behalten wollen, müssen Sie sich anpassen.«
»Vielleicht will ich gar nicht bleiben.«
»Das wäre bedauerlich«, erwiderte der Butler etwas sanfter und sichtlich verwirrt. Ein lautstarker Befehl seines Herrn veranlaßte ihn, nach nebenan zu eilen.
Joseph blieb zurück und knirschte mit den Zähnen, dann hörte er die Stimme des alten Mannes und trat näher zur angelehnten Tür, um zu lauschen. »Regen Sie sich nicht auf, meine Liebe, sehen Sie nur zu, daß sie ihm nicht über den Weg läuft. Am besten bleibt sie in ihrem Zimmer.«
»Dort kann ich sie einen Tag festhalten, aber nicht länger. Sie würde aus dem Fenster klettern. Das hat sie schon einmal getan.«
»Wieso glauben Sie, daß er hierbleiben wird?«
»Er ist schon zwei Tage da, und heute morgen reitet er wieder aus.«
»Hat er Ihnen das Haushaltsgeld gegeben?«
»Nicht die ganze Summe – und auch keine Erklärung. Aber die erwarte ich nicht.«
»Kommen Sie zurecht?«
»Einigermaßen. Aber wir müssen uns einschränken und noch einfacher essen als sonst.«
»Zum Teufel mit ihm! Bright, bringen Sie mir meine Börse!«
Es überraschte Joseph, daß der Butler immer noch im Zimmer war, während diese intime Unterredung geführt wurde.
»Woher haben Sie das Geld?« hörte er die Mistreß fragen.
»Zerbrechen Sie sich nicht den Kopf darüber, meine Liebe. Oh, ich bin ein raffinierter Bursche! Vom letzten Landverkauf habe ich ein bißchen was zurückbehalten.«
»Aber das war im Vorjahr.«

»Ja, ich, weiß, aber so rasch vermodert das Geld nicht. Wenn Etta nicht im Garten ist, schicken Sie sie zu mir. Wir werden uns schon um sie kümmern, nicht wahr, Bright?«
»O ja, Sir, und sie wird sich bestimmt wohl fühlen, insbesondere, wenn Sie Cribbage mit ihr spielen.«
Nach einer kleinen Pause erwiderte die Stimme der Mistreß. »Sie sind sehr nett, Schwiegervater, und Sie auch, Bright. Vielen Dank.«
Als sie an der Tür des Ankleidezimmers vorbeiging, hörte Joseph ihren Morgenmantel rascheln. Der alte Mann wartete, bis sie sein Zimmer verlassen hatte, dann fragte er: »Wann ist das Geld eingetroffen?«
»Letzte Woche, Sir.«
»Seltsam ... Als ich um meine Börse bat, dachte ich, da wäre nur ein halber Sovereign drin. War mir meine Überraschung anzumerken?«
»Keineswegs, Sir.«
»Eine merkwürdige Frau ist das. Ich verstehe sie einfach nicht. Wieviel hat sie Ihnen das letzte Mal geschickt?«
»Zwanzig Pfund, Sir.«
»Zwanzig Pfund? Heutzutage kommt mir das wie ein Vermögen vor. Und früher hätte ich's nach einer Fliege geworfen, die übers Fenster gekrochen ist ... Oh, verdammt, ich brauche wieder Ihre Hilfe ...«
»Carter!« schrie der Butler.
Als Joseph das Schlafzimmer betrat, fragte der alte Mann: »Spielen Sie Cribbage?«
»Nein, Sir.«
»Was spielen Sie denn?«
»Whist und Ma-Jongg.«
»Ma-Jongg? Das ist ein chinesisches Spiel. Wo haben Sie's gelernt?«
»Von einem Freund.«
»Ist er Chinese?«
»Nein, Sir.«
Während dieses Wortwechsels hielt Joseph den alten

Mann an der Bettkante fest, so daß Bright das beschmutzte Laken mit einem frischen vertauschen und seinen Herrn säubern konnte.
William Filmores Augen waren, wie immer bei dieser Prozedur, nur wenige Zentimeter von Josephs Gesicht entfernt und schienen aus den Höhlen zu quellen. Joseph mußte sich sehr beherrschen, um den Kopf nicht abzuwenden oder die Nase zu rümpfen, als ihm der gräßliche Gestank entgegendrang. Welch ein trauriger Gedanke, daß der alte Mann immer noch über einen glasklaren Verstand verfügte und die Würdelosigkeit seiner Situation erkennen mußte ...
Als William Filmore auf dem sauberen Laken lag, unter das eine wasserdichte Matte gebreitet war, fragte der Butler: »Haben Sie's bequem, Sir?«
»Ja, danke, Bright.«
Es verblüffte Joseph stets von neuem, wie oft William Filmore im Lauf eines Tages die Tonart wechselte, wenn er mit seinem Butler sprach. Er konnte Bright wütend verfluchen und ihn im nächsten Moment beinahe freundschaftlich anreden.
»Suchen Sie Miß Henrietta, Carter, und sagen Sie ihr, sie soll mit mir Karten spielen«, befahl der alte Mann.
»Das wird Sie ermüden, Sir, so früh am Tag«, wandte der Butler ein. »Außerdem wird sie bei diesem schönen Wetter im Garten arbeiten.«
»Sie arbeitet nicht immer im Garten. Manchmal wandert sie auch herum. Und sie kann nicht ihr ganzes Leben mit Schaufel und Spaten verbringen. Sie wissen doch noch, wie Sie sie neulich in der Ahnengalerie fanden, wo sie die Porträts anstarrte, und was passiert, wenn sich die beiden begegnen? Sicher erinnern sie sich an seine Drohung. Und der alte Leadman steht auf seiner Seite. Es braucht zwar zwei Ärzte, um die Einweisung in eine Anstalt zu erwirken. Aber Leadman, das alte Schwein, würde sicher irgendeinen Kumpel herumkriegen.«

»Das könnte er nicht, Sir.«

»Nein? Sie waren nicht dabei, als sie ihn in den feisten Bauch boxte, Bright. Das hat er ihr nie verziehen. Und er hätte sicher längst was unternommen, wäre da nicht dieser junge Dr. Curry. Der hat bestätigt, was ich schon immer sagte – dieses Kind oder diese junge Frau ist genauso normal wie ich. Klar, sie ist schwerhörig, und sie schlenkert so mit den Gliedern, weil sie als kleines Kind Scharlach hatte. Deshalb bekam sie . . . Wie heißt das doch gleich?«

»Ich glaube, Chorea, Sir.«

»Ja, genau – Chorea. Hatte ich nie zuvor gehört. Das war's, was ihre Nerven angegriffen hat. Aber nicht das Gehirn, das weiß ich. Also, junger Mann, holen Sie das Mädchen.«

Joseph eilte aus dem Zimmer, den breiten Korridor entlang, durch die Ahnengalerie und die Treppe hinab. Als er aus dem Haus trat, erblickte er zum erstenmal den Mann, um dessentwillen er hierhergekommen war. Er sah nur das Profil, erkannte ihn aber trotzdem.

Lionel Filmore ritt quer über die Zufahrt auf den Stallhof zu und schaute zu seiner Tochter hinüber, die auf der Veranda stand, den Kopf nach oben gewandt. Und dann beobachtete Joseph etwas, das ihm einen Schauer über den Rücken jagte. Der Reiter ließ die Peitsche knallen – nicht, um das Pferd zu schlagen, sondern etwas Unsichtbares, das offenbar seinen Zorn erregt hatte. Plötzlich verkrümmte sich der Körper des Mädchens, die Arme schwangen durch die Luft, der Kopf wackelte hin und her, die Füße schienen zu tanzen, die Kehle würgte Laute hervor, die wie eine Fremdsprache klangen.

Das Pferd war um eine Ecke gebogen, als Joseph das Mädchen erreichte, bei den Armen packte und mit deutlicher Aussprache sagte: »Alles – ist – gut. Machen – Sie – sich – keine – Sorgen. Ihr – Großvater – möchte – Sie – sehen.«

»Eische . . . Eische . . .«

»Was?«
Das Schlenkern ließ nach, er spürte, wie der Körper unter seinen Händen erschlaffte, und Henrietta wiederholte das Wort. »Eische . . . Eische.«
»Kommen – Sie – mit – mir. Ihr – Großvater – will – Sie – sehen.«
»Asse . . . Ad.«
Er verstand sie nicht und bat erneut: »Kommen – Sie – mit.« Während er sie zur Haustür führte, wandte sie sich immer wieder in die Richtung, wo ihr Vater verschwunden war.
Wieder im Schlafzimmer des alten Mannes, staunte Joseph über die Vielfalt der Laute, die sie hervorstieß. Dabei bewegte sie eine Hand, um zu demonstrieren, wie Lionel Filmore die Peitsche durch die Luft geschwenkt hatte. Ihr Großvater zog sie behutsam auf die Bettkante hinab. »Nein, mein Liebes, er wird es niemals wagen, dich mit seiner Peitsche zu schlagen.«
Hastig brabbelte sie weiter, und er schien jedes Wort zu verstehen. »Ich weiß, du haßt ihn, aber genug davon. Hat er tatsächlich mit der Peitsche geknallt?« fragte er Joseph.
»Ja, Sir, und ich gewann den Eindruck, er wollte jemanden züchtigen.«
William nickte langsam, warf einen Blick auf Bright und murmelte: »Wenn das wieder anfängt, kriegen wir Ärger. So kann es nicht weitergehen.«
Es dauerte eine Weile, bis der Butler bestätigte: »Nein, Sir, gewiß nicht.«
Der alte Mann wandte sich wieder zu seiner Enkelin und schlug fröhlich vor: »So, jetzt spielen wir Cribbage.« Als sie den Kopf schüttelte, beharrte er: »Doch. Ich will mich amüsieren, und Carter kann nicht Cribbage – nur Whist . . . Das wäre eine Idee. Haben Sie jemals Whist gespielt, Bright?«
»Nein, Sir.«

»Nun, man ist nie zu alt, um was zu lernen. Bringen Sie einen Tisch her.«
»Finden Sie das richtig, Sir?«
»Bright . . .« Nach einer kurzen Pause fügte William hinzu: »Wir sind schon sehr lange zusammen. Habe ich jemals irgend etwas getan, das Sie richtig fanden?« Seine Stimme nahm einen scharfen Unterton an, als wollte er sich weitere Einwände verbitten. »Bringen Sie einen Tisch! Wir – spielen – Whist«, erklärte er seiner Enkeltochter. »Ein – neues – Kartenspiel. Carter – wird – es – uns – zeigen.«
Die nächsten Ereignisse spielten sich wieder auf einer Traumbühne ab, denn Joseph saß neben einem Vierpfostenbett, an der Seite des Mannes, der nichts von seinem Enkelsohn wußte. Auch seine Halbschwester und der Butler hatten an dem kleinen Tisch Platz genommen, und als Joseph die Karten verteilte, mußte er einen Lachreiz bekämpfen. Aber es wäre kein normales Gelächter geworden, es hätte hysterisch geklungen – wie das Lachen einer Frau, bevor sie in Tränen ausbricht. Die einzige Person, die in dieser Szene fehlt, ist Mrs. Hanratty, dachte er. Sie müßte auf dem Bettrand hocken und munter schwatzen.
Der Traum intensivierte sich, während er Henrietta zeigte, wie sie die Karten in ihrer Hand ordnen mußte. Ihre Gesichter waren nah beieinander, sie lächelte. Und ein Gefühl erfaßte ihn, das nie zuvor in ihm aufgestiegen war, nicht einmal, nachdem er erkannt hatte, daß er Amy liebte, nicht als Spielkamerad und Freund, sondern als Mann. Und so wie er damals nichts dagegen hatte tun können, konnte er auch jetzt nichts gegen dieses Gefühl einer Verwandtschaft tun, dieses Gefühl, daß er zu jemandem gehörte.
Doch dann erinnerte er sich plötzlich, von wem sie beide abstammten, und der wundervolle Augenblick entschwand.

»Sie sehen müde aus, mein Junge.«
»Ich bin müde, Mrs. Hanratty.«
»Fällt Ihnen die Arbeit da unten zu schwer?«
»Eigentlich nicht. Es ist keine harte Arbeit. Aber ich laufe den ganzen Tag treppauf und treppab.«
»Was müssen Sie denn überhaupt machen?«
Während er ein großes Stück Fleischpudding verzehrte, erklärte er seine Pflichten, und danach meinte sie: »Mr. Bright würde zwei oder drei Hilfskräfte brauchen. Und Sie hätten sich vor dem Dinner mit heißem Wasser waschen sollen, um diesen Geruch aus der Nase zu kriegen. Morgen werde ich dafür sorgen.«
»Bemühen Sie sich nicht, Mrs. Hanratty.«
»Das ist keine Mühe, mein Junge. Wie lange wollen Sie denn noch dort bleiben?«
»Ich weiß nicht. Vielleicht, bis der alte Mann stirbt. Bright sagt, der Doktor hat ihm noch sechs Monate gegeben, und das war vor einem Jahr. Er kann seine Beine nicht mehr benutzen, und eins sieht schrecklich aus.«
»Ist er gelähmt?«
»Nicht völlig. Den Oberkörper kann er ganz gut bewegen.«
»Und wie sind die anderen?«
»Oh, die Mistreß wirkt sehr nett – zurückhaltend, aber wirklich nett.«
»Und ihre Tochter?«
»Ein schönes Mädchen – behindert, aber nicht geistig. Sie kann nur wegen ihrer Taubheit nicht richtig sprechen.«
»Angeblich führt sie sich manchmal wie ein wildes Tier auf.«
Mit gutem Grund, dachte er und glaubte wieder vor sich zu sehen, wie der Mann mit seiner Peitsche nach einer imaginären Person geschlagen hatte, die für das Mädchen keineswegs imaginär gewesen war.

7.

Wenn Joseph am Morgen zur Arbeit ging, erschien ihm die Nacht in Mrs. Hanrattys Cottage, in seinem weichen Federbett, nur wie ein kurzes Zwischenspiel, fern von Grove House. Und wenn er das große Haus betrat, kam es ihm so vor, als hätte er es nie verlassen. Die Köchin, noch schlaftrunken, schob ihm eine Tasse Tee über den Küchentisch hinüber. Katie und Minnie waren da, manchmal auch Ron und Jimmy. Alle nickten ihm zu, als wäre er nur ganz kurz weg gewesen.

Und da war Mr. Bright. An diesem Morgen begrüßte er ihn mit der Erklärung: »Der Master hat eine schlimme, schmerzhafte Nacht hinter sich. Ich wollte schon den Arzt rufen, aber jetzt fühlt er sich besser. Gehen Sie sanft mit ihm um.« Um sich zu entschuldigen, falls seine Worte als Vorwurf aufgefaßt wurden, fügte er rasch hinzu: »Aber ich muß betonen, daß Sie nicht so grob sind wie Ihre Vorgänger.«

Joseph zog den weißen Kittel an, den man ihm am ersten Arbeitstag gegeben hatte, und betrat das Schlafzimmer.

»Guten Morgen, Sir.«

»O Carter . . . Wie ist das Wetter heute?«

»Zicmlich frisch, Sir.«

»Nun, wir haben ja bald November.« Nach einer langen Pause fuhr William fort: »Das Spiel gestern hat ihr Spaß gemacht.«

»Darüber freue ich mich sehr, Sir.«

»Sie ist intelligent, nicht wahr?«

»O ja, sie lernt schnell.«

Dann begann die Routine. Die Bettwäsche wurde gewechselt, der alte Mann gewaschen und rasiert. Dabei hob Bright vorsichtig eine Kinnfalte nach der anderen, ließ das Rasiermesser behutsam über die welke Haut gleiten. Dafür bewunderte Joseph ihn immer wieder. Schließlich wurde es Zeit

fürs Frühstück. Der Butler fütterte seinen Herrn, was diesen täglich zu ärgern schien, ging dann in die Küche hinunter, um selbst zu frühstücken. Um neun Uhr pflegte er zurückzukehren, und sein Assistent durfte frühstücken.
An diesem Morgen war es schon fast halb zehn, als Joseph das Schlafzimmer verließ. Am anderen Ende des Korridors sah er – den Mann und verlangsamte sofort seine Schritte. Lionel Filmore trug seinen Reitanzug, aber ohne Hut. Er hatte immer noch eine gute Figur und nur einen leichten Bauchansatz, über den Ohren war das dichte Haar ergraut. Trotz der stark geröteten Wangen und der geschwollenen Lider wirkte er attraktiv. Plötzlich blieb er stehen und starrte den jungen Mann, der ihm entgegengkam, mit schmalen Augen an. »Wer sind Sie?«
»Joseph Carter.«
Der respektlose Tonfall entging Lionel nicht. »Sagen Sie ›Sir‹, wenn Sie mit mir reden, verstanden?«
»Ja, ich verstehe.«
»Wagen Sie es bloß nicht, so mit mir zu sprechen, Sie unverschämter Lümmel! Woher kommen Sie?«
»Das ist meine Sache.«
Joseph wich zurück, und Lionel Filmore schrie erbost: »Ihre Sache? Bald wird es nicht mehr Ihre Sache sein, in diesem Haus zu arbeiten! Bright! Bright!« Die Schlafzimmertür öffnete sich, und der Butler erschien. »Werfen Sie diesen Mann hinaus, Bright!«
»Was, Sir?«
»Sie haben es doch gehört! Werfen Sie diesen frechen Kerl hinaus! Warum stellen Sie so einen Abschaum überhaupt ein!« Entschlossen marschierte Lionel ins Schlafzimmer seines Vaters.
Bright ergriff Josephs Arm und murmelte: »Kümmern Sie sich nicht drum . . .«
Beide wandten sich zur offenen Tür, als der alte Mann brüllte: »Das ist immer noch mein Haus! Ich engagiere, wen ich will, und ich entlasse, wen ich will!«

»Der Bursche hat keine Manieren! Er weigert sich, mich korrekt anzureden!«
»So? Und wie soll man dich korrekt anreden, Lionel? Ich wüßte, was ich sagen würde, wenn . . .« Ein Keuchen erklang, als müßte William nach Atem ringen, dann fuhr er fort, immer noch mit kraftvoller Stimme. »Ich weiß, wie man dich korrekt ansprechen müßte, verstehst du mich? Wie auch immer – was verschafft mir die Ehre deines frühen Besuchs?«
»Ich möchte dir endlich Vernunft beibringen.«
»Tatsächlich?«
»Du mußt den Rest des Tieflands verkaufen. Wir haben finanzielle Schwierigkeiten.«
Ein geisterhaftes, heiseres Gelächter drang durch die Tür.
»Nachdem du jahrelang eine schlechtbezahlte Stellung nach der anderen angenommen hast, ist dir soeben klargeworden, daß wir uns in finanziellen Schwierigkeiten befinden? Geh mir aus den Augen!«
»Vater, sei doch vernünftig. Ich setze dich wirklich nur ungern unter Druck, aber ich halte immerhin eine Trumpfkarte in der Hand. Soll ich sie in eine Anstalt einliefern lassen?«
Nach einem langen Schweigen erwiderte der alte Mann: »Wenn du das tust, bist du erledigt, Lionel. In meinem Ärmel steckt nämlich auch eine Trumpfkarte, und Douglas hat sogar eine noch größere. Erinnerst du dich nicht? Glaubst du vielleicht, du wärst in Sicherheit, wenn ich morgen abkratze? Douglas ist immer noch da. Und sein Haß ist noch viel größer als deiner.«
»Damit jagst du mir keine Angst ein. Ihr beide könnt nichts tun. Was wäre denn, wenn ich den Spieß umdrehen würde? Und ich werde gegen ihn kämpfen, bis zum letzten Atemzug, verlaß dich drauf.« Lionel stürmte in den Korridor, ohne dem Butler und Joseph einen Blick zu gönnen.
Bright eilte ins Zimmer seines Herrn zurück, dicht gefolgt

von Joseph. Der Kopf des kranken Mannes war tief in dem Kissen vergraben. Der Butler schaute ihn nur kurz an, dann ergriff er eine Flasche, goß braune Flüssigkeit in ein Glas und hielt es dem Patienten an die Lippen.
Bald nachdem William die Medizin eingenommen hatte, konnte er wieder leichter atmen. »Wo – ist die Mistreß?«
»Ich glaube, immer noch in ihrem Zimmer, Sir.«
»Gehen Sie zu ihr und erklären Sie ihr alles – Sie haben es doch gehört?«
»Ja, Sir.«
»Sie soll auf das Kind achten. Er meint es ernst.«
»Ja, Sir.« Bright stellte das Glas auf den Tisch und winkte Joseph zu sich. »Bleiben Sie bei ihm«, flüsterte er. »Ich bin gleich wieder da.« Er eilte hinaus, und sein Assistent setzte sich neben das Bett.
William drehte den Kopf zu ihm. »Carter ...«
»Ja, Sir?«
»Laufen Sie ins Ankleidezimmer. In der untersten Schublade, unter den Reitsachen, finden Sie eine längliche Kassette. Die holen Sie mir. Schnell!«
Joseph gehorchte. Unter den Reitsachen, die vermutlich jahrelang nicht benutzt worden waren, stand eine Mahagonikassette. Er brachte sie dem alten Mann, der ihm befahl: »Gehen Sie wieder in die Ankleidekammer. Ich – ich rufe Sie.«
Mühsam setzte sich William Filmore auf. Die knochigen Finger hantierten am Schloß der Kassette herum, hoben den Deckel hoch und enthüllten zwei Revolver. Ohne Zögern nahm er einen heraus. Er vergewisserte sich, daß die Waffe geladen war, und entsicherte sie, dann schob er sie zwischen die Falten des fadenscheinigen Brokatvorhangs an seinem Bett und legte zwei mit Bleikugeln beschwerte Quasten darüber. Während er die Kassette schloß, schrie er: »Carter ... Bringen Sie das zurück!« befahl er, als Joseph erschien. »Und schauen Sie bloß nicht rein! Kommen Sie gleich wieder zurück.« Nachdem Joseph den Auftrag

ausgeführt hatte, warnte der alte Mann: »Und kein Wort zu Bright, verstanden?«
»Ja, Sir.«
»Was glauben Sie denn, was in dieser Kassette ist?«
»Keine Ahnung, Sir.«
Die hellen Augen starrten Joseph an. »Sagen Sie auch die Wahrheit?«
»Gewiß, Sir!«
»Wirklich?«
»Nun ja – ich dachte, vielleicht ist eine Flasche drin, Sir. Aber dann merkte ich, daß die Kassette dafür zu schmal wäre.«
»Eine Flasche?« William lachte rauh. »Die hätte niemals so lange in diesem Schubfach überlebt – trotz meines strengen Butlers. Carter ...«
»Ja, Sir?«
»Irgendwie beunruhigen Sie mich. Ich weiß nicht, warum. Vielleicht, weil Sie anders sind als ihre Vorgänger. Manchmal überlege ich mir, daß Sie ein junger Gentleman sein könnten. Aber ich bemerke auch eine gewisse Derbheit an Ihnen, die dagegen spricht.«
Joseph war froh, daß Bright in diesem Augenblick zurückkehrte und sagte: »Gehen Sie jetzt frühstücken, Carter.«
Sofort verließ Joseph das Zimmer. Statt die Treppe hinabzusteigen, ging er in eine Abstellkammer am Ende des Korridors, sank auf einen gepolsterten Schemel an einem ausrangierten Toilettentisch und überdachte, was während der letzten halben Stunde geschehen war. Die Begegnung mit seinem Vater beschäftigte ihn weniger als die Frage, was sich in der Mahagonikassette befinden mochte. Der alte Mann hatte so geheimnisvoll getan. Wenn er etwas herausgenommen hatte – wo konnte er es versteckt haben? Die Bettwäsche wurde dreimal täglich gewechselt. Vielleicht Papiere, ein Testament ...
Der restliche Tag verlief relativ ruhig. Am Nachmittag

brachte die Mistreß ihre Tochter ins Krankenzimmer. Sie setzten sich ans Bett, unterhielten sich mit dem alten Mann, und Bright zog sich mit Joseph in die Ankleidekammer zurück.
Der Butler trat ans Fenster und murmelte: »Fasane ... Jetzt hat er wieder seinen Spaß.«
Joseph stellte sich neben ihn und sah den Reiter im Hof. Mehrere Vögel hingen am Sattel.
»Wie mag man sich vorkommen, wenn man geächtet wird?« fuhr Bright fort. »In der Jagdsaison muß er sich besonders gräßlich fühlen. Manchmal tut er mir leid. Schon als Kind war er ein Egoist und Lügner. Ständig wurden die Dienstboten wegen irgendwelcher Missetaten zur Rechenschaft gezogen, die sie nie begangen hatten. Nur ein einziges Mal schien er sich zu ändern – als er um die Mistreß warb. Aber das war nur von kurzer Dauer.« Seufzend wandte er sich zu Joseph. »Am besten vergessen Sie, was Sie heute morgen gehört haben.«
»Warum?«
»Warum?« wiederholte der Butler ärgerlich. »Weil es Sie nichts angeht, junger Mann.«
»Wie können Sie das wissen?«
Bright hob die Brauen und sagte tonlos: »Wer sind Sie? Ich hatte von Anfang an meine Zweifel. Führen Sie irgendwas im Schilde? Sie sind nicht der Typ, der normalerweise hier arbeitet. Das sah ich sofort. Nun frage ich Sie – warum sind Sie hergekommen? Wer sind Sie?«
Ohne mit der Wimper zu zucken, hielt Joseph dem prüfenden Blick stand. »Ich bin Joseph Carter, und ich kam hierher, weil ich einen neuen Job wollte – vielleicht, um zu beobachten, wie die andere Hälfte der Menschheit lebt.«
Der Butler seufzte wieder und zeigte auf die Kommode.
»Nehmen Sie mal die Wäsche aus den oberen Schubladen. Die meisten Hemden wurden jahrelang nicht getragen und sind sicher vergilbt. Ich werde sie der Mistreß bringen. Sie

müßte sie mal durchsehen und feststellen, was man weggeben kann.«
Er verließ die Ankleidekammer durch die Tür, die in den Flur führte. Josephs Blick richtete sich auf die unterste Schublade, aus der er am Morgen die Kassette genommen hatte. Ein Waffenbehälter? Aber wo konnte der alte Mann einen Revolver verstecken? Er war versucht, das Fach zu öffnen, den Mahagonideckel hochzuheben ... Aber wenn Bright ihn dabei ertappte – wie sollte er erklären, was er in der untersten Schublade zu suchen hatte? Er schaute zur Schlafzimmertür. Vielleicht wäre es besser, den Butler zu informieren ... Nein, er hatte versprochen, Stillschweigen zu bewahren. Aber eins nahm er sich vor. Irgendwie mußte es ihm gelingen, eine Hand unter die Federmatratze des alten Mannes zu schieben – das einzig mögliche Versteck für einen Revolver. Vor dem morgigen Tag konnte er nichts tun.
Und wenn William Filmore die Waffe schon in dieser Nacht benutzen wollte?

8.

Am nächsten Morgen steckte er eine Hand unter die Matratze, fand aber nichts.
Weitere Tage verstrichen, und er gelangte zu der Überzeugung, der alte Mann müßte etwas anderes aus der Kassette genommen haben. An einem Freitag wurde er eines Besseren belehrt.
Seit vierundzwanzig Stunden regnete es, ein Teil der Zufahrt war überflutet. Man konnte weder im Garten noch in den Gewächshäusern arbeiten, und Henrietta saß nun schon zwei Tage lang in ihrem Zimmer fest, neben dem Schlafgemach ihrer Mutter. Durch die regennasse Fenster-

scheibe blickte sie in den Garten, dann kehrte sie seufzend zu dem Lehnstuhl vor dem kleinen Kamin zurück, in dem ein schwaches Feuer glühte. Über ihrem Wollkleid trug sie einen Schal, den sie fester um die Schultern zog, als sie sich setzte. Dann nahm sie ein Buch von dem Tisch an ihrer Seite, blätterte aber nur gelangweilt darin, weil sie die Geschichte schon auswendig kannte. Sie handelte von einer Prinzessin, die so feinfühlig war, daß sie in ihrem Bett eine Erbse durch mehrere Matratzen hindurch spürte. Ein Prinz nahm sie aufgrund dieser Feinfühligkeit zur Frau, und sie lebten glücklich bis ans Ende ihrer Tage ... Was bedeutete Glück? Das Gefühl, wenn sie mit Mama zusammen war oder im Garten arbeitete? Ja, das Gefühl, einen Spaten in der Hand zu halten, Erde umzugraben, mit aller Kraft ... Ihr Großvater war nett, aber so alt. Wann würde sie so alt sein?

Sie spielte gern Whist. Und dieser junge Mann war so freundlich. Sie mochte seine Augen, seine sanften Hände. Ihn mochte sie, aber nicht ...

Abrupt verscheuchte sie diesen Gedanken, preßte die Hände an die Schläfen, wiegte sich hin und her. Warum pochten ständig Geräusche in ihrem Kopf? Wenn sie an ihren Vater dachte, wurden sie lauter und schriller. Sie haßte ihn. Langsam ließ sie die Hände sinken, umfaßte einen imaginären Spaten, stieß ihn in imaginäres Erdreich.

Unvermittelt sprang sie auf. Wann immer sie an ihn dachte, fühlte sie sich elend. Er war schlecht, er wollte sie wegschicken, weg von Mama. Das sagte er immer wieder, und sein Mund war so groß und breit, wenn er drohte, er würde sie einsperren. Wann hatte er es zum erstenmal gesagt? An dem Tag, wo er sie mit ihrem neuen Namen angesprochen hatte – nicht »Henrietta«, sondern »Idiotin«. Es gefiel ihr nicht, die Art, wie er die Lippen dehnte, wenn er sie »Idiotin« nannte. Das war böse. War sie denn böse?

Oh, sie mußte raus aus diesem Zimmer. Zu Mama durfte

sie nicht gehen, denn die ruhte sich aus. Sie war wieder müde. Henrietta wollte sich die Bilder in der Galerie anschauen. Nein, lieber nicht. Am besten besuchte sie ihren Großvater und spielte Cribbage mit ihm. Wenn er zu müde war, würde der junge Mann mit ihr spielen. Sie würden still in einer Ecke sitzen. Das hatten sie neulich auch getan.
Sie trat in den Korridor und schloß leise die Tür hinter sich. Nach zwei Schritten sah sie den Mann aus dem Zimmer ihres Großvaters kommen. Instinktiv wollte sie in ihr Refugium zurücklaufen, aber da wurde der Lärm in ihrem Kopf so laut, daß ihre Augen schmerzten, und die Gestalt schien zu verschwimmen. Langsam ging sie weiter, der Mann kam auf sie zu. Sie drückte sich nicht an die Wand wie so oft, zwang ihren schlenkernden Körper, in der Mitte des Korridors zu bleiben.
Als der Mann nahe genug herangekommen war, packte er sie am Kinn. Der Lärm in ihrem Kopf explodierte, stieß einen Schrei aus, und sie sprang hoch, fuhr mit den Nägeln in das verhaßte Gesicht, so daß er zurücktaumelte. Mit einer Hand schlug er auf sie ein, mit der anderen umklammerte er ihren Unterarm, dann versuchte er sich loszureißen, als sie ihre Zähne in seinen Daumen bohrte.
Wildes Gebrüll füllte den Flur, auch aus der Kehle des Mannes, denn er konnte sich nicht befreien, bis endlich andere Hände eingriffen. Bright zog Henrietta zu sich heran, Joseph warf den Mann gegen die Wand und bekam einen Fausthieb auf die Brust, der ihn nach hinten stolpern ließ, so daß er die Mistreß beinahe umstieß. Sie stützte ihn, bis er das Gleichgewicht wiedergefunden hatte, dann rannte sie zu ihrer Tochter und half dem Butler, den schlenkernden Körper ins Schlafzimmer des Masters zu bringen.
Joseph blieb mit dem Mann allein zurück. Sie starrten sich an, und als er erkannte, daß Lionel Filmore zu seinem Vater zurückkehren wollte, eilte er ihm voraus.

Bright und die Mistreß versuchten das zitternde Mädchen unter Kontrolle zu bringen. Ächzend stemmte sich der alte Mann aus dem Kissen hoch und schrie: »Um Himmels willen, was . . .« Und dann verstummte er, als er das blutige Gesicht seines Sohnes sah, der in der Tür erschien.
Langsam ging Lionel zum Bett, während er sich das Blut von den Wangen wischte. Er wirkte so furchterregend, daß Joseph, der neben dem Kranken stand, erschrocken zum Schrank zurückwich.
Vater und Sohn schauten sich an, und es war Lionel, der das Schweigen brach. »Du behauptest, sie sei normal? Sieh dir das an!« Er zeigte auf sein Gesicht, dann hob er den Daumen, von dem Blut auf die Hemdmanschette rann. »Das dürfte wohl der endgültige Beweis für ihren Schwachsinn sein. Ich werde sofort losreiten und mich Dr. Leadman und seinem unbelehrbaren Kollegen präsentieren. Und was diese andere Sache betrifft – tu, was du willst, Vater. Du wirst mich nicht daran hindern, diese Idiotin in eine Zwangsjacke zu stecken, und wenn es das letzte ist, was ich auf dieser Welt unternehme. Ein Jammer, daß ihre Mutter sie nicht in die Anstalt begleiten kann!«
»Tu es nicht, Lionel«, entgegnete der alte Mann mit ruhiger Stimme. »Ich bitte dich, tu es nicht.«
»Ich habe es lange genug ertragen. Eigentlich wollte ich bis nach deinem Tod warten – aber ich kann nicht mehr.«
William nickte. »Mit dieser Antwort habe ich gerechnet. Was ich jetzt tun werde, hast du vor vielen Jahren getan, nur auf andere Weise. Du hast einen Mann ermordet, um ihm den Mund zu verschließen. Er wollte ausplaudern, daß ein Fabrikmädchen einen Bastard von dir bekommen hat. Du hast ihm die Kehle durchgeschnitten und seinen Bruder dafür hängen lassen. Ja, schau dir nur deine Frau und Bright und den jungen Burschen an! Sie alle sind Zeugen, und wenn sie mir nicht glauben, brauchen sie nur deinen Bruder zu fragen. Aber nicht einmal deine Entlarvung als Mörder wird mich davon abhalten, Rache an ei-

nem unschuldigen Kind zu üben. Denn du erträgst den Gedanken nicht, daß ein Wesen von deinem Fleisch und Blut an einem Gebrechen leidet. Aber ich werde dir einen Strich durch die Rechnung machen, Lionel. Viel Zeit bleibt mir nicht mehr – vielleicht ein paar Stunden, vielleicht ein paar Tage. Man kann mich nicht für meine Tat bestrafen.«

Blitzschnell, so daß er sein Alter Lügen strafte, zog William den Revolver unter der Vorhangquaste hervor. »Wenn die erste Kugel danebengeht, wird die zweite treffen.« Und dann feuerte er.

Ob Joseph in der Absicht, dem alten Mann die Waffe zu entreißen, zum Bett gesprungen oder von Lionel Filmore vor dessen Brust gezerrt worden war – der Schuß traf ihn.

Alles hielt den Atem an, während der junge Mann sekundenlang in der Luft zu hängen schien, auf den roten Fleck schaute, der sich auf dem weißen Kittel ausbreitete. Ehe ihm irgend jemand zu Hilfe eilen konnte, krachte der zweite Schuß, und diesmal verfehlte der alte Mann sein Ziel nicht. Die Kugel bohrte sich in Lionel Filmores Hals, direkt über dem Krawattenknoten, und nun war er es, der für einen Augenblick stocksteif dastand, seinen Vater erstaunt anstarrte und dann langsam zusammenbrach.

Joseph war nicht gestürzt, sondern gegen den Schrank getaumelt. Seine Gedanken überschlugen sich. Warum hatte der alte Mann seinen Sohn erschossen? Das mußte wieder ein Traum sein, es konnte nicht wirklich geschehen. Er wollte nicht sterben, wollte fort aus diesem Haus, in das er gekommen war, um seinen Vater zu sehen. Diesen Entschluß bereute er nun zutiefst, denn sein Vater war ein Mörder.

Warum fühlte er sich so sonderbar? Warum schwebte er? So lächerlich es auch sein mochte – er schwebte. Der alte Mann hatte auf ihn geschossen, ohne es zu wollen ... Und warum lachte die Mistreß? Sie stand irgendwo in der Nähe und lachte und verkündete, es tue ihr leid, daß sie ihren Mann nicht selbst getötet habe.

Eine seltsame Schwäche überkam Joseph. Jetzt lag er am Boden ... Oh, hoffentlich nicht neben dem Mann, der sein Vater war – der Mörder, für dessen Tat ein anderer gebüßt hatte, Josephs armer Stiefvater. Hätte seine Mutter es doch erfahren! Vielleicht wäre sie dann nicht so unglücklich gewesen.
Was machten sie mit ihm? Und warum beugte sich die Mistreß zu ihm herab? »Sagen Sie Mr. Douglas und Miß Bridget Bescheid – ich meine – Mrs. Filmore«, hörte er sich sagen. »Mam nannte sie immer Miß Bridget. Muß ich sterben? Er war mein Vater. Man wird meine Schwester doch nicht wegbringen? ... Hallo, Ron ...«
Als er hochgehoben wurde, verlor er die Besinnung.

9.

Die Ärzte waren gekommen und gegangen. Sie hatten Lionel Filmore für tot erklärt. Der junge Mann, der sich Joseph Carter nannte, hatte laut Dr. Curry Glück gehabt. Die Kugel war unter dem Schulterblatt steckengeblieben, und der Doktor hatte sie unter den Augen der Köchin auf dem Küchentisch entfernt.
Der alte Mann war in Gegenwart beider Ärzte von der Polizei verhört worden, und sie hatten erklärt, wenn er auch geständig sei, könne er wegen seines schlechten Gesundheitszustands nicht festgenommen werden. Außerdem würde seine Lebensuhr ohnehin bald ablaufen.
Danach fand eine Besprechung zwischen William Filmore, Victoria und Bright statt. Als dem Hausherrn mitgeteilt wurde, der junge Mann, der ihn in den letzten Wochen gemeinsam mit dem Butler betreut und auf den er versehentlich geschossen hatte, sei sein Enkel, antwortete er: »Ich weiß.«

»Wieso denn, Schwiegervater?« fragte Victoria.
»Ich erkannte es ganz instinktiv – schon als ich ihn zum erstenmal sah. Er sieht aus wie Lionel als Junge, aber ich glaube, er hat den Charakter seines Vaters nicht geerbt – Gott sei Dank!«
»Ich finde, Mr. Douglas müßte informiert werden«, meinte Bright.
William nickte. »Natürlich. Ich will ihn sehen. Jahrelang habe ich mich nach ihm gesehnt. Würden Sie sich bitte darum kümmern, Bright?«
»Ja, Sir, sofort.«
Als der Butler das Zimmer verlassen hatte, ergriff der alte Mann Victorias Hand. »Wenn ich jemand in dieser ganzen Tragödie bedaure, dann Sie, meine Liebe. Sie hatten es furchtbar schwer. Und ich kann Ihnen nur einen einzigen Vorwurf machen – Sie sind zu hart gegen Ihre Kusine. Sie ist eine gute Frau.«
»Ich weiß, Schwiegervater. Ohne ihre Hilfe hätten wir in all den Jahren nicht leben können. Ich habe Bright nie gefragt, woher das Geld stammt, das uns über so viele Notlagen hinweggeholfen hat. Aber ich wußte, daß es nur aus einer einzigen Quelle kommen konnte.«
»Trotzdem weigern Sie sich, Ihre Kusine zu sehen. Seltsam – sie wäre Ihnen in dieser schlimmen Zeit ein Trost gewesen.«
Victoria senkte den Kopf. »Ja, es mutet seltsam an. Aber als ich von meinem Unglück erfuhr, war ich jung und dumm. Ich gewann den Eindruck, sie hätte meinen Ehemann gekauft, um mich loszuwerden – weil sie mein albernes Geschwätz und meine Eitelkeit satt hatte, weil ich immer nur nahm und nichts gab. Ja, so war ich damals. Und dazu kam die Erkenntnis, daß Lionel mir keinen zweiten Blick gegönnt hätte, wäre er über meine Armut informiert gewesen. Und ich hatte mir eingebildet, er liebe mich wegen meiner Schönheit und meines Charmes! Können Sie sich vorstellen, wie schockiert ich war, als er mir

die Wahrheit ins Gesicht schleuderte? An jenem Tag verwandelte sich das dumme junge Mädchen in eine verbitterte Frau. Irgendwann begann ich die Dinge anders zu sehen, aber da war es zu spät. Obwohl ich es wollte, brachte ich es nicht über mich, den ersten Schritt zu tun, an meine Kusine heranzutreten. Und dabei sehnte ich mich so sehr nach jemandem, mit dem ich mich hätte aussprechen können.«

»Sie hatten nur mich, Victoria.«

Wehmütig drückte sie seine Hand. »Auch was Sie betrifft, mußte ich meine Meinung ändern. Ich schätze Sie sehr, schon seit langem. Und nun läuft uns beiden die Zeit davon.«

»Mir – Ihnen nicht. Sie sind noch jung.«

»Ich bin vierzig, Schwiegervater. Meine Schönheit ist dahin, und mein krankes Herz könnte jeden Augenblick zu schlagen aufhören.«

»Unsinn! Ihr Herz ist nur so schwach, weil Ihnen mein Sohn soviel Kummer bereitet hat. Das ist jetzt vorbei...« Er schaute durch das Fenster zum Himmel hinauf, wo eine bleiche Wintersonne ihr Bestes tat, um das Zimmer zu erhellen. »Wenn man sich das vorstellt – das eigene Kind zu ermorden und keine Spur von Reue zu empfinden... Wie wird der Allmächtige mit mir verfahren? Ich glaube nämlich an Ihn. Jahrelang hatte ich Ihn ignoriert, und als ich dann krank und hilflos in diesem Bett lag, lernte ich Ihn allmählich kennen. Oft rede ich mitten in der Nacht mit Ihm, und Er antwortet offen und ehrlich – manchmal sehr hart und unbarmherzig. Aber ich denke, Er wird erkennen, daß ich nicht anders handeln konnte, allein schon um meine Enkelin vor der Gefangenschaft in einem Asyl zu retten.«

»Wie immer der liebe Gott Ihre Tat beurteilen mag – ich danke Ihnen dafür«, erwiderte Victoria leise. »Sie haben getan, was ich die ganze Zeit tun wollte. Und als ich dann vor ihm stand, da drüben...« Sie zeigte auf den Boden. »Als ich dastand und lachte, fürchtete ich, er könnte sogar noch im Tod gesiegt und mich in den Wahnsinn getrieben haben. Jetzt glaube ich, daß ich nie wieder lachen werde – höchstens lächeln. Denn das Gelächter ist schrecklich, wenn es nicht aus Freude, sondern kalter Bitterkeit entsteht.«

Nach einer kleinen Pause fragte William: »Wie geht es dem Jungen – meinem Enkel? Es ist mir egal, daß er ein Bastard ist. Was wird Doug dazu sagen? Vermutlich weiß er es längst. Ob er auch weiß, daß der Junge hier ist?«

»Wohl kaum. Bevor Joseph in Ohnmacht fiel, bat er mich, Douglas zu verständigen.«

»Was glauben Sie, warum er in dieses Haus gekommen ist?«

»Vielleicht wollte er herausfinden, zu wem er gehört.«

»Da mögen Sie recht haben, meine Liebe. Wo ist er?«

»In einem Zimmer weiter unten am Korridor.«

»Wird er sich erholen und mich besuchen, bevor . . .«

»Ganz bestimmt«, unterbrach sie den alten Mann. »Das ist sicher auch sein Wunsch.«

»Victoria . . .«

»Ja, Schwiegervater?«

»Würden Sie mir einen doppelten Portwein bringen, bevor Bright zurückkommt?«

Lächelnd stand sie auf. »Mal sehen, was sich machen läßt.«

Ehe sie sich abwenden konnte, fragte er zögernd: »Halten Sie es für möglich, daß man für einen Dienstboten tiefe Zuneigung, fast Liebe empfindet?«

»Ja«, entgegnete sie schlicht.

»Aber es ist schwierig, darüber zu sprechen, nicht wahr?«

»Vielleicht. Aber es ist wohl der beste Weg, eine Schuld zu begleichen, wenn man von solchen Dingen spricht – zumindest mit einer kleinen Geste.«

Langsam nickte er und schloß die Augen. »Danke, Victoria.«

10.

Fünf Tage später, nach einer kurzen Leichenschau, wurde Lionel Filmore bestattet. Nur wenige Leute erschienen zur Beerdigung. Sein Bruder stand als einziger Verwandter am Grab. Neun Tage danach fand auch sein Vater, William James Filmore, seine letzte Ruhe. Vielleicht lag es an dem schönen, sonnigen Wintertag, daß den Familienkutschen ein ungewöhnlich langer Trauerzug zum Friedhof folgte. Wie die Zeitungen am nächsten Tag berichteten, nahmen der jüngere Sohn des Verstorbenen mit seiner Frau und seiner Tochter sowie der illegitime, eben erst auf der Bildfläche erschienene Enkel des Verstorbenen am Begräbnis teil – Joseph Skinner, der Sohn des Mannes, den William Filmore bei einem Familienstreit getötet hatte.

Josephs Arm lag immer noch in einer Schlinge. Den Hut in der anderen Hand, beobachtete er, wie Erdklumpen auf den Sarg fielen und erinnerte sich an die letzte Begegnung mit seinem Großvater. Tränen waren über die faltigen Wangen gerollt, und er spürte wieder eine Enge in der Brust, die ihm die Stimme geraubt hatte. Und er glaubte auch, den alten Mann sagen zu hören: »Beug dich herab, mein Junge.« Inbrünstig hatte er William Filmores Umarmung erwidert, und sein Herz war so voll gewesen wie jetzt. Aber seine Augen blieben trocken. Um so heftiger flossen Brights Tränen. Der Butler stand neben ihm und bat, als Joseph nach seiner Hand griff: »Lassen Sie mich für eine Weile allein, Sir.«

Nach kurzem Zögern wandte sich Joseph ab und ging zu Amy. Douglas half seiner Frau und seiner Tochter in den Wagen und erwartete, daß auch sein Neffe einsteigen würde.

Aber Joseph erklärte. »Ich – ich komme nicht mit.«

»Was?« Douglas traute seinen Ohren nicht.

Amy beugte sich aus dem Wagenfenster. »Wie meinst du das?«
»Ich bleibe noch ein paar Tage bei Mrs. Hanratty«, entgegnete Joseph.
»Das kannst du nicht!«
Mit ruhiger Stimme erwiderte er: »Ich kann es und ich will es.«
»Warum?« Douglas sprach leise, aber das Wort klang hart und kalt.
»Weil ich mit mir selbst ins reine kommen möchte.«
»Sei nicht albern!« rief Amy. »Wer soll denn für dich sorgen?«
»Es gibt keine bessere Betreuerin als Mrs. Hanratty.«
Bridget streckte flehend eine Hand aus. »Komm doch mit uns!«
»Mrs. Filmore, bitte, versuchen Sie mich zu verstehen. Die letzten Tage in Grove House waren schon unangenehm genug für mich. Eben war ich noch der niedrigste aller Dienstboten – und was bin ich jetzt? Nicht einmal Bright weiß, wie er mich behandeln soll. Und heute werden sich auch noch all die Trauergäste dort tummeln – diese vielen Leute, die sich jahrelang nicht um meinen Großvater gekümmert haben«, fügte Joseph zynisch hinzu. »Ich könnte es nicht ertragen, ihnen gegenüberzutreten.«
Douglas betrachtete den großen jungen Mann, den er hatte heranwachsen sehen und der seit der letzten Begegnung vor zwei Monaten erstaunlich gereift war. Seufzend legte er ihm eine Hand auf die Schulter. »Wie du willst. Aber wir sehen uns bald. Es gibt einiges zu besprechen.«
Während die Kutsche davonfuhr, ging Joseph zu dem Mietwagen, den er bestellt hatte.

Bertha Hanratty erwartete ihn mit ausgestreckten Händen. Sie half ihm aus dem Mantel und geleitete ihn so fürsorglich, als wäre er ein Invalide, zu einem der Korbsessel vor dem Kamin. Erst nachdem er Platz genom-

men hatte, begann sie zu sprechen: »Jetzt haben Sie's also hinter sich.«
»Ja, Mrs. Hanratty, ich hab's hinter mir.«
»Es wäre mir lieber, Sie würden mich Bertha nennen.«
»Das tu ich gern. Bertha.« Aufatmend sah er sich um. »Es ist schön, wieder hier zu sitzen.«
»Für mich ist's noch viel schöner, Sie bei mir zu haben, mein Junge. An dem Tag, wo sie klatschnaß hier angekommen sind, hat sich mein ganzes Leben geändert. Und der Gedanke, daß Sie zu dieser Familie gehören! So was liest man normalerweise nur in Büchern.«
»Ich gehöre nicht richtig dazu, Bertha.«
»O doch! Was glauben Sie, wie viele königliche Sprößlinge in den falschen Betten geboren wurden!« Nach einer kleinen Pause fragte sie: »Möchten Sie was essen?«
»Vorerst nicht, aber ich hätte gern ein Glas von Ihrem köstlichen Holunderwein.«
»Den sollen Sie sofort haben!« Sie eilte in die Speisekammer, und er blickte sich wieder um. Wieso fühlte er sich hier so heimisch? Der alte Mann hätte Bertha sicher gern gemocht. Seltsam – kaum eine Minute verging, ohne daß er an seinen Großvater dachte ... Und an seinen Vater, den Mörder.
Davon stand nichts in den Zeitungen. Douglas hatte erklärt, diese Dinge müsse man auf sich beruhen lassen, nachdem er so viele Jahre lang geschwiegen habe. Niemand würde ihm glauben, daß er die Wahrheit erst nach der Hinrichtung eines Unschuldigen herausgefunden hatte, und man würde ihn womöglich der Beihilfe zum Mord anklagen.
Und was jene grausige Szene betraf ... Am lebhaftesten erinnerte sich Joseph an den Haß, der in ihm hochgestiegen war, als er Henrietta aus dem Griff ihres Vaters befreit hatte. Und in der Sekunde, bevor er von der Kugel getroffen worden war – hatte Lionel ihn vor seinen Körper gezogen, um sich selbst zu schützen? Genau würde er es nie-

mals wissen, aber diesen Verdacht für immer hegen. Und war sein Haß inzwischen gestorben? Nein. Er konnte nur hoffen, die Zeit würde dieses bittere Gefühl mildern. Genau das brauchte er jetzt – Zeit, um zu überlegen, was er mit seinem Leben anfangen sollte. Nach Cambridge würde er vermutlich nicht gehen. Wohin dann? Er hatte keine Ahnung, und deshalb saß er hier. Wenn es einen Ort gab, wo er zu sich selbst finden konnte, dann war es dieses Cottage, in dem er Bertha Hanrattys Gesellschaft genoß.

Zwei Stunden später hatten sie gegessen, und vor dem Kaminfeuer brachte sie das Thema zur Sprache, das ihm so schwer auf der Seele lag. »Was haben Sie jetzt vor, mein Junge?«

»Um ehrlich zu sein, ich weiß es nicht, Bertha.«

»Werden Sie auf die Universität gehen?«

»Nein, darüber bin ich mir bereits im klaren.«

Sie schaute in die Flammen. »Was immer Sie tun werden – vergeuden Sie Ihr Leben nicht – Sie haben nur ein einziges. Das merkt man erst, wenn man die Hälfte davon hinter sich hat. Manchen Leuten wird das Leben genommen, ehe sie seinen Wert erkennen. Früher war ich immer traurig, wenn ich hörte, ein junger Mensch sei gestorben. Jetzt denke ich an den Kummer, der ihm vielleicht erspart wird. Wissen Sie, Joseph, ich bin kerngesund und war noch keinen einzigen Tag krank – aber oft so unglücklich, daß ich gern mit einem dieser chronisch Kranken getauscht hätte, die ein tiefer innerer Friede zu erfüllen scheint. Verstehen Sie, was ich meine?«

Er antwortete nicht, und sie fuhr fort: »Ich habe Ihnen oft von meinem Sohn Jimmy erzählt, der nach Australien gegangen ist. Seit fünfzehn Jahren höre ich nichts von ihm. Nicht einmal zu Weihnachten schickt er mir eine Postkarte. Seine Frau schrieb mir nur kurze Briefe, als die Kinder geboren waren. Und Lena ... Die lebt auf Jersey, wie Sie wissen. Sie schreibt mir zu Weihnachten, und ich schicke den Kindern Geschenke. Offenbar ist ihre Ehe glücklich. Aber sie läßt mich nicht daran teilhaben. Ich war so einsam seit Willies Tod. Sicher verstehen Sie nun, warum ich Sie fast aufgefressen habe, als Sie damals aus dem Regen zu mir gekommen sind. Und wenn Sie morgen weggehen, ohne mich je wieder zu besuchen, habe ich wenigstens eine schöne Erinnerung.«

»O Bertha...« Er griff nach ihrer Hand, drückte sie an seine Wange und fragte sich, wie viele Arten von Liebe es geben mochte. Denn er liebte diese kleine alte Frau, wie er seine Mutter nie geliebt hatte. Lily war unfähig gewesen, so offen mit ihm zu sprechen, wie es Bertha tat. Wahrscheinlich hatte sie sich selbst in der Erde begraben, die den Leichnam seines Stiefvaters bedeckte, und in all den Jahren nur ein halbes Leben geführt – nur gelebt, um den Sohn großzuziehen. Ein trauriges Dasein – und die Traurigkeit war auf ihn übergegangen. Hingegen strahlte Bertha trotz ihres einsamen Unglücks fröhliche Herzenswärme aus. Und eins wußte er – für den Rest seines Lebens würde er stets das Bedürfnis haben, in ihrer Nähe zu sein – oder sie wenigstens immer wieder zu sehen, so oft wie möglich. »Kann ich noch ein Glas von Ihrem Lebensretter haben?« bat er.

Lachend sprang sie auf. »Zu Ihren Diensten, Sir! Und wissen Sie was? Wenn Sie heute nicht bei diesem Begräbnis gewesen wären, würde ich den Phonographen ankurbeln.«

»Warum tun Sie's nicht?«

»Hätte das dem alten Mann Spaß gemacht?«

»Ganz bestimmt – genauso wie Ihre Gesellschaft.«

»Nun, wenn das so ist, dann hole ich das Ding aus dem Schrank.«

Joseph legte den Kopf an die Sessellehne. Vor kurzem hatte er seinen Großvater beerdigt, und nun würde er Musik hören – von einem Phonographen, das mußte wieder einmal ein Traum sein. Das Leben war verrückt, aber irgendwie fühlte er sich in diesem Augenblick glücklich.

11.

Sie saßen nebeneinander auf der Couch im Salon. Victoria hatte die Füße auf einen Schemel gelegt, und Bridget hielt ihre Hand. »Glaubst du, sie versteht das alles? Ich meine – daß Joseph ihr Halbbruder ist und Douglas ihr Onkel und Amy ihre Kusine?«

»O ja . . .« Victoria zögerte kurz. »Aber sie versteht nicht, wie das alles gekommen ist. Die näheren Umstände von Josephs Herkunft habe ich ihr verschwiegen.« Wieder machte sie eine kleine Pause. »Wann gehen wir weg von hier?«

»Wann immer du willst. Daheim ist alles für deine Ankunft vorbereitet.«

Victoria schaute sich im Zimmer um. »Wenn ich dieses Haus verlassen habe, werde ich es nie wieder betreten. Trotzdem werde ich bis zum Ende meines Lebens Tag für Tag durch diese Korridore und Zimmer gehen und mir wünschen, etwas Drastisches möge passieren, etwas Schreckliches, das ihn aus der Welt schaffen und Henrietta vor ihm retten würde. Wäre mir ein Revolver in die Hände gefallen – ich hätte ihn schon vor Jahren erschossen, Bridget. Vielleicht fühlte er das und verkaufte deshalb den Inhalt der Waffenkammer bis auf die beiden Pistolen, die er in seinem Zimmer unter Verschluß hielt. Es war nicht blinder Haß, der mich veranlaßte, seinen Tod zu wünschen. Immer wieder bemühte ich mich, etwas Gutes in ihm zu entdecken. Ich konnte es nicht. Seiner Geliebten ist das offenbar gelungen, nach den Briefen zu schließen, die ich in seinem Schreibtisch gefunden habe.«

Bridget streichelte die Hand ihrer Kusine. »Du wirst das alles vergessen, und dann wird es wieder so sein wie in alten Zeiten, als wir noch jung waren . . .« Wie dumm, so etwas zu sagen! Nichts würde so sein wie früher. Und was in den letzten zwanzig Jahren geschehen war, würde sogar die Erinnerung an jene ferne Vergangenheit beeinträchtigen. Victoria hatte erklärt, sie würde für den Rest ihres Lebens täglich an ihr Leid in Grove House denken. Und das mochte sich bewahrheiten, denn der junge Arzt gab ihr nur noch ein paar Monate – vielleicht ein bißchen mehr, wenn sie liebevoll betreut wurde.

Überrascht sah Bridget auf, als Amy in den Salon kam, in Hut und Mantel. »Willst du im Garten spazierengehen?«

»Nein, ich besuche Joseph.«

»Meine Liebe, wir wollten doch alle zu ihm. Dein Vater möchte mit Joseph reden und ihm einen Vorschlag machen ...«

»Ich weiß, Mammy, aber es gibt keinen Grund, warum ich vorher nicht allein zu Joseph gehen sollte.«

»Nein, aber es ist ein weiter Weg – auf einer einsamen Straße.«

»Oh, ich bin an lange Wanderungen und einsame Straßen gewöhnt.«

Bridget musterte ihre Tochter, die so sehr nach ihr geriet, vor allem charakterlich, und das gefielt ihr nicht. Sie wünschte, Amy hätte die Wesenszüge des Vaters geerbt – und nicht diesen beklagenswerten Eigensinn. »Weiß Daddy, wohin du gehst?«

»Ja, ich hab's ihm gesagt. Er ist mit Henrietta oben im Schulzimmer.« Lächelnd fuhr sie fort, zu ihrer neugefundenen Tante gewandt. »Sie hat ganz deutlich meinen Namen ausgesprochen.«

Victoria erwiderte das Lächeln. »Wie schön ...«

»In Newcastle gibt es eine gute Schule für schwerhörige Kinder. Vielleicht sollte Henrietta hingehen.«

»Ja, das wäre zu überlegen.«

»Paß gut auf dich auf, Amy«, mahnte Bridget. »Wir kommen dir bald nach. Und später fahren wir heim.«

»Schon diesen Nachmittag?«

»Ja, Liebling.«

Amys Lächeln erlosch. Hastig wandte sie sich ab, ohne ein weiteres Wort verließ sie den Salon. Wenig später eilte sie die sogenannte »einsame Straße« entlang, sprang über zugefrorene Pfützen und glitt immer wieder aus.
Als sie an die Tür des Cottages geklopft hatte, mußte sie eine Weile warten, bis sie von einem sichtlich erstaunten Joseph eingelassen wurde. »Du kommst früh. Bist du allein?«
»Ja, Sir.« Neugierig sah sie sich in der gemütlichen Küche um. Während er ihr aus dem Mantel half, fragte sie: »Wie geht's deinem Arm?«
»Besser. Aber ich werde froh sein, wenn ich diese verdammte Schlinge los bin. Setz dich ans Feuer. Bertha ist im Garten. Sie füttert ihre gefiederten Freunde.«
»Bertha? Du nennst sie Bertha?«
»Ja, ich nenne Sie Bertha.«
Als Amy in einem der Korbsessel Platz nahm, hörte sie eine fröhliche Stimme hinter sich. »Da draußen ist's so kalt, daß einem fast die Nase abfriert. Die armen Hühner zittern am ganzen Leib . . .« Bertha verstummte, als sie eintrat, dann rief sie verwundert: »Sind Sie durch den Kamin hereingeflogen, Mädchen? Ich habe keinen Wagen gehört.«
»Amy, das ist Mrs. Hanratty. Bertha, das ist Amy, und – ja, offensichtlich ist sie durch den Kamin hereingeflogen.«
»Bleiben Sie nur sitzen, Mädchen. Oh, wie ich aussehen muß!« Verlegen strich Bertha über ihren alten schwarzen Mantel. »Sie müssen mich für eine Hexe halten.«
Joseph grinste. »Sie *ist* eine Hexe. Stell dir vor, sie kann alles mögliche geschehen lassen und die Menschen völlig verwandeln, und das ist noch längst nicht alles.«
Entgeistert starrte Amy zwischen der kleinen alten Frau und dem großen jungen Mann hin und her, diesem Mann, den sie liebte, auf eine Weise, die ihr immer wieder das Herz brach. Sie merkte sofort, daß dies nicht mehr der Joseph war, der im Pförtnerhäuschen gewohnt hatte, auch nicht der Joseph, dem sie auf dem Friedhof und im Grove

House begegnet war. Dieser wirkte heiter und entspannt, wie befreit. Er benahm sich, als würde er Mrs. Hanratty schon seit Jahren kennen. Aber da war noch mehr zwischen den beiden ... Was mochte es sein? Nun, vielleicht hatte sich Joseph zu seinem Vorteil verändert, und man würde keine Barrieren mehr durchbrechen müssen, um an ihn heranzukommen.
Die kleine Frau schlüpfte aus ihrem Mantel und zog sich eine Mütze vom Kopf. »Ich mache mich nur ein bißchen frisch, dann bringe ich Ihnen was zu trinken. Aber setzen Sie sich doch ins Wohnzimmer ... Also, ist das nicht sonderbar?« Sie schaute Joseph an. »Ich meine, daß ich heute morgen dran gedacht habe, da drin ein Kaminfeuer anzuzünden. Ich sagte, ich würde es tun, weil der Raum ein bißchen feucht wird. Dabei war er staubtrocken.« Strahlend wandte sie sich zu Amy. »Irgendwie muß ich gewußt haben, daß Sie kommen würden, Mädchen. Nun, dann geht mal, ihr beiden. Ich verschwinde jetzt in der Küche und lasse Charlie singen.«
Verwirrt ließ sich Amy durch die Küche ins Wohnzimmer führen, betrachtete die Roßhaar-Sitzgarnitur, die Tapete mit dem grellen Rosenmuster, die Vitrine mit dem Porzellan. Auf einem Fenstertisch stand ein großer Phonograph.
Joseph lachte, als er Amys Verwunderung bemerkte. »Man gewöhnt sich dran. Aber die Möbel spielen hier keine Rolle. Setz dich auf dieses schöne weiche Plätzchen«, forderte er sie auf und zeigte auf das harte Roßhaarsofa.
Als sie Platz genommen hatte, schaute sie zu ihm auf. »Gefällt's dir hier?«
»Ja.«
»Du bist anders geworden.«
»Wie meinst du das – anders?«
»Dein Benehmen – alles an dir ...«
»Ja, mag sein – zumindest, wenn ich hier bin.«

»Es liegt also an dieser komischen kleinen Frau?«
»Sie ist keine komische kleine Frau.« Diesen Tonfall kannte Amy. »Sie ist gut, freundlich, verständnisvoll – und weise. Ja, dies ist das richtige Wort – weise. Und einsam.«
»Einsam?«
»Ja, einsam. Sie klammerte sich an mich und ich mich an sie, aus verschiedenen Gründen. Als wir uns begegnet sind, haben wir einander dringend gebraucht.« Er setzte sich neben Amy und schaute ihr eindringlich in die Augen. »Als ich das Pförtnerhaus verließ, war mir schrecklich zumute. Ich kannte nur noch einen einzigen Wunsch – das Haus zu sehen, in dem mein Vater lebte. Seit dem Augenblick, wo mir meine Mutter erzählt hatte, was sie für nötig hielt, drängte es mich, noch mehr zu erfahren. In all den Jahren hatte ich das Gefühl, nirgendwohin zu gehören. Ich wußte, daß mein Stiefvater früh gestorben war, und ich spürte auch, daß mir etwas verschwiegen wurde – ein Geheimnis, das meine Mutter und deine Eltern teilten. Aber das alles haben wir in den letzten Tagen schon besprochen ... Wie mit magischer Macht wurde ich zu diesem Cottage gezogen, denn ohne diese Frau wäre ich niemals imstande gewesen, einen bettlägerigen alten Mann zu pflegen. Hätte ich vierundzwanzig Stunden pro Tag in Grove House bleiben müssen – ich hätte es nicht geschafft. Jeden Abend hierherzukommen – das war wie eine Rückkehr ins normale Leben.«
»Du hast keinen Gedanken an mich verschwendet, als du weggegangen bist, nicht wahr?«
»O Amy, ich habe sehr oft an dich gedacht.«
»Und jetzt?«
»Ich kann nicht öfter an dich denken als damals – als immer.«
Sie fuhr sich mit der Zunge über die Lippen, ihre Lider flatterten. »Wirst du mich heiraten?«
Seine Miene blieb unverändert, als er erwiderte: »Nein – zumindest nicht, bevor ich einen Beruf habe, der es mir er-

möglicht ... Nun, ich beabsichtige zwar nicht, dich so zu verwöhnen, wie's deine Eltern tun, aber ich möchte anständig für dich sorgen. Vielleicht in einem Cottage wie diesem hier.«

»Für so etwas brauchst du dich nicht besonders anzustrengen, und ich hätte auch nichts gegen ein Roßhaarsofa.«

Joseph hob seine unverletzte Hand, um ihr über die Wange zu streichen. »Fürs erste muß es dir genügen, daß ich dich liebe. Eines Tages werde *ich* dich bitten, *mich* zu heiraten. Hoffentlich dauert es nicht allzu lange. Aber vorher muß ich einen Beruf ergreifen, das verstehst du sicher. Außerdem – hast du unsere verwandtschaftliche Beziehung vergessen? Wir sind Vetter und Kusine.«

»Selbst wenn wir Bruder und Schwester wären, würde mich das nicht kümmern ...« Verlegen senkte sie den Kopf. »Du bringst mich dazu, die unmöglichsten Dinge zu sagen.«

»Mir wäre es auch egal«, flüsterte er und küßte ihre Schläfe.

Ungestüm schlang sie die Arme um seinen Hals, und als er zusammenzuckte, wich sie erschrocken zurück. »Tut es immer noch weh?«

»Sagen wir mal – ich spüre noch, daß auf mich geschossen wurde. Immerhin hatte ich Glück im Unglück. Ein halber Zoll weiter zum Hals hin, und es wäre vorbei gewesen mit Mr. Skinner – oder Mr. Carter.«

Amy schüttelte seufzend den Kopf. »Daddy erlitt einen Schock, als er feststellte, wer Mr. Carter ist. Er sagte, sein Vaterhaus sei der letzte Ort auf Erden gewesen, wo er dich zu sehen erwartet hätte.«

»Am Tag, wo ich das Pförtnerhäuschen verließ, dachte ich auch nicht, daß ich jemals in Grove House landen würde.«

Während er sie wieder an sich zog, wieherte draußen ein Pferd, und Amy schaute über die Sofalehne zum Fenster. »Oh, da ist die Kutsche ...« Bedrückt fügte sie hinzu:

»Anscheinend kann ich ihnen immer nur für kurze Zeit entrinnen.«

Joseph legte seinen gesunden Arm um ihre Schulter und drückte sie an sich. »Gedulde dich noch ein wenig, bald wirst du deine Freiheit erlangen. Ich werde dafür sorgen, denn ich liebe dich – mehr, als ich es in Worte fassen kann. Das habe ich wohl von meiner Mutter geerbt. Von Gefühlen wurde nie gesprochen. Jetzt verstehe ich, warum.« Er hauchte einen Kuß auf ihre Stirn. »Zweifellos wirst du, wie schon so oft, meinen Willen umkrempeln und mit der Zeit ein rührseliges Ekel aus mir machen.«

»O Joseph, das hoffe ich!« Sie preßte ihre Lippen auf seinen Mund, dann erklang Berthas schrille Stimme, und sie fuhren auseinander.

»Kommen Sie nur herein! Die beiden sind im Wohnzimmer. Gerade ist der Tee fertig geworden. Setzen Sie sich doch.«

Amy und Joseph gingen in die Küche, wo Bridget ihre Tochter aufgeregt begrüßte. »Wie hast du es nur geschafft, diese Straße entlangzulaufen! Der Boden ist so glatt, an manchen Stellen sogar vereist.«

»Ein paarmal bin ich ausgerutscht«, gab Amy zu. »Mrs. Hanratty, das sind meine Eltern – Mr. und Mrs. Filmore.«

»Oh, um diesen Schluß zu ziehen, mußte ich nicht dreimal raten. Nehmen Sie doch alle Platz! Es gibt nur zwei Küchenstühle, aber man kann auch am Kamin sitzen. Wir werden uns schon irgendwie arrangieren. Gleich gieße ich den Tee ein. Und ich habe auch einige Brötchen im Backofen.«

Bridget und Douglas wechselten einen raschen Blick, dann setzten sie sich an den Tisch. Er war sichtlich belustigt, sie leicht verdutzt, und ihre Verwirrung wuchs noch, während sie einem kleinen Wortgefecht zwischen Joseph und der alten Frau lauschte. So hatte er sich nie mit Lily unterhalten.

Als eine Gesprächspause eintrat, wandte sie sich an Joseph und begann vorsichtig: »Wir – möchten mit dir reden. Es geht um deine Zukunft – und das Haus.«
Bertha erhob sich sofort aus ihrem Korbsessel. »Wenn Sie persönliche Dinge erörtern wollen, kümmere ich mich lieber wieder um mein Federvieh.« Sie nahm ihren alten schwarzen Mantel von einem Haken neben der Tür, stülpte sich die Wollmütze über das graue Haar, zwinkerte ihrem Untermieter zu und eilte hinaus.
Das Schweigen, das nun eintrat, wurde von Douglas in munterem Ton gebrochen. »Also, ich will mich kurz fassen, Joseph. Wie du weißt, habe ich Grove House und das Land geerbt, das dazugehört – das noch übriggeblieben ist. Der Besitz ist mit gewaltigen Hypotheken belastet, das Haus in beklagenswertem Zustand. Die Schulden kann ich begleichen, für eine Renovierung fehlen mir leider die Mittel. Dafür wäre meine Frau gern bereit, ihr Geld hineinzustecken . . .«
»Unser Geld«, fiel Bridget ihm ins Wort.
»Wie du wünschst, mein Liebling – unser Geld.« Nachsichtig lächelte er sie an und fuhr fort. »Sie möchte Grove House völlig neu gestalten, innen und außen, den Garten herrichten lassen und auch die Farm wieder in Schwung bringen. Während der Restaurierungsarbeiten müßten wir hier wohnen, um alles zu beaufsichtigen. Aber das will Bridget nicht. Und Victoria möchte ins Zuhause ihrer Jugend zurückkehren, nach Meadow House, und dort mit Henrietta leben. Wir nehmen die beiden noch heute mit. Aber um wieder auf Grove House zurückzukommen – der Besitz muß verwaltet werden. Bright hat der Familie in all den Jahren großartige Dienste geleistet, aber jetzt ist er alt und müde und soll nur mehr leichte Pflichten übernehmen. Wir brauchen also einen Haushaltsvorstand, der sich auch um die Farm kümmern müßte. Und nun zu dir, Joseph . . . Wenn es eine Gerechtigkeit auf dieser Welt gäbe, hättest du – das ältere Kind des erstgeborenen Sohnes –

das Anwesen erben müssen. Obwohl die Dinge anders liegen, betrachten wir Grove House als dein Eigentum . . .«
»Niemals! Ich habe kein größeres Recht auf das Haus als Bertha.«
»Nach dem Gesetz hast du keinen Anspruch darauf, das stimmt. Grove House gehört mir, ich mag es, und ich möchte es gern wieder so sehen, wie es einmal war. Deshalb bitte ich dich, für die nächsten Jahre einen Job zu übernehmen. So lange wird es nämlich dauern, alles in Ordnung zu bringen.«
Joseph, der neben Amy vor dem Kamin saß, starrte von einem zum anderen. Mit einer solchen Entwicklung hätte er niemals gerechnet. Er hatte gedacht, Mr. Douglas würde den Besitz verkaufen . . . Und nun glaubte er wieder zu träumen. Er sah den alten Mann, seinen Großvater, in dem riesigen Vierpfostenbett liegen, spürte sich von schwachen Armen umfangen und hörte wieder jene Worte, deren Sinn er erst jetzt verstand. »Ich danke Ihnen für das Angebot, Mr. Douglas, und ich nehme es an, aber unter einer Bedingung.«
»Und die wäre?«
»Daß ich heiraten darf.« Joseph tastete nach Amys Hand, hielt sie fest, schaute aber Bridget an. »Ich liebe Ihre Tochter, das wissen Sie. Meine Gefühle wurden von Ihnen mißbilligt, Mistreß, und jetzt weiß ich auch, warum. Inzwischen hat sich einiges geklärt, und es gab nur noch ein Hindernis – ich hatte keinen Beruf, keine Möglichkeit, eine Frau zu ernähren.« Nun wandte er sich wieder zu Douglas. »Dieses Hindernis haben Sie selbst beseitigt, Sir, und ich bitte Sie um Amys Hand.«
Douglas schaute Bridget an, die seinem Blick auswich, und erwiderte lächelnd: »Ich fürchte, wenn ich Einwände erhebe, wird ein Bürgerkrieg ausbrechen.«
Bridgets Schweigen blieb unbeachtet, denn Amy sprang auf, lief zu ihren Eltern, legte ihnen je einen Arm um die Schultern und küßte sie. »Oh, es ist wundervoll! An so et-

was hätte ich nie gedacht. Sicher werde ich in Grove House mein Glück finden. O Daddy! Mammy! Ich liebe euch beide so sehr!«
Joseph hörte Mrs. Hanratty in der Waschküche hüsteln und rief: »Bertha! Bertha! Kommen Sie herein!«
Neugierig betrat sie die Küche. »Was gibt's denn? Ihr seht ja alle so fröhlich aus.«
Er stand auf, ging zu ihr und schlang einen Arm um ihre Taille. »Wir heiraten!«
Erfreut schaute sie Amy an, die zu ihr eilte, und schüttelte ihr die Hand. »Als ob ich's nicht geahnt hätte ... Sie bekommen einen guten Jungen, mein Mädchen, und ich wünsche Ihnen beiden nur das Allerbeste.«
»Vielen Dank, Mrs. Hanratty.«
Bridget stand auf, ebenso wie Douglas, und ergriff zum erstenmal seit dem Heiratsantrag das Wort. »Jetzt müssen wir aber aufbrechen, Amy. Wir haben eine lange Fahrt vor uns.«
»Ich würde gern noch hierbleiben.«
»Aber – alles ist arrangiert. Deine Tante Victoria ist sicher schon reisefertig.«
»Ich könnte später mit einem Mietwagen zum Bahnhof fahren und ...«
»Oben habe ich noch ein Bett frei«, mischte sich Bertha ein. »Das Zimmer ist zwar nicht besonders luxuriös, aber komfortabel genug.«
Weder Bridget noch Douglas gaben der alten Frau eine Antwort. Sie schauten sich an, und jeder wußte, was der andere dachte. An einem gewissen Neujahrsmorgen war sie nicht in ihr eigenes Bett zurückgekehrt und hatte das strahlende Mädchen empfangen, das jetzt vor ihnen stand. Die Anwesenheit der alten Frau würde keinen Unterschied machen, und Bertha sah so aus, als würde sie den Ausbruch einer lange unterdrückten Leidenschaft nur zu gern dulden. Wenn Joseph bloß nicht der Sohn Lionel Filmores wäre, dieses grausamen Schurken, Mörders und Ehebrechers ...

Aber Bridget erkannte, daß sie nichts tun konnte. Sie, die einen Teil der Ereignisse in die Wege geleitet hatte, war in der gegenwärtigen Situation machtlos. »Nun, wenn du willst, Liebling . . .«, hörte sie sich sagen. »Minnie wird ein paar Sachen für dich packen, und Ron bringt dir später den Koffer herüber.«
»O danke, Mammy! Danke, Daddy!« Überglücklich fiel Amy ihren Eltern um den Hals und küßte sie wieder.
Als Bridget neben Douglas im Wagen saß und davonfuhr, drehte sie sich zu den drei Gestalten um, die vor dem Cottage standen – Joseph zwischen Amy und der seltsamen alten Frau, die offenbar nicht nur ihn, sondern auch das Mädchen vereinnahmt hatte.
Nun hatte sie also ihre Tochter verloren – in einer kurzen halben Stunde. Sie schmiegte sich in die Arme ihres Mannes, der tröstend auf sie einsprach. Doch sie hörte nicht zu. Natürlich liebte sie ihn, aber Amy konnte er nicht ersetzen.
Schon vor langer Zeit hatte sie erkannt, daß eine Frau nicht männliche, sondern auch weibliche Gesellschaft brauchte – eine Mutter, eine Schwester, eine Freundin. Aber was sind die schon – verglichen mit einer Tochter? Von der Mutter wird man geboren, mit der Schwester fühlt man sich durch die Blutsverwandtschaft verbunden, mit der Freundin durch Zuneigung. Aber eine Tochter erschafft man selbst, sie wächst im eigenen Leib und später in der mütterlichen Obhut heran, man plant ihr Leben und umgibt sie mit reiner Liebe. Trotzdem muß man sie eines Tages gehen lassen. Aber der Schmerz des Verlustes wird vom aufrechten Charakter des Mannes gemildert, dem man sie übergibt.
Für Bridget war alles anders gekommen. Sie hatte nicht mit Lilys Sohn gerechnet, mit Lilys Bastard, der trotz all seiner guten Eigenschaften auch Wesenszüge seines Vaters in sich tragen mußte.
In den Adern ihrer Tochter floß anderes Blut. Immer wie-

der redete sie sich das ein. Da sich Douglas so grundlegend von Lionel unterschied, hatte sie oft an den brüderlichen Banden zwischen den beiden gezweifelt. Soviel sie wußte, war ihre Mutter eine äußerst lebenslustige Frau gewesen – und einem Abenteuer gewiß nicht abgeneigt... Seit Jahren klammerte sie sich an diesen Gedanken, der sich zu bestätigen schien, je deutlicher sie Douglas' guten Charakter erkannte.
Doch das änderte nichts am gegenwärtigen Problem. Wieder einmal mußte sie der Tatsache ins Auge blicken, daß sie vor zwanzig Jahren den Stein ins Rollen gebracht hatte und sogar die Verantwortung für Joe Skinners Hinrichtung trug. Hätte sie damals nicht alles getan, um zu sichern, was sie für Victorias Glück gehalten hatte, und sie statt dessen mit den Schattenseiten des Lebens und seinen unausweichlichen Enttäuschungen konfrontiert, würde Joe vielleicht noch leben. Und sie hätte ihre Tochter nicht verloren. Aber hätte sie überhaupt eine Tochter, wenn alles anders gekommen wäre?
Douglas' Stimme riß sie aus ihren Gedanken. Offenbar sprach er schon eine ganze Weile, und sie hatte kein Wort gehört. »Was hast du gesagt, Liebster?«
»Ich sagte – wenn Victoria gut betreut wird, in einer anderen Atmosphäre, könnte sie noch lange leben. Aber irgendwann wird Henrietta übrigbleiben.«
Ein kleiner Sonnenstrahl erhellte Bridgets düstere Stimmung. Ja, da war Henrietta. Selbst wenn sie Fortschritte machen sollte, man würde sich stets um sie kümmern müssen – und man konnte sie formen. Der Allmächtige scheint immer wieder für einen Ausgleich zu sorgen, dachte sie.

FÜNFTER TEIL

Das Erbe

1923

1.

Joseph lächelte Henrietta an. Sie stand vor ihm, gestikulierte lebhaft, und ihre hohe Stimme überschlug sich, aber ihre Worte waren zum Großteil verständlich. »Ich kann allein kommen. Niemand muß mich abholen.«
»Ich würde dich aber gern abholen.« Wie leicht ihm die Lüge über die Lippen kam . . .
Er drehte sich zu Douglas und Bridget um, die sich nun einmischte: »Joseph ist ein vielbeschäftigter Mann.«
»Ich weiß, ich weiß, und ich bin kein Kind mehr!« rief die große, rundliche Frau, deren Schönheit allmählich zu schwinden begann. Sie war nun achtunddreißig Jahre alt. »Er arbeitet schon seit Jahren . . .« Sie warf die Arme hoch, dann wandte sie sich abrupt ab und stieg die Treppe hinauf.
Seufzend ging Douglas mit Joseph zur Tür. »Sie kann ziemlich anstrengend sein. Ich kann noch von Glück reden, weil ich tagsüber nicht hier bin. Und ich weiß – wann immer sie drüben in Grove House ist, gönnt sie dir keine Minute Ruhe. Ich kann Amy verstehen.«
»Und ich verstehe Henrietta.« Beide wandten sich zu Bridget um, die hinzufügte: »Sie leidet so sehr unter ihrer Behinderung.«
»Mittlerweile müßte sie daran gewöhnt sein«, erwiderte Douglas. »Es ist mir ein Rätsel, wie du das all die Jahre ertragen hast. Aber . . .« Er trat näher zu ihr und legte einen Arm um ihre Schultern. »Es gibt vieles an dir, was ich mit meinem schlichten Gemüt nie begreifen werde.«
»Oh, mein armer Dummkopf! Du tust mir so leid.«

Er lachte, und Joseph musterte die beiden nachdenklich. Wie sehr sie sich nach all den Jahren immer noch liebten... Douglas war nun sechsundsechzig. Bridget dreiundsechzig, und sie wirkten immer noch wie ein junges Paar. Warum geriet Amy nicht ein bißchen mehr nach ihren Eltern? Sie liebten sich, und trotzdem ließ einer dem anderen seine Freiheit. Douglas war ein bekannter Bildhauer, und Bridget kümmerte sich immer noch um ihre Geschäfte. Joseph zählte zu ihren Mitarbeitern.
Sechs Jahre hatte es gedauert, bis Grove House im alten Glanz erstrahlt war. In dieser Zeit hatte er so viele Erfahrungen gesammelt, daß Bridget ihn mit der Leitung einer neugegründeten Immobilienagentur betraute. Voller Eifer stürzte er sich in die neue Aufgabe. Damals war ihm nicht bewußt geworden, daß er auch die Gelegenheit genutzt hatte, seinem Heim zu entfliehen – und anderen Dingen.
»Zieh deinen Mantel an, Joseph«, mahnte Bridget.
»Den braucht er im Auto nicht«, widersprach Douglas. »Übrigens, wie gefällt es dir, mein Junge?«
»Großartig.«
»Besser als der Austin-Zweisitzer?«
»O ja, es ist viel komfortabler.«
Douglas nickte. »Das fand ich auch, als ich auf dieses neue Vehikel umstieg.«
»Fahr vorsichtig, Joseph!« bat Bridget. »Du bist ein bißchen leichtsinnig. Gestern rief mich Amy an und gestand, du hättest ihr schreckliche Angst gemacht. Dreißig Stundenmeilen! Das ist viel zu schnell. Also, sei vernünftig!«
»Zu Befehl, Ma'am!« Joseph salutierte, und Bridget schlug ihn spielerisch auf den Arm.
»Fährst du direkt nach Hause?«
»Ja, aber unterwegs möchte ich in Gateshead anhalten und mir dieses Haus ansehen. Es ist sehr hübsch, und vier Morgen Land gehören dazu – ungewöhnlich für dieses Stadtviertel.«

»Nun, richte Amy und den Kindern herzliche Grüße von mir aus. Am Weihnachtsabend sehen wir uns alle.«
Als Douglas die Haustür geschlossen und den bitterkalten Wind ausgesperrt hatte, fragte Bridget: »Ist dir eine Veränderung an Joseph aufgefallen?«
»Wie meinst du das?«
»So, wie ich's sage – eine Veränderung.« Langsam gingen sie in den Salon. »Manchmal sehe ich ihn vor mir, so wie er damals war, als kleiner Junge.«
»Natürlich hat er sich seither verändert. Jetzt ist er neununddreißig.«
»Falls du nicht blind bist, Douglas Filmore, scheinst du ziemlich oft beide Augen zuzukneifen.«
»Das stimmt, Mrs. Filmore, auf diese Weise lebt sich's angenehmer.« Nachdem sie sich gesetzt hatten, fuhr er fort. »Was mir Sorgen macht, ist Ettas Affenliebe zu ihrem Halbbruder. Würde Amy diese Hausbesuche nicht so energisch auf eine Woche beschränken, wäre das Mädchen gar nicht mehr von dort wegzukriegen.«
»Da hast du recht. Seltsamerweise mag sie Amy nicht.«
»Das findest du seltsam? Ich glaube, in dieser Hinsicht bist *du* blind, mein Liebes. Amy hat von Anfang an kein Geheimnis daraus gemacht, daß ihr die arme Kusine Henrietta nicht besonders am Herzen liegt. Vielleicht, weil Etta ihren Halbbruder stets zu monopolisieren versuchte. Und eine Rivalin konnte unsere gute Amy nicht gebrauchen. Auf die sechs Kinder ist sie fast genauso eifersüchtig. Auf die Dauer muß ihn das ziemlich ermüden.«
»Du meinst – Amys Liebe strengt ihn genauso an wie Henriettas?«
»Das wäre möglich«, entgegnete Douglas zögernd. »Sieh mal, wir beide lieben uns und sind glücklich, aber wir engen uns nicht ein. Wenn ich vierundzwanzig Stunden am Tag bei dir säße und deine Hand hielte, würde dir das bestimmt auf die Nerven fallen.«
»Allerdings. Aber ich kann unserer erwachsenen Tochter

doch nicht sagen, sie soll aufhören, ihren Mann so sehr zu lieben.«
»Wir reden nicht von Liebe, sondern Besitzgier.«
»Besitzgier?« Bestürzt stand Bridget auf, ging zum Kamin und starrte ins Feuer.
»Genau. Manche Menschen können nicht leben, ohne jemanden oder etwas zu besitzen. Sie wollen viel Geld haben oder Macht oder eine Person. Letzteres ist am schlimmsten.«
»O Liebling! Jetzt habe ich wieder einen neuen Grund, mir Sorgen zu machen.«
»Dafür ist es jetzt zu spät. Du hättest dich sorgen müssen, als Lily noch hier lebte – als die beiden Kinder unzertrennlich waren. Jetzt läßt sich nichts mehr ändern. Und nun setz dich wieder zu mir, ich möchte von dir Besitz ergreifen.«
Bridget verzog das Gesicht zu einer prüden Miene, verbiß sich das Lachen, als er sie umarmte, und schimpfte: »Ausgerechnet du regst dich über die Besitzgier anderer Leute auf!«

Nachdem Joseph die Bradford-Villa besichtigt und ein paar spielende Kinder aus dem verwilderten Garten gescheucht hatte, ging er zu seinem Auto zurück. An einer Straßenecke zuckte er erschrocken zurück, als ihm eine Bande Jugendlicher entgegenstürmte. Nicht rechtzeitig genug – er wurde umgestoßen, sein Kopf prallte auf das Pflaster, und gleichzeitig zerbrach eine Flasche neben seiner Schulter und überschüttete ihn mit einem Schauer aus winzigen Splittern. Ich bin wieder angeschossen worden, brüllte eine innere Stimme.
Allmählich merkte er, daß sich mehrere Leute um ihn versammelt hatten.
»Diese Kinder heutzutage sind völlig verrückt!« ereiferte sich jemand. »Jetzt ist die ganze Meute natürlich längst auf und davon. Wenn ich eins dieser Bälger zwischen die Fin-

ger kriege, würde ich ihm den Hintern versohlen ... Sind Sie verletzt, Mister?«
»Helfen wir ihm doch auf die Beine!«
Joseph schob die Hände weg, die sich nach ihm ausstreckten. Aber als er aus eigener Kraft aufgestanden war, stöhnte er und wäre wieder hingefallen, hätte ihm eine Frau nicht blitzschnell unter die Arme gegriffen. Unterstützt von einem Mann, führte sie ihn in ein Pub.
Kraftlos sank Joseph auf einen Stuhl, und der Mann meinte: »Ein Wunder, daß Ihnen die Glasscherben nicht das Gesicht zerschnitten haben. Alles in Ordnung, Sir?«
»Ich – ich bin nur ein bißchen schwindlig. Würden Sie mir bitte ein Glas Wasser bringen?«
»Kein Wasser«, sagte eine Frauenstimme hinter ihm. »Er braucht einen guten, starken Tee.«
»Wie wär's mit einem Tropfen Whisky?«
»Sei nicht albern, Billy. Was Schlimmeres kann man jemandem, der einen Schock erlitten hat, gar nicht geben.«
»Also, ich hab noch nie einen Schreck davon bekommen.«
»Halt den Mund und mach, daß du rauskommst! Vielleicht ist's was Ernstes. Immerhin ist er auf den Kopf gefallen.«
»Sollen wir einen Arzt holen, Mutter?«
»Das weiß ich nicht, Mädchen. Jedenfalls kann er nicht stehen. Und wohin er auch gehen wollte, er muß hingefahren werden.«
Joseph träumte wieder. Er stand im Schlafzimmer seines Großvaters, und der alte Mann schrie, weil er sich den Kopf am Bettpfosten angeschlagen hatte, und der Butler lächelte ... Seit fünf Jahren war Bright tot. Joseph vermißte ihn schmerzlich. Der treue Diener war wie ein Vater für ihn gewesen, und auf dem Sterbebett hatte Bright ihn umarmt, so wie damals sein Master ... Es gibt verschiedene Arten von Liebe, dachte er. Und es gab Bertha ... War er jetzt bei ihr im Cottage? Nein ... Aber er mußte sie bald wieder besuchen. Aber zuerst würde er diese Angele-

genheit mit Amy klären. Bertha wurde immer älter, und sie lebte ganz allein auf ihrer abgeschiedenen kleinen Farm. Er wollte sie zu sich ins Grove House holen, und er hatte Amy versprochen, eine Pflegerin für seine mütterliche Freundin zu engagieren, sollte das jemals nötig werden. Aber Amy war eifersüchtig. Lächerlich ... Es gibt verschiedene Arten von Liebe ... Und jetzt war er in einem fremden Land – nein, nur in einem fremden Haus. Sein Kopf schmerzte, ihm schwindelte und ...

»Möchten Sie Tee trinken, Sir?«

»O ja bitte – vielen Dank.« Er griff nach der Tasse. Der Tee schmeckte heiß, stark und süß. »Tut mir leid, daß ich Ihnen solche Unannehmlichkeiten mache«, sagte er zu der Frau, die neben ihm stand.

»Unsinn, Sir. Es gibt hier ohnehin nichts mehr zu tun, weil wir schon Sperrstunde haben. Tut Ihnen der Kopf weh?«

»Er fühlt sich irgendwie sonderbar an. Ich muß ihn mir irgendwo angeschlagen haben.«

»Allerdings! Ein paar Straßenjungen haben Sie umgeworfen. Die bringen uns immer die leeren Bierflaschen, weil sie einen Penny pro Stück kriegen.«

Sie sah nicht wie Bertha aus, hatte aber eine ähnliche Stimme, dichtes braunes Haar, große Augen und einen lachenden Mund. »Wenn jemand halb bewußtlos vor einer Kneipe liegt, wäre das normalerweise ein Fall für die Polizei«, meinte sie nun. »Aber wir können ja beweisen, daß Sie noch nie was bei uns getrunken haben, nicht wahr?«

Sicher erwartete sie jetzt, daß er lachte. Und er lachte tatsächlich, aber es klang eher wie ein gequälter Aufschrei, und die ältere Frau rief: »Oh, ich hätte Sie warnen sollen, Sir! Gerade hab ich Ihren Fuß auf einen Hocker gelegt. Wir müssen den Schuh und den Socken holen, bevor der Doktor kommt. Ich glaube, da ist was gebrochen.«

»Hoffentlich nicht!«

»Haben Sie einen Job, wo Sie viel laufen müssen?«

»Manchmal . . .« Er zögerte. »Aber mein Auto steht nicht weit von hier, in einer Garage.«
»Ah, sicher bei Ridkey's. Mit diesem Fuß können Sie unmöglich fahren, ob er nun gebrochen ist oder nicht. Wollen Sie noch eine Tasse Tee?«
»Ja, bitte, aber ohne Zucker.«
»Klar. Ich tu in alles immer viel Zucker.«
Sie verschwand aus Josephs Blickfeld, und jetzt stand nur noch die jüngere Frau da. Sie lächelte nicht mehr. »Das ist ihr Tick. Sie will alles im Leben versüßen.«
»Ein netter Tick.«
»Ja, sicher. Wo wohnen Sie?«
»Am Stadtrand.«
»Dann werden Sie sich ein Taxi nehmen müssen. Haben Sie ein Telefon?«
»Ja.«
»Dann rufen wir mal an und sagen Ihren Leuten Bescheid. Sind Sie verheiratet?«
»Ja.«
»Haben Sie auch Kinder?«
»Drei Jungs und drei Mädchen.«
»Wunderbar! Sind sie noch klein?«
»Eigentlich nicht mehr. Die Jüngste ist vierzehn, die ältesten, unsere Zwillinge, sind fast neunzehn.«
»Also sind sie alle praktisch erwachsen.«
»Ja, beinahe.« Seine Lider wurden schwer, und er schloß die Augen.
Wie aus weiter Ferne drang die Mädchenstimme zu ihm. »Es ist Ihnen immer noch schwindlig, was? Wahrscheinlich haben Sie eine leichte Gehirnerschütterung. Warten Sie – Mutter hat Ihnen ein Kissen unter den Kopf geschoben. Ich nehm es weg, dann können Sie sich besser zurücklehnen.«
Das tat gut. Wie schön wäre es, jetzt einzuschlafen . . . Nein, das durfte er nicht. Er mußte nach Hause, er mußte Amy anrufen, aber erst, wenn er ein Taxi bestellt hatte,

sonst würde sie herkommen und ein gewaltiges Aufhebens um ihn machen. Das tat sie immer. Sie erfüllte alle seine Bedürfnisse, wie sie ständig betonte. Und er fand das komisch. Das hatte er ihr auch gesagt. Wirklich komisch.

»Ich glaube, er schläft, Mutter«, hörte er die junge Frau flüstern. »Wir sollten ihn nicht wecken, nur wegen des Tees . . .«

Eine Männerstimme holte ihn in die Realität zurück. »Trunkenheit und Erregung öffentlichen Ärgernisses vor einem Pub . . . Warum lassen Sie so was zu, Janet? Das muß ich der Polizei melden . . . Hallo, Sir. Wie ich höre, sind Sie hingefallen. Na, dann wollen wir mal sehen. Tut das weh? O ja, ich merk's . . .« Die tastenden Finger erzeugten noch schlimmere Schmerzen, ehe die Diagnose erfolgte. »Gute Nachrichten, Sir. Nichts gebrochen, aber eine schlimme Verstauchung. Einen Gipsverband werden Sie nicht brauchen, wenn Sie vernünftig sind und den Fuß schonen. Und jetzt zu Ihrem Kopf. Janet meinte, Ihnen sei schwindlig geworden.«

»Ja, ein bißchen«

»Fühlen Sie sich schläfrig?«

»Das auch.«

»Kein Wunder, wenn man mit dem Kopf aufs Pflaster knallt. Versuchen Sie nächstesmal woanders hinzufallen.«

Joseph schloß wieder die Augen. Hier schienen sich zahlreiche Witzbolde herumzutreiben.«

»Wie heißen Sie?«

»Joseph Skinner.«

»Und wo wohnen Sie?«

»In Grove House, Woodland Road.«

Das runde Gesicht des Arztes wurde etwas ernster. Er zupfte an seinem Kinn und erwiderte. »Grove House? Das Filmore-House, nicht wahr?«

»Ja.«

»Sie haben Douglas Filmores Tochter geheiratet, was?«

»Ja, hab ich.«

Der Doktor wandte sich zu den beiden Frauen. »Ein schönes Haus mit großem Garten.« Dann schaute er wieder auf Joseph hinab. »Ich kenne die Geschichte von Grove House. Sie haben es zu neuem Leben erweckt, Sir, und gute Arbeit geleistet. Ihr Hausarzt ist Frank Mellow, nicht wahr? Wir haben zusammen studiert. Ja, wir leben in einer kleinen Welt... So, jetzt müssen wir Sie aber nach Hause bringen, Sir. Janet, Sie haben doch ein Telefon? Rufen Sie ein Taxi. Ihre Nummer, Sir?«

»Zwei – acht– fünf.« Was für ein Getue der Mann macht! Joseph mochte solche Leute nicht. Sie mischten sich ständig in alles ein. Bertha war auch so, aber bei ihr fand er es nicht unangenehm.

»Was haben Sie gesagt, Doktor?«

»Ich sagte – je früher wir Sie ins Bett verfrachten, desto besser. Ich rufe Dr. Mellow an. Liz, wenn Sie jetzt das Taxi rufen und die Familie des Gentlemans informieren würden, wäre ich Ihnen sehr verbunden.«

»Ja, Doktor.«

»Also, ich muß jetzt gehen.« Der Arzt beugte sich zu Joseph hinab. »Hat mich gefreut, Ihre Bekanntschaft zu machen, Sir. Ich wünschte, es wäre unter erfreulicheren Umständen geschehen. Aber es gibt immer eine Zukunft, nicht wahr?«

»Ja, es gibt immer eine Zukunft.«

Der kleine Mann trat zurück, schien auf ein Dankeswort zu warten, und als er keines hörte, sagte er: »Also – dann gute Fahrt!« Er verließ das Lokal, und was dann geschah, erlebte Joseph wie in einem verschwommenen Traum.

Er schüttelte den beiden Frauen die Hand, lächelte Liz an, und sie ermahnte ihn: »Tun Sie nächstes Mal ein bißchen mehr Wasser in Ihren Drink, Sir.«

»Ich will's versuchen, aber beim Whisky werde ich immer wieder schwach.«

Da lachte sie schallend. So ein Gelächter hatte er nie zuvor gehört – klar und rein und unsagbar fröhlich.

2.

Er lag auf einer Couch gegenüber dem Kamin in dem Zimmer, wo sein Großvater in einem Vierpfostenbett gestorben war. Amy hatte es durch ein großes Messingbett ersetzt. Nichts in diesem Raum erinnerte an die Vergangenheit, abgesehen vom Schrank und vom Toilettentisch. Der Teppich schimmerte in sanftem Beige, die Vorhänge waren aus mattrosa Seidenbrokat, ebenso wie die Bezüge der Polstermöbel.

Sechsstimmiges Gelächter erfüllte das Zimmer, und die siebzehnjährige Alice rief: »Los, Jonathan, lies es Daddy vor!«

»Es ist kindisch, mittelmäßig, und das Versmaß kann man nur als Katastrophe bezeichnen«, wandte Malcolm, der ältere Zwilling ein.

»Hört euch doch diesen aufgeblasenen Universitätstypen an!« ließ sich die fünfzehnjährige Kitty vernehmen. »Fang endlich an, Jonathan. Daddy, es ist wirklich komisch.«

Jonathan, eine sechzehnjährige Version von Douglas, sprang grinsend auf und stellte sich in Positur, eine Hand auf der Brust, in der anderen ein Blatt Papier.

»O Sir, welch schlimme Kunde mußte ich erfahren,
Nachdem Sie gestern in Gateshead waren,
Angeblich, um ein Haus zu inspizieren,
Doch darf man es nicht ignorieren,
Daß Sie statt dessen Bier genießen wollten,
Weshalb Sie sich in eine Schenke trollten,
Um dort ihr ganzes Geld zu versaufen,
Und dann auf die Straße zu laufen.
Dort fielen Sie hin, der Länge nach.
O Mr. Skinner, welche Schmach!
Der Knöchel verstaucht, das Gehirn erschüttert!
Und nun frage ich Sie erbittert,
Nachdem es weiß die ganze Stadt:
Bereuen Sie ihre üble Tat?«

Noch schrilleres Gelächter klang auf, und Joseph streckte eine Faust aus, um seinen Sohn zwischen die Rippen zu boxen. »Dafür müßtest du verprügelt werden! Kein Tropfen Alkohol ist über meine Lippen gekommen!«
»Das ist doch egal!« kreischte die vierzehnjährige Bertha. »Ich finde das Gedicht himmlisch ...«
»Man hört euch im ganzem Haus.«
Alle wandten sich zur Tür. Sie hatten nicht bemerkt, daß sie geöffnet worden war. Stumm beobachteten die Kinder, wie ihre Mutter zur Couch ging.
»Warum ermunterst du sie zu diesem Unsinn?« tadelte Amy. »Du brauchst deine Ruhe. Und ihr!« herrschte sie ihre Söhne und Töchter an. »Was habt ihr überhaupt hier zu suchen? Unten gibt's genug für euch zu tun.«
»Wir haben die Mistelzweige geholt ...«
»... und die Girlanden gebastelt ...«
»... und das ganze Zeug vom Dachboden runtergeschleppt ...«
»Ja, ja, ja!« Amy hob die Hände, um sie zum Schweigen zu bringen. »Aber der Baum ist noch nicht geschmückt, und die Mistelzweige müssen aufgehängt werden. Ihr könnt nicht erwarten, daß die Dienstmädchen alles machen. Die haben schon genug Arbeit. Die Köchin braucht Hilfe, und die Jungs können die Wäschekörbe aus der Waschküche herauftragen, damit Florrie und May endlich zum Bügeln kommen. Die Leute wollen ja auch noch ihren Aufenthaltsraum für ihre eigene Weihnachtsfeier dekorieren. Also, raus mit euch!«
Unter Protestgemurmel verließen sie das Zimmer. Seufzend trat Amy vor den Kamin und ergriff den Schürhaken, um in den glühenden Kohlen herumzustochern. »Manchmal geht's hier zu wie auf dem Jahrmarkt ... Wie fühlst du dich?«
»Großartig. Mir fehlt ja auch nichts.«
»Nein, du hast nur eine Gehirnerschütterung und einen verstauchten Knöchel. Daß du diesen Lärm aushältst ...«

»Warum magst du deine Familie nicht, Amy?«
»Was?« Sie drehte sich zu Joseph um und starrte ihn entgeistert an.
»Du hast doch gehört. Warum magst du deine Familie nicht?«
»Wie kannst du so etwas behaupten?«
»Weil es stimmt. Du hättest niemals Kinder bekommen dürfen, weil du immer nur mich wolltest.«
Sekundenlang preßte sie die Lippen zusammen, dann entgegnete sie mit zitternder Stimme. »Es ist dir unangenehm, geliebt zu werden.«
»Keineswegs. Aber im Leben gibt es verschiedene Arten von Liebe, und eine davon steht den Kindern zu.«
»Was hast du mir vorzuwerfen? Immerhin habe ich dir sechs Kinder geschenkt.«
»Und danach warst du fest entschlossen, keine weiteren zu bekommen, und hast sogar eine Zeitlang auf getrennten Schlafzimmern bestanden. Obwohl ich hoch und heilig versprach, keine neue Schwangerschaft zu riskieren. Du glaubst mir nicht, was dich aber nicht daran hinderte, unentwegt von deiner immerwährenden Liebe zu reden.«
»Und du, Joseph? Du weißt ja nicht einmal, was Liebe ist. Deine Art von Liebe ist . . .«
»Sprich es doch aus, dieses grauenhafte Wort!«
»Also gut! Für dich ist Liebe nur Lust – sonst nichts!«
»Du hättest Nonne werden sollen, Amy. O ja, du wirst gern geküßt und gestreichelt, aber sobald das geschieht, wozu Küsse und Zärtlichkeiten unweigerlich führen, benimmst du dich wie eine keusche Jungfrau. Das konnte ich nie verstehen – einerseits diese Gefühlskälte, andererseits dieses Bestreben, alles von mir festzuhalten – meinen Körper, meine Seele, und nichts zu geben, nichts von dir selbst. Im Grunde bist du verdammt selbstsüchtig. Du wolltest mich immer besitzen, mit Haut und Haaren. Und weil ich meine Kinder liebe und weil sie mich lieben, versuchst du unentwegt einen Keil zwischen sie und mich zu

treiben ... Nein, schüttle nicht den Kopf! Ich kenne dich nur zu gut. Neunzehn Jahre lang war ich deinen Launen und Forderungen ausgesetzt. Vor fast siebenunddreißig Jahren, schon kurz nach deiner Geburt, hast du die Hand nach mir ausgestreckt, mich gepackt und nie wieder losgelassen. Und jetzt hab ich's satt, hörst du, Amy? Ich hab's satt!«

Er sah, wie sie blaß wurde. »Nun, es gibt für alles ein Trostpflaster. Warum gehst du nicht zu deiner geliebten Bertha! Oder zu deinem Halbonkel in Birtley, den du neuerdings so gern besuchst. Die liebe Henrietta nicht vergessen! Lauf doch zu ihr! Hierher kommt sie jedenfalls nicht mehr!«

»Das solltest du deinen Eltern sagen, nicht mir. Oder noch besser – sag es ihr selbst. Übrigens, ihr beide seid euch sehr ähnlich ...«

»Wie kannst du es wagen ...«

»Laß mich ausreden. Ihr steht beide unter dem Zwang, den Menschen, den ihr zu lieben glaubt, ganz und gar aufzufressen und ihm das Blut auszusaugen. Aber dabei mache ich nicht mehr mit. Das bedeutet natürlich, daß ich von hier weggehen muß. Eines Tages wird mir so oder so nichts anderes übrigbleiben, weil du dafür gesorgt hast, daß dieses Haus nach dem Tod deines Vaters an Malcolm geht. Leider hast du nicht überlegt, was dann aus dir werden soll. Malcolm denkt nur an sich. William oder Jonathan würden immer für dich sorgen. Malcolm nicht. Weißt du, nach wem mein ältester Sohn geraten ist? Nach meinem Vater Lionel Filmore.«

»Nein ...«

»Die Zeit wird es an den Tag bringen. Er ist fast neunzehn, und wenn er sich eine Frau in den Kopf gesetzt hat, wird er nicht zögern, sie zu heiraten.«

»Das hast du also in deine Pläne einbezogen?«

»Allerdings. Ich bin nicht auf Grove House angewiesen, auch nicht auf den Verwalterjob, den mir dein Vater gegeben hat. Von meiner Agentur kann ich auch woanders leben. Und deine Eltern werden sich bestimmt um dich kümmern. Douglas ist stets für unsere Haushaltskosten aufgekommen, also wird es ihm nichts ausmachen, dich weiterhin zu ernähren.«

»Du undankbarer Schuft!«

»Ein Schuft vielleicht – undankbar nicht. Aber manchmal frage ich mich, wofür ich dankbar sein soll. Ich habe hart gearbeitet, um dieses Haus zu restaurieren, und deinem Vater gute Dienste geleistet . . .«

»Weil du das Haus liebst und denkst, es müßte dir gehören!«

»Von Rechts wegen müßte es mein Eigentum sein. Und wie ich neulich flüstern hörte, will man ein Gesetz erlassen, das illegitimen Kindern gestattet, zu erben oder wenigstens um ihr Erbe zu kämpfen. Wäre das nicht ulkig?«

Schweigend ging sie zur Tür, öffnete sie aber erst, nachdem sie sich umgedreht und verkündet hatte. »Manchmal stieg in den letzten Jahren ein Gefühl in mir auf, das dem Haß nahe verwandt war, Joseph Skinner. Vielleicht liebe ich dich, aber ich könnte dich genausogut hassen.«

»Das weiß ich, Amy!« rief er ihrem Rücken nach. »Weil du nur ein einspuriges Gehirn besitzt! Manche Leute könne gleichzeitig lieben und hassen. Du niemals!« Als die Tür ins Schloß fiel, fügte er leise hinzu: »Weil du sehr dumm bist, Amy.«

3.

John Calder stand seit elf Jahren in Josephs Diensten. Mit achtzehn hatte er als Brights Lehrling in Grove House zu arbeiten begonnen und sich dann unter den Fittchen dieses ungewöhnlichen Mannes zu einem Duplikat seines Lehrers

entwickelt. Nun unterhielt er zu Joseph eine ähnliche, fast freundschaftliche Beziehung, wie sie einst Bright und dessen Master William Filmore verbunden hatte. Aber John Calder – Brights Musterschüller – beging nie den Fehler, seine Grenzen zu überschreiten.
Vor einer halben Stunde hatte er Joseph das Dinner auf einem Servierwagen zur Couch gebracht. Nun räumte er das benutzte Geschirr weg und übergab es dem Stubenmädchen Rene Bristow. »Die Terrinen bringe ich später hinunter.«
»Danke, Mr. Calder«, antwortete sie respektvoll, fast unterwürfig. Joseph mußte lächeln, denn wie der ganze Haushalt wußte, hatte Rene eine Schwäche für den Butler, stieß aber nicht auf Gegenliebe. Das lag vielleicht daran, daß er beim Antritt seiner Stellung mit einer jungen Frau verlobt gewesen und daß sie vier Jahre später an Schwindsucht gestorben war. Jetzt, nach sieben Jahren, schien er seinen Verlust immer noch als Schutzschild gegen zudringliche Mädchen wie Rene zu benutzen.
Wie Joseph erkannte, verdankte er die Zufriedenheit seines Personals eher Johns kompetenter Aufsicht als Amys Position. Im Laufe der Jahre war sie anspruchsvoll und penibel geworden. Ihre Frustration angesichts der ehelichen Spannungen ließ sie an den Dienstboten aus. Vor einigen Jahren hatte sie mit ihren Launen Berthas Kindermädchen aus dem Haus getrieben. Daraufhin war er zu Bridget gegangen, mit der Bitte, sie möge ihre Tochter zur Vernunft bringen. Jener Zwischenfall hatte ihn wieder einmal schmerzlich an die Tatsache erinnert, daß Grove House seinen Schwiegereltern gehörte und er selbst nur als Verwalter fungierte ...
Joseph sah auf, als der Butler ihm ein Glas Portwein einschenkte.
»Würden Sie etwas für mich tun, John? Insgeheim?«
»Was immer Sie wünschen, Sir.«
»Ich möchte jemanden Geschenke schicken. Die Frau in

dem Pub, vor dem ich meinen Unfall erlitt, und ihre Tochter waren sehr freundlich zu mir, und ich möchte mich erkenntlich zeigen. Fahren Sie morgen mit meinem Wagen in die Stadt und bringen Sie Mrs. Dunn die Geschenke. Das Lokal liegt in Downyes Passage. Am besten kaufen Sie eine Bonbonniere, einen Obstkorb und Blumen. Bei dieser Gelegenheit könnten Sie auch noch Schokolade für meine Töchter besorgen.«
»Sehr wohl, Sir.«

Es war am Vormittag des Heiligen Abends. Mit Hilfe eines Stocks war er im Zimmer umhergehumpelt. Als Amy eintrat, stand er vor dem Fenster. »Der Arzt sagte doch, du müßtest mindestens vierzehn Tage liegenbleiben«, mahnte sie.
Statt einer Antwort bemerkte er: »Es schneit.«
»Das sehe ich.«
»Wir sollten Bertha hierherholen. Morgen wird die Straße unpassierbar sein.«
»Joseph, nimm bitte ein bißchen Rücksicht! Ich mußte noch zwei Schlafzimmer für meine Eltern und Henrietta vorbereiten . . .«
In täuschend sanftem Ton unterbrach er sie: »Wenn du das Zimmer für Bertha herrichten läßt, sag den Mädchen, sie sollen eine Wärmflasche ins Bett legen und rechtzeitig Feuer im Kamin machen.«
»Du sagtest doch, daß sie nicht hier schlafen will.«
»Weil sie weiß, daß dir das unangenehm ist. Aber sie hat in den letzten zwanzig Jahren kein einziges Weihnachtsfest allein verbracht, und dieses darf nicht das erste sein. Sie ist eine alte Frau, Amy.«
»Nur ihre scharfe Zunge wird niemals altern.«
»Nein, zum Glück nicht. Ich hoffe, sie bleibt bis zu ihrem Ende jugendlich und weise.«
Sie trat einen Schritt zurück. »Du bist sehr merkwürdig, Joseph.«

»Wir sind Äpfel vom selben Stamm, und ich finde, meine Exzentritäten passen gut zu deinen.«
Sie legte den Kopf schief, eine Geste, die ihn an ihre Jugend erinnerte. Und in gewisser Weise war sie genauso wie damals, denn sie wechselte sprunghaft das Thema. »Du hast John weggeschickt, ohne mir Bescheid zu geben. Als ich ihn fragte, was er vorhabe, erklärte er mir, er müsse eine Besorgung für den Master erledigen. Darf ich wissen, was das für ein Auftrag ist?«
»O ja, daraus will ich kein Geheimnis machen. Ich habe nicht genug Geschenke für unsere Töchter und bat John, noch etwas zu kaufen.«
»Wenn es so was Banales war – warum hast du mich dann nicht informiert?«
»Du bist doch immer so beschäftigt.«
Zwischen zusammengebissenen Zähnen stieß sie hervor: »Manchmal könnte ich dich ohrfeigen, Joseph Skinner.«
»Daran zweifle ich nicht. Warum redest du mich eigentlich immer mit meinem vollen Namen an, wenn du dich in dieser besonderen Stimmung befindest? Übrigens, wenn diese Änderung im Erbrecht eintritt, die ich bereits erwähnt habe, werde ich meinen Namen ändern lassen und künftig Filmore heißen. Möchtest du nicht gern Mrs. Filmore genannt werden? Skinner klingt so häßlich.« Als er ihre Lippen zittern sah, empfand er plötzlich den Wunsch, sie in die Arme zu nehmen. »Tut mir leid. Fangen wir doch mal von vorn an.«
Aber womit hatte es angefangen? Mit jenem Tag vor ein paar Wochen, wo sie weinend auf dem Bett gesessen und ihm mitgeteilt hatte, sie erwarte ein Baby, wolle aber keins haben – nur ihn?
Er ließ sie hinausgehen. Die Tür fiel ins Schloß, und er humpelte zum Sofa, setzte sich und starrte ins Kaminfeuer. Sollte das Leben so weitergehen? Unmöglich. Er war erst neununddreißig, und wenn er nach seinem Großvater geriet, hatte er noch nicht einmal die Hälfte seines Erdenda-

seins hinter sich. In ein paar Jahren würden die Kinder heiraten und aus dem Haus gehen, und was blieb ihm dann? Die Zweisamkeit mit Amy. O ja, das würde sie beglücken. Und was sollte aus ihm werden?
Er stand wieder auf, und als versuchten seine Gedanken die Tür eines Käfigs zu öffnen, sagte er laut: »Nein! Nein!«

Er lag wieder auf der Couch. Douglas saß am Fuß-, Henrietta neben dem Kopfende, den Blick auf Josephs Mund gerichtet. »Hat es Bridget gefallen?« fragte er.
Sie wandte sich zu Douglas, als er erwiderte: »O ja, sehr. Aber sie findet, siebenhundertfünfzig Pfund wären zuviel. Im ersten Stock gibt's nur drei Schlafzimmer und darüber drei Mansardenräume. Aber das Erdgeschoß ist erstaunlich groß. Nun, du hast es ja gesehen.«
»Nicht von innen. Ich bin nur außen herumgegangen. Es hing kein Anschlag dran, und ich wußte nicht, wer's verkauft.«
»Eine alte Dame, die noch immer all ihre fünf Sinne beisammen hat. Sie lebt jetzt in einer Wohnung in Newcastle. Da wir gerade von alten Damen reden. Wie ich höre, weigert sich Bertha, herzukommen und hier zu übernachten. Ein zähes altes Mädchen.«
Joseph wollte antworten, aber Henrietta kam ihm zuvor, indem sie die Lippen bewegte. »Gut!«
»Gut? Wieso?«
»Bertha kommt nicht«, erklärte sie in der Zeichensprache.
»Das freut mich.«
»Morgen wird sie bei uns sein.«
Die unnatürlich hohe Stimme entgegnete: »Aber – sie – bleibt – nicht – lange ... Nie – läßt – sie – dich – in Ruhe.« Als Douglas laut zu lachen begann, schlug sie auf sein Knie.
»Ausgerechnet du mußt das sagen, Etta!« rief er. »Welches Mädchen kriegt denn die schlimmsten Anfälle, wenn es Joseph nicht sehen kann?«

»Mit mir ist er gern zusammen – nicht wahr, Joseph?« Sie griff nach der Hand ihres geliebten Halbbruders, aber er zog sie rasch zurück. Plötzlich widerte Henrietta ihn an. Mit achtzehn Jahren war sie ein schönes, schlankes Mädchen gewesen. Bald danach hatte sie die Schule besucht und von da an ihren Frust, wann immer sie unfähig gewesen war, eine Frage zu beantworten, mit unmäßigem Essen kompensiert.
In der Schule hatte sie zwar ihr Sprechvermögen verbessert und gelernt, ihre Gliedmaßen zu kontrollieren, aber nicht ihr wildes Temperament. Durch einen besonders schlimmen Wutausbruch war ihre Schulzeit beendet worden. Sie hatte eine Kameradin zu Boden geworfen und von zwei Männern und einer Lehrerin gebändigt werden müssen.
Joseph erinnerte sich an die trübe Stimmung, die ihn bei dem Gedanken befallen hatte, bald allein mit Amy leben zu müssen. Aber er würde nicht mit ihr allein sein, Henrietta war auch noch da. Dreimal hatte sie in letzter Zeit den Zug oder den Bus genommen, um ihn zu besuchen. Amy hatte Bridget angerufen, kategorisch verlangt, irgend jemand müsse Henrietta sofort nach Shields zurückbringen, und die wütende Antwort erhalten, sie könne sich ruhig mal eine Woche um das Mädchen kümmern und ihrer Mutter etwas Ruhe gönnen.
Seltsam, wie sich die Menschen veränderten ... Nach dem Verlust ihrer Tochter hatte Bridget ihr ganzes Interesse auf Henrietta konzentriert ... Henrietta machte so gute Fortschritte in der Schule, Henrietta hatte auf einem Elternball mit Douglas getanzt, Henrietta hatte sich während der Ferien im Lake District so gut erholt, Henrietta war so humorvoll. Henrietta, Henrietta, Henrietta ...
Aber die Begeisterung schwand, als Henrietta immer dikker wurde und verflog vollends, nachdem das Mädchen jene Mitschülerin attackiert und ihr das Gesicht zerkratzt hatte. Die Eltern hatten Anzeige erstatten wollen, aber die

Sache war privat geregelt worden. Joseph wußte nicht, wieviel Schmerzensgeld Bridget bezahlt hatte.
Ihr unablässiges Bedürfnis, mit ihm beisammen zu sein, machte ihn verlegen – insbesondere, seit sie begonnen hatte, ihn ständig anzufassen, zu streicheln.
»Was – ist – los? Hast du Schmerzen?«
»Ja«, bestätigte er.
Douglas stand auf und ergriff Henriettas Arm. »Joseph ist müde. Geh jetzt nach unten und schau, ob der Baum schon geschmückt ist.«
Schmollend verzog sie die Lippen, aber sie stand auf und eilte aus dem Zimmer. Douglas seufzte, schloß die Tür, die sie offengelassen hatte, und kam zur Couch zurück. »Es wird immer schlimmer mit ihr.«
»So schlimm ist es schon jahrelang«, entgegnete Joseph. »Ich weiß nicht, wie ihr mit ihr fertig werdet, du und Bridget.«
»Das weiß ich auch nicht. Meistens kümmert sich Bridget um Etta, aber sie atmet jedesmal auf, wenn sie aus geschäftlichen Gründen in die Stadt fahren muß und das Mädchen Nellie überantworten kann. Die ist fast so groß wie Henrietta und sehr energisch. Und Henrietta kommt ja auch nur am Wochenende oder an Nellies freiem Tag zu dir.« Er setzte sich wieder, stützte die Ellbogen auf die Knie und beugte sich vor. »Wie soll das enden? Früher freute ich mich auf meinen Ruhestand, auf friedliche Tage mit Bridget, aber jetzt, wo Etta bei uns wohnt . . . Ich bin wie meine Tochter, Joseph. Wir wollen immer nur mit dem Menschen beisammen sein, der zu uns gehört. Was ist übrigens mit euch beiden passiert? Da stimmt doch was nicht.«
Diese freimütige Frage verwirrte Joseph ein wenig. »Ich hatte nie das Gefühl, ich würde zu irgendwem gehören, Douglas. Schon als Kind spürte ich das Geheimnis, das mit meiner Existenz verbunden war, und dadurch entwickelte ich jenes Gefühl. Amy versuchte bereits in der Kindheit, Besitz von mir zu ergreifen. Das akzeptierte ich, weil

ich es für Liebe hielt. Wie problematisch das ist, merkte ich erst nach der Geburt unserer Kinder. Auf jedes einzelne ist sie furchtbar eifersüchtig.«

»O Joseph, was sagst du da?«

»Die Wahrheit. Amy ist eifersüchtig auf die Kinder, weil sie meine Zeit beanspruchen, meine Liebe, die – wie sie sich einbildet – ihr allein gelten sollte. Deshalb will sie auch keine Kinder mehr bekommen. Sie hat eine ganz andere Vorstellung von der Liebe als du und Bridget. Ihr beide habt eure leidenschaftlichen Gefühle füreinander nie verhehlt. Aber Amy kennt keine Leidenschaft. Muß ich das noch genauer erklären?«

»Großer Gott, das tut mir leid.« Douglas stand auf und wanderte zum Kamin. »Sie ist meine Tochter, und ich liebe sie – auch dich liebe ich wie einen Sohn, seit du als Baby zu uns kamst. Das mußte ich natürlich verbergen. Du kennst die Gründe.«

»Welche Gründe?«

Die scharfe Frage veranlaßte beide, zur Tür zu schauen. Bridget war unbemerkt hereingekommen, und Douglas erklärte hastig: »Die Gründe für den Anstieg der Immobilienpreise.«

»Ach so ... Wie geht es dir, Joseph?«

»Gleichbleibend. Es gefällt mir, den Invaliden zu spielen und von allen umhätschelt zu werden.«

»Das kann ich mir vorstellen.« Zu Douglas gewandt, fuhr sie fort: »Das Dinner ist bald fertig. Du solltest dich jetzt umziehen.«

Sie zog ihn zur Tür, und als Joseph allein war, schloß er die Lider. Würde Douglas seiner Frau von dem vertraulichen Gespräch erzählen? Er bezweifelte es. Um niemandem weh zu tun, hatte Douglas jahrelang verschwiegen, daß sein Bruder ein Mörder gewesen war. Also würde er auch Bridget nicht mit der Eröffnung verletzen, ihre Tochter habe als Ehefrau versagt. Außerdem würde Bridget das nicht glauben ...

Erst am späten Abend fand er eine Gelegenheit, mit John unter vier Augen zu reden.
»Die Damen waren entzückt über die Geschenke und sehr erstaunt«, berichtete der Butler. »Sie erkundigten sich teilnahmsvoll nach Ihrem Befinden, Sir. Und die Tochter teilte mir mit, die Jungen, die Ihren Sturz verursachten, hätten einen Tag später gefragt, ob Sie ernsthaft verletzt wären. Die Mutter jagte ihnen eine Heidenangst mit der Behauptung ein, Sie wären im Krankenhaus gestorben und die Polizei würde ihnen bald auf den Pelz rücken. Da waren die Kinder so unglücklich, daß sie mit Orangen und Nüssen getröstet werden mußten.«
Lachend schüttelte Joseph den Kopf. »Die armen Jungs!«
»Ich habe meinen Besuch im Pub sehr genossen, Sir, und mich wie ein Weihnachtsmann gefühlt.«
»Das freut mich.«

Am Weihnachtsmorgen liefen die Kinder durch das Haus, um sich für die ersten kleinen Geschenke zu bedanken. Als Bertha und Kitty in Josephs Zimmer stürmten, zog Joseph gerade sein Hemd an. »Verdammt, könnt ihr nicht anklopfen«, schimpfte er.
»Wir wollen dir helfen, Dad!« rief Kitty und stopfte ihm mit Berthas Unterstützung die Hemdzipfel in die Hose.
Grinsend erschien John in der Tür des Ankleideraums. »Wie ich sehe, bin ich hier überflüssig, Sir.«
»Keineswegs. Befreien Sie mich von diesen Quälgeistern!«
»Das würde John niemals tun«, meinte Bertha. »Dafür hat er uns viel zu gern. Nicht wahr, wir heiraten, wenn ich groß bin, John?«
»Das bleibt abzuwarten, Miß. Die Verlobungszeit würde sehr lange dauern.«
»Wie lange?«
»Mindestens zwanzig Jahre.«
»Oh, dann sind Sie schon ein alter Mann – so alt wie Daddy.«

Joseph verdrehte die Augen. »Raus mit euch!« Als die Tür hinter ihnen zufiel, verspürte er sekundenlang ein tiefes Glück. Was für eine liebevolle Familie er hatte, von Malcolm bis zu Bertha ... Ja, auch in Malcolm steckte ein guter Kern. Er mochte selbstsüchtig sein, besaß aber immerhin die Fähigkeit, tiefere Gefühle zu zeigen. Vor zwei Jahren war Rover, der vierzehnjährige Hund, gestorben. Zwei Nächte lang hatte Malcolm bei ihm im Stall gesessen, den Kopf des Hundes im Schoß, ihn dann eigenhändig begraben und sich zwei Tage lang nicht blicken lassen.

Jubel und Trubel herrschten rund um den Weihnachtsbaum. Zuerst erhielt das Hauspersonal die Geschenke – Handschuhe, Strümpfe, Taschen- oder Halstücher, dazu Kuverts mit verschiedenen Geldbeträgen, nach der Rangordnung gestaffelt. Dann kamen die Gärtner, Stallburschen und Farmarbeiter an die Reihe – Ron Yarrow, der Obergärtner, die Gärtner Harry Talbot und James Lombard, der Lehrling Ben Wallace, die Farmgehilfen Sam Jones und Davey Pollard. Letztere waren die Untergebenen des jungen William Skinner, der im Gegensatz zu Malcolm nicht studieren wollte, sondern sich mehr für die Landwirtschaft interessierte.

Schließlich wurde die Familie Skinner beschenkt. Amy und Joseph überreichten einander goldene Armbanduhren, was allgemeines Gelächter hervorrief. Bridget bekam von Douglas eine Diamantenbrosche, er von ihr eine Krawattennadel mit Rubinen und Bildbände über berühmte Maler und Bildhauer.

Die Mädchen freuten sich über Hüte, Kleider, Wäsche und Accessoires. Henrietta mußte sich mit letzterem begnügen, und als sie sah, wie Bertha ihr Geschenk von Joseph auspackte – einen Wintermantel mit passendem Hut und Handschuhen – verzog sie sich beleidigt in eine Ecke.

Jonathans Augen füllten sich mit Tränen, während er einen Geigenkasten mit einem kostbaren Instrument öffnete – die schönste Würdigung seines vielversprechenden musikalischen Talents. Begeistert umarmte er seine Eltern.
Gegen Ende der Bescherung stellte sich heraus, daß die Zwillinge nichts Besonderes bekommen hatten, nur Sokken, Krawatten und Taschentücher. Douglas schlenderte zu seinen beiden Enkeln hinüber und bemerkte beiläufig: »Eure Geschenke sind draußen. Ihr könnt ja wohl nicht erwarten, daß wir sie reinschleppen.«
Aufgeregt stürmte die Jugend aus dem Haus, gefolgt von den älteren Familienmitgliedern und den Dienstboten. Malcolm blieb neben einem schnittigen Zweisitzer stehen, William starrte auf das Pferd, dessen Zügel von einem grinsenden John festgehalten wurden.
Beide Jungen wandten sich gleichzeitig zum Haus, schüttelten fassungslos die Köpfe und bewiesen damit – was nur selten geschah –, daß sie derselben Saat entstammten. Und beide Gesichter spiegelten die gleiche Überraschung und Dankbarkeit wider.
Die Mädchen schrien abwechselnd »Steig ein!« und »Steig auf!«, worauf sich William in den Sattel schwang und Malcolm ins Auto sprang. Der aufheulende Motor machte das Pferd nervös, und William rief: »Mach das verdammte Ding aus, du Idiot!«
Als Ruhe und Ordnung wiederhergestellt waren, bedankten sich die Zwillinge so überschwenglich bei ihrem Vater, daß er lachend protestierte: »Ihr wollt mich wohl genauso umwerfen wie diese Straßenjungen und meinen Krankenstand verlängern!«
Neues Gelächter erklang, als Malcolm seinen Bruder mit dem Ellbogen anstieß und verlangte: »Bring deinen blöden Gaul in den Stall, ich will mein Baby ausprobieren!«
Und inmitten der fröhlichen Gesellschaft stand Henrietta und kreischte: »Ich – will – auch – ein – Auto!«

Zufällig schaute sie zu der alten Bertha hinüber, während Bridget beruhigend auf sie einsprach, und las ihr von den lachenden Lippen ab, was sie zu Kitty sagte: »Das wär was! Etta in einem Auto!«
Erbost stürzte sich Henrietta auf die kleine Frau, packte sie bei den Schultern und schüttelte sie. »Ja! Ich – in – einem – Auto! Ich – kann – fahren, du – alte – Hexe...«
Douglas riß sie am Arm zurück, und Joseph schlug sie so kraftvoll ins Gesicht, daß sie nach hinten taumelte und wie ein Kind eine Hand auf die brennende Wange preßte. Er führte die verwirrte alte Frau in den Salon und die anderen folgten ihm.
Nur Bridget blieb bei Henrietta und sagte leise: »Geh nach oben und ruh dich aus. Die Aufregung war zu viel für dich.«
»Nein! Nein!«
In scharfem Ton befahl Bridget: »Du gehst sofort nach oben!« Da gehorchte Henrietta. Den Kopf gesenkt, mit heftig schlenkernden Beinen stieg sie die Treppe hinauf.
Im Salon fragte Alice die alte Bertha: »Hat sie Ihnen weh getan?«
»Nein, nein, Mädchen, es war meine eigene Schuld. Ich hätte meine Zunge hüten sollen.«
»Was haben Sie denn gesagt?«
Ehe Bertha antworten konnte, verkündete Kitty: »Daß das was wäre – Etta in einem Auto.«
»Das war alles? Deshalb ist sie so wütend geworden?«
»Laß nur, Alice«, bat Douglas. »Vergessen wir den Zwischenfall.«
»Das wird eine Weile dauern.« Es war Amys erster Kommentar, und Douglas wandte sich zu seiner Tochter.
»Du hast recht, aber heute ist Weihnachten, und wir wollen uns die Stimmung nicht verderben lassen. Jonathan, spiel uns doch was auf deiner neuen Geige vor, und Alice soll dich auf dem Klavier begleiten.«
Nachdem die Kinder musiziert hatten, ging Joseph zu sei-

ner alten Freundin und fragte leise: »Wie fühlen Sie sich, Bertha?«
»Gut, danke.«
»Möchten Sie sich hinlegen?«
»Natürlich nicht! Ich freue mich schon auf das Tanzfest heute abend.«
William hatte die letzten Worte gehört, kam angelaufen und verneigte sich. »Darf ich Sie bitten, mir den ersten Tanz zu reservieren, Mrs. Hanratty?«
»Leider bin ich schon ausgebucht. Außerdem gehören Sie zur Band, Sir, und mit Musikern tanze ich prinzipiell nicht. Die sind noch schlimmer als Matrosen.«
Während des allgemeinen Gelächters stand Amy auf und verließ den Raum, unbemerkt von allen außer Joseph. Auch das ärgerte ihn an ihr – sie wußte Berthas Humor nicht zu würdigen. Von Anfang an hatte sie die alte Frau nicht gemocht, und jetzt glaubte er zu erkennen, warum. Mit ihrer besitzergreifenden Liebe hing es nicht zusammen.

Die Freunde der Kinder waren eingetroffen, Williams Band begann zu spielen, und als Bertha ihre Tanzkünste demonstrierte, wurde sehr lebhaft applaudiert.
In einer Tanzpause reichten die Dienstboten Erfrischungen. Alice zog sich mit ihrem Partner in eine Ecke des Wintergartens zurück, knabberte an einem Sandwich, und ihr Herz schlug wie rasend. Das lag nicht am wilden Rhythmus der letzten Musiknummer, sondern an der Wirkung, die der junge Mann auf sie ausübte. Diese Wirkung war nicht neu. Alice hatte sie zum erstenmal auf der Geburtstagsparty einer Schulfreundin verspürt.
»Du hast die Schule endgültig verlassen?« fragte er. »Du gehst auf keine andere?«
»Nein, ich möchte mich ganz aufs Klavier konzentrieren. Ich habe einen wunderbaren Lehrer gefunden.«
»Du spielst sehr gut.«

»Danke.« Er blickte sich im Wintergarten um und durch die offene Tür in den Salon. »Ein schönes Haus.«
»O ja – und weißt du was? Hier im Wintergarten haben sich meine Großeltern kennengelernt. An jenem Abend wurde eine Kette von Ereignissen ausgelöst . . .«
»Das weiß ich, Alice. Ich kenne die Geschichte deiner Familie.«
»Sicher warst du schockiert«, erwiderte sie tonlos.
»Schockiert?« Er grinste. »Weil dein Großvater väterlicherseits ein Schurke war? Dann will ich dir mal was erzählen. Wir beide haben einiges gemeinsam, denn meine Großmutter Daisy war die Geliebte deines berüchtigten Großvaters. Soviel ich gehört habe, dauerte das Verhältnis zehn Jahre.«
»Wirklich?« Alice biß sich auf die Unterlippe, um nicht in Gelächter auszubrechen.
»O ja. Die zwei waren sehr unartig, eine Schande für beide Familien. Mein Vater gerät immer noch in Wut, wenn davon gesprochen wird. Aber meinen Geschwistern und mir macht diese Geschichte sehr viel Spaß.« Nach einer kleinen Pause fügte er hinzu: »Als ich dich zum erstenmal sah, dachte ich – wie seltsam, daß ich mich in die Enkelin dieses Mannes verliebe . . . Magst du mich auch ein bißchen?«
»O Roger«, flüsterte sie, »mehr als ein bißchen . . .«
Kittys grinsendes Gesicht verschwand ebenso unbemerkt hinter den Palmwedeln, wie es aufgetaucht war. Aufgeregt rannte sie in den Salon zurück. »Daddy! Daddy! Du wirst es nie erraten! Roger Barnett küßt Alice im Wintergarten! Und weißt du, wer er ist?«
Verblüfft zuckte sie zusammen, als Joseph sie anherrschte: »Halt den Mund und komm mit!« Er packte ihren Arm, zog sie durch die Halle in sein Arbeitszimmer und schloß die Tür: »Also, schieß los.«
»Ich – wollte nicht lauschen . . .«
»Du lauschst immer, Kitty, und das ist kein Fehler, solange

du nicht herumerzählst, was du gehört hast. Aber in diesem Fall mußt du's mir ganz genau erzählen.«

»Er sagte, seine Großmutter sei die Geliebte unseres Großvaters gewesen.«

Barnett? Daisy Barnett? Ja, er wußte alles über diese Frau.

»Hatte unser Großvater eine Geliebte? Oder ist das nur eine Erfindung von Roger?«

Er humpelte zu seinem Schreibtisch, sank in den Sessel und winkte Kitty zu sich. »Du darfst mit niemandem darüber reden. In unserer Familie gab es einige Skandale. Deine Großmutter Bridget hatte viel Ärger – und ich auch. Eines Tages wirst du alles erfahren, von mir oder von deinem Großvater Douglas. Die Version deiner Großmutter würde zu parteiisch ausfallen, insbesondere, wenn sie wüßte, daß Alice sich mit dem Enkel der Frau einläßt, die ihre geliebte Kusine Victoria so unglücklich gemacht hat. Ich weiß, das alles verwirrt dich – aber du mußt mir versprechen, niemandem zu verraten, was zwischen Alice und diesem jungen Mann geschehen ist.«

»Ja, Daddy. Es – tut mir leid, ich dachte es wäre komisch.«

»Schon gut. Geh jetzt wieder zu den anderen. Und wenn du Alice über den Weg läufst, wirf ihr nicht diesen gewissen Blick zu, der besagt: Ich weiß etwas, was du nicht weißt.«

»Schaue ich oft so drein, Daddy?«

»Sehr oft. Erinnerst du dich noch an den Tag, wo Malcolm eine Zigarette auf dem Heuboden rauchte? Ein Feuer brach aus, das von Willie gelöscht wurde – und was tat die kleine Kitty? Sie kam zu mir und sagte: ›Daddy, ich weiß etwas, was du nicht weißt.‹«

Sie legte den Kopf schief. »Ich weiß noch was anderes, was du nicht weißt, Daddy. Damals habe ich auch einmal an der Zigarette gezogen.«

»Was?« Ehe er ihr einen Klaps aufs Hinterteil geben konnte, rannte sie quietschend hinaus. Nachdenklich starrte er vor sich hin. Es war wirklich komisch – Daisys Enkel und Bridgets Enkelin. Aber er konnte nicht darüber lachen, denn sobald es sich herumsprach, würde Lionel Filmore von den Toten auferstehen. Dafür würde Bridget sorgen.

4.

»Gut, daß du's für achtundsechzig gekriegt hast!«

»Nun, ich erklärte, wir müßten eine Menge Geld hineinstecken, ehe wir's vermieten könnten. Außerdem ist sie nicht gerade arm und wird nicht am Hungertuch nagen, nachdem sie weniger als erwartet bekommen hat.«

Bridget kräuselte die Lippen. »Es gibt viele Leute, die nicht am Hungertuch nagen und trotzdem um jeden Penny feilschen. Übrigens, ich habe gestern mit Douglas gesprochen. Wir fänden es besser, wenn du künftig unter deinem eigenen Namen arbeiten würdest. Was hältst du davon?«

›Meinst du den Namen Filmore?‹ wollte Joseph fragen, aber das hätte sie geärgert. Und so erwiderte er: »Das ist sehr nett von euch.«

In seiner Stimme schwang keine Dankbarkeit mit, und das entging Bridget nicht. Sie ordnete einige Papiere auf ihrem Schreibtisch, ehe sie wieder zu Joseph aufsah. »Amy wird sich darüber freuen, nicht wahr?«

Jetzt konnte er kein Blatt mehr vor den Mund nehmen. »Ich glaube, es interessiert sie nicht, unter welchem Namen ich arbeite.«

»Was ist in letzter Zeit bloß los mit dir, Joseph?«

Auf den Tisch gestützt, beugte er sich vor und schaute ihr ins Gesicht. »Das solltest du deine Tochter fragen. Außerdem weißt du sehr gut, was mit mir los ist, aber du verschließt die Augen davor. Sicher hast du schon mit Amy darüber geredet, von Frau zu Frau.«

Das Blut stieg ihr in die Wangen. »Ich mische mich nicht in ihr Privatleben ein.«

»Selbst wenn das stimmt – du bist lange genug verheiratet, um zu wissen, was eine Ehe in Schwung hält.«

»Also wirklich Joseph!« Sie sprang auf, und er lachte.

»Tu nicht so schockiert, Bridget! Aber um auf das Thema zurückzukommen, das zu dieser Diskussion geführt hat – welche Folgen wird mein neuer Status nach sich ziehen?«

»In Zukunft machst du deine eigenen Geschäfte«, entgegnete sie kühl. »Aber vergiß nicht – wir waren es, die Grove House in all den Jahren am Leben erhalten haben.«

»Nein, das vergesse ich nicht, ebensowenig, daß es nicht mein Heim ist, sondern Douglas und dir gehört. Wenn Douglas etwas zustößt, geht Grove House an meinen ältesten Sohn – den Sohn deiner Tochter. Oh, das alles weiß ich, aber wenn du mich aufforderst, es nicht zu vergessen, möchte ich dich auch an etwas erinnern. Während der ersten sechs Jahre habe ich praktisch umsonst in diesem Haus gearbeitet. Nun, dafür konnte ich Erfahrungen sammeln, was auch in deinem Interesse war. Seit vierzehn Jahren leite ich die Agentur. Sicher, ich werde gut bezahlt, aber nur in Prozenten. Also denke ich, dein heutiges Angebot war längst überfällig. Guten Tag, Bridget. Ich finde, jeder von uns sollte sich in Zukunft um seine eigenen Angelegenheiten kümmern.«

Sie sank auf ihren Stuhl und starrte die Tür an, die soeben ins Schloß gefallen war. Der Sohn Lionel Filmores – unverkennbar ...

Joseph stieg in sein Auto und fuhr zur Bradford-Villa. Er betrat die düstere Halle, lehnte sich an die Wand und glaubte, Bridgets Büro eben erst verlassen zu haben, denn er sah immer noch Bridgets Miene vor sich. Aber sie wür-

de ihr Wort nicht zurücknehmen. Von nun an arbeitete er selbständig – was sicher Douglas' Idee gewesen war und nicht ihre.
Langsam wanderte er durch das Haus und sah sofort, was erneuert werden mußte – hier eine Wand, dort ein Badezimmer. Der Garten nahm nur einen halben Morgen ein, und dahinter lag das Feld. Wenn er noch einen halben Morgen dazukaufte, konnte er vier hübsche Häuser bauen, bis zur Mauer von Mrs. Dunns Pub.
Mrs. Dunns Pub? Er müßte mal vorbeischauen und sich persönlich bedanken. In den letzten Wochen hatte er oft an die beiden Frauen gedacht.
Kurz entschlossen versperrte er die Haustür hinter sich, stieg wieder in den Wagen und fuhr die Hauptstraße hinab bis zur Downey's Passage. Er parkte, dann blieb er eine Zeitlang vor der Auslage stehen und betrachtete die Schnapsflaschen, ehe er das Lokal betrat.
»Ja, Sir?« fragte die Frau hinter der Theke. »Was kann ich für Sie tun?« Plötzlich stieß sie einen schrillen Schrei aus. »O Mr. Skinner.«
»Ich dachte, ich sollte mich mal persönlich bei Ihnen bedanken.«
»Nehmen Sie doch Platz! Liz hat gerade Kaffee gemacht. Liz! Schau mal, wer da ist!«
Die Stimme ihrer Tochter rief durch die Küchentür. »Nibbles?«
Mrs. Dunn lachte laut auf und erklärte: »Nibbles ist unser Kater.«
Joseph setzte sich lächelnd und erkannte die gemütliche Atmosphäre des Pubs wieder, obwohl er es damals nur verschwommen gesehen hatte.
»Zwei Nächte auf der Pirsch – das ist schon viel zu lange . . .« Liz erschien in der Tür, ein Tablett in den Händen, auf dem zwei Tassen Kaffee und ein Teller mit Biskuits standen. »Großer Gott! Und du sagtest, es sei der Kater, Mutter . . . Hallo.«

»Hallo«, erwiderte er. »Ich wollte mich mal persönlich bedanken.«

»*Wir* haben zu danken – für die wunderbaren Weihnachtsgeschenke.« Sie stellte das Tablett ab. »Ich hole noch eine Tasse. Sie trinken doch Kaffee mit uns?«

»Ja, bitte.«

»Ihr Wunsch ist mir Befehl.« Lachend verschwand sie wieder in der Küche, und sein Lächeln vertiefte sich. Dieses Lokal wirkte – so entspannend. Ein besseres Wort fiel ihm nicht ein, um seine Gefühle zu bezeichnen.

»War's sehr schlimm mit ihrem Fuß?« erkundigte sich Mrs. Dunn.

»Nun ja, bis ich wieder gehen konnte, dauerte es länger, als ich gedacht hatte.«

»Das hat uns Ihr Diener erzählt.« Sie senkte die Stimme. »Er ist Ihr Butler, nicht wahr?«

»Ja, so heißt dieser Beruf, aber eigentlich macht er alles. Er kümmert sich um den Haushalt und ist überaus tüchtig.«

»Ein netter Mann, und er hält sehr viel von Ihnen.« Sie wandte sich zu ihrer Tochter, die aus der Küche zurückkehrte. »Nicht wahr, der Butler hat in den höchsten Tönen von seinem Master geschwärmt.«

Liz reichte Joseph eine gefüllte Tasse. »Meine Mutter hat großen Respekt vor vornehmem Personal.«

»Sie nicht?«

»Eigentlich nicht. Aber Mutter ist auf einem schottischen Landsitz aufgewachsen, wo ihr Vater als Reitknecht gearbeitet hat. Und eines Tages kommt so ein schrecklicher Engländer angeritten und entführt sie in dieses gottverlassene Land. So pflegte mein Großvater England zu bezeichnen, aber ich danke dem Allmächtigen dafür. Grandpa beugt immer noch das Knie vor seinem schottischen Lord.«

»Du bist froh, wenn du in den Ferien hinfahren, auf einem Pony reiten und mit dem Master schwatzen kannst«, warf Mrs. Dunn ein.

»Sehen Sie?« Liz zeigte mit dem Finger auf Joseph. »Dieses Wort ärgert mich immer wieder. Master! Das erinnert mich jedesmal an die Sklaverei.«
»Jetzt hören Sie sich diesen Unsinn an, Sir. Möchten Sie ein Biskuit?«
»Achten Sie nicht auf ihr Gefasel. Manchmal redet sie wie die Kommunisten. Und sie sagt, sie wählt nicht konservativ. Bis zum heutigen Tag weiß ich nicht, welche Partei sie wählt. Aber was ich wähle, weiß ich genau.« Lachend fügte Mrs. Dunn hinzu: »Ein gutes Dinner, einen Tropfen Whisky und einen guten Schlaf. Was kann man sich noch mehr wünschen?«
»Ja – was?« Er hatte das Gefühl, daß er unentwegt lächelte.
»Hatten Sie geschäftlich in dieser Gegend zu tun?« fragte Mrs. Dunn.
»Ja, das könnte man sagen. Vor kurzem habe ich die Villa gekauft.« Er zeigte zur Wand. »Ich arbeite in der Immobilienbranche.«
»Oh, die Villa! Und was wollen Sie damit machen?«
»Ich lasse sie renovieren, und dann werde ich sie vermieten.«
»Das alte Mädchen, das früher dort wohnte, war eine richtige Landplage ...« Mrs. Dunn unterbrach sich, als die Ladenglocke bimmelte. »Hat man denn niemals seine Ruhe?« seufzte sie, stand auf und verschwand im Nebenraum.
»Vielleicht glauben Sie, daß ich mich für den Klassenkampf engagiere«, bemerkte Liz. »Aber ich will Mutter nur ein bißchen mit Sir Gilbert aufziehen. Sie ist so stolz auf unseren Kontakt zu seinem Haus.«
Er neigte sich zu ihr vor. »Im Gegensatz zu Ihnen?«
»Nun ja, es stört mich nicht, für jemanden zu arbeiten. Wir alle arbeiten für irgendwen. Hier im Pub müssen wir zwar auch die Herrschaften bedienen, aber wir haben mehr Freiheit als so manche andere. Und ich war schon

immer gegen die Macht, die einige Leute über ihre Mitmenschen ausüben – sei es in der Familie oder im Berufsleben.«

»Und in der Ehe?« Das hatte er nicht sagen wollen, aber es war ihm herausgerutscht.

»Meine Ehe dauerte nicht lange, also konnte ich das nicht herausfinden. Ich war zwei Wochen verheiratet, als er einrücken mußte und nach Frankreich ging, Mitte 1918. Einen Monat später ist er gefallen.«

Ihre Stimme klang völlig emotionslos. Trotzdem erwiderte er: »Oh, das tut mir leid. Es muß schrecklich für Sie gewesen sein. Man fragt sich, warum . . .«

»Verzeihen Sie«, unterbrach sie ihn in scharfem Ton, »aber ich finde, das ist eine dumme Frage. Natürlich habe ich sie mir damals auch gestellt. Und ich gab mir die Antwort – warum frage ich das? John war einer von vielen tausend Soldaten, die in diesem Krieg fielen. Dieses besondere ›Warum‹ kann niemals beantwortet werden.«

Er starrte sie an. Das fröhliche, humorvolle Mädchen war verschwunden, eine nachdenkliche junge Frau saß ihm gegenüber.

»Waren Sie auch im Krieg?« erkundigte sie sich nun.

»Nein, man wollte mich nicht haben. Ein paarmal hab ich's versucht. Meine gesundheitliche Verfassung muß miserabel gewesen sein. Immer hat man was gefunden, irgendwo zwischen den Augen und den Zehen.« Wie gern wäre er an die Front gegangen, um dem Krieg zu entfliehen, der in seinem Alltag tobte . . . »Sie heißen also nicht Dunn?«

»Nein, Lilburns.«

»Leben Sie schon lange hier?«

»Nun, wie man mir sagte, wurde ich vor neunundzwanzig Jahren hier im Oberstock geboren. Oh, jetzt hab ich mein Alter verraten . . .« Sie schnitt eine komische Grimasse. »Das Haus gehörte meinem Vater.«

»Ist er gestorben?«
»Ja, vor sechs Jahren. Er war zweiundzwanzig Jahre älter als meine Mutter. Damals fand man so was skandalös. Kinderschändung nannte man das. Aber die beiden waren sehr glücklich miteinander. Nun, meine Mutter ist ja auch sehr umgänglich. Ich wäre bestimmt nicht glücklich geworden, wenn ich einen Mann wie meinen Vater geheiratet hätte. Er war so besitzergreifend.«
Auch hier dieses Wort ... »Also mögen Sie keine besitzergreifenden Leute?«
»Das will ich nicht sagen. Ich verstehe nicht, was sie motiviert. Vielleicht liegt es an irgendeiner Unzulänglichkeit in ihrem eigenen Wesen, und um die zu kompensieren, klammern sie sich an einen anderen Menschen. Es muß eine Art Machtbedürfnis sein. Es gibt viele Firmenchefs, die so sind. Von ihren Launen hängt oft das Schicksal aller ihrer Untergebenen ab.«
Joseph nickte. »Haben Sie schon mal überlegt, ob Sie für den Stadtrat kandidieren wollen?«
»Das würde ich höchstens tun, um diesen Typen zu sagen, wie dumm sie sind. Sie wollen die Coin Street abreißen. So schöne alte Häuser! Kennen Sie die Straße?«
»Ja.«
»Haben Sie sich die Oberlichter angesehen, die Balkongitter?« Liz schüttelte den Kopf. »Wundervoll! Und diese Idioten wollen alles abreißen – vermutlich, um neue Läden zu bauen.«
»Kandidieren Sie doch für den Stadtrat und versuchen Sie's zu verhindern.«
»Ich habe keine Lust, die Welt in Ordnung zu bringen. Das käme mir anmaßend vor. Außerdem habe ich schon genug mit meinem eigenen Leben zu tun. Wissen Sie, ich gehöre zu den vielen Leuten, die ständig Kritik üben, die Angst vor der Chance haben, irgend was besser zu machen.«
Erstaunt musterte er sie. Das war eine junge Frau, die sich selbst kannte. »Hatten Sie mal einen anderen Beruf?«

»Ja, ich war Sekretärin bei einem gewissen Mr. Blythe in den Bayards Engineering Works. Damals war ich neunzehn. Aber als Vater starb, gab ich den Job auf und kümmerte mich um meine Mutter. Sie fühlte sich so einsam.«
Er hatte Arthur Blythe durch Douglas kennengelernt. »Haben Sie gern als Sekretärin gearbeitet?«
»O ja.«
»Obwohl Sie sozusagen einen Master hatten?«
»Er war sehr freundlich und stellte keine übertriebenen Forderungen an mich. In seinem Büro durfte ich nach Belieben schalten und walten. Letzte Woche schrieb er mir und fragte, ob ich wieder zu ihm kommen will. Anscheinend hat er in der Zwischenzeit die Sekretärinnen wie seine Hemden gewechselt. Ich erinnere mich noch gut an ihn. Dummheit kann er nicht ertragen. Das klingt wohl ziemlich eingebildet, was? Aber ich war wirklich tüchtig. Mit sechzehn verließ ich die Schule, und dann ging ich drei Jahre lang auf ein Sekretärinnen-College. Aber warum erzähle ich Ihnen eigentlich meine Lebensgeschichte? Sie sind nur hergekommen, um sich zu bedanken, und jetzt langweile ich Sie mit meinem Geschwätz . . .«
»O nein, Sie langweilen mich nicht. Ich habe mich schon seit einer Ewigkeit nicht mehr so wohl gefühlt wie hier bei Ihnen. Schon nach meinem Unfall merkte ich, was für eine nette Atmosphäre in diesem Lokal herrscht – obwohl mir so schwindlig war. Und Sie und Ihre Mutter haben sich so fürsorglich um mich gekümmert. Da war noch ein Gentleman, nicht wahr?«
»Ja – Bill, ein Freund meines Vaters.«
Mrs. Dunn kehrte zurück. »Die Post war hier – und Mrs. Chaytors mit fünf leeren Flaschen und unzähligen Klatschgeschichten. Bleiben Sie noch ein bißchen da, Mr. Skinner? Liz hat ein Hammelragout auf dem Herd. Einige ihrer Küchenprodukte würde ich nicht mal einem Hund geben, aber für ihr Hammelragout verbürge ich mich.«
Lachend stand er auf und reichte ihr die leere Tasse. »Sie

macht auch einen sehr guten Kaffee. Danke für die Einladung, aber ich muß gehen und meinen Lebensunterhalt verdienen.«

»Falls Sie wieder mal vorbeikommen – Sie sind uns jederzeit willkommen.«

»Ich werde Sie beim Wort nehmen, Mrs. Dunn – sogar sehr oft, wenn ich die Renovierungsarbeiten in der Villa überwache. Aber um es noch einmal zu betonen – heute habe ich Sie vor allem besucht, um mich für Ihre Freundlichkeit zu bedanken. Auf Wiedersehen, Mrs. Lilburn – Mrs. Dunn.«

Die ältere Frau begleitete ihn zur Tür, und als sie mit ihrer Tochter allein war, bemerkte sie: »Was für ein charmanter Mann!«

»Mutter!«

»Ja, ja, schon gut. Ich habe doch nur gesagt, daß er ein charmanter Mann ist.«

»Das hast du schon von vielen Männern gesagt. Aber vergiß nicht, daß Mr. Skinner verheiratet ist und sechs Kinder hat.«

»Die Bibel ist ein sehr gutes Buch, und da steht drin, daß Salomon mehrere Frauen hatte.«

Als Liz ihrer Mutter einen Stoß gab und sie dann festhielt, damit sie nicht umfiel, brachen beide in Gelächter aus.

Langsam ging Joseph zu seinem Wagen. Sonderbarerweise widerstrebte es ihm, einzusteigen. Er wollte über die Felder zur Villa wandern, denn er gewann den Eindruck, das Schmiedeeisentor von Grove House hätte sich geöffnet, um ihn in die Freiheit zu entlassen. Es war ein eigenartiges Gefühl – so wie jenes, das ihn manchmal überkam, das Gefühl zu träumen und gleichzeitig zu wissen, daß es kein Traum war, und gerade das hatte ihn oft erschreckt. Diesmal empfand er keine Angst.

5.

»Ein Skandal! Das dürfte man nicht erlauben!«
»O Bridget! Liebling!«
»Sprich nicht in diesem Ton mit mir! Als wäre ich engstirnig! Ist dir klar, daß dieser junge Mann der Enkel von der Geliebten deines Bruders ist? Was mußte die arme Victoria damals durchmachen!«
»Meine liebe Bridget, wie Bright mir erzählt hat, war sie froh über die Affäre, weil Lionel dadurch nur selten nach Hause kam und von Henrietta ferngehalten wurde. Außerdem – Joseph ist Alices Vater, und er hat ihr seine Zustimmung gegeben. Amy kann nichts tun. Und wenn sie sich noch so aufregt. Ihre Wut ist ohnehin nur ein Ausdruck ihres eigenen Frusts. Was weiß sie schon von Victoria. In der kurzen Zeit, wo deine Kusine nach Lionels Tod noch am Leben blieb, war ihr Amy keineswegs zugetan. Vielleicht, weil du Victoria und Henrietta damals mit Liebe überschüttet hast, um dich über den Verlust deiner Tochter hinwegzutrösten. Natürlich hat es Amy empfindlich gestört, daß sie so leicht zu ersetzen war.«
»Ach, Douglas, was du dir alles einbildest!«
Er beugte sich vor und ergriff ihre Hand. »Ich habe recht, das weißt du, weil du logisch denken kannst. Und glaub mir – unsere Enkelin Alice ist ein liebes Mädchen, aber sie hat den Dickkopf ihrer Großmutter geerbt. Und wenn Amy ihr noch lange die Hölle heiß macht, wird sie davonlaufen. Das hat sie ihrem Vater bereits angekündigt.«
»Joseph hat mit dir darüber gesprochen?«
»Natürlich, Liebling. Mit wem sollte er sonst über das alles reden? Amy ist ja keiner Vernunft zugänglich. Übrigens, da wir Joseph gerade erwähnen, ich finde, unsere – deine Entscheidung, ihm freie Hand zu geben, war richtig. Er hat sich verändert, ist nicht mehr so kühl und schweigsam,

und er wirkt viel gelöster. Hat Amy dir irgendwas darüber gesagt?«

»Nein, sie hat nur gejammert, weil er sich jetzt, wo er sein eigener Herr ist, noch seltener zu Hause blicken läßt.«

»Nun, dann streiten sie auch seltener.«

»Zu einem Streit gehören immer zwei, Douglas.«

»Ja, vermutlich. Es gibt noch andere Neuigkeiten, gute und schlechte. Heute morgen traf ich Joseph. Wir tranken Kaffee miteinander, und er erzählte mir triumphierend, daß sich eine weitere Liebesgeschichte anbahnt. Malcolm hat James Fordyces Kusine kennengelernt – Lady Delia, Lord Brecks einzige Tochter. Das gefällt Amy natürlich. Und nun die schlechte Neuigkeit. Amy will Henrietta das Haus verbieten. Joseph fragte mich, was er tun soll. Bridget, ich werde bald siebenundsechzig, du bist dreiundsechzig. Wir müssen überlegen, was aus Etta werden soll. Am besten bringen wir sie in ein Sanatorium.«

»Ich weiß, es wird immer schlimmer mit ihr. Aber ich könnte es nicht ertragen, wenn sie in einem Heim eingesperrt wäre.«

»Es gibt sehr gute private Anstalten. Und da wir gerade über diese ernsten Dinge reden – ich habe mir gedacht, wir sollten Grove House unserem Schwiegersohn überschreiben. Er hat einen Anspruch darauf.«

»O nein, Douglas! Und Amy?«

»Sie ist seine Frau, also wird ihr ältester Sohn das Haus erben.«

»Nein, ich meine . . .«

»Ich weiß, was du meinst. Aber Joseph ist ein willensstarker Mann, und ich möchte nicht, daß die Sache vor Gericht kommt. Demnächst soll ein Gesetz erlassen werden, das auch illegitimen Kindern das Erbrecht zugesteht.«

»Wir wollen nichts überstürzen und gründlich darüber nachdenken.«

»Wie du wünschst, Liebling.« Er wagte es nicht, ihr zu gestehen, daß er den Stein bereits ins Rollen gebracht hatte.

Offensichtlich wollte sie Zeit gewinnen, in der Hoffnung, ihn umstimmen zu können – was ihr meistens gelang. Diesmal nicht.
Bedrückt schlang sie die Finger ineinander. »Ich hasse es, alt zu werden. Das Alter verändert so viele Dinge. Zum Beispiel hätte ich nie geglaubt, daß wir die Fabriken verkaufen würden. Ich vermisse mein Büro.«
»Ich weiß, Liebes . . .«
Douglas unterbrach sich, als die Tür aufschwang. Eine große Frau trat ein, und Bridget sprang erschrocken auf. »O nein, Nellie!«
»Wir waren bei der Busstation, Madam. Ich blieb vor einem Blumenstand stehen und fragte: ›Wäre es nicht nett, wenn Sie Ihrer Tante Blumen mitbrächten?‹ Als sie nicht antwortete, drehte ich mich um, und da sah ich sie in den Bus steigen. Sicher fährt sie wieder zum Grove House. Es tut mir so leid, Madam. Manchmal wächst mir das alles über den Kopf.«
Aufgeregt eilte Bridget aus dem Zimmer. »Ich muß Amy anrufen.«
»Nein!« rief Douglas ihr nach. »Amy wird sie nicht hineinlassen. Ich hole Etta, mach dir keine Sorgen.«
»Gut, ich komme mit«, erklärte sie, und er widersprach nicht.

Sie standen in der Halle, und Amy sagte laut, mit deutlichen Lippenbewegungen: »Ich – habe – dir – erklärt, daß – er – erst – sehr – spät – nach – Hause – kommt. Er – arbeitet – in – seinem – Büro.«
»Ich will – hierbleiben. Morgen – fahre ich zurück.«
»Du wirst nicht hierbleiben, Etta.«
Henrietta schaute sich um. An einem Ende der Halle stand Malcolm, am anderen, bei der Küchentür, John. »Das – war – früher mein Zuhause! Ich – habe ein Recht darauf, hier zu sein. Ich – kann bleiben, solange ich will. Es – war das Haus – meines Großvaters.« Ihren Vater er-

wähnte sie nicht. »Und – es müßte mir gehören. Es gehört mir.«
»Es hat dir niemals gehört!« schrie Amy. »Es ist mein Haus! Du darfst nicht hierbleiben. Malcolm, hol deinen Wagen aus der Garage und fahr sie zurück.«
»Nein, Mutter. Ich treffe mich mit Delia zum Tee. Und diese große, dicke, verrückte Person in meinem Auto – niemals ! Man hätte sie längst hinter Schloß und Riegel bringen müssen ...«
Seine Stimme erstarb, als er sah, wie seine Mutter eine Hand auf den Mund preßte. John rannte zu ihm, aber er kam zu spät. Henrietta hatte Malcolms Worte nur teilweise von seinen Lippen ablesen können, weil er sie nicht anschaute. Aber als sie vortrat, um ihn besser zu sehen, verstand sie den letzten Satz und fühlte sich in die Vergangenheit zurückversetzt. Der junge Mann verwandelte sich, wurde größer und kräftiger, aber das Gesicht blieb dasselbe. Das Gesicht ihres Vaters, der sie von Mama trennen und einsperren wollte ... Ihr ganzer Körper begann zu schlenkern, kreischend stürzte sie sich auf Malcolm und zerkratzte ihm die Wangen.
Auch er stieß einen Schrei aus, und sie kämpften verbissen, bis Amy und John sie auseinanderreißen konnten. Der Butler hatte Henrietta am Hals gepackt, drückte ihr beinahe die Kehle zu, so daß sie keine Luft bekam und Malcolm losließ. Sie rutschte aus, stürzte, und John warf sich sofort auf sie, drehte sie auf den Bauch und preßte ein Knie auf ihren Rücken. »Holt jemanden!« rief er den beiden Dienstmädchen zu, die erschrocken auf dem Treppenabsatz erschienen waren. »Ron und noch jemanden!«
Amy hatte Malcolm in einen Sessel gedrückt und wischte ihm mit einem Taschentuch das Blut aus dem Gesicht. »Ist ja schon gut, ist ja schon gut ...«
»Mein Auge ...«
»Nein, das Blut fließt von der Stirn herab. Mach dir keine Sorgen, Liebling. O Gott, ich wußte ja, daß so etwas ir-

gendwann passieren würde! Sie ist total verrückt. Ich werde meine Mutter anrufen und ihr klarmachen, daß das Maß nun voll ist.«
Doch das war überflüssig, denn in diesem Moment kamen Bridget und Douglas durch die offene Haustür herein. Er erfaßte die Szene mit einem Blick und murmelte: »Großer Gott, nicht schon wieder!« Er eilte zu John, der immer noch ein Knie auf Henriettas breiten Rücken stemmte, und einen ihrer Arme festhielt. »Ich kümmere mich um sie.« Der Butler stand auf, rückte seine Livree zurecht und strich sein Haar glatt, während er zusah, wie Douglas die große Frau auf die Beine zog.
Ihr Körper schlenkerte immer noch, aber ihr Zorn war verflogen. Wie ein Kind wimmerte sie: »Er sagt – ich bin verrückt. Er will mich wegbringen, Douglas.«
»Sei nicht albern, Henrietta. Das hat er nicht gesagt.«
»Doch!« Sie schaute Malcolm nach, der von seiner Mutter aus der Halle geführt wurde. »Zu Amy!«
»Sei still!» befahl Bridget. »Du bist gewarnt worden. Also wußtest du, was passieren würde, wenn du wieder die Beherrschung verlierst – also hast du's dir selber zuzuschreiben.«
Das runde Gesicht verzerrte sich, Tränen glänzten in den Augen. »Ich will doch nur Joseph sehen.«
»Er ist sehr beschäftigt. Komm jetzt.«
Bridget führte Henrietta zur Tür, und Douglas wandte sich zu seiner Tochter, die in die Halle zurückgekehrt war. »Tut mir leid . . .«
Weiter kam er nicht, denn sie fauchte ihn an: »Laß sie endlich einsperren! Wäre ich nicht mit ihr verwandt, hätte ich die Polizei gerufen.«
»Was hat sie denn getan?«
»Sie stürzte sich auf Malcolm und hätte ihm beinahe die Augen ausgekratzt. Ich sage dir, sie ist wahnsinnig!«
»Nein, nur frustriert. Sie wollte Joseph sehen, und wenn du ihr erlaubt hättest, auf ihn zu warten . . .«

»Daddy...« Sie nahm einen Arm und zog ihn in eine Ekke, weg von den neugierigen Dienstboten, die sich in der Halle versammelt hatten. »Da hätte sie sehr lange warten müssen, Joseph ist kaum noch zu Hause.«
»Er hat viel zu tun. Trotzdem fand er Zeit, mit Kitty und Bertha in ein Konzert und ins Theater zu gehen. Offenbar wolltest du nicht mitkommen.«
»Ich interessiere mich weder für schrille Jazzbands noch für idiotische Komödien. Außerdem finde ich, daß die Mädchen zu jung für so was sind. Doch darauf kommt es jetzt nicht an. Bring Etta endlich in eine geschlossene Anstalt!« Erbost kehrte sie ihm den Rücken.
Selbst verärgert, folgte er Bridget und Henrietta, die bereits im Auto saßen.
»Er hat gesagt...«, klagte Henrietta.
»Halt den Mund«, herrschte er sie an, während er am Steuer Platz nahm. »Kein Wort mehr! Wir werden uns zu Hause unterhalten.«
Sie schwieg, und auch Bridget, die etwas sagen wollte, besann sich eines Besseren. Es geschah nicht oft, daß ihr geliebter Douglas die Geduld verlor. Aber die wenigen Male, wo sie diesen Unterton in seiner Stimme gehört hatte, war es stets zu einer sehr ernsthaften Diskussion gekommen.

6.

Das Lokal war geschlossen, und sie hatten das Wohnzimmer für sich allein – zum erstenmal während seiner zahlreichen Besuche. Janet Dunn war ins Kino gegangen. Nun stand eine gewisse Befangenheit zwischen ihnen, aber er lockerte die Spannung mit der Frage: »Deine Mutter ist absichtlich weggegangen, nicht wahr?«

Sie sank auf das Ende eines kleinen Sofas, das einen rechten Winkel mit dem Kamin bildete, und nickte. »Ja ... Ich will ehrlich sein, Joseph. Ich weiß, was du empfindest, und ich weiß, was ich empfinde, aber ich könnte nicht mehr in den Spiegel schauen, wenn ich eine Familie zerstören und ein Ehepaar auseinanderbringen würde.«
Er setzte sich zu Liz und ergriff ihre Hand. »Du bringst uns nicht auseinander. Amy und ich leben zwar im selben Haus, aber wir teilen schon lange nicht mehr das Ehebett.«
»Das macht keinen Unterschied. Du hast eine Familie, und ich möchte mich nicht auf etwas einlassen, das wir beide bereuen werden.«
»Ich werde nichts bereuen, das versichere ich dir. Du hast Gefühle in mir geweckt, die ich zuvor nicht kannte. Mein Leben lang wurde ich von sogenannter Liebe eingeengt, und die Liebe, die ich zu geben hatte, gleichsam aus mir herausgesogen. Was ich für dich empfinde, kam ganz spontan. Und du?«
Sie holte tief Atem. »Nein, es ist unmöglich. Da kann nichts Gutes dabei herauskommen.«
»Und wenn ich mich scheiden lasse?«
»Was soll dann aus deinen Kindern werden? Die Jüngste ist erst fünfzehn.«
»Ja, aber die ältesten haben ihr Leben bereits geplant. William wird Farmer, Malcolm studiert und will später Lehrer werden. Alice möchte bald heiraten. Meine Frau ist zwar dagegen, aber ich habe zugestimmt. Ein Vetter des jungen Mannes arbeitet bei der britischen Botschaft in Paris und hat ihm einen Posten angeboten. Jonathan ist bald siebzehn und beginnt demnächst sein Studium an der Königlichen Musikakademie! Und da wären noch Kitty und Bertha – zwei intelligente Mädchen, die sicher Verständnis für unsere Situation aufbringen werden. Liz, ich bin jetzt vierzig, und der Gedanke, den Rest meines Daseins mit Amy unter einem Dach verbringen zu müssen ... Nein!«

Sekundenlang schloß er die Augen. »Sobald meine zwei jüngsten Töchter einen Beruf ergriffen und geheiratet haben, verlasse ich Amy. Das habe ich schon beschlossen, bevor ich dir begegnet bin. So stehen die Dinge, Liz. Weißt du übrigens, daß wir uns noch nie geküßt haben?«
Er zog sie an sich, und sie legte den Kopf an seine Schulter. »Wenn es dir zu schnell geht – ich kann mich gedulden, ein oder zwei Jahre. Das würde mir nichts ausmachen, wenn du versprichst, den Rest deines Lebens mit mir zu verbringen.«
Er strich ihr das dichte braune Haar aus der Stirn, und sie sah mit tränenfeuchten Augen zu ihm auf. »In den letzten beiden Jahren habe ich zwei Heiratsanträge abgelehnt und mich gefragt – warum. Was soll aus mir werden, wenn Mutter stirbt? Worauf warte ich? Das wußte ich an dem Tag, wo ich dir draußen vor dem Pub auf die Beine half, als ich deine Stimme hörte, deine Augen sah. Und am Weihnachtsabend, nachdem du uns den Obstkorb und die Blumen geschickt hattest, weinte ich mich in den Schlaf.«
Sanft nahm er ihr Gesicht in beide Hände, und ihre Lippen fanden sich. »O Liz, solange ich dich in den Armen halten kann, genügt mir das – vorerst.«

7.

»Du mußt dich irren.« William ergriff einen Schürhaken und stocherte im Kaminfeuer herum. »Dad und eine andere Frau?«
Jonathan wandte sich zur Tür des Speisezimmers, als Malcolm hereinkam und fragte: »Habt ihr Mam gesehen?«
Jonathan schüttelte den Kopf, und Malcolm musterte ihn prüfend: »Stimmt was nicht?«

Seufzend drehte sich William zu seinen Brüdern um. »Sag's ihm. Mal sehen, was er davon hält.«
Und so verkündete Jonathan zum zweitenmal seine große Neuigkeit. »Vater hat eine andere Frau.«
»Was?« rief Malcolm.
»Gerade hab ich's Willie erzählt. Ich suchte das Haus von Mr. Bradley, meinem neuen Musiklehrer, der mich in den Ferien unterrichten wird. Und da fuhr Vaters Auto an mir vorbei. Er bog in eine schmale Straße und hielt. Er ging in dieses Pub, vor dem er damals hingefallen ist. Ich folgte ihm, aber er war nicht im Lokal. Eine Frau stand hinter der Theke. Ich wußte nicht, was ich sagen sollte, und so bestellte ich eine Flasche Bier. Und dann sah ich Vater durch eine Glastür hinter der Theke. Er hatte den Arm um die Schultern eines Mädchens gelegt, und sie lachten.«
Ein langes Schweigen entstand, dann murmelte Malcolm: »Ich kann mir das nicht vorstellen ... Nun ja, wir wissen, daß er sich nicht mehr so gut mit Mutter versteht. Wahrscheinlich ist er wegen dieser Frau so selten zu Hause.«
»Und wenn Mutter das herausfindet?« fragte William. »Vielleicht solltest du Vater zur Rede stellen, Malcolm.«
»Warum ich?«
»Weil du ständig betonst, daß du der Älteste bist – ganze sieben Minuten älter als ich, und deshalb auch der Erbe dieses Hauses.«
»Trotzdem lasse ich mich nicht anbrüllen und mir sagen, ich soll mich um meinen eigenen Kram kümmern. Viele Ehemänner in seinem Alter haben eine Geliebte, und wie wir alle wissen, ist es nicht so einfach, mit Mam auszukommen.«
»Da hast du recht«, stimmte William zu. »Vermutlich, weil es für sie nur einen einzigen Menschen auf der Welt gibt – Dad. Grandpa erzählte mir mal, sie sei Dad nachgerannt, seit sie gehen konnte, und war schon immer entschlossen,

ihn zu heiraten. So was muß einen Mann mit der Zeit ermüden.«
»Glaubt ihr, er will sich scheiden lassen?« fragte Jonathan.
»Natürlich nicht«, erwiderte William.
»Seid euch da nicht so sicher.«
Bedrückt sahen sie sich an, dann wandten sie die Köpfe zum Torbogen, der ins Anrichtezimmer führte, William rannte nach nebenan, aber der Raum war leer. Verwirrt drehte er sich zu seinen Brüdern um. »Ich hörte die Tür klicken – ihr doch auch . . .«
»Schau mal in den Korridor.«
Jonathan lief zur Tür des Speisezimmers und riß sie auf, aber da war niemand.

Amy schloß die Tür ihres Schlafzimmers und preßte die Fäuste gegen das Holz. »Ich wußte es«, keuchte sie. »Oh, ich hasse ihn! Eine Scheidung? Niemals! Ob ich ihn liebe oder hasse – ich bin seine Frau, und er wird niemals frei sein.«
Sie setzte sich an den Toilettentisch, fuhr mit einem Kamm durch ihr Haar und beschloß, sich so zu verhalten, als hätte sie keine Ahnung. »Eine Scheidung, Joseph?« flüsterte sie. »Eines Tages werde ich Witwe sein – hoffentlich bald. Aber eine geschiedene Frau? Niemals . . .«
Der Kamm fiel auf den Tisch, und sie schlug stöhnend die Hände vors Gesicht. »O nein! Das wird er nicht von mir verlangen. Wie lange kennt er diese Frau schon? Ein Jahr? Zwei Jahre? Und wer ist sie?« Nun, das würde sie herausfinden. »O Mammy, Mammy . . .« Plötzlich verspürte sie den Wunsch, in Bridgets Arme zu flüchten, zu erzählen, wie tief sie gedemütigt wurde, sich trösten zu lassen. ›Mach dir keine Sorgen, Liebes‹, würde die Mutter sagen. ›Dein Vater wird mit ihm reden.‹
Und was würde Dad zu Joseph sagen?
Sie stand auf. Ihr Vater mochte Joseph – jetzt noch viel mehr als früher. Dieser Gedanke erinnerte sie an alte Zeiten, an die Herkunft ihres Mannes, an seine Mutter, die

ein Dienstbote gewesen war. »Nach allem, was wir für ihn getan haben!« stieß sie hervor. »Das ist nun der Dank!«

Joseph stieg vor Berthas Cottage aus seinem Wagen. Begleitet von der jungen Bertha, ging er über den Gartenweg zur Haustür und öffnete sie. »Hallo, Bertha!«
Als er keine Antwort bekam, durchquerten sie die Küche und die Waschküche, verließen das Haus durch den Hinterausgang und entdeckten die alte Frau, die gerade ihren Schweinestall ausmistete.
»He, Bertha!« rief Joseph. »Wollen Sie sich zu uns bemühen, oder müssen wir durch den Dreck waten?«
Lachend eilte sie zu ihnen. »Ihr könntet ja nachher die Stiefel saubermachen. Hallo, ihr beiden! Habt ihr's eilig?«
»Nicht besonders.«
»Ich möchte Mabel und Nancy guten Tag sagen, Tante Bertha«, verkündete das Mädchen und lief zum Stall.
Joseph folgte seiner alten Freundin in die Waschküche, wo sie sich über der steinernen Spüle die Hände schrubbte.
»Möchten Sie eine Tasse Tee, oder ist das nur ein kurzer Besuch?«
»Ich mache niemals kurze Besuche in Ihrem Haus.« Während sie in die Küche gingen, fragte er: »Wie fühlen Sie sich?«
»Oh, ich bin immer noch die gesündeste Frau im County.«
»Damit prahlen Sie viel zu oft. Und warum tragen Sie keinen Mantel, wenn Sie draußen arbeiten?«
»Den brauche ich nicht. Mein Schweiß hält mich warm. Setzen Sie sich! Charley freut sich auch, Sie wieder mal zu sehen.« Lächelnd stellte sie den Wasserkessel auf den Herd. »Gibt's was Neues?« Als er nicht antwortete, wandte sie sich zu ihm. »Sie führen irgendwas im Schilde, Joseph, und ich bin nicht die einzige, die das weiß.«
»Was meinen Sie, Bertha?«
»Vor kurzem hatte ich einen seltenen Gast – Ihre Frau kam zu mir.«

»Amy?«

Sie nickte und setzte sich auf das Sofa vor dem Kamin. »Sie tauchte mit einer Namensvetterin auf, und während Bertha draußen mit den Ziegen spielte, redete Amy von diesem und jenem. Offenbar hatte sie das Gefühl, ich würde irgendwas wissen, und versuchte mich auszuhorchen. Es fiel ihr sehr schwer, mit ruhiger Stimme zu sprechen, und im Gesicht war sie weiß wie ein Leintuch. Also, was ist los?«

Mit nervösen Fingern trommelte er auf die Tischplatte. »Ich habe eine Freundin, die ich sehr liebe.«

Bertha verdrehte die Augen. »So was Kindisches habe ich noch nie gehört. Sie – ein vierzigjähriger Mann!«

»Ich meine es ernst, Bertha. Mein Leben lang bin ich von der falschen Liebe erdrückt worden. Erst jetzt weiß ich, was es heißt, auf die richtige Weise zu lieben. Und ich liebe Liz. Sie ist eine wunderbare junge Frau, und sie möchte meine Familie nicht zerstören. Nur deshalb wohne ich immer noch im Grove House. Wäre sie einverstanden, würde ich schon morgen zu ihr ziehen.«

Bertha stellte das Teetablett auf den Tisch und füllte die Tassen. »Ich habe mir nie besonders viel aus Amy gemacht – seit der Nacht nicht, wo sie meine Einladung ausnutzte, um da oben mit Ihnen zu schlafen. Sie ging in Ihr Zimmer, Joseph. Wären Sie zu ihr gegangen, hätte alles seine Ordnung gehabt, aber so ... Ich traf sie, als ich den Tee hinaufbrachte. Sie kam aus Ihrem Zimmer, wir starrten uns an, und seither mögen wir uns nicht. Aber Amy hat sie immer geliebt und Ihnen sechs Kinder geschenkt.«

»Ja – jedes einzelne unter Protest. Sie wollte keine Kinder, sondern immer nur mich – sonst niemanden. Ihre Liebe umschloß mich wie eine eiserne Fessel, und sie ist so besitzergreifend, daß es an Fanatismus grenzt. Trotzdem weiß sie nicht, wie man liebt. Verstehen Sie, was ich meine?«

»O ja, mein Junge ...« Sie unterbrach sich, als das Mädchen hereinstürmte.
»Daddy, der junge Geißbock ist so süß. Sag Willie doch, daß er auch Ziegen halten soll!«
»Das müßten aber viele sein«, meinte die alte Frau. »Ziegen sind gesellige Tiere. Wenn sie sich einsam fühlen, gehen sie zugrunde. Möchtest du eine Tasse Tee, Liebes?«
»Lieber Ziegenmilch.«
Während die ältere Bertha die Milch eingoß, flüsterte die jüngere ihrem Vater zu: »Glaubst du, Tante Bertha fühlt sich einsam?«
Lächelnd tätschelte er ihre Wange. »Nicht, wenn sie uns hat.« Während er sie betrachtete, fragte er sich, ob ein Mensch von seinem Namen beeinflußt werden konnte. Er hatte seine jüngste Tochter Bertha genannt, gegen Amys Willen, und nun sah sie der alten Frau nicht nur ähnlich, sie besaß auch ein genauso warmes Herz. »Hast du Mammy kürzlich gebeten, mit dir hierherzukommen?«
»Nein, Daddy. Sie sagte, daß sie einen Spaziergang machen will.« Zögernd fügte sie hinzu: »In letzter Zeit ist sie gar nicht glücklich, was?«

8.

John rannte die Treppe hinauf und klopfte an Amys Tür. »Mrs. Filmore ist am Telefon, Madam.«
Als sie den Hörer ans Ohr hielt, drang Bridgets Schluchzen aus der Leitung. »O Amy! Daddy hatte einen Herzanfall.«
»Ist er im Krankenhaus?«
»Nein, der Arzt meinte, es sei besser, ihn nicht zu bewegen. Kannst du herkommen?«
»Natürlich, sofort.«

»Ist Joseph da?«
»Ich glaube, er hat soeben das Haus verlassen . . .« Amy drehte sich zu dem Butler um. »Ist der Master noch da?«
»Er ist zu seinem Auto gegangen. Ich werde mal nachsehen.«
Amy wandte sich wieder zum Apparat. »John schaut nach, ob Joseph noch da ist, wenn nicht, nehme ich mir ein Taxi . . . Ah, da kommt er! Wir fahren sofort los. Bitte, mach dir keine allzu großen Sorgen.« Sie legte auf und erklärte ihrem Mann: »Daddy hatte einen Herzanfall.«
»Großer Gott! Ist es sehr schlimm?«
»Das weiß ich nicht.«
»Hol deinen Mantel, ich fahre das Auto aus der Garage.«
Sie eilte nach oben, zog ihren Mantel an und setzte den Hut auf. Als sie in die Halle zurückkehrte, hielt der Butler die Haustür auf, und Joseph saß bereits am Steuer seines Wagens. Für höfliche Gesten blieb keine Zeit. Die Beifahrertür stand offen, und sie stieg ohne Hilfe ein.
Eine halbe Stunde später erreichten sie Meadow House. In der Halle wurden sie von der Haushälterin Ada Flannigan erwartet, die in klagendem Ton berichtete, die Mistreß sei oben beim Master und es gehe ihm sehr schlecht.
Als sie das Schlafzimmer betraten, stand Bridget von ihrem Stuhl neben dem Bett auf. »Oh, ich bin so froh, daß ihr da seid! Jetzt scheint er sich etwas besser zu fühlen . . . Ich bin so furchtbar erschrocken. Er zog sich gerade an, war bester Laune und schwärmte von einer Urlaubsreise, die er mit mir machen will.«
Kraftlos hob Douglas eine Hand. »Es war nur ein kleiner Schwindelanfall.«
»Natürlich, Daddy.« Amy beugte sich zu ihm hinab. »Dir wird nie was Schlimmeres zustoßen als ein kleiner Schwindelanfall.«
Er lächelte müde und nickte Joseph zu. »Jedenfalls ist dieses ganze Getue völlig überflüssig.«
»Kannst du hierbleiben?« fragte Bridget ihre Tochter.

»Selbstverständlich. Daheim werde ich ohnehin nicht gebraucht.« Etwas sanfter fuhr sie fort: »Ich bleibe hier, so lange du willst, Mammy.«

»Kann ich irgend etwas tun?« fragte Joseph.

»Nun, ja ...« Bridget lächelte gezwungen. »Bleib bitte bei Douglas, während ich Amy in ihrem alten Zimmer einquartiere.« Sie nahm den Arm ihrer Tochter und führte sie hinaus. Zweifellos um herauszufinden, ob sich die Atmosphäre in Grove House seit der letzten Zusammenkunft geändert hat, dachte Joseph.

Er setzte sich neben das Bett und ergriff Douglas' Hand. »War's schlimm?«

Douglas hob die Brauen. »Eher überraschend, aber ich hab's schnell überstanden. Pillen und Ruhe sagt der Arzt, dann bin ich bald wieder der alte. Joseph ...«

»Ja?«

»Das war nicht mein erster Anfall, aber der erste, den Bridget miterlebt hat. Bei den anderen dachte ich, es wären nur rheumatische Schmerzen im linken Arm.«

»Warst du nicht beim Arzt?«

»Doch, aber als er mich untersuchte, war alles in Ordnung. Er meinte, der Blutdruck sei etwas zu hoch und ich müsse meine bildhauerische Tätigkeit aufgeben. Das habe ich ohnehin schon vor einiger Zeit getan. Jedenfalls ist es gut, daß wir ein bißchen allein sind, Joseph. Man weiß nie, wann man diese Welt verlassen muß. Ich wollte dir etwas sagen. Für dich ist gesorgt ...«

»Bitte, Douglas! Fang nicht wieder damit an! Du hast schon so viel für mich getan.«

»Im Grunde gar nichts. Du sagtest selbst, du seist nur ein Verwalter oder Manager gewesen. Und das stimmt. Es tat mir weh, daß du das so sahst, aber du hattest recht. Die beiden werden bald zurückkommen, und es ist fraglich, ob wir noch einmal Gelegenheit für ein Gespräch unter vier Augen finden. Also – bei einer gewissen Person wirst du auf Widerstand stoßen, bei einer sehr, sehr lieben Person.

Aber sie weiß, wie ich in all den Jahren dachte. Was ich getan habe, weiß sie allerdings nicht. Und ich überlegte, ob ich das Testament auch unterschrieben hätte, wäre ich schon damals über die Frau informiert gewesen, die du aushältst. Die Antwort lautete ja, weil du ein Recht darauf hast.«

Joseph schüttelte den Kopf. »Ich halte keine Frau aus. Sie verdient ihr Geld selbst und hat noch keinen einzigen Penny von mir bekommen. Ich schlafe nicht einmal mit ihr. Glaubst du mir das?«

»Ja, ich glaube dir. Aber – warum hast du eine Freundin?«

»Weil ich eine brauche – eine Frau, die keine Forderungen an mich stellt.«

»Bedeutet sie dir etwas?«

»Ja, Douglas, sehr viel.«

»Genug, um dich von Amy zu trennen?«

»Ich habe dir immer die Wahrheit gesagt«, erwiderte Joseph und senkte den Blick. »Ja, ihretwegen würde ich Amy verlassen. Aber nicht, bevor die weiteren Lebenswege der Kinder geregelt sind.«

»Die Jungs haben mir's erzählt.«

»Die *Jungs?*«

»Deine drei Söhne. Jonathan sah dich in diesem Pub. Hat sich ihr Verhalten dir gegenüber verändert?«

»Überhaupt nicht.«

»Das dachte ich mir. Sie lieben dich sehr.«

Als Douglas nach Atem rang, sprang Joseph auf. »Ich hole Bridget.«

Aber sein Schwiegervater bedeutete ihm, wieder Platz zu nehmen, dann zeigte er zum Nachttisch. »Eine Pille . . .«

Hastig schüttelte Joseph eine Tablette aus einem Röhrchen und gab sie Douglas, mit einem Glas Wasser. Er beobachtete, wie der alte Mann die Pille schluckte, und sagte: »Das Sprechen hat dich zu sehr angestrengt. Jetzt rede nur noch ich.« Er nahm ihm das Glas aus der Hand und stellte

es auf den Nachttisch. »Douglas, du warst der einzige echte Freund in meinem Leben – und wie ein Vater für mich, der Vater, den ich mir gewünscht hätte. Ich weiß, ich habe gewisse Wesenszüge von meinem richtigen Vater geerbt, aber auch einige von dir, und nur die sollen in Zukunft meine Handlungsweise bestimmen – das schwöre ich dir.«
Douglas drückte ihm die Hand. Nun fiel ihm das Atmen etwas leichter. »Paß auf Malcolm auf, Joseph. Er ist Lionel wie aus dem Gesicht geschnitten, und ich weiß nicht, ob er ihm auch charakterlich gleicht.«
»Ich werde ihn im Auge behalten.«
»Du mußt mir noch etwas versprechen. Was immer du vorhast – geh sanft mit Amy um. Unglücklicherweise kannte sie in ihrem ganzen Leben nur ein einziges Ziel – dich zu besitzen. Und wenn sie dich nicht mehr hat – nur Gott weiß, wie sie das verkraften wird.«
Danach schwiegen sie, bis Bridget ins Zimmer kam. »Amy trinkt gerade Kaffee im Frühstückszimmer.«
Joseph stand auf. »Nun, dann werde ich ihr Gesellschaft leisten. Später gehe ins Büro, und abends komme ich wieder hierher.«
Bridget nickte ihm zu, und als er hinausgegangen war, schaute sie ihren geliebten Mann forschend an. Doch sie fragte nicht, worüber er mit Joseph gesprochen hatte. Sie glaubte, er wäre zu krank, um viel zu reden. Sonst hätte sie ihn niemals mit seinem Schwiegersohn allein gelassen.

9.

»Wir sind schon lange nicht mehr am Pier entlanggewandert, Joseph.«
»Ich bin sehr beschäftigt, Henrietta, das sagte ich dir

doch.« Mit sanfter Gewalt löste er ihre Hände von seinem Mantelkragen.
»Immer – diese Ausreden! Nie redest du mit mir! Was ist los mit dir? Du – magst mich nicht mehr!«
»Sei nicht albern, Henrietta.«
»Magst du mich?«
Er mußte sich zwingen, ihr zu antworten: »Natürlich.«
»Aber – du hast dich verändert. Alle waren immer gegen mich. Und du jetzt auch . . .« Ihre Stimme klang immer schriller, und er schaute an ihr vorbei auf Nellie, die abwartend im Hintergrund blieb.
Er gab ihr einen Wink. »Nellie möchte jetzt mit dir spazierengehen.«
»Nein!« Henrietta gestikulierte immer heftiger, und er verstand kaum, was sie ihm in ihrer Zeichensprache mitteilte.
»Ich brauche Nellie nicht. Sie behandelt mich wie eine Gefangene – oder wie eine Verrückte, die nicht weiß, was sie tut. Warum fährst du nie mehr mit mir aus?«
»Ich muß mich um meine Geschäfte kümmern, Henrietta. Und du mußt deine Sprachübungen machen. Nellie wird dir dabei helfen.«
»Zum Teufel mit den Sprachübungen. Zum Teufel mit Nellie! Fahr mit mir weg! Sofort!«
Nellie kam angelaufen, packte Henriettas schlenkernde Arme und gab Joseph die Möglichkeit, zur Haustür zu flüchten. In diesem Moment stieg Bridget die Treppe herab. »Sei sofort still, Henrietta! Was soll dieser Lärm? Du weißt doch, daß dein Onkel sehr krank ist. Geh in dein Zimmer und zieh dich an.«
Als Henrietta sich beleidigt abwandte, bedeutete Bridget der Betreuerin, ihrem Schützling eine Tablette zu geben, und Nellie nickte.
Schon vor langer Zeit hatte Henrietta gelernt, wie man vorgab, Pillen zu schlucken. Das war ganz einfach. Man versteckte die Pille unter der Zunge, trank etwas Wasser, dann spuckte man das Ding in einem unbeobachteten Au-

genblick aus. Man saß ruhig da, und nach einer Weile tat man so, als wäre man schläfrig. Aber man durfte die Pille nicht zu lange unter der Zunge lassen, sonst schmolz sie. Deshalb ging sie manchmal auf die Toilette, um das Ding loszuwerden.
Der Trick hatte auch an diesem Tag funktioniert. Wenn sie sich schlafend stellte, würde Nellie in die Küche gehen und zu Abend essen. Auch die anderen würden in der Küche sein. Normalerweise saß Tante Bridget um diese Zeit mit dem Onkel im Salon. Aber heute würde sie oben im Schlafzimmer sein, an seinem Bett. Henrietta wußte, wie sie aus dem Haus kam – über die Hintertreppe, durch den Korridor, der zu den Dienstbotenquartieren führte, und den Wintergarten.
Sie zog ihren Mantel an und setzte den Hut auf, ergriff die Handtasche, in der sie ihr Taschengeld verwahrte, und schlich die Hintertreppe hinab. Sie wollte gerade die Glastür zum Wintergarten öffnen, als sie Tante Bridget und Amy zwischen den Pflanzen stehen sah. Rasch wich sie zurück und preßte sich an die Wand des Flurs.
Das Sonnenlicht drang nicht bis in den Korridor, aber in den Wintergarten, und es war hell genug, so daß sie die Worte von Tante Bridgets Lippen ablesen konnte. »Niemals! Niemals!«
Was Amy antwortete, sah Henrietta nicht. Dann bewegte sich Bridgets Mund erneut. »Die Frau aus diesem Pub? O nein!«
Amy sprach wieder, und Henrietta trat näher zur Glastür, so daß sie Amys Gesicht nicht mehr im Profil, sondern von vorn sah.
»Das Lokal liegt in einer gräßlichen schmalen Straße namens Downey's Passage. Ich sah sein Auto davor stehen, und ich weiß nicht, wie ich es fertigbrachte, nicht hineinzugehen und ihn zur Rede zu stellen.«
Was Bridget erwiderte, konnte Henrietta nicht erkennen, und Amy sagte: »Schon vor ein paar Wochen. Ich ertrage seinen Anblick nicht mehr. Was soll ich tun, Mammy?

Täglich warte ich darauf, daß er zu mir kommt und die Scheidung verlangt. Kennst du die Bradford-Villa, das Haus, das er letztes Jahr kaufte und renovieren ließ? Ganz in der Nähe liegt dieses Pub. Ich frage mich, ob sie sich in der Villa treffen. Er hatte mehrere Zimmer an irgendwelche alten Spinner vermietet, aber die zogen plötzlich aus, ohne die letzte Miete zu bezahlen. Ich weiß noch, wie er den Jungs erzählte, die Leute hätten die Wände in grausigen Farben gestrichen. Jetzt wird die Villa seit Wochen nicht mehr erwähnt.«
Henrietta sah, wie sich Amy in die Arme ihrer Mutter warf, und sie ahnte, daß die beiden den Wintergarten nun verlassen würden. Sie eilte durch den Korridor und die Treppe hinauf, bis zur ersten Kurve. Von dort aus konnte sie den Flur im Auge behalten. Entweder gingen sie durch den Korridor – oder ins Frühstückszimmer.
Nach einigen Minuten hatte sich noch immer nichts im Flur gerührt. Henrietta schlich wieder nach unten und spähte durch die Glastür. Jetzt war niemand mehr im Wintergarten. Sie rannte hinein und verließ das Haus durch den Hinterausgang.

Liz betrachtete die seltsamen Farben und Formen an den Wänden, deren Tapeten von zwei Arbeitern heruntergerissen wurden. »Unglaublich!« sagte sie zu Joseph. »Du hattest die Zimmer so schön herrichten lassen. Deine Mieter müssen verrückt sein.«
»Das ist eine neue Kunstform.«
Grinsend drehte sich einer der beiden Männer um. »Ich hätte eine andere Bezeichnung dafür, Sir, aber die kann ich Ihnen in Gegenwart einer Dame nicht verraten.«
Joseph lachte, nahm Liz' Arm und führte sie in die Halle. »Das ist noch gar nichts. Du hättest das Wohnzimmer sehen müssen.« Er stieß eine Tür auf, und dahinter erhob sich eine Frau von den Knien.
»Oh, hallo, Sir. Hier drin bin ich fast fertig.«

»Danke, Mrs. Adams.« Zufrieden sah er sich um. »Sie haben großartige Arbeit geleistet. Aber im Oberstock müssen Sie sich noch auf einiges gefaßt machen.«
»Oh, das stört mich nicht, Sir.«
Während sie die Treppe hinaufstiegen, bemerkte Liz: »Wenn ich mir das vorstelle, den ganzen Tag auf den Knien herumzurutschen . . . Ist das die Frau, die alle deine Häuser saubermacht?«
»Ja, und offensichtlich ist sie sehr froh über den Job. Als sie anfing, fragte ich: ›Ist diese Arbeit nicht zu schwer für Sie?‹ Da erwiderte sie: ›Sie meinen wohl, ich sei zu alt dafür. Ich hab mein ganzes Leben auf meinen Knien verbracht, und die sind so dick und strapazierfähig wie Pferdesättel.‹«
Lachend erreichten sie den Oberstock. Joseph führte Liz von Zimmer zu Zimmer, und sie rief bestürzt: »Oh, welch ein Skandal. Das müssen wirklich Irre gewesen sein. Warst du sehr wütend, als du diese Katastrophe zum erstenmal gesehen hast?«
»Ja und nein. Ich hatte andere Probleme im Kopf, und als ich diesen Raum hier erblickte, setzte ich mich aufs Fensterbrett und brach in hysterisches Gelächter aus.«
»Ja, ich erinnere mich. Du hast immer noch gelacht, als du zu uns gekommen bist. Es war der Tag, wo . . .« Abrupt verstummte sie, senkte den Kopf, und er legte die Hände auf ihre Schultern.
»Der Tag, wo ich dich fragte, ob du später mit mir in diesem Haus leben willst. Du sagtest, du wüßtest es nicht. Jetzt siehst du, wie schön es hier ist.« Mit einer weit ausholenden Geste umfaßte er den kahlen Raum. »Nun, wie lautet deine Antwort?«
»O Joe!« seufzend schlang sie die Arme um seinen Hals. »Ich möchte noch in dieser Minute mit dir hier einziehen. Meine Moralbegriffe habe ich längst über Bord geworfen. Ich liebe dich, und wenn wir's geheimhalten können und deiner Familie nicht weh tun . . .«

Eng umschlungen küßten sie sich – lange, leidenschaftlich und fordernd. Dann schaute er ihr in die Augen. »Als ich diese Villa zum erstenmal sah, hatte ich ein ganz bestimmtes Gefühl. Und bei dir ging's mir genauso. Ich lasse die Villa herrichten, und in einer Woche wird sie wieder so aussehen, wie ich's mir vorstelle.«
Wieder küßten sie sich, ausgiebig und liebevoll, bevor sie das Zimmer Arm in Arm verließen. Sekunden später erstarrte Joseph. Zweierlei drang in sein Bewußtsein. Im Erdgeschoß läutete das Telefon, und auf dem Treppenabsatz stand Henrietta.
Er schluckte, räusperte sich, legte eine Hand über den Mund und murmelte: »Henrietta. Ich mache dich mit ihr bekannt. Lächle einfach nur.« Langsam gingen sie zur Treppe. »Wie bist du hierhergekommen, Etta?« Sie antwortete nicht und starrte Liz an. Eine Armeslänge entfernt, blieben sie stehen. »Das – ist – Elizabeth«, erklärte Joseph, »eine – Freundin.«
»Nein! Nein! Nein!« kreischte die unnatürlich hohe Stimme. »Joseph – gehört mir! Mir!« Sie wollte seinen Arm ergreifen, aber er schlug ihre Hand beiseite.
Um den nächsten Angriff abzuwehren, kam er zu spät. Aber Liz sprang rasch zur Seite, und so verfehlten Henriettas Finger ihr Gesicht und packten sie nur an der Schulter.
Josephs Faust traf Henriettas Schläfe. Schreiend taumelte sie nach hinten, gab Liz einen Stoß und warf sie die Treppe hinab.
Als er die Halle erreichte, lag Liz am Boden, die Beine verkrümmt, die Arme ausgestreckt. Die beiden Männer beugten sich über sie, und Mrs. Adams rief: »Die ist völlig verrückt! Sie hat mich umgeworfen und meinen Putzeimer, und das Telefon hat geklingelt. Es war die Mutter der jungen Dame aus dem Pub in der Downey's Passage.«
Niemand nahm Notiz von Mrs. Adams, denn die Männer schauten auf Joseph hinab, der neben Liz kniete und sie in

den Armen hielt. »Rufen Sie einen Arzt«, bat er, ohne aufzublicken.
»Ja, natürlich, und die Polizei!« Mrs. Adams rannte zum Apparat.
Er hob den Kopf und sah Henrietta die Stufen herabsteigen. »Helfen Sie mir, Mrs. Lilburn da hinüberzutragen.«
Sie schafften es gerade noch rechtzeitig, ehe Henrietta in der Halle ankam. Ihre Arme schwangen durch die Luft, der Kopf wackelte hin und her. Schreiend stürmte sie zur Tür, aber Joseph trat ihr in den Weg, packte sie und drückte sie an die Wand. »Du verrücktes, bösartiges Biest! Am liebsten würde ich dich umbringen!«
Henrietta sah nicht mehr ihren geliebten Joseph vor sich, den einzigen Menschen, mit dem sie sich verbunden fühlte, sondern Malcolm und Amy und Lionel. Und er hatte eine Frau, die am anderen Ende der Halle lag. Sie hob beide Hände, um ihm mit den Nägeln ins Gesicht zu fahren. Die schallende Ohrfeige, die er ihr gab, zeigte wenig Wirkung. Die beiden Männer kamen ihm zu Hilfe. Mit vereinten Kräften gelang es ihnen, die kreischende Frau zu überwältigen und auf den Boden hinabzudrücken und auf den Bauch zu drehen.
Ein Mann kniete auf ihren Beinen. »Schnell, hol mir den Strick aus dem Wagen!« rief er seinem Kollegen zu.
Joseph drückte Henriettas Nacken nach unten, so daß sie sich kaum rühren konnte. Wenige Minuten später war sie an Händen und Füßen gefesselt, aber ihr Körper wand sich immer noch, als die Polizei eintraf.
Um Henrietta hinauszuführen, mußte man ihr die Füße losbinden. Schreiend trat sie den Beamten gegen die Schienbeine und wurde unsanft durch die Haustür gestoßen.
Als ein Polizist Joseph fragte, ob er die Frau kenne, verschwieg er, daß Henrietta seine Halbschwester war. »Sie ist eine entfernte Verwandte und wohnt bei ihrer Tante und ihrem Onkel.«

»Nicht in einer geschlossenen Anstalt, Sir?«
»Nein, aber dort wird sie von jetzt an leben müssen.«
Als das schrille Gebrüll vor der Villa verklang, wandte sich Joseph zu Mrs. Adams. »Bitte, rufen Sie Mrs. Dunn an. Sie soll den Laden schließen und sofort herkommen.«
»Aye, sofort. Oh, welch ein Unglück! Großer Gott, Sydney!« Sie starrte einen der beiden Arbeiter an. »Schauen Sie doch, Ihre Hände! Die hat Nägel wie Tigerkrallen.«
Unbehaglich standen die beiden Männer nebeneinander und beobachteten Joseph, der wieder bei Liz kniete und eine Hand auf ihre Brust gelegt hatte. »Wie geht es ihr, Sir?«
»Sicher wird alles gut«, erwiderte er leise.
In diesem Moment öffnete Liz die Augen. Die Stimme versagte ihr, und nach einer Weile flüsterte sie: »Joe . . .«
»Ja, Liebes«, würgte er mühsam hervor. »Gleich kommt der Arzt . . .«
»Mam?«
»Sie ist schon unterwegs. Hast du Schmerzen, Liebling? Spürst du was in den Beinen oder . . .«
»Nein.«
»Das ist gut.« Wie dumm, so etwas zu sagen! Wenn der Rücken gebrochen war, empfand man keine Schmerzen. O Gott, nein . . .
»Joe«, wisperte sie.
»Ja, Liebling?«
»Es soll eben nicht sein . . .«

10.

Bridget hatte ihrem Mann erklärt, durch irgendein Mißgeschick sei seine Zeitung in den letzten beiden Tagen nicht geliefert worden. Am dritten Tag erhielt er sie endlich wieder und überflog die Schlagzeilen. Schwierigkeiten im Parlament, die Arbeitslosenrate, Offiziere und Soldaten, die immer noch auf Arbeitssuche durch das Land trampten. Lächelnd fragte er sich, warum man in dieser Situation immer noch einen Unterschied zwischen Offizieren und Soldaten machte.

Er blätterte in der Zeitung und stutzte bei einem Artikel auf Seite drei. »Angriff einer Verrückten, Rücken des Opfers gebrochen. Mrs. Elizabeth Lilburn wird von der Taille abwärts gelähmt bleiben, nachdem sie von Henrietta Filmore attackiert wurde. Die Geisteskranke ist die Halbschwester des Immobilienmaklers Mr. Joseph Skinner, der einer Klientin, der oben erwähnten Mrs. Lilburn, ein Haus am Botany Drive in Gateshead zeigte. Wie sich inzwischen herausstellte, war dies nicht der erste Angriff Henrietta Filmores. Nun fragt man sich, warum ihre Vormunde nicht für strengeren Gewahrsam gesorgt haben. Mittlerweile wurde sie in eine geschlossene Anstalt gebracht.«

Douglas zog am Glockenstrang neben seinem Bett, und als Bridget erschien, reichte er ihr wortlos die aufgeschlagene Zeitung. Sie warf nur einen kurzen Blick auf den Artikel.

»Ich – ich wollte dich nicht beunruhigen. Die Presse hat diesen Zwischenfall schamlos ausgeschlachtet.«

»In welcher Anstalt ist sie?«

»In einer privaten.«

»Dort hätten wir sie schon viel früher einliefern müssen. Das habe ich dir immer wieder gesagt.«

»Sie ist nicht verrückt.«

»Ausgerechnet du beharrst auf diesem Standpunkt, obwohl du sonst so vernünftig bist! Gerade die Verrückten, die meistens normal erscheinen, sind besonders gefährlich. Und Henrietta war von Anfang an gefährlich. Hast du etwas von der gelähmten Frau gehört? Wer ist sie?«

»Die bewußte Person.«

»Wie hast du das herausgefunden? Und wieso wußte Henrietta, wohin sie gehen mußte?«

»Keine Ahnung. Vielleicht hat sie Amy und mich beobachtet, als wir im Wintergarten über die Frau sprachen. Henrietta könnte durch die Glastür geschaut haben.«
»Wie raffiniert! Diese Art von Durchtriebenheit findet man bei vielen geistesgestörten Menschen. Was wird Amy tun?«
»Oh, bitte, Douglas! Reg dich nicht auf! Du brauchst Ruhe, du weißt doch, was der Arzt gesagt hat . . .«
»Verdammt, was wird Amy tun?«
»Sie – weiß es selber nicht. Im Augenblick ist sie schrecklich durcheinander.«
»Nun, das hat sie sich selber zuzuschreiben.«
»Douglas . . .«
»Hast du Joseph gesehen – ich meine, nachher?«
»Nein!«
»Nach dem Klang deiner Stimme zu schließen, willst du das auch gar nicht. Ich würde gern mit ihm reden. Sei also so freundlich und gib ihm Bescheid. Und schau nicht so drein! Den armen Jungen trifft wirklich keine Schuld.«
Ohne zu antworten, verließ Bridget das Zimmer. Am Treppenabsatz blieb sie stehen und schlang die zitternden Finger ineinander. Keine Schuld . . . Er war schuldig seit dem Tag seiner Geburt – und schon vorher. Wäre er nicht gewesen . . . Sie warf den Kopf in den Nacken, eilte die Stufen hinab und vergaß vorübergehend, daß sie selbst das Schicksal gelenkt hatte – seit ihrer albernen Schwärmerei für einen Arbeiter in einer Schuhcremefabrik.

Drei Wochen später war Liz nur mehr eine Patientin unter vielen. Die Tatsache, daß Mr. Skinner – ein prominenter, verheirateter Mann – jede freie Minute bei ihr in der Klinik verbrachte, wurde kaum noch erwähnt.
Während der ersten Woche waren Erinnerungen an die sonderbare Familie Filmore geweckt worden, aber das Interesse ließ bald nach, und jetzt nahm man kaum noch Notiz von Josephs Besuchen an Liz' Krankenbett.

Wieder einmal saß er bei ihr und hielt ihre Hand. »Alles ist fertig, Liebling. Das Haus sieht aus wie früher, bis auf den Salon, den ich in ein Schlafzimmer umgewandelt habe. Deine Mutter hat die Möbel ausgesucht. Sie ist ganz aus dem Häuschen und kann es kaum erwarten, bis das Lokal verkauft ist. Wie sie mir neulich sagte, hat sie's gründlich satt, hinter der Theke zu stehen und sich das alberne Geschwätz von kleinen Affen mit leeren Bierflaschen anzuhören.«
Liz wandte das bleiche Gesicht ab und schaute zum gegenüberliegenden Bett, wo zwei Besucher saßen. »Wo wirst du wohnen, Joe?«
»Bei dir natürlich! Zumindest die meiste Zeit.«
»Hast du zu Hause darüber gesprochen?«
»Da gibt's nichts zu besprechen. Alles ist klar.«
Sie sah ihn wieder an und erwiderte sanft: »Joseph, du reißt deine Familie auseinander.«
»Unsinn! Wir hätten so oder so in der Villa zusammengelebt. Muß ich dich daran erinnern, was du an jenem Tag oben im Schlafzimmer sagtest?«
»Nein – an diesen Tag mußt du mich wirklich nicht erinnern.«
Bedrückt senkte er den Kopf und machte sich Vorwürfe, weil er dieses Thema angeschnitten hatte. Es war besser, an jene Ereignisse nicht mehr zu rühren, nur an die Zukunft zu denken. Natürlich würde er seiner Familie eine Erklärung geben müssen, das Verhalten der Kinder hatte sich nicht geändert, aber wann immer er sie sah, las er Fragen in ihren Augen. John war der einzige, mit dem er sprechen konnte. Erst gestern hatte der Butler ihn gebeten: »Gehen Sie nicht ganz von hier fort, Sir. Ich verstehe Ihre schwierige Situation, aber Sie sollten nicht alle Brükken hinter sich abbrechen.«
»Wie denkt das Personal darüber, John?«
»Nun, die Leute sind überrascht und können es kaum glauben, aber sie stehen ausnahmslos auf Ihrer Seite, Sir.«

Liz' Stimme riß Joseph aus seinen Gedanken. »Die Ärzte haben gesagt, ich müßte Übungen machen.«
»Oh, das ist gut.«
»Und vielleicht werde ich später noch mal operiert. Das hängt von so vielen Dingen ab. O Joe – es ist so langweilig, hier zu liegen. Ich will aufstehen und . . .«
»Ich weiß, Liebling.« Er beugte sich näher zu ihr. »Vielleicht würdest du dich in einem Privatzimmer wohler fühlen.«
»Da wäre mir noch langweiliger, das habe ich dir doch schon so oft gesagt. Hier passiert wenigstens ab und zu was. Mach dir keine Sorgen, Liebster.« Liz drückte seine Hand. »Alles geht einmal vorüber. Und da wir gerade von Sorgen reden – ich sorge mich viel mehr um dich als um mich selber. Ständig rast du von einem Ende der Stadt zum anderen und läufst dir die Füße wund.«
»Klar, im Auto laufe ich mir die Füße wund . . . Am Sonntag bringe ich mal die alte Bertha mit. Sie hat sich nach dir erkundigt. Sicher wirst du sie mögen. Sie könnte die Zwillingsschwester deiner Mutter sein. Die beiden sprechen dieselbe Sprache und würden sich großartig verstehen.«
»Ich mag Bertha schon jetzt. Sie muß eine Art Pflegemutter für dich sein.«
»Das ist ein hübscher Ausdruck. Ja, ich habe sie sehr gern.«
Als die Glocke läutete, schaute er auf seine Uhr. »Das darf doch nicht wahr sein! Die Stunde ist schon vorbei.«
»Es gibt immer ein Morgen.«
Er küßte sie, und sie schlang die Arme um seinen Hals. An der Tür drehte er sich um, und da sah sie ihn nur noch durch einen Tränenschleier. Schmerzlich erinnerte sie sich an die Worte ihrer Mutter, die nicht böse gemeint gewesen waren – nur eine Feststellung von Tatsachen. »Wäre der Bursche damals nicht vor unserer Kneipe hingefallen, würdest du jetzt nicht hier liegen. Gottes Wege sind seltsam, das muß ich schon sagen.«

Sobald er das Haus betrat, merkte er, daß etwas geschehen war. Es stand im Gesicht des Butlers geschrieben, der ihm Hut und Mantel abnahm. »Würden Sie bitte für einen Moment mit mir ins Arbeitszimmer gehen, Sir?«
Joseph folgte ihm beunruhigt. Nachdem John die Tür geschlossen hatte, erklärte er: »Heute nachmittag wurde die Mistreß angerufen. Mr. Filmore ist ganz plötzlich gestorben – nach einem zweiten Herzanfall.«
Sekundenlang schloß Joseph die Augen. O Douglas ... Warum so schnell? Verzweifelt dachte er an das letzte Gespräch mit dem alten Mann, an dessen letzten Worte. »Du mußt tun, was du für richtig hältst. Aber welche Entscheidung du auch immer triffst – vergiß die Menschen nicht, die darunter zu leiden haben.« Nie wieder würde er einen so guten, so verständnisvollen Freund finden wie Douglas Filmore. Am liebsten hätte er sich hingesetzt, das Gesicht in den Händen verborgen und geweint. Aber er mußte zum Meadow House fahren.
»Er war ein wunderbarer Mensch, Sir.«
Joseph schaute seinen Butler an und nickte. »Ja, das war er, John.«
»Möchten Sie etwas trinken, bevor Sie aufbrechen, Sir?«
»Ja, bitte.«
Nachdem der Butler den Raum verlassen hatte, setzte sich Joseph, aber er schlug die Hände nicht vors Gesicht. Wie damals, wenn er als kleiner Junge von irgendeinem Kummer gequält worden war und sich in die Mansarde des Pförtnerhäuschens zurückgezogen hatte, biß er sich auf den Daumenknöchel, bis es weh tat.

Um neun Uhr stoppte er seinen Wagen vor dem Meadow House. Die Jalousien waren herabgezogen, aber hinter den meisten Fenstern brannte Licht. Ada Flannigan begrüßte ihn in der Halle, das Gesicht rot und verquollen. »Die Mistreß und Mrs. Skinner sind in der Bibliothek, Sir.«

Er nickte ihr zu, gab ihr Hut und Mantel, strich sein Haar glatt und ging den Korridor hinab.
Amy stand auf, als er die Bibliothek betrat, starrte ihn wortlos an und eilte dann an ihm vorbei zur Tür hinaus. Ihr Verhalten überraschte ihn weniger als Bridgets eisige Stimme. »Du hast es also doch noch geschafft, hierherzukommen.«
»Ich erfuhr es erst bei meiner Heimkehr.«
»Oh, du gehst hin und wieder nach Hause?«
»Bitte, Bridget . . .«
»Dieser Tonfall soll wohl besagen, daß ich dich und deine Situation verstehen müßte. Aber verstehst du mich und meine Situation? Ich habe meinen geliebten Mann verloren, mein Leben ist sinnlos, und dazu hast du einen nicht unerheblichen Teil beigetragen.«
»Wovon redest du?«
»Von deiner Untreue. Wärst du nicht mit dieser Frau zusammengewesen, hätte der bewußte Zwischenfall niemals stattgefunden.«
»Da du diesen Standpunkt vertrittst, muß ich mich mit dem Hinweis verteidigen, daß Henrietta längst hinter Schloß und Riegel gehört hätte. Douglas hat dir das immer wieder gesagt. Er wollte sie nie in diesem Haus haben.«
»Wie kannst du es wagen, die Behauptung aufzustellen, ich hätte gegen den Willen meines Mannes gehandelt?«
»Er liebte dich, er betete dich an, und um deinetwillen nahm er alles auf sich.«
Er sah ihre Lippen zittern, aber ihre Augen blieben trokken.
»Ja, er liebte mich, und ich wiederhole es – durch deine Schuld habe ich ihn verloren. Hätte er sich nicht so schrecklich über deine Eskapaden aufgeregt, wäre es nicht zu diesem zweiten Herzanfall gekommen . . .«
»Es war nicht der zweite, Bridget, er hatte schon mehrere.«

»Nein!«
»Doch. Er verschwieg es dir, um dich nicht zu beunruhigen. Frag seinen Arzt.«
»Nun, wie auch immer – trotzdem hat sich sein Zustand deinetwegen verschlechtert. Er vertraute dir ...«
»Und du hast mir immer mißtraut, Bridget.«
Sie schluckte mühsam. »Bedauerlicherweise hat mich dein Anblick stets an deine Herkunft erinnert.«
»Du scheinst zu vergessen, daß das Filmore-Blut auch in Douglas' Adern floß. Zum Glück besaß er nichts von den beklagenswerten Charakterzügen der Familie – im Gegensatz zu meinem Vater, zu mir, Malcolm – und Amy. Es tut mir leid, daß wir zu einem so unpassenden Zeitpunkt darüber sprechen müssen, Bridget, denn du hast deinen Mann verloren, und ich trauere um meinen einzigen wirklichen Freund. Er bedeutete mir sehr viel, und er hielt eine ganze Menge von mir.«
»Weil er sich in dir geirrt hat.«
»Und du schätzt mich zweifellos richtig ein, Bridget. Aber in den nächsten Tagen sollten wir unsere Meinungsverschiedenheiten ruhen lassen. Ich möchte dir helfen, die nötigen Dinge zu erledigen ...«
»Danke!« unterbrach sie ihn. »Das alles ist schon geregelt. Ich brauche deine Hilfe nicht. Am Mittwoch findet das Begräbnis statt. Vorher will ich dich nicht mehr sehen. Und danach werde ich deinen Haushalt nicht mehr finanzieren. Du mußt selbst entscheiden, ob du in Grove House bleiben und das Erbe deines ältesten Sohnes verwalten willst – so wie du früher Douglas' Verwalter warst.« Sein Zorn steigerte sich zu wildem Haß, der wie eine heiße Welle in seiner Kehle hochstieg. Und dann glaubte er seltsamerweise Douglas' Stimme zu hören. ›Geh. Sag jetzt nichts mehr ...‹
Es war ihm nicht bewußt, daß er die Bibliothek verließ und durch den Korridor zur Halle eilte. Aber als er seinen Mantel anzog und den Hut aufsetzte, sah er Amy in der

Salontür stehen. Sie kam auf ihn zu, und er wandte sich rasch ab und floh aus dem Haus. Hätte auch sie begonnen, ihn mit Vorwürfen zu überhäufen, wäre er sicher handgreiflich geworden.
Bedrückt stieg er in sein Auto. Eine Kette von Gewaltakten zog sich durch die Generationen der Filmores. Sein Vater hatte einen Mann ermordet und seine Tochter mißhandelt. Diese hatte ihrerseits mehrere Menschen angegriffen und einen fast umgebracht. Sein Großvater hatte den eigenen Sohn erschossen. Und nun verspürte auch Joseph einen gefährlichen Drang – das Bedürfnis, Amy zu schlagen, die Hände um Bridgets Hals zu legen ... Er sollte also Malcolms Erbe verwalten. Verdammt wollte er sein, wenn er das tat!

11.

Das Begräbnis war vorbei, und er hatte nicht die Absicht, ins Meadow House zurückzukehren. Aber am Friedhofstor sprach ihn der Anwalt Richard Kemp an, ein älterer Mann.
»Sie begleiten uns doch alle ins Haus, Mr. Skinner?«
»Ich glaube, das ist nicht nötig.«
»Da bin ich anderer Ansicht. Das Testament wird noch heute verlesen, und Sie sollten dabeisein.«
»Also gut«, stimmte Joseph zögernd zu.
Wenig später saßen sie im Salon, auf zwei Stuhlreihen – Joseph neben einem Teil des Personals und Douglas' ehemaligen Mitarbeitern, Sam Benson und dessen Sohn, davor seine sechs Kinder, Amy und Bridget. Mr. Kemp hatte auf der anderen Seite des Couchtischchens Platz genommen. Er griff nach einem Pergament und begann laut zu lesen. Nach den üblich einleitenden Floskeln – Douglas Filmore habe seinen Letzten Willen im Vollbesitz seiner

geistigen Kräfte verfaßt – kam der Anwalt zu den einzelnen Punkten des Testaments, ein leichtes Lächeln auf den Lippen.
»Jedes meiner Enkelkinder erhält fünfhundert Pfund. Sam Benson, meinem langjährigen Freund und Geschäftspartner, hinterlasse ich die Werkstatt und das Farmhaus, unter der Bedingung, daß er die Liegenschaften später seinem Sohn Henry vererbt, sowie die noch ausstehenden Kundenhonorare . . .!«
Die Bensons wechselten einen Blick, der jüngere hielt den Atem an und umfaßte den Arm seines Vaters. Mr. Kemp nickte ihnen zu, als wollte auch er seine Freude über diese testamentarische Bestimmung ausdrücken, und fuhr dann fort.
»›Joseph Skinner, den ich als meinen Neffen betrachte, hinterlasse ich zweitausend Pfund. Und nun möchte ich, daß Mr. Kemp einen Brief an meine Frau vorliest, in dem ich meine weiteren Entscheidungen erkläre.‹«
Der Anwalt ergriff ein zweites Pergament und schaute Bridget kurz an.
»›Meine geliebte Frau, ich brauche wohl nicht zu betonen, wie tief ich es bedaure, daß ich Dich verlassen mußte und daß ich Deinen Wünschen zuwider gehandelt habe – obwohl diese niemals deutlich ausgesprochen wurden. Ab wie Du weißt, habe ich in Joseph – mag er nun legitim oder illegitim geboren sein – stets den rechtmäßigen Erben von Grove House und der dazugehörigen Farm gesehen. Ich hatte gehofft, die Verabschiedung des neuen Gesetzes noch zu erleben, demzufolge auch illegitime Nachkommen erbberechtigt sein werden. Doch das wird wohl kaum eintreffen, und so vermache ich das Haus mitsamt dem Grundbesitz meinem Neffen Joseph Skinner. Bitte, Bridget, sei mir nicht böse. Ich würde bis zu meinem Tod keine ruhige Minute finden, hätte ich ihn seiner Rechte beraubt. Er liebt das Haus, so wie ich es früher liebte. Später soll es sein Sohn Malcolm erhalten, was ja auch in

Deinem Sinne ist, und ich hoffe, mein Enkel wird sich des Erbes genauso würdig erweisen wie sein Vater. In Liebe, Dein Douglas.‹«
Leises Gemurmel klang auf. Bridget und Amy hatten die Köpfe gesenkt, niemand sah ihre Gesichter, Tränen rollten über die Wangen der drei Mädchen, William preßte eine Faust auf den Mund, Jonathan bedeckte mit einer Hand seine Augen. Nur Malcolm starrte seine Mutter und seine Großmutter an. Und Joseph blickte über alle hinweg, ins Leere. Er empfand zwar keine Freude, aber tiefe Dankbarkeit, und die innige Liebe zu dem Toten schnürte ihm die Kehle zu. Er mußte hinaus, weg von hier . . .
Rasch stand er auf, öffnete die Tür. Fast blindlings floh er in die Bibliothek und sank in einen Ledersessel.
Grove House gehörte ihm. Wie er es erhalten wollte, überlegte er nicht, und das war vorerst auch bedeutungslos.
Während er reglos dasaß, den Kopf in beide Hände gestützt, kamen die Kinder herein, zumindest fünf. Die Mädchen umarmten und küßten ihn. »Es ist so wundervoll, Daddy«, flüsterte Kitty.
William biß sich auf die Lippen. »Das hätte ich nie gedacht, Vater.«
»Ich ebensowenig«, fügte Jonathan hinzu. »Malcolm hat nämlich immer behauptet, alles sei längst zu seinen Gunsten geregelt. Mam muß ihm das eingeredet haben. Er – er ist nicht besonders erfreut.«
Joseph zwang sich zu einer Antwort. »Das habe ich auch nicht erwartet.«
»Kommst du mit uns nach Hause, Daddy?« fragte Kitty.
»Noch nicht. Ich muß ins Büro – und einiges erledigen.«
Sie schwiegen eine Weile, dann meinte Bertha. »John und die anderen Hausangestellten werden sich bestimmt sehr freuen.«
Ja, vielleicht, dachte Joseph. Aber was würden die Leute sagen, wenn er einige entlassen mußte? Doch darüber konnte er sich später den Kopf zerbrechen. Jetzt würde er

erst einmal zum Krankenhaus fahren. »Geht zu eurer Mutter und eurer Großmutter. Sie brauchen euch.«
Als sie den Raum verließen, hörte er Alice sagen: »Ich verstehe Grandpa nicht.«
Und William entgegnete: »Ich schon.« Ja, er konnte Douglas' Handlungsweise verstehen, weil er immer mehr nach ihm geriet.
Joseph wartete noch eine Weile, dann brach auch er auf, in der Hoffnung, unbemerkt aus dem Haus zu gelangen. Aber in der Halle traf er Bridget. Eine Zeitlang starrten sie sich wortlos an, dann sagte sie leise: »Ich werde dir nie verzeihen, daß du dich zwischen meinen Mann und mich gestellt hast, Joseph Skinner. In all unseren gemeinsamen Jahren hat er meine Wünsche nie mißachtet.«
Er wollte seine Gedanken nicht aussprechen, aber der Haß in ihren Augen stimmte ihn um. »Du erträgst es wohl nicht, daß sein Gerechtigkeitssinn stärker war als die Macht, die du stets über ihn ausgeübt hast.« Und damit ließ er sie stehen – ohne zu ahnen, daß dies sein letztes Gespräch mit ihr gewesen war.
Auf dem Weg zu seinem Auto begegnete er Mr. Kemp, der ihm die Hand schüttelte. »Ich bin froh, daß sich die Dinge so entwickelt haben, Mr. Skinner. Sie verdienen dieses Erbe, denn Sie haben hart genug dafür gearbeitet – mehr als Ihre Ahnen, denen es stets auf einem Silbertablett serviert wurde. Ich glaube, keiner hat jemals einen Finger gerührt – außer natürlich Mr. Douglas. Bevor mein Vater starb, erzählte er mir einiges über die Geschichte des Hauses. Er hinterließ mir ein paar interessante Dokumente, die ich Ihnen übergeben werde, wenn Sie mich in meinem Büro besuchen.«
»Danke, Mr. Kemp. Wenn es Ihnen recht ist, komme ich morgen nachmittag um drei zu Ihnen.«
»Das ist mir sehr recht. Nun – dann auf Wiedersehen, Mr. Skinner. Vielleicht werde ich Sie schon bald Mr. Filmore nennen.«

»Das bleibt abzuwarten. Auf Wiedersehen, Mr. Kemp.«
Amy stand am Salonfenster und beobachtet, wie ihr Mann in seinen Wagen stieg und davonfuhr.
»Hast du es gewußt, Mutter?« fragte Malcolm, der an ihre Seite getreten war.
»Natürlich nicht. Ich war überzeugt, dein Großvater würde sich nach den Wünschen deiner Großmutter richten.«
»O Gott, ich hasse es, in dieses Haus zurückzukehren!«
»Du könntest hierbleiben.«
»Das wäre unklug. Immerhin bezahlt Vater mein Studium. Jedenfalls hat mir dieses Testament geholfen, eine Entscheidung zu fällen. Die Barnetts haben einen Onkel, der bei der britischen Botschaft in Paris arbeitet. Offenbar ein einflußreicher Mann. Er hat Roger einen Posten verschafft, und den wird mein künftiger Schwager antreten, wenn er Alice geheiratet hat und nach Paris geht. Vielleicht kann der Onkel auch für mich was tun.«
»Willst du nicht zuerst dein Studium beenden?«
»Wer weiß, wie lange Vater diese Kosten noch bestreiten kann ... Grandma wird keinen Penny mehr für Grove House ausgeben – für meine Ausbildung vermutlich auch nicht. Sicher meint sie, es sei die Pflicht meines Vaters, dafür aufzukommen. Und du, Mutter, wirst erst nach Grandmas Tod in Geld schwimmen.« Als sie keine Antwort gab, fragte er: »Kommst du mit uns nach Hause?«
»Nein, ich kann Mutter nicht allein lassen. Sie ist so seltsam ... Seit Vaters Tod hat sie keine einzige Träne vergossen.«
Malcolm holte tief Luft. »Bestimmt geht alles so weiter wie bisher. Der untadelige John, Vaters Hand, wird auch in Zukunft den Haushalt regieren. Ich finde, er ist viel zu anmaßend ... Nun, dann werde ich mich von Grandma verabschieden, ich schaue morgen noch einmal vorbei, ehe ich nach Oxford fahre.« Er küßte Amy auf die Wange und ging hinaus.
Nachdenklich blickte Amy in den Garten. Nein, ihre Mut-

ter hatte nicht geweint, obwohl ihr Mann gestorben war. Auch sie selbst hatte ihren Mann verloren, und sie wollte weinen, wollte schreien, aus mehreren Gründen – nicht zuletzt, weil sie nie mehr einen Fuß in jenes Haus setzen würde.

12.

Vierzehn Tage später saßen sich Joseph und sein Butler am Schreibtisch im Arbeitszimmer von Grove House gegenüber. »Wir haben also acht Hausangestellte, dazu drei Mann und einen Jungen für den Stall und den Garten. Die Farm zähle ich nicht mit, weil sich Willie nur ein sehr geringes Gehalt zubilligt und seine Mitarbeiter aus dem Erlös der Ernteerträge bezahlt. Für die Dienstboten brauche ich mindestens sechshundert Pfund im Jahr. Bisher ist Mr. Filmore dafür aufgekommen. Wie soll ich dieses Geld aufbringen? Mein Onkel hat mir zweitausend hinterlassen, knapp tausend habe ich gespart. Mein Einkommen aus der Agentur muß ich für die Ausbildung der Kinder verwenden. Alice wird bald heiraten, William sorgt für sich selbst, aber vier bleiben immer noch übrig. Sie sehen also, John, ich muß einige Dienstboten entlassen Alice wird demnächst ausziehen, Kitty und Bertha sind im Internat, Malcolm geht aufs College. Also wohnen nur noch William und ich hier, und acht Dienstboten für zwei Personen – das ist ziemlich üppig. Also – wer soll bleiben, wer soll gehen? Eine schreckliche Entscheidung ... Dabei müssen Sie mir helfen, John. Was das Außenpersonal betrifft – Ron wird pensioniert, der Junge übernimmt den Stall, aber wir können nur mehr einen Gärtner beschäftigen.«
»Sir, da wir die Umstände kennen, haben wir mit diesen Problemen gerechnet. Vor ein paar Tagen berief ich eine

Versammlung ein. Dabei besprachen wir auch, welches Zimmer wir für Ihre kranke Freundin herrichten sollen. Wir entschieden uns für das Spielzimmer mit der Glastür, die auf die Seitenterrasse führt. Das ist Ihnen doch recht, Sir?«
»O ja, John.«
»Nun, dabei kamen wir auf eine Idee. Wenn wir für eine pflegebedürftige Person sorgen – warum nicht für mehrere? Das Haus ist groß genug, außer den Mansarden gibt es fünfzehn Schlafzimmer. Das könnte ein gutes Geschäft werden, Sir. In Newcastle gibt es zwei solche Heime – für Damen und Herren im Ruhestand, die betreut werden müssen. Einer meiner Freunde arbeitet als Gärtner bei Lady Harris am Stadtrand von Newcastle. Lady Harris' Vater lebt in einem solchen Heim und ist sehr zufrieden.«
Joseph kaute nachdenklich an seiner Unterlippe, dann schüttelte er lachend den Kopf. »So etwas wäre mir nie eingefallen.«
»Und was sagen Sie dazu, Sir?«
»Hm – im Augenblick kann ich nur sagen, daß wir auf diese Weise alle Dienstboten behalten könnten – und wir hätten nichts zu verlieren.«
»Gewiß nicht, Sir. Allerdings müßten wir einen Lift zum ersten Stock einbauen lassen. Am besten im Alkoven neben der Treppe, wo jetzt der Schrank steht. Aber wenn wir nur drei Hausgäste aufnähmen, wären schon alle Kosten gedeckt. Natürlich können nur zahlungskräftige Leute bei uns wohnen. Wenn wir einige Räume neu einrichten, könnten wir in absehbarer Zeit mindestens zehn Zimmer vermieten.«
»Eine erstaunliche Idee . . .«
»Eigentlich stammt Sie von Ihnen, Sir, denn Sie haben doch beschlossen, Ihre invalide Freundin herzuholen. Übrigens, wann wird sie eintreffen, Sir?«
»Vermutlich nächste Woche, aber die Ärzte erwägen eine weitere Operation.«

»Wird sie danach wieder gehen können, Sir?«
»Das weiß ich nicht, John, und die Ärzte können nichts versprechen. Aber Mrs. Lilburns Stimmung hat sich erheblich gebessert, seit sie weiß, daß sie die Klinik bald verlassen wird.«
»Wir freuen uns schon auf ihre Ankunft, Sir.«
»In Anbetracht der Umstände ist das sehr nett von Ihnen allen, John.«
»Darf ich mir die Frage erlauben, Sir, ob die Mistreß beschlossen hat, bei ihrer Mutter zu bleiben?«
»Davon gehe ich aus. Sonst würde ich meine Freundin nicht hierherbringen. Und ich kann es Ihnen genausogut schon jetzt sagen, John – ich möchte meine Frau um die Scheidung bitten.«
»Das tut mir leid, Sir ... Nun ja, ich meine – daß alles so kommen mußte ...«
»Ich bedaure es auch, und ich bin nur froh, daß ein Großteil meiner Kinder Verständnis für die Situation hat. Im Augenblick ist ohnehin nur William hier. Alice wohnt mit ihrer Mutter bei Mrs. Filmore, die jüngeren Mädchen sind wieder im Internat, und Malcolm ist kurz nach dem Begräbnis nach Oxford zurückgefahren. Das dürfte sich sehr günstig auf die Durchführung Ihres Plans auswirken, John. Sagen Sie dem Personal, daß ich einverstanden bin.«
»Vielen Dank, Sir. Die Leute werden entzückt sein.« Der Butler stand auf, und Joseph erhob sich ebenfalls.
»Ich danke Ihnen, John – nicht nur für Ihre Loyalität, sondern auch für Ihre echte Anteilnahme.«
»Es war mir immer ein Vergnügen, Ihnen zu dienen, Sir, und ich hoffe, ich werde noch sehr lange bei Ihnen bleiben.«
Der Butler neigte den Kopf, ging hinaus, und Joseph trat ans Fenster, um die herbstlich verfärbten Bäume zu betrachten. Ein Altersheim ... Bei dieser Vorstellung wanderten seine Gedanken zu Bertha Hanratty.

13.

»Jetzt steht es endgültig fest! Du gehst nie wieder dorthin! Wie kann er es wagen, diese Frau ins Grove House zu holen und zu allem Überfluß auch noch eine Pension daraus zu machen!«
»Wie Malcolm am Telefon erklärte, möchte sein Vater ältere reiche Leute bei sich aufnehmen. Mehr weiß der Junge noch nicht. Er hat einen Brief von Willie bekommen.«
Bridget saß auf dem Sofa im Salon und blickte zu ihrer Tochter hinüber, die vor dem Kamin stand. »Du mußt sofort die Scheidung einreichen. Nun hast du ja einen guten Grund dazu.«
»Ich muß erst einmal über alles nachdenken, Mammy.«
»Nachdenken!« Ungeduldig trommelten Bridgets Finger auf die Armstütze der Couch. »Jetzt ist es an der Zeit zu handeln.«
»Ja, Mammy, du hast recht. Es ist an der Zeit zu handeln.« Amy verließ den Salon und stieg die vertraute Treppe zu ihrem Schlafzimmer hinauf. In diesem Haus war sie geboren worden und aufgewachsen, aber in den letzten Wochen hatte sie es hassen gelernt. Die Monotonie, die Langeweile, die Mutter in ihrer Trauer vergraben ... Seltsam, erst nachdem Bridget von dem Telefonat mit Malcolm erfahren hatte, zeigte sie wieder ihr altes Temperament.
Amy sank auf das Bett und ballte die Hände. Wie grausam Joseph war ... Er hätte mit dieser Frau in der Bradford Villa leben können. Aber daß er sie im Grove House einquartiert hatte, war der Gipfel aller Kränkungen. Trotzdem würde sie sich nicht scheiden lassen. Er war ihr Lebensinhalt, darin lag das ganze Problem. Wäre sie doch nur fähig gewesen, sich auf die Kinder zu konzentrieren ... Aber sie hatte immer nur Augen für ihn gehabt. Es

war wie ein Wahn und manchmal fürchtete sie sogar, verrückt zu werden wie die gräßliche Henrietta.
Was sollte sie tun? Gab es eine andere Möglichkeit, als bei der Mutter zu bleiben? Bei diesem Gedanken sprang Amy auf. Mammy würde in den nächsten Jahren immer älter werden, immer schweigsamer. Nein, es wäre unerträglich ...

Auch Bridget war in ihr Schlafzimmer gegangen, wo sie ein silbern gerahmtes Foto von Douglas ergriff. »Mein Liebling«, flüsterte sie, »ich vermisse dich so sehr, und ich verzeihe dir, daß du mich getäuscht hast. Du tatest es, weil du es für richtig hieltest. Aber nun werde ich etwas tun, was *ich* für richtig halte. Das mußt du verstehen. Du hast dich nämlich in Joseph Skinners Charakter geirrt. Er ist genauso wie sein Vater, auch wenn du das nie wahrhaben wolltest. Bitte, versuch mich zu verstehen. Bald werde ich bei dir sein, weil ich das Leben ohne dich nicht verkrafte.«
Sie küßte das Foto, stellte es auf den Nachttisch zurück und ging zum Telefon, um die Nummer von Mr. Kemps Büro in Newcastle zu wählen und sich für drei Uhr nachmittags anzumelden.

»Ja, ich weiß, was ich tue, Mr. Kemp. Sie kennen mich schon so viele Jahre. Hatten Sie jemals den Eindruck, ich wüßte nicht, was ich tue?«
»Nein, Mrs. Filmore. Aber Sie haben einen schweren Verlust erlitten. Wenn Sie vielleicht nach reiflicher Überlegung zu einem späteren Zeitpunkt ...«
»Ich habe Ihnen erklärt, was ich vorhabe, Mr. Kemp. Würden Sie nun alles notieren, das Testament ordnungsgemäß formulieren und mir möglichst bald zur Unterschrift vorlegen? Also – nach meinem Tod erhält jedes meiner Enkelkinder tausend Pfund, sobald es das einundzwanzigste Lebensjahr erreicht hat. Mein ältester Enkel, Malcolm Skinner, bekommt zehntausend Pfund, wenn er drei-

ßig ist. Zweihundert für jeden meiner Dienstboten – die Namensliste haben Sie ja schon, Mr. Kemp. Falls meine Tochter Amy zum Zeitpunkt meines Ablebens von Joseph Skinner geschieden ist, erbt sie mein gesamtes restliches Vermögen, unter der Bedingung, daß sie Joseph Skinner keinen Penny davon gibt und nie mehr ins Grove House zurückkehrt. Sollte sie diese Bedingungen nicht erfüllen, geht meine Hinterlassenschaft an einen Trust-Fonds zugunsten der Krankenhäuser in diesem County. Natürlich wird für meine Tochter gesorgt, auch wenn sie sich meinen Wünschen nicht fügen sollte. In diesem Fall kann sie bis zu ihrem Lebensende im Meadow House wohnen und erhält jährlich fünfhundert Pfund. Diese Summe steht ihr aber nur zu, solange sie im Haus bleibt.«
Gewissenhaft schrieb Mr. Kemp alle testamentarischen Bestimmungen nieder, dann legte er die Feder beiseite und musterte die Frau, für die er schon seit vielen Jahren arbeitete. Nie hatte er sie für rachsüchtig gehalten. Und nun war ihr Letzter Wille ein einziger Racheakt, gegen Joseph Skinner gerichtet. Nach der Ansicht des Anwalts hatte Mr. Douglas seinen Neffen zu Recht als Haupterben eingesetzt. Aber nun blieb ihm nichts anderes übrig, als Mrs. Filmores Anordnungen zu befolgen – wenn auch mit dem allergrößten Widerstreben. Begriff sie denn nicht, daß sie damit nicht nur Mr. Skinner, sondern auch ihrer Tochter schadete? Taktvoll wollte er sie darauf hinweisen, doch sie ließ ihn nicht zu Wort kommen.
»Ich weiß, was Sie denken Mr. Kemp. Aber ich wäre Ihnen sehr verbunden, wenn Sie Ihre Meinung für sich behalten würden. Wie gesagt, ich weiß, was ich tue. Letzten Endes wird doch noch die Gerechtigkeit siegen.«
Nur mühsam konnte er sich die Entgegnung verkneifen: ›Oder die Bosheit.‹

14.

Joseph stand neben dem Bett und schaute auf Liz hinab. Sie war schon für die Operation vorbereitet worden und lächelte ihn strahlend an. »Und du hast wirklich einen Lift einbauen lassen?«
»Ja, er wird elektrisch betrieben.«
»Wie aufregend!«
»Für deine Mutter ganz bestimmt. Den ganzen Tag fährt sie rauf und runter.«
Liz' Lächeln erlosch. »Wie schade, daß sich noch keine Käufer für das Pub gefunden haben.«
»Damit eilt es nicht.«
»Mutter hat mir erzählt, wie gut sie sich mit Bertha versteht. Da haben sich zwei verwandte Seelen gefunden.«
»Allerdings. Ständig erklären sie einander, sie könnten doch tauschen – Bertha würde den Laden übernehmen, deine Mutter auf die Farm ziehen, weil sie sich schon immer Hühner und Enten gewünscht habe. Schließlich sagte ich Ihnen, sie sollen's doch tun und um Himmels willen aufhören, darüber zu schwatzen.«
Sie schob den Ärmel ihres Kittels zurück und ergriff Josephs Hand. »Hast du von deinem Anwalt gehört?«
»Ja, aber er macht keine Fortschritte, weil ihrer nichts unternimmt. Ich war selbst bei Mr. Kemp, und er versprach, mich sofort zu informieren, wenn seine Klientin einen Entschluß gefaßt habe. Aber das spielt keine Rolle, Liebes. Wir müssen die Situation so akzeptieren, wie sie ist. Hauptsache, du kommst zu mir nach Hause. Alles ist für dich bereit. Die Ärzte haben mir versichert, du würdest die Weihnachtstage im Grove House verbringen. Die Kinder und die Dienstboten freuen sich schon darauf, dich kennenzulernen. Und das sind keine leeren Worte.« Aber im Grunde seines Herzens wußte er, daß er nicht die reine Wahrheit sagte. Es wäre ja auch zu viel von den Hausan-

gestellten verlangt gewesen, angesichts der Umstände *nicht* zu tuscheln und sich *keine* bedeutsamen Blicke zuzuwerfen. Der einzige, auf den er sich voll und ganz verlassen konnte, war John. Aber er beschloß, sich keine Sorgen zu machen. Wenn sie Liz erst kannten, würden ihr alle Herzen zufliegen.

»Joseph . . .« Zögernd fuhr sie fort: »Du weißt doch, daß der Erfolg dieser Operation keineswegs garantiert ist? Vielleicht werde ich meine Beine wieder gebrauchen können – oder für immer gelähmt sein.«

Er beugte sich hinab und drückte ihre Hand. »So oder so, mein Liebling, wir bleiben zusammen.«

Er trat beiseite, als drei Schwestern erschienen, um das Bett in den OP zu rollen. Liz schaute zu Joseph auf. »Bis heute abend, Liebster.«

»Bis heute abend. Ich werde hier warten.« Er folgte den Schwestern, bis sie mit dem Bett in einem der Aufzüge verschwanden. Als er am Wartezimmer vorbeiging, verspürte er den Wunsch, sich da drinnen hinzusetzen, bis nach der Operation auszuharren. Aber er wußte nicht, wie lange es dauern würde. Außerdem hatte er um vier Uhr nachmittags einen Termin. Ein Klient wollte sich ein Haus ansehen, das zum Verkauf stand. Joseph hoffte, den Arzt sprechen zu können, wenn er um fünf in der Klinik anrief. Danach würde er heimfahren, rasch etwas essen und um sieben wieder hier sein.

Fünfzehn Minuten vor sieben betrat er die Klinik. Der Arzt war telefonisch nicht zu erreichen gewesen. Die Schwester am Empfang, die Joseph bereits gut kannte und stets ein fröhliches Wort für ihn übrig hatte, begrüßte ihn. »Mr. Skinner, gehen Sie bitte diesen Korridor hinab, die zweite Tür links . . . Der Doktor möchte Sie sprechen.«

Er starrte sie an, aber sie wich seinem Blick aus und kritzelte irgend etwas in ein Notizbuch. Plötzlich hatte er das Gefühl, seine Füße würden am Boden festkleben, und es

kostete ihn eine fast übermenschliche Anstrengung, seine Augen von dem weißen, gestärkten Schwesternhäubchen loszureißen und die bezeichnete Tür aufzusuchen. Als er anklopfte, rief jemand: »Herein!«
Er betrat das Zimmer, sah den Orthopäden und den Chirurgen beisammenstehen, in ein Gespräch vertieft. Beide wandten sich zu ihm. »O hallo, Mr. Skinner!« rief Dr. Armitage. »Möchten Sie nicht Platz nehmen?«
»Nein, danke. Was ist los?«
Die beiden Ärzte wechselten einen kurzen Blick, dann ergriff der Chirurg das Wort. »Es tut mir schrecklich leid, daß ich Ihnen eine so traurige Mitteilung machen muß. Wir konnten nichts tun. Es kam ganz plötzlich – allerdings nicht unerwartet.«
»Was – kam – nicht – unerwartet?« Mühsam mußte Joseph jedes einzelne Wort hervorstoßen.
»Nun, sie kannte das Risiko, wollte aber weder Sie noch ihre Mutter beunruhigen. Aber seltsamerweise – das besondere Risiko, das wir fürchten, führte zu keinerlei Problemen. Die Operation verlief erfolgreich, und wir waren überglücklich. Aber dann begann das Lungensystem zu bluten. Mrs. Lilburns Adern waren sehr dünn. Sie sagte mir, sie habe oft Nasenbluten, und dieses Symptom weist häufig auf ein geschwächtes Lungensystem hin. Wir taten alles, was in unserer Macht stand, aber wir konnten die Blutung nicht stoppen. Vermutlich ist eine ganze Vene geplatzt.«
Joseph sagte nichts. Er sank auf den Stuhl, den man ihm hingeschoben hatte. Wenn ihn einer der Ärzte gefragt hätte, was er in diesem Moment empfinde, hätte die wahrheitsgemäße Antwort lauten müssen: Nichts – überhaupt nichts. Genausogut hätte er tot sein können – tot wie Liz.
Eine Hand hielt ein Glas vor sein Gesicht, eine Stimme drang aus weiter Ferne zu ihm. »Trinken Sie das, Mr. Skinner.«
Gehorsam nahm er das Glas entgegen und leerte es. Das

Getränk schmeckte süß und brannte wie Whisky in seiner Kehle.
Er blinzelte, schaute von einem zum anderen. »Was haben Sie gesagt, Mr. Skinner?« fragte Dr. Armitage, und er sagte zu dem Gesicht, das vor ihm zu schweben schien: »Sie hat mir von Anfang an prophezeit, daß es nicht klappen wird.«
»Tatsächlich? Nun ...«
Der Chirurg fiel dem Orthopäden ins Wort. »Sie war eine sehr nette Frau.«
Ja, sie war eine sehr nette Frau, wiederholte Joseph in Gedanken, und schön. Eine Frau, die ihn lieben und ihm trotzdem seine Freiheit lassen konnte. Erst letzte Woche hatte sie beteuert: »Ich liebe dich, aber wenn du aus irgendwelchen Gründen zu deiner Frau zurückkehren müßtest, würde ich dich nicht daran hindern.« Und nun war sie weggegangen ... Nein! Nein! Das durfte nicht sein. So etwas würde ihm das Schicksal nicht antun. Er war kein schlechter Mensch, nicht wie sein Vater. Oder doch? Eine Stimme in seinem Hinterkopf flüsterte immer wieder: Bist du wirklich nicht schlecht? Du hast deine Frau verlassen und dir eine Geliebte genommen hast ...
»Aber ich habe Amy nie schlecht behandelt«, schrie er die Stimme an, »obwohl sie so bösartig wie ihre Mutter geworden ist und es lieber gesehen hätte, wenn Grove House an Malcolm gegangen wäre. Ich zähle nicht, ich bin nur Joe Skinner, Lilys Bastard.«
Die Stimme veränderte ihren Tonfall. »Legen Sie den Kopf zwischen die Knie. Ja, so ist es gut ...«
Und eine andere Stimme sagte: »Läuten Sie nach der Schwester! Er müßte sich eine Weile hinlegen. Die Mutter hat genauso reagiert. Sie ist im Seitentrakt.«
Janet war im Seitentrakt ... Und was ist mit dir los, fragte er sich. Reiß dich zusammen ... »Tut mir leid«, sagte er. »Jetzt ist alles wieder in Ordnung. So was Dummes ...«

»Keineswegs. Das war ganz natürlich. Eine Schockwirkung. Aber Sie sollten sich eine Weile ausruhen. Sind Sie mit dem Auto gekommen? Sie dürfen nicht nach Hause fahren. Vielleicht möchten Sie zu Mrs. Dunn gehen?«

»Ja . . .«

Eine Schwester kam herein, und der Orthopäde bat sie, Mr. Skinner zu Mrs. Dunn zu führen.

Wie in einem nebelhaften Traum hörte er, wie er sich bei den Ärzten bedankte. Gleichzeitig überlegte er, wofür er ihnen dankte. Sie hatten Liz sterben lassen . . . Nein! Nein! Reiß dich zusammen . . .

Er folgte der Schwester durch einen Korridor, und sie hielt seinen Ellbogen, das fand er überflüssig. Er konnte aus eigener Kraft gehen. Er betrat ein Zimmer, wo Janet auf einem schmalen Bett lag. Bei seinem Anblick streckte sie beide Hände aus.

»O Joe! Joe!«

Die Tür schloß sich hinter ihm, und sie lagen sich in den Armen. Sein Gesicht war so naß wie ihres, doch das störte ihn nicht. Er mußte weinen, sonst wäre sein Kopf explodiert.

Als sie einander losließen, fragte sie: »Was soll ich ohne sie tun? Sie war mein Leben, nur für sie habe ich gelebt. Und du hast sie geliebt, Joe. Du hast so gut zu ihr gepaßt, das merkte ich von Anfang an. Ich glaube es einfach nicht . . .«

»Ich auch nicht.«

»Sie wußte es, nicht wahr?«

»Was, Janet?«

»Daß nichts dabei herauskommen wird. Das sagte sie mir, jeden Tag. Als hätte sie alles vorausgesehen. Im Grunde ihres Herzen wußte sie, daß sie dein Haus nie sehen würde. Weil es nicht richtig gewesen wäre. Was soll ich nur ohne sie tun?«

Er gab keine Antwort. Sie fragte, was sie ohne Liz tun solle, und das fragte er sich auch. Er hatte sie nur kurze Zeit

gekannt, aber irgend etwas in ihrem Wesen hatte den Eindruck erweckt, er würde sie sein Leben lang kennen.
»Die Welt ist plötzlich so leer, Joe.«
»Ich werde immer für dich dasein, mach dir keine Sorgen.«
»Wie sehr habe ich mich darauf gefreut, in deinem Haus zu wohnen! Aber jetzt . . .«
»Jetzt nicht mehr?«
»Nein, es wäre nicht richtig. Ich werde das Lokal behalten, dann hab ich was zu tun. Das wird mich davor bewahren, verrückt zu werden. Aber an die Einsamkeit muß ich mich erst mal gewöhnen. Wenn sie auch in der letzten Zeit im Krankenhaus lag – ich wußte doch, daß sie da war.«
Er antwortete nicht, dachte aber: Ja, an die Einsamkeit wird man sich gewöhnen müssen . . . Er konnte in sein Haus zurückkehren, zu den Kindern, zu seinen Dienstboten, aber die würden ihn nicht trösten können. Er hatte Liz verloren . . . Und die Stimme in seinem Hinterkopf meldete sich wieder und sagte: So muß sich Amy gefühlt haben. Ihre Familie, ihre Eltern waren kein Trost gewesen, als sie ihn verloren hatte – schon vor einigen Jahren.
Alles hing miteinander zusammen. In gewisser Weise trug Amy die Schuld an Liz' Tod, denn hätte sie ihre Schlafzimmertür nicht verschlossen, wäre er nicht so empfänglich gewesen für die Freundlichkeit und den Charme einer anderen Frau. Und weil er dieser Anziehungskraft erlegen war, hatte die eifersüchtige Irre die arme Liz zum Krüppel geschlagen und schließlich auch ihren Tod verursacht.
Das Leben war eine Kette aus ineinandergeschlungenen Gliedern und er, Joseph, darin gefangen. In diesem Augenblick wünschte er sich, er könnte sterben.

15.

»Nun, wie war's?«
»Großartig, Mammy, wie erwartet.«
Amy stand in der Halle, zog den weiten Mantel aus grauer Seide aus und legte ihn über einen Stuhl, dann löste sie das Gummiband ihres breitrandigen cremefarbenen Strohhuts aus dem blonden Haarknoten und nahm ihn ab, ehe sie die nächste Frage ihrer Mutter beantwortete: »Ja, ich sagte ihnen, du hättest es sehr bedauert, daß du wegen einer Unpäßlichkeit nicht hingehen konntest.«
Sie ging vor Bridget in den Salon, ergriff den Schürhaken und begann die glühenden Kohlen im Kamin neu zu arrangieren. Das war eine Gewohnheit geworden, die ihre Mutter an diesem Tag zum erstenmal irritierte. »Hör auf, Amy, und erzähl mir, was geschehen ist!«
Amy legte den Schürhaken beiseite und drehte sich langsam um. »Meine Tochter hat geheiratet. Die ganze Familie war da – auch seine Familie. Es sollte eine stille Hochzeit werden, aber um die kleine Kirche drängten sich zahlreiche Zuschauer.«
»Nun, das hatte ich erwartet. Aber – so sprich doch endlich! Was ist passiert, als du *ihn* getroffen hast?«
»Wir haben uns wie zivilisierte Menschen begrüßt, Mammy. Er fragte: ›Wie geht es dir, Amy?‹ Und ich antwortete: ›Danke. gut.‹ Wir standen beisammen und ließen uns mit dem glücklichen jungen Paar fotografieren, wie das bei Hochzeiten üblich ist.«
»Warum ärgerst du mich, Amy? Das tust du in letzter Zeit sehr oft.«
Amy biß auf ihre Unterlippe und wandte sich wieder zum Kaminfeuer. O Gott, wenn ihre Mutter wüßte, wieviel Ärger sie *ihr* bereitete . . . Am liebsten hätte sie geschrien.
»Wie sind seine Verwandten? Waren die Aristokraten auch da?«

»Ja, ich glaube schon.«
»Wurdest du nicht mit Ihnen bekannt gemacht?«
»Nein, Mammy, ich blieb im Hintergrund.«
»Und nach der Trauung bist du nicht ins Grove House mitgegangen?«
»Natürlich nicht.«
»Wenn ich mir das vorstelle! Eine Pension!«
»Offenbar eine sehr profitable Pension.«
»Wieso weißt du das?«
»Ich habe es gehört.« Natürlich konnte Amy nicht erwähnen, daß sie es von einem Dienstboten erfahren hatte, von Josephs Butler.
Nach der Zeremonie war er zu ihr gekommen, um zu beteuern, wie sehr das Personal die Mistreß vermisse. »Im Haus hat sich kaum was geändert, Ma'am – ich meine, abgesehen von der Pension. Zur Zeit haben wir vier Gäste, und die bleiben meistens in ihren Zimmern. Im ersten Stock hat der Master einen Gemeinschaftssalon für sie eingerichtet.« Zu ihrer Verblüffung erlaubte er sich mit leiserer Stimme hinzuzufügen: »Ohne Sie ist Grove House nicht mehr dasselbe, Mistreß. Das Haus braucht eine Herrin.«
»O John, bitte ...«
»Tut mir leid, Madam, wenn ich meine Grenzen überschreite. Aber ich glaube, Sie sollten es wissen.«
Abrupt hatte sie sich verabschiedet und war zu ihrem Auto gegangen. »Du verheimlichst mir etwas, nicht wahr, Amy?« fragte ihre Mutter nun. »Hast du mit Joseph gesprochen?«
»Nein.«
»Das ist gut. Ich möchte nicht, daß du noch einmal verletzt wirst. Es ist jetzt sechs Monate her. Sicher wird er bald eine neue Geliebte finden. Er ist der Sohn seines Vaters ... Übrigens, es überrascht mich, daß du nichts von der Scheidung hörst. Du sagtest doch ...«
»Ich habe dich belogen, Mammy.«
»Großer Gott! Willst du zu ihm zurückgehen?«

»Nein – aus dem einfachen Grund, weil er mich nicht haben will!« Amy schrie beinahe. »In den letzten Monaten hatte ich viel Zeit, um nachzudenken. Jetzt weiß ich, daß Vater recht hatte – es gibt mehrere Arten von Liebe. Ich glaubte immer, es gäbe nur eine – nämlich meine. Du behauptest, mich zu lieben, Mammy. Nun, deine Liebe war immer so wie meine zu Joe – eine Liebe, die einen Keil zwischen uns trieb. Aber ich kann nicht anders lieben, und du kannst es offensichtlich auch nicht. Weil ich das erkannt habe, nehme ich Joseph nicht mehr übel, was er getan hat oder was er noch tun wird.«
Als sie aus dem Zimmer eilte, rief Bridget ihr nach: »Komm zurück! Sofort, Mädchen!«
Amy hatte die Tür erreicht, wo sie sich noch einmal zu ihrer Mutter wandte: »Ich bin kein kleines Mädchen mehr, Mammy, sondern eine Frau von vierzig Jahren – und eine Närrin.«
Krachend fiel die Tür hinter ihr ins Schloß. Bridget preßte eine Hand auf ihre Brust. Heftig hämmerte ihr Herz gegen die Rippen. »O Douglas«, flüsterte sie, »wo bist du? Welch eine Art und Weise, ein Leben zu beenden... Denn ich stehe am Ende. Bald werde ich bei dir sein, je früher, desto besser. Aber ich kann erst gehen, wenn sie Vernunft angenommen hat. Doch das wird sie nicht – und deshalb habe ich vorgesorgt. Ich müßte mich im Grab umdrehen, wenn Grove House und dieser Mann von meinem Geld profitieren würden. Das mag rachsüchtig anmuten, aber Victoria hätte Verständnis dafür.«
Eisige Kälte kroch plötzlich über ihren Rücken, als wäre irgendwo ein Fenster geöffnet worden, um einen Windstoß hereinzulassen. Sie schloß die Augen, aber sie sah Lionel Filmore vor dem Kamin stehen. Er grinste sie an, und sie las Worte von seinen Lippen ab, wie so oft vom Mund seiner Tochter. »Sie haben keinen Bastard zur Welt gebracht, Bridget, aber einen einfachen Fabrikarbeiter geliebt und sich dadurch mindestens genauso erniedrigt. Und Sie ha-

ben mir Victoria verkauft. Für zweitausend Pfund, erinnern Sie sich? Für dieses Geld beging ich einen Mord. Sie brachten den Stein ins Rollen, nicht wahr? Und nun wollen Sie es beenden. Nun, bis jetzt hat mein Bastard Sie besiegt. Vielleicht wird Joe Skinner Ihnen auch noch helfen, den Weg ins Jenseits zu finden.« Er streckte ihr eine lange schwarze Kerze entgegen, und sie riß entsetzt die Augen auf. Aber nur das Kamingitter stand zwischen ihr und den Flammen.

Sie tastete sich zur Tür, und in der Halle begegneten ihr Rose Grey und Ada Flannigan, die erschrocken zu ihrer schwankenden Herrin liefen.

»Miß Amy!« rief Ada. »Miß Amy!«

16.

Seit dem Hochzeitstag ihrer Enkelin am ersten Mittwoch im Mai 1925 mußte Bridget das Bett hüten, aber sie starb erst am 2. Januar 1926.

Nur vier ihrer Enkel erschienen zum Begräbnis. Alice war mit ihrem Mann in Australien, wo er in einer Anwaltskanzlei arbeitete. Malcolm gab an einer Schule in der Nähe des Hauses, das seine Schwester und sein Schwager bewohnten, Französischunterricht. Aus den angestrebten Positionen an der Botschaft in Paris war nichts geworden.

Joseph nahm am Begräbnis teil, folgte der Familie aber nachher nicht ins Meadow House, und so hatte Mr. Kemp nur fünf Zuhörer, als er das Testament verlas. Als William, Jonathan, Kitty und Bertha erfuhren, welche Bedingungen von ihrer Mutter gestellt wurden, schauten sie zu Amy hinüber, die leichenblaß geworden war.

»Großmutter muß verrückt gewesen sein wie Henrietta«, bemerkte William. »Nein, nur rachsüchtig«, erwiderte der

Anwalt. »Ich versuchte sie umzustimmen, aber sie beharrte auf ihrem Entschluß.«
»Wie konnte sie so grausam sein?« rief Kitty. »Zu ihrer einzigen Tochter . . .« Sie lief zu Amy und schlang ihr die Arme um den Hals. »Ich weiß, du würdest alles verlieren, wenn du zu uns zurückkämst, Mammy, aber wir vermissen dich so sehr. Die Ferien sind nicht mehr so wie früher, und ich bin immer froh, wenn ich ins Internat zurückkehren kann. Und Daddy wird seines Lebens auch nicht froh.«
»Morgen komme ich noch einmal zu dir, Mutter, dann besprechen wir alles«, sagte William mit ruhiger Stimme.
Amy sah zu ihm auf. Er war ein guter Mensch, wie ihr verstorbener Vater. »Vorerst gibt es nichts zu besprechen. Warten wir erst einmal ab – bis sich alle Gemüter beruhigt haben.«
Mr. Kemp, der seine Papiere zusammenlegte, nickte ihr zu. »Das wäre am besten, meine Liebe. Mit der Zeit wird sich eine Lösung finden.«
»Könnte man das Testament anfechten?« fragte William.
»Sicher«, erwiderte der Anwalt, »wenn Sie den Beweis antreten wollen, daß Ihre Großmutter nicht im Vollbesitz ihrer geistigen Kräfte war.«
»Davon gehe ich aus.«
»Nun es liegt bei Ihrer Mutter, die nötigen Schritte zu unternehmen, junger Mann.«
Amy wechselte einen kurzen Blick mit Mr. Kemp. »Ja, es liegt bei mir.«

Sie aßen im Frühstückszimmer zu Abend und schauten ihren Vater an, der mit gesenktem Kopf am Ende des Tisches saß. Ohne sie zu unterbrechen, hatte er sich den Bericht über die Testamentsverlesung angehört. Dieses verdammte, kaltblütige alte Biest, dachte er nun. Sie hat Amy unentrinnbare Fesseln angelegt, so daß sich die Ärmste nicht rühren und wenden kann. Wenn sie sich nicht von mir scheiden läßt, bekommt sie kaum mehr als die Dienst-

boten – nicht halb soviel wie der Aufenthalt dieser Verrückten im Sanatorium pro Woche kostet. Gott im Himmel! Ich glaube es einfach nicht... Es gibt nur einen einzigen Weg, ihr zu helfen... »Wenn sie einverstanden ist, lasse ich mich scheiden«, teilte er seinen Kindern mit.
»O nein, Daddy, das wirst du doch nicht tun?«
»Sei nicht so dumm, Kitty«, ermahnte Jonathan seine Schwester. »Mutter wird die Scheidung einreichen, und Vater braucht nur zuzustimmen.«
»Wie groß ist das Vermögen?« fragte William.
Joseph runzelte die Stirn. »Allein schon die Fabriken haben deiner Großmutter eine schöne Stange Geld eingebracht. Dazu kommen noch die Mieteinnahmen von über fünfzig Häusern.«
»Und wenn Mutter sich nicht von dir scheiden läßt, bekommt sie nur zehn Pfund pro Woche«, ereiferte sich William. »Grauenhaft! Warum hat Großmutter das getan?«
»Oh, das kann ich dir sagen – weil dein Großvater mir dieses Haus hier vermacht hat. Ich bin ein Bastard deines anderen Großvaters, und den haßte sie wie die Pest. Ihr kennt ja die ganze tragische Geschichte. Und nun muß eure Mutter dafür büßen, daß sie mich geheiratet hat.«
»Ich hatte gehofft, Mammy würde zu uns zurückkommen«, seufzte Bertha. »Aber daraus kann wohl nichts werden.«
Joseph tätschelte die Wange seiner Tochter. »Nein, daraus kann nichts werden.« Er stand auf, verließ den Raum, und das Gefühl der Einsamkeit, das ihn seit Liz' Tod quälte, verstärkte sich.
In seinem Schlafzimmer wählte er eine Telefonnummer.
»Hallo, Amy. Ich bin's, Joseph.«
Eine lange Pause entstand am anderen Ende der Leitung. Dann erwiderte Amy: »O ... Hallo.«
»Ich wollte dir nur sagen, daß ich das schrecklich finde. Und – ich verstehe Bridget einfach nicht.« Warum log er? Wo er die alte Hexe doch nur zu gut verstand... »Wir

können uns jederzeit scheiden lassen. Heuzutage geht so was ziemlich schnell ... Bist du noch da?«
»Ja.«
Er hörte ihrer Stimme an, daß sie weinte. »Bitte, reg dich nicht auf. Alles wird gut.«
»Joseph ...«
»Ja, Amy?«
»Könnten wir uns sehen?«
»Natürlich.«
»Würdest du morgen zu mir kommen?«
»Sehr gern. Wann wäre es dir am liebsten?«
»Wann immer du willst.«
»Um zehn muß ich in Hebburn sein. Sagen wir – um elf?«
»Ja, damit bin ich einverstanden. Danke.«
»Gute Nacht, Amy.«
»Gute Nacht, Joseph.«

17.

In Hebburn wurde er aufgehalten, weil sich seine Klientin nicht entschließen konnte, das Haus zu kaufen und nicht wußte, ob es ihr zu groß oder zu klein war. Früher als sonst riß ihm die Geduld. »Mrs. Green, ich habe noch einen Termin. Leider müssen wir jetzt gehen.«
Empört rauschte sie zur Haustür. »Mr. Skinner, Sie sind ein schlechter Geschäftsmann! Soeben haben Sie eine gute Kundin verloren.«
»Die ist das dritte Haus, das ich Ihnen in den letzten Tagen gezeigt habe, Mrs. Green ... Die beiden anderen sind noch bewohnt, und ich mußte den Mietern zumuten, Ihre ausgedehnten Besichtigungstouren hinzunehmen. Falls Sie wirklich ein Haus brauchen – es gibt andere Immobilienagenturen, die Ihnen sicher gern zu Diensten sein werden.

Leider kann ich Sie nicht in die Stadtmitte zurückfahren, aber da drüben gibt's eine Bushaltestelle.«

»Sie lassen mich also hier im Schnee stehen?«

»Keineswegs, Mrs. Green. Wie gesagt, Sie können den Bus nehmen.«

»Ich werde mich in Ihrem Büro über Sie beschweren!«

»Tun Sie das, Mrs. Green, aber ich werde der erste sein, der Ihren Brief öffnet.«

Als er seinen Wagen wendete, sah er sie hocherhobenen Hauptes zur Busstation stapfen und begann zu lachen. Er hatte schon lange nicht mehr gelacht, und so war die Begegnung mit Mrs. Green wenigstens nicht völlig umsonst gewesen. Aber nun gab es ein größeres Problem – er mußte Amy gegenübertreten. Sicher würde sie sich sehr über seine Bereitschaft zur Scheidung freuen.

Zwanzig Minuten später läutete er an der Tür von Meadow House und Ada ließ ihn eintreten. »Hallo, Sir! Warum haben Sie so ein furchtbares Wetter mitgebracht? Geben Sie mir Ihren Mantel. Vor fünf Minuten ist die Mistreß nach oben gegangen, aber ich gebe ihr sofort Bescheid. Setzen Sie sich inzwischen ins Wohnzimmer, da brennt ein schönes Kaminfeuer.«

Lächelnd ging er in den Raum, den er schon lange nicht mehr gesehen hatte und der ihm nun etwas schäbig und altmodisch erschien. Sie wird nur mehr ein paar Wochen hierbleiben, dachte er. Sobald sie das Geld hat, wird sie in ein anderes Haus ziehen. Bridget hat Meadow House stets für einen Palast gehalten. Nun, die Zeiten und der Geschmack ändern sich so wie alles andere ... Er starrte in die Flammen und fragte sich, warum ihn die bevorstehende Begegnung mit Amy so nervös machte. Vielleicht, weil er etwas für sie tun wollte, das sie für das Leid der Vergangenheit entschädigen würde ... Doch das konnte sie auch für sich selber tun, indem sie die Scheidung einreichte und dies mit seiner Beziehung zu Liz begründete. Oder wäre das nach dem Tod der jungen Frau nicht mehr stichhaltig?

Als die Tür aufschwang, drehte er sich um und war sprachlos bei Amys Anblick. Seit Alices Hochzeit hatte er sie nicht mehr aus der Nähe gesehen, denn bei Bridgets Begräbnis war er im Hintergrund geblieben. Bestürzt musterte er ihr blasses Gesicht, den abgemagerten Körper, dann eilte er ihr entgegen. »Tut mir leid, daß ich mich verspätet habe. Ich mußte einer Klientin ein Haus zeigen, und sie wußte nicht, was sie wollte.«
»Nimm doch Platz.«
Er setzte sich in einen Lehnstuhl am Kamin und beobachtete, wie sie auf das Sofa sank.
»Ein gräßliches Wetter«, meinte sie.
»Ja, wirklich.«
»Wie gehen die Geschäfte?«
Diese Frage überraschte ihn. »Meinst du die Agentur?«
»Nein, Grove House – die Pension.«
»Oh, die läuft recht gut. Wir haben sieben Gäste, und ehe wir weitere aufnehmen, muß ich eine Hausdame einstellen. Vorerst hat John alles bestens im Griff, aber er war ja schon immer sehr tüchtig, nicht wahr?«
Sie erwiderte sein Lächeln nicht. »Wie viele Leute könntest du aufnehmen?«
»Im ganzen zwölf.«
»Möchtest du eine Tasse Kaffee?«
»Ja, bitte.«
Amy stand auf, zog aber nicht am Glockenstrang neben dem Kamin, sondern verließ das Zimmer, um in die Küche zu gehen.
Er holte tief Atem. Wie höflich sie einander behandelten – als wären sie Fremde, die sich in einem Zugabteil begegneten ... Und sie sah schrecklich aus – nein, nicht schrecklich, eher krank. Wie sollte er das Thema Scheidung zur Sprache bringen?
Es dauerte eine Weile, bis sie zurückkehrte, und er blickte erstaunt auf das Tablett, das sie herein trug. Er sprang auf, nahm es ihr ab und stellte es auf den Tisch. Nachdem sie

sich wieder gesetzt hatte, füllte er zwei Tassen und reichte ihr eine. »Wir sollten zur Sache kommen, Amy.«
»Ja, natürlich, Joseph.«
»Ich finde es grauenvoll, daß deine Mutter dir das angetan hat. Und ich weiß, es ist meine Schuld.«
Sie widersprach nicht, sah ihn nur an. Die Augen wirkten riesengroß in ihrem bleichen Gesicht, und ein Ausdruck lag darin, den er nie zuvor wahrgenommen hatte. Sie mußte wirklich krank sein, und er empfand tiefes Mitleid. »Ich werde dir die Scheidung so leicht wie möglich machen, Amy. Du hättest sie schon längst einreichen können, wegen meines Verhältnisses mit Mrs. Lilburn. Nun ist sie tot, und ich habe keine Ahnung, ob ein Geständnis meinerseits etwas nützen würde. Aber es muß andere Wege geben . . .«
»Weißt du, daß es um ein Erbe von etwa dreihunderttausend Pfund geht?«
»Das überrascht mich nicht.«
»Ich wußte nichts davon, und ich will nichts von dem Geld haben.«
Joseph blinzelte verdutzt. »Was hast du gesagt?«
Ihre Lippen verzogen sich zu einem schwachen Lächeln. »Früher pflegtest du häufig zu bemerken: ›Du hast gehört, was ich gesagt habe.‹«
»Ja, ich weiß, aber . . . Du willst das Geld nicht?«
»So ist es.«
»Wir brauchen uns doch nur scheiden zu lassen, und alles gehört dir. Wie ich erfahren habe, steht noch eine andere Klausel im Testament. Du darfst mir keinen Penny geben. Nun, ich will auch gar nichts haben, nicht von Bridgets Vermögen. Davon wollte ich nie etwas, und es tat mir immer weh, daß sie mein Personal bezahlte. Aber das hast du nie verstanden.«
»Ich habe sehr vieles nicht verstanden, Joseph. Zum Beispiel, daß ich eine Last für dich war. Und ich wußte nicht, wann ich hätte aufhören müssen, mich an dich zu hängen.«

»Bitte ...« Abwehrend hob er die Hand, aber sie fuhr entschlossen fort.
»Laß mich ausreden. Mit dir habe ich alles verloren, was mir jemals etwas bedeutet hat. Aber in gewisser Weise war es gut so. Wie bei einer Operation wurde ich aufgeschnitten und sah alle meine schlechten Eigenschaften. Doch ich konnte nichts dagegen tun, das war am allerschlimmsten. Meine Liebe zu dir glich einer Krankheit, die mich letzten Endes ruinierte. Du trägst keine Schuld. Ich bin allein verantwortlich. Immer wollte ich nur nehmen, niemals geben. Und darin wurde ich von meiner Mutter unterstützt. Immer bekam ich, was ich wollte. Willig erfüllte sie alle meine Wünsche. Nur eines widerstrebte ihr – daß ich dich geheiratet habe. Sie haßte deinen Vater, doch das war mir egal. Ich wollte immer nur dich. Und ich weiß auch jetzt ganz genau, was ich will. Nicht das Geld ... O Joseph, ich werde versuchen, mich zu ändern ...«

Ihre Stimme brach, ihr ganzer Körper begann zu zittern. Er sprang auf, setzte sich zu ihr auf das Sofa und ergriff ihre Hand.
»Amy, beruhige dich! Ich tue alles, was du willst, ich reiche die Scheidung ein und ...«
»Ich – ich möchte mich nicht scheiden lassen.«
»Nein? Aber dann verlierst du dein Erbe.«
Sie wandte ihm ihr tränenüberströmtes Gesicht zu. »Würdest du mich wieder bei dir aufnehmen? Ich werde keine Forderungen an dich stellen und alle deine Wünsche erfüllen, in den Vordergrund treten oder im Hintergrund bleiben – was auch immer. Ich fühle mich so einsam, so verzweifelt ... O Joseph!«
Als er sie in die Arme nahm, sank ihr Kopf auf seine Schulter. Ein heftiges Schluchzen erschütterte sie, und er wiegte sie besänftigend hin und her. »Es ist ja gut, alles ist gut.«
Würde sie auf alle Fälle zu ihm zurückkommen – ganz

egal, was er empfand? Und wie fühlte er sich? Einsam, so einsam wie Amy. Und sie hatte sich tatsächlich verändert. Nie hätte er geglaubt, daß sie jemals ihre Fehler eingestehen würde.

Atemlos rückte sie ein wenig von ihm ab »Es tut mir leid, daß ich mich nicht beherrschen konnte . . . Ich wollte ganz ruhig bleiben, wenn ich's dir sage . . .« Während er ein Taschentuch hervorzog und die Tränen von ihren Wangen wischte, fügte sie stockend hinzu: »Ich – ich verspreche dir . . .«

»Nein, du mußt mir nichts versprechen. Du kommst einfach wieder nach Hause. John erklärte mir, daß wir eine Hausdame brauchen. Der Bursche weiß eben immer genau, worauf es ankommt.«

»O Joseph! Joseph!«

»Schon gut. Aber weißt du auch wirklich, was du wegwirfst?«

Langsam schüttelte sie den Kopf. »Ich werfe gar nichts weg, weil ich nichts hatte.«

Er stand auf und hielt ihr eine Hand hin. »Komm mit! Ich rufe die Kinder an. Sie werden entzückt sein. Dann gehst du nach oben und packst ein paar Sachen. Den Rest kannst du dir später schicken lassen. Inzwischen erkläre ich dem Personal, daß du Meadow House verkaufen wirst. Ich glaube, zwei Dienstboten stehen ohnehin kurz vor der Pensionierung. Die anderen werden bald neue Arbeit finden, einen Teil könnte ich einstellen. Mach dir deshalb keine Sorgen.«

»O Joseph . . .«

Ihr Blick und der flehende Klang ihrer Stimme bewegten sein Herz, wie es ihr seit Jahren nicht mehr gelungen war. Er neigte sich hinab, nahm ihr Gesicht zwischen beide Hände und küßte sie sanft auf die Lippen.

Spannender Roman aus dem Anwaltsmilieu

Als Band mit der Bestellnummer 11 416 erschien:

Zerrüttete Ehen sind sein Metier – D. T. Jones sieht sich zum Fachmann für Scheidungen im Schnellverfahren degradiert. Trotz allem liebt er seinen Beruf fast ebensosehr wie seine Ex-Frau und seine kleine Tochter. Als drei dramatische, nahezu aussichtslose Fälle zum Prüfstein für seine Karriere werden, wendet sich sein Leben . . .

BASTEI LÜBBE

Eine Frau stellt sich der Herausforderung des Schicksals

Als Band mit der Bestellnummer 11450 erschien:

Auf dem väterlichen Gut in Kalifornien wird Rosie von Jean-Paul Dupuis nicht nur in die Geheimnisse des Weinbaus, sondern auch der Liebe eingeweiht. Als der junge Franzose sie heimlich verläßt, begibt sie sich auf die Suche nach dem Geliebten und Vater ihres Kindes. Nach langer, mühseliger Reise in Frankreich angekommen, nimmt ihr Schicksal eine überraschende Wende . . .

BASTEI LÜBBE

Ein psychologisch feinsinniger Roman

Als Band mit der Bestellnummer 11624 erschien:

Um der Einsamkeit zu entfliehen, teilt sich Jinny Bronlow nach dem Tod der Eltern die Wohnung mit einer anderen Frau. Eines Tages jedoch verliert sie ihren Freund an die Mitbewohnerin. Der nächste Schicksalsschlag widerfährt ihr, als ihr Chef nach einem Autounfall querschnittgelähmt bleibt. In ihrer Verzweiflung versucht Jinny eine alte Bekanntschaft zu erneuern. Doch der völlig hilflose Mann, den sie im Stich gelassen hat, geht ihr nicht aus dem Sinn . . .

BASTEI LÜBBE